달콤한 사이

지은이 | 양희윤
펴낸이 | 권순남
펴낸곳 | (주)마야 · 마루출판사

1판1쇄 인쇄일 | 2019년 7월 22일
1판1쇄 발행일 | 2019년 7월 26일

등록일자 | 2008년 1월 7일
등록번호 | 제310-2008-00001호

주소 | 서울시 노원구 상계 1동 1049-25 신영산업 BD 602호
대표전화 | 02-2091-0291
팩스 | 02-2091-0290
이메일 | marubooks@mayabooks.co.kr

978-89-280-9960-3(03810)

값 9,000원

• 저자와 협의하여 인지를 붙이지 않습니다.
• 잘못된 책은 교환하여 드립니다.

「이 도서의 국립중앙도서관 출판시도서목록(CIP)은 서지정보유통지원시스템 홈페이지(http://seoji.nl.go.kr)와
국가자료공동목록시스템(http://www.nl.go.kr/kolisnet)에서 이용하실 수 있습니다.」
(CIP제어번호:CIP2019027658)

MARONG ROMANCE STORY

달콤한 사이

양희윤 지음

목 차

프롤로그 ...007
1장. 오랜 사이 ...019
2장. 묘한 사이 ...037
3장. 몽글몽글한 사이 ...064
4장. 이상한 사이 ...084
5장. 애틋한 사이 ...105
6장. 어색한 사이 ...133
7장. 좋은 사이 ...155
8장. 다정한 사이 ...176
9장. 로맨틱한 사이 ...198
10장. 기대되는 사이 ...215

11장. 아는 사이 ...232

12장. 떨리는 사이 ...253

13장. 황홀한 사이 ...266

14장. 따스한 사이 ...284

15장. 봄 같은 사이 ...301

16장. 쓸쓸한 사이 ...320

17장. 함께였던 사이 ...357

18장. 즐거운 사이 ...382

19장. 여전히 달콤한 사이 ...401

에필로그 ...419

작가 후기 ...424

달콤한 사이

프롤로그

화사함이 물든 향긋한 공간에서 긴 손가락을 뻗어 허리까지 내려오는 긴 머리카락을 청초하게 넘기던 유주가 어느 한 곳에 아련하게 눈길을 주었다. 도무지 떨어지지 않던 애절한 눈빛이 거두어졌다 도저히 안 되겠다는 듯 다시 원래대로 돌아갔다.
 여린 핑크빛으로 촉촉하게 반짝이던 도톰한 입술이 살며시 벌어지며 결국 긴 한숨을 터뜨렸다.
 "하아."
 이마를 짚기까지 한 채로 발길을 돌리지 못한 유주가 다시금 촉촉하고 아련한 눈빛을 보냈다. 그녀가 계속 시선을 주고 있는 건 다름 아닌 온통 하얀빛으로 물든 청아하고 차분해 보이는 목니트와 와인 색상의 목니트였다.

"완전 고민되네. 하얀색이냐, 와인색이냐. 그것이 문제로다."

같은 디자인의 색상만 다른 목니트를 옷장 앞에 나란히 걸어 둔 채로 유주는 몹시도 진지하게 고민 중이었다. 깔끔하고 차분해 보이는 흰색이냐, 화사하고 고급스러워 보이는 와인색이냐?

워낙에 하얀 피부인지라 밝은 색상의 옷들이 무난하게 잘 어울리는 편이었으나 흰 피부를 더 화사하게 보이게끔 하는 와인 색상의 옷도 잘 어울리는 옷 중 하나였다. 유주는 다시금 긴 머리카락을 뒤로 넘기며 아랫입술을 혀로 쓸었다.

"하얀색?"

팔짱을 낀 유주가 흰색의 니트가 걸린 쪽으로 다가가다 돌연 반대 방향으로 고개를 돌렸다.

"와인……."

그 순간, 침대 위에 놓여 있던 휴대폰이 짧게 울리며 유주의 관심을 끌었다. 유주는 짧게 숨을 내쉬며 침대 앞으로 다가갔다.

"아침부터 누구냐."

휴대폰을 들어 액정을 멀뚱하게 살펴본 유주의 입가가 느릿하게 올라갔다. 설렘이 묻은 따스한 미소에 방 안이 보다 화사해지는 착각이 일었다.

[날씨 춥다. 핫팩 대량 주문함. 너도 얼른 준비해 놔. -서원]

그녀는 현재 짝사랑 중이었다. 그건 아주 오래전부터 시작된 마음이었다. 핫팩 사진이 첨부된 메시지를 오랫동안 응시하던 유주는 휴대폰을 품에 안은 채로 옷장 앞으로 춤을 추듯 사뿐사뿐 걸어갔다.

오랜 시간 고민하던 문제가 깔끔하게 해결되었다. 유주는 홀가분한 표정으로 와인 색상의 니트를 낚아챘다. 와인색은 서원에게도 무척이나 잘 어울리는 색상이었다.

"오늘은 너다."

와인색의 니트를 입은 유주는 거울 앞에 선 채 콧노래를 부르며 긴 머리카락을 단정하게 드라이했다. 코트를 걸치고 각진 토트백을 든 유주가 가벼운 걸음으로 집을 나섰다. 깔끔하고 환했던 집 안에 어둠이 내려앉았지만 달콤하고 향긋한 향은 여전했다.

지하철에서 내린 유주는 어깨를 움츠리며 코트를 여몄다. 겨울이 온 지는 꽤 되었지만 급작스럽게 추워진 느낌이었다.

"핫팩 빨리 주문해야겠다."

회사로 향하는 유주의 발걸음이 점차 빨라졌다. 그러던 중, 핫팩을 쥐고 있는 사람이 눈에 스치자 유주는 조금 전 서원에게서 온 메시지를 떠올렸다. 핫팩 가지고 갔으려나?

'따뜻하겠다.'

잔뜩 부러운 얼굴을 하다가도 유주는 또 금세 배시시 웃으며 해사한 미소를 머금었다. 녀석이 따뜻하면 된 거지, 뭐.
'네가 따뜻하면 나도 따뜻하다.'
오랜 짝사랑 상대를 떠올리며 유주는 저만치 보이는 회사 건물 입구로 후다닥 걸음을 옮겼다.
"팀장님, 안녕하세요."
"어, 민 대리. 오늘 춥지?"
중단발에 도도해 보이는 인상의 여성이 유주의 인사를 받으며 유리문 너머를 응시했다.
"네, 쌀쌀하네요."
"날이 갑자기 추워지네."
잠시 동안 유리문 너머를 같이 바라보던 유주가 뒤늦게 정신을 차리고 걸음을 옮기다 1층 중앙에 눈길을 주었다. 인사팀의 진 대리가 여사원 두어 명에게 붙들려 긴 인사를 받고 있는 중이었다.
잔뜩 들떠 있는 여사원들을 바라보다 유주는 진 대리에게 스윽 눈길을 주었다. 헌칠한 키와 넓은 어깨, 거기에 대조되는 작은 얼굴, 잘 정돈된 검은색의 머리카락과 정갈한 느낌의 새까만 슈트 때문인지 새하얀 얼굴과 붉은 입술이 더욱 도드라져 보였다. 차분하지만 나른하게 느껴지는 새까만 눈동자가 스윽 움직여 맞은편에 서 있던 유주에게 닿았다. 유주를 발견한 진 대리가 짧게 고개를 숙여 인사하자, 유주도 마주 인사하곤 서둘러 엘리베이터가 있는 곳으로 향했다.

막 닫히려던 엘리베이터가 스릉, 소리를 내며 다시 열렸다. 안에 있던 사람이 다가오는 유주를 발견하곤 열림 버튼을 누른 듯했다. 급하게 엘리베이터에 올라타던 유주는 안에 있던 같은 팀의 서 대리를 발견하곤 반갑게 고개를 숙였다.
"안녕하세요, 서 대리님."
"네. 날이 춥죠?"
서 대리의 다정한 미소에 유주도 상냥하게 대꾸했다.
"올겨울 안 춥다고 하더니 그것도 아니네요."
"그러게요. 방심하지 말고 따뜻하게 입고 다녀야겠어요."
두 사람은 옅게 미소를 지으며 마저 인사를 나누었다. 부드러운 분위기가 엘리베이터 안에서 잔잔하게 감돌았다. 입가에 작게 미소를 머금은 유주는 서 대리를 처음 봤을 때를 떠올렸다. 반듯한 인상에 꽤나 미남인 축에 속했지만 다소 냉랭한 분위기와 차가운 인상에 쉽게 친해지긴 힘들겠다 생각을 했었다. 하지만 그 걱정이 무색하리만큼 차가운 외모 뒤에 가려져 있던 부드럽고 친절한 성격과 배려 많고 다정한 면모에 누구보다도 빨리 가까워질 수 있었다.

먼저 들어가라는 서 대리의 정중한 손길과 작은 미소에 웃음을 터뜨리며 사무실로 들어온 유주는 가방을 내려놓으며 우선 컴퓨터의 전원부터 켰다. 늘 그랬듯 자리에 앉지도 않고 텀블러를 든 채 탕비실로 향한 유주는 커피머신의 버튼을 누르며 개수대에 잠시 기대어 섰다.

총무팀의 막내 사원이 탕비실 앞을 홀연히 지나치다 유주를 뒤늦게 발견하곤 다시 돌아와 90도로 꾸벅 인사를 했다.

'인사성이 밝은 청년일세.'

짧게 고개를 숙여 인사를 받아 준 유주는 팔짱을 낀 채 허공에 멍하니 시선을 주었다. 방금 스치듯 지나간 그 뒤통수 때문인지 유난히도 동그란 서원의 뒤통수가 떠올랐다. 볼록 튀어나온 동그란 뒤통수와 그 위로 드라이한 듯 가지런하게 정돈된 머리카락으로 인해 서원은 옆모습도 뒷모습도 보기에 참 좋았다.

"만지면 느낌 되게 좋은데."

허락도 없이 입에서 불쑥 튀어나온 말로 인해 배시시 웃던 유주는 순식간에 굳은 표정으로 서둘러 주위를 살펴보았다. 하마터면 변태로 오해 사기 딱 좋은 발언이었다.

조심해서 나쁠 건 없지. 그나저나 오늘 계속 그 녀석 생각이네.

어느새 다 내려진 커피를 발견한 유주는 텀블러를 들고 사무실로 향했다. 여유 있게 출근한 덕분인지 아직 출근 시간까지 시간이 조금 남아 있었다. 의자에 기댄 유주는 휴대폰에서 쇼핑 앱을 눌러 평소 즐겨 사던 핫팩을 검색했다.

"어?"

유주의 짧은 탄성에 업무를 미리 시작하던 서 대리가 고개를 들어 시선을 주었다. 난감한 듯 혀로 입술을 쓸던 유주는 빠른 속도로 다른 핫팩을 검색하다 절망한 표정을 지으며 의자에 기대었다. 본격적으로 추워질 거라는 소문이 벌써 퍼진 건지 핫팩들이 모두 품절이었다.

"망했다."

의자에 기댄 채로 고개를 젖혀 망연하게 천장을 보던 유주는 이내 좋은 생각이 난 듯 컴퓨터에 메시지 창을 띄우고 서둘러 키보드를 두드렸다.

[너 핫팩 많이 주문했댔지? 나 반만 주라. 쇼핑 사이트 다 품절이야. 재입고 알림 신청했으니까 주문하게 되면 그때 내가 너 반 줄게.]

간절하게 바라보는 초롱초롱한 눈망울의 이모티콘까지 보낸 유주는 반짝거리는 눈동자로 답문을 기다렸다. 한편 컴퓨터의 작업표시줄 메시지 창이 짧게 반짝거리자, 서 대리는 마우스를 감싸고 있던 긴 손가락을 움직여 메시지 창을 모니터 중앙으로 띄웠다. 곧 그의 입가에 미소가 번졌다.

초조하게 메시지 창만 바라보고 있던 유주는 새 글이 떠오르자, 곧장 확인을 했다.

[알았어. -서원]

유주는 주먹 쥔 손을 아래로 내리며 예스, 라고 작게 외쳤다. 그 모습을 발견한 서 대리의 눈동자에 부드러운 미소가 번져 평소의 차가운 인상이 완벽하게 사라졌다.

점심시간이 끝나기 전, 복도 끝 자판기로 향한 유주는 누군가를 발견하곤 멈칫거리며 걸음을 멈춰 섰다. 자판기에서 먼저 커피를 뽑고 있던 인사팀의 진 대리가 고개를 돌리다 앞으로 보이는 구두에 시선을 위로 올렸다.

"민 대리님, 커피 마시게요?"

"네. 추워서 그런가 단게 당기네요."

커피가 채워진 종이컵을 꺼낸 진 대리가 유주가 커피를 뽑을 수 있도록 옆으로 살짝 비켜서 주었다. 유주는 준비해 온 동전을 자판기에 넣곤 평소 즐겨 마시는 커피 버튼을 눌렀다. 어색한 침묵 속에 멀뚱히 서 있던 두 사람은 눈이 마주치자, 그보다 더 어색한 미소를 지었다. 더는 견디지 못하겠는지 커피를 한 모금 마시며 입술을 축인 진 대리가 종이컵을 집는 유주에게 서둘러 말했다.

"그럼 먼저 가 볼게요."

"네."

진 대리가 저벅저벅 구두 소리를 내며 사라지자, 유주는 그의 뒷모습을 응시하다 커피를 한 모금 머금었다. 작게 숨을 내쉬는 유주의 눈에 코너로 돌기 전 짧게 시선을 주는 진 대리가 들어왔다. 이내 진 대리의 모습이 사라지고, 대신 벽 쪽에서 손 하나가 불쑥 튀어나왔다. 흠칫거리는 유주의 눈동자에 우측을 가리키고 있는 엄지손가락이 들어왔다. 유주의 고개가 엄지손가락이 가리키는 방향으로 스윽 돌아갔다.

'저기는…….'

커피를 호록, 마신 유주는 곧 걸음을 옮겼다.

사람이 거의 다니지 않는 한적한 길로 들어선 유주는 무성한 나무들 사이에 홀로 꿋꿋하게 세워져 있는 벤치 하나를 발견하곤 서둘러 그 앞으로 향했다. 벤치에 이미 자리 잡고 있는 누군가로 인해 한쪽 눈썹을 치켜뜬 유주가 아랑곳 않고 걸음을 옮겼다.

벤치에 앉아 팔짱을 낀 채 눈을 감고 있던 그는 머리 위에 살포시 놓이는 무언가에 느릿하게 눈을 떴다. 유주가 저만치에 쪼그려 앉아 무언가를 유심히 관찰하고 있었다.

"뭐 하냐?"

자판기 앞에서 보여 줬던 존댓말은 온데간데없이 사라지고 대신 다소 무뚝뚝하고 친근한 말투가 유주를 향하고 있었다.

"이 돌, 꼭 토끼 같다. 토끼 닮았어."

유주가 돌을 들며 동의를 구하자, 빤히 시선을 주던 진 대리가 여태껏 머리 위에 얹혀져 있던 간식 봉지를 끌어 내리며 짧게 숨을 내쉬었다. 뜨뜻미지근한 반응에 유주는 입술을 씰룩였다.

"왜 불렀어?"

"좀 쉬자고. 오늘따라 머리가 아파서."

"두통이야? 약은 먹었어?"

걱정스러운 유주의 목소리에 간식 봉지에 시선을 주던 진 대리가 스윽 눈동자를 움직여 그녀에게 눈길을 주었다.

"아니."

그 나른하면서도 은근한 눈빛에 유주는 쪼그려 앉은 채로 꼴깍 침을 삼켰다.

'자기 눈빛이 어떤지는 알고 저렇게 쳐다보는 건가?'

탐탁지 않은 유주의 눈빛에도 계속해서 나른하게 시선을 보내던 진 대리는 아침에 봤던 것보다 흐려진 하늘을 올려다보며 작게 인상을 썼다. 마치 그림 같은 광경에 넋을 놓고 바라보던 유주는 손목을 들어 시계를 확인하곤 자리에서 일어났다.

"점심시간 끝나겠다. 두통 심하면 약 꼭 먹어. 또 참지 말고. 먼저 들어간다, 진 대리."

느릿하게 유주에게 닿는 그의 눈빛이 아쉬움을 담고 있는 건지 수긍의 빛을 담고 있는 건지 알아차릴 수 없을 무렵, 유주는 자신과는 다른 단단한 그의 어깨를 툭툭 치며 벤치를 지나쳐 갔다. 벤치 위에 놓아두었던 종이컵을 들어 커피를 한 모금 마신 진 대리가 저만치 걸어가는 유주에게 툭 말을 던졌다.

"간식 고맙다, 민 대리."

유주는 대답 대신 어깨를 으쓱이곤 걸음을 재촉했다. 벤치가 있는 이곳은 사람들이 잘 찾지 않는 장소로 두 사람만이

때때로 휴식 장소로 애용하고 있는 곳이었다. 그래서 남들 시선으로 인해 회사 안에서 꼬박꼬박 쓰던 존댓말도 이곳에선 잠시 해제시킬 수 있었다.

유주가 막 회사 건물 안으로 당도했을 때, 주머니에 넣어두었던 그녀의 휴대폰이 짧게 울렸다. 유주는 휴대폰을 꺼내 액정을 확인했다.

[눈 온다. -서원]

유주는 뒤로 몇 발자국 걸어 도로 건물 밖으로 나왔다. 흐릿해진 하늘에서 작고 하얀 눈발이 이리저리 흩날리고 있었다.

"와, 진짜 눈이네."

올해는 더 이상 못 볼 줄 알았는데. 손을 펼쳐 눈송이를 맞이하던 유주는 손바닥에 내려앉는 차가운 감촉에 환하게 입가를 올렸다. 하얀 얼굴에 화사하게 번져 가는 미소가 인상적일 만큼 맑갛고 예뻤다.

한편, 벤치에 앉아 흩날리는 눈을 바라보던 진 대리의 얼굴에도, 2층 창가에 기대어 건물 밖 입구 쪽을 내려다보며 누군가를 담고 있던 서 대리의 얼굴에도 따뜻한 미소가 살며시 번졌다.

흩날리는 눈 속에서 유주는 휴대폰 메시지를 다시 한번 확인했다.

'눈 온다.'

생기가 도는 브라운 빛의 눈동자에 화사한 미소가 담긴 채로 반짝거림이 가득 일렁였다. 그녀는 현재 짝사랑 중이었다. 아주 오래전부터 시작된 마음. 친구였던 그, 예전에도 지금도 늘 곁에 있는 사람. 잃고 싶지도 놓고 싶지도 않은 사람, 그 때문에 마음을 감춘 채 묵묵히 곁에 머무를 수밖에 없는 사람, 그것만으로도 마음을 찬란하게 만들어 주는, 너.

차가운 공기 속에서 뜨거운 숨을 작게 터뜨린 유주는 눈 속에서 걸어 나와 건물 앞으로 들어갔다.

오랜 친구인 그를 여전히 마음에 깊게 새긴 채로.

1장. 오랜 사이

피곤한 얼굴로 업무를 이어 가던 유주는 눈 밑까지 내려온 다크서클을 손가락으로 문지르다 다시금 모니터를 바라보았다. 그러던 중 컴퓨터의 작업표시줄 메시지 창이 짧게 반짝거리자, 마우스로 메시지 창을 중앙으로 끌어 올렸다.

[오늘 치킨 콜? -서원]

지쳐 보이던 유주의 얼굴에 곧 화색이 돌았다.

[당연하지.]

피곤이 쌓인 듯 뒷목을 주무르며 고개를 들던 서 대리가 헤실헤실 웃는 유주를 발견하곤 고개를 기울이다 피식 입가를 올렸다.

퇴근 시간이 가까워지자, 업무를 보는 유주의 표정이 한결 더 활기차졌다.

"민 대리는 쌩쌩하네. 더 일해도 되겠다."

능청스러운 얼굴로 그렇지 못한 말을 해맑게도 하는 한 부장의 모습에 유주는 더 능글맞게 맞받아쳤다.

"에이, 그건 아니죠."

"맞아요. 부장님, 우리 민 대리 괴롭히지 마세요."

차 과장의 하이톤인 콧소리 섞인 타박에 한 부장은 떫은 얼굴을 했지만 유주는 편을 들어 준 차 과장에게 손가락으로 작은 하트를 만들어 마구 날리고 있었다. 차하린 과장은 유주와는 동갑이었지만 입사를 몇 년 빨리했기에 직급이 높았다. 그만큼 능력이 있는 하린과 유주는 제법 죽이 척척 맞았다. 그 모습을 미소가 스민 얼굴로 지켜보고 있던 서 대리가 한 부장을 달래듯 하린의 말에 덧붙였다.

"날씨가 추우니까 오늘은 일찍 퇴근하는 게 어떨까요? 오늘 눈도 왔고, 체력 보충한 다음에 내일 더 열심히 일하는 걸로요."

"서 대리는 말도 이쁘게 잘해."

기분이 한결 풀린 듯한 한 부장의 칭찬에 서 대리는 작게 입가를 올렸다. 시선을 주는 서 대리의 모습에 유주와 하린은 서로에게 손가락 하트를 날리던 걸 방향을 바꾸어 서 대리에게로 잔뜩 날려 주었다. 활짝 올라가는 그의 입꼬리에 가지런한 하얀 이가 시원스럽게 드러나며 듣기 좋은 웃음소리가 작게 흐르자, 유주도 배시시 미소를 지었다.

이윽고 퇴근 시간이 다가왔고, 유주는 가방을 챙겨 잽싸게 사무실을 빠져나갔다. 그 뒤로 바로 서 대리가 따라나서고 있었다.

점심시간쯤에 내렸던 눈은 이제 흔적도 찾을 수가 없었다. 하지만 여전히 추운 듯 코트를 여민 유주가 집 앞으로 향하려다 말고 잠시 걸음을 멈추었다. 코트에 한 손을 찔러 넣은 채 집 앞에서 기다리고 있던 누군가가 종이 가방을 들어 올리며 나른하게 입가를 올렸다. 스르르 올라가는 입가와 공기 중으로 흘러나오는 하얀 입김이 인상적인지라 유주는 멍하니 눈길을 주었다. 추운 곳에 있어서인지 안 그래도 하얀 얼굴이 더 하얘져 있었다.

다소 거리가 있는 곳에서 말갛게 마주 보고 있던 유주가 배시시 미소를 지으며 집 앞으로 다가갔다.

"빠른데. 언제 왔어?"

"방금."

유주는 치킨이 포장되어 있는 종이 가방을 노골적으로 들여다보며 잔뜩 설렌 표정을 지었다.

"빨리 들어가자."

침이라도 떨어뜨릴 그녀의 기세에 피식 웃음을 흘린 그는 유주를 따라 건물 안으로 들어갔다. 엘리베이터에서 솔솔 풍기는 맛있는 냄새에 유주는 결국 꿀꺽 침까지 삼켰다. 엘리베이터 문이 열리자마자 유주는 후다닥 문 앞으로 다가갔다.

그가 옆에 서 있는데도 스스럼없이 현관문의 비밀번호를 누른 유주는 집 안으로 들어서며 거실 등을 켰다. 익숙한 듯 뒤따라 들어온 그가 거실 한편에 종이 가방을 내려 두고는 코트를 벗었다. 그 후 그는 현관문 안쪽에 있는 택배 상자를 발견하고는 자연스레 상자를 집어 커터 칼이 놓여 있는 테이블 위에 가져다 두었다.

"두통은? 이제 괜찮아?"

액세서리를 빼고 있는 건지 작은방 쪽에서 들려오는 유주의 목소리에 그는 대충 대꾸했다.

"그냥 뭐."

"또 안 먹었지? 약 안 먹는다고 다 좋은 게 아니라니까. 약 찾아서 빨리 먹어."

그냥 넘기려던 그는 익히 알고 있는 유주의 성격을 상기하며 거실 TV 아래쪽에 있는 서랍장을 열어 구급약 통에서 두통약을 꺼냈다. 그러곤 정수기 앞으로 다가가 정수기 위에 엎어져 있던 컵을 집어 냉수를 받았다. 약과 물을 동시에 꿀꺽 삼키려는데 화장실 문이 닫히는 소리가 귓가에 들려왔다.

닫힌 화장실 문을 빤히 보던 그는 개수대에서 컵을 씻고는 다시 정수기 위에 엎어 두었다. 그러다 유주가 벗어 놓은 코트가 소파 위에 아무렇게나 늘어져 있는 걸 발견하곤, 못마땅한 표정으로 그녀의 코트를 집어 자신의 코트와 나란히 행거에 걸어 두었다.

쉬지 않고 자연스럽게 이동한 그는 주방 개수대에서 손을 씻고는 이내 냉장고 옆으로 다가갔다. 벽에 세워져 있던 상을 꺼내고 거실 편한 자리에 연한 핑크 색상의 상을 펴는 동작이 무척이나 익숙하고 자연스러웠다. 거기서 끝내지 않고 찬장에서 컵 두 개를 꺼내 온 그는 마침내 상 앞에 자리를 잡고 앉았다.

"나올 때가 됐는데."

군침 도는 냄새가 풀풀 나던 종이 가방에서 치킨 상자를 꺼낸 그가 상에 가지런히 올려 두고 상자를 개봉하는 순간, 유주가 화장실에서 나오며 치킨을 발견하곤 호들갑을 떨었다.

"역시 치킨은 진리지."

주방으로 들어가기 전, 커터 칼을 들어 택배 상자를 뜯은 유주는 내용물을 확인하고는 주방으로 들어가 무를 담을 그릇과 접시 두 개를 들고 상 앞으로 다가왔다. 이어 접시를 그와 자신의 앞에 하나씩 놓은 후 치킨 뼈를 넣을 위생봉투 하나를 뜯어 와 상 한편에 올려 두었다.

그러는 사이, 그가 무가 담긴 봉지를 뒤집어 유주가 가져다 놓았던 그릇에 쏟고는 봉지를 잘게 접어 빈 종이 가방에 넣었다. 그러곤 콜라를 개봉해 컵 두 개에 가득 차게 따랐다.

그 모든 게 많이 해 본 일인 양 하나의 오류도 없이 일사천리로 딱딱 이루어졌다. 모든 준비가 끝난 듯 두 사람은 이내 앞에 놓인 치킨 조각을 하나씩 들곤 부지런히 먹기 시작했다.

"맛있다."

"입 좀 닦고 먹어. 다 묻었어. 또 칠칠치 못하게 다 흘리고 먹는다. 좀 앞으로 와서 먹어."

끝도 없는 잔소리에 유주는 가자미눈을 하고는 맞은편에 있는 그를 흘겨보았다.

"넌 회사에선 그렇게 과묵하면서 퇴근하고 나면 말이 많아지더라. 우리 집에 무슨 네 입 채우는 자물쇠 열쇠라도 있냐?"

"……"

"어? 진 대리?"

그의 무심하면서도 나른한 눈동자가 이내 유주에게로 향했다. 유주도 지지 않겠다는 듯 감흥 없는 눈빛으로 서원을 마주 보았다. 말이 없는 거 보니 인정하고 있군.

유주는 흡족한 표정으로 치킨을 뜯었다. 가만히 눈길을 주던 서원은 시선을 내리다 닭 가슴살이 눈에 들어오자, 냉큼 집어 유주의 접시에 놓아주었다.

"오, 이거 제대로다. 땡큐."

유주는 들고 있던 치킨을 잽싸게 먹은 후, 그가 놓아준 닭 가슴살을 들어 누구보다도 맛있게 먹기 시작했다. 치킨을 먹는 속도가 점차 빨라지자, 닭다리를 포함한 다른 부위를 한쪽으로 쌓아 둔 그가 다시 닭 가슴살을 골라 그녀의 접시에 놓아주었다.

배시시 미소를 지은 유주는 쭈욱 뜯은 치킨 살을 입 안에 쏘옥 넣으며 해맑게 말했다.
　"너랑 치킨 먹으면 좋아. 퍽퍽 살은 내가 다 먹을 수 있으니까."
　"보통 퍽퍽 살보다는 닭다리를 더 먹으려고 하거든. 나야말로 너랑 치킨 먹으면 닭다리 두 개 먹을 수 있으니까."
　서원이 뒷말을 생략하며 어깨를 으쓱이자, 해맑게 웃던 유주가 돌연 똥 씹은 얼굴을 했다.
　"너 그럼 나랑 치킨 자주 먹는 이유가……."
　서원이 굳이 부정을 하지 않자, 유주는 옆에 놓여 있던 컵을 들어 콜라를 쭈욱 들이켰다. 서원은 유주의 컵에 콜라를 다시 가득 부어 주었고, 유주는 땡큐라고 중얼거리며 입 안에 넣은 치킨을 오물오물 씹었다.
　"앞으로도 닭다리 두 개 먹고 싶거든 나한테 잘해."
　유주의 거들먹거림에 입가를 올려 피식 웃음을 지은 서원은 대충 고개를 끄덕였다.
　이렇듯 서로를 잘 알고 있는 두 사람은 친구 사이였다. 중학생 때부터 친구 사이로 벌써 15년째 곁에 있는 중이었다. 서로의 집에 거리낌 없이 드나들 정도로 친한 친구 사이임에도 불구하고 회사에서 데면데면하게 있는 이유는 다름 아닌 주위의 시선들 때문이었다.
　오래전부터 함께였기에 중학교를 졸업하고도 같은 고등학

교에 진학했고, 과는 달랐지만 대학마저 같은 곳이었다. 서로의 부모들도 유주와 서원에 대해 잘 알고 있는지라 독립을 시키면서 같은 동네에 집을 얻게 했고, 친구인 그들의 인연은 한시도 떨어지지 않고 계속 이어졌다.

대학교를 다니면서, 혹은 대학을 갓 졸업하고 나서도 같은 곳에서만 서너 번 알바를 했고 정식으로 취직을 하기 바로 전에도 같은 곳에서 일을 했었다.

문제는 그 시기에 터졌다. 알바를 할 때에도 스스럼없이 워낙 친하게 지내는 두 사람을 보며 실은 사귀는 사이가 아니냐, 한 번도 연애 감정을 가진 적이 없냐, 너무 가까워 보인다, 부터 시작해서 거의 부부 같아 보인다, 이러면 둘 중 누구 하나한테 다가갈 수나 있겠냐, 사실은 전여친, 구남친이 아니냐, 동거를 하느냐 식의 과한 발언까지도 나왔다. 그들에게는 장난, 혹은 지나친 질투에서 비롯된 말일 수 있겠으나 처음엔 가볍게 넘겼던 게 나중엔 심한 스트레스로까지 이어졌고, 아니면 말고 식인 그런 상황에서 막상 힘들어지는 건 두 사람이었다.

그걸로 끝이 난다면 그러려니 하겠으나 그게 끝도 아니었다. 두 사람이 관계를 인정하지 않는다며 어장이니 뭐니 거의 불륜인 것처럼 두 사람을 몰아갔고 결국은 가까웠던 동료들이 뒤에서 수군거리는 상황으로까지 이어졌다.

그것과 동시에 괜스레 두 사람 사이가 어색해지는 상황까지 이르자, 각자 다른 곳에서 알바를 해 보기도 했지만 애초에 같은 동네에 동선이 비슷했고, 취향이나 흥미가 있는 것까지도 겹치는지라 의도치 않게 마주치는 상황이 수두룩하게 일어났다.

굳이 같은 곳에서 알바를 하지 않는다고 해도 유주가 일하는 카페에 서원이 단골로 오게 된다든지, 유주가 평소 자주 가는 서점에서 서원이 일을 하게 된다든지 하는 일들이 흔하게 벌어졌다. 이쯤 되니 대체 왜 이렇게까지 피해야 되나 고민하는 상황에 이르렀고, 다시 친구 사이라는 걸 공개한 채 취직을 하기 바로 전 같은 곳에서 일을 했지만 연령대가 높아진 만큼 소문이나 뒷담화는 더 노골적이고 디테일해질 뿐, 힘들어지는 건 마찬가지였다.

이후 정식 취업을 위해 여러 군데에 이력서를 넣고 서류전형에 면접에 어렵게 합격을 하게 됐지만, 그중 지망 1순위 회사가 같다는 걸 알게 된 두 사람은 결국 하나의 의견을 냈다. 회사에서는 철저하게 모르는 사람인 척하는 것.

그 의견을 먼저 제안한 건 서원이었다. 억지 소문과 뒷담화에 가까웠던 사람들의 곱지 않은 시선으로 상처를 받는 건 그도 마찬가지였지만, 늘 유쾌하고 밝아 보여도 타인의 상처나 아픔에 공감을 잘하고 기억력까지 좋아 어린 마음에 상처를 두고두고 새겨 두는 유주가 걱정이 됐기 때문이었다.

그깟 회사에서 아는 척 좀 안 한다고 해서 문제가 될 건 없었고, 어차피 같은 동네이기에 퇴근 후나 주말에 맘껏 친한 티를 내면 그만이었다. 그리하여 시작된 회사에선 모른 척하기, 미션이 직급이 신입에서 대리로 오를 때까지도 계속된 것이었다. 그동안 몰랐던 연기라는 재능을 발견한 두 사람은 여전히 회사 내에선 동료, 그뿐이었다.

하지만 회사 밖에선 여전히 쿵짝이 잘 맞고 절친한 친구였다. 이렇듯 퇴근 후에 야식도 함께 먹을 수 있는, 여전히 친한 친구.

"진희 청첩장 받았어?"

서원에게 닭 가슴살을 받고 사이좋게 남은 닭다리 하나를 건네주던 유주가 고개를 끄덕였다.

"응. 톡으로 확인했지. 결혼식장 엄청 멀던데."

"신랑 본가 쪽에서 하나 봐."

"넌 뭐 타고 갈 거야? 버스?"

"찾아보니까 교통편이 복잡하던데. 그냥 차 타고 가려고."

"그럼 나도 데리고 가라. 기름값 댈게."

치킨을 한 입 베어 먹은 유주가 반짝반짝한 눈망울로 서원을 바라보았다. 표정 없이 빤히 쳐다보던 서원이 유주의 입가에 묻은 부스러기들을 떼어 주며 짧게 대꾸했다.

"누구신지."

"마케팅팀 민 대리다."

"시간 맞춰 나오면."

"나야 시간 잘 맞추지."

"너 주연이 결혼식 때 생각 안 나? 결혼식 시간 딱 맞춰 가서 대기실에서 사진도 못 찍고 주연이는 떨려 죽겠는데 너 안 보인다며 울고불고. 그때 이후로 주연이가 너 베프도 아니라고 베프 목록에서 싹 지워 버린 거 아니야."

"야, 그만 좀 해. 그때는 너무 어렸고 친구 결혼식은 처음인 데다 그냥 시간 맞춰 가면 되는 줄 알았단 말이야, 대기실은 생각도 못 했는데. 안 그래도 그거 때문에 주연이한테 미안해서 내내 풀어 줬거든. 주연이는 대기실에서 찍은 사진에 나만 없다고 만날 때마다 보여 주면서 구박하고."

"그러니까 그러려거든 그전에 베프라고 온 동네방네 얘기하고 다니지를 말든가. 베프 결혼식에 식 시간보다 5분이라도 일찍 가서 축하 인사는 해 줘야 할 거 아니야."

유주는 상 위로 치킨을 집어 던지며 서원을 쏘아봤고, 서원은 아랑곳하지 않고 콧방귀를 뀌었다.

"두고 봐! 진희 결혼식엔 한 시간 전에 가 있는다, 내가."

"그땐 진희 결혼식장에 있지도 않아."

"이씨, 어쩌라고!"

서원은 콧김까지 뿜으며 흥분한 유주의 입 안에 무 하나를 집어넣어 주었다. 혀끝에 새콤한 맛이 감돌자, 유주는 조금은 누그러진 표정으로 무를 아삭아삭 깨물었다.

그렇게 티격태격하던 두 사람은 어느새 치킨을 다 먹고 빈 상자와 그릇을 정리해 한 곳에 모아 두었다. 배가 부른지 나른하게 기대어 있던 서원이 침대 위로 풀썩 몸을 눕혔다. 방 하나와 거실이 벽 없이 이어져 있는 구조인지라 유주의 집은 유난히 거실이 넓었고, 그리하여 그녀는 거실 한편에 침대를 두고 사용 중이었다.

"야, 왜 누워."

침대에 비스듬하게 누운 서원을 보며 유주가 툴툴댔다.

"잠깐만 누울게. 피곤해서 그래."

정말 피곤한 건지 서원은 쓰러지듯 대충 누운 채로 눈까지 감고 있었다.

"너도 누워."

나른하게 잠긴 그의 목소리에 유주는 눈을 게슴츠레하게 떴다. 저놈이 지금 뭐라는 거야?

"네가 대각선으로 침대 다 차지하고 있는데 어떻게 누워?"

유주의 투덜거림에 서원은 엉덩이를 들썩거려 1센티미터쯤 자리를 이동했다. 떨떠름하게 바라보던 유주가 억지로 고개를 끄덕였다. 너의 노고만큼은 내가 인정해 주마.

작은방으로 들어가 옷을 편하게 갈아입은 유주가 살그머니 침대 쪽으로 다가갔다. 잠이 든 것 같은 무방비한 서원의 모습을 보고 있자니 괜스레 가슴이 콩닥거렸다. 자꾸만 가슴을 설레게 만드는 그 나른하면서도 은근한 눈동자가 감긴 눈꺼풀에 의해 가려졌지만 차분하면서도 지나치지 않게 느꺼지는 그 특유의 섹시한 분위기는 그대로였다. 조용히 감상하던 유주는 조심스럽게 손을 뻗어 서원의 이마에 손바닥을 대었다. 두통이 있다더니 미열이 느껴지는 듯했다.

두리번거리는 유주의 눈에 치킨 박스 옆에 놓여 있는 빈 약 껍질이 들어왔다.

'먹긴 했네.'

막 이마에서 손을 거두려는 순간, 언제 올라온 건지 손목을 잡은 커다란 손이 그녀가 손을 거두려는 걸 제지했다.

"손 내리지 마. 계속 이마에 대고 있어. 좀 낫다."

덜컥 내려앉은 가슴에 눈도 감지 못한 채 잔뜩 굳어 있던 유주가 작게 침을 삼키며 눈동자를 이리저리 굴렸다. 그가 눈을 감고 있는 게 다행이었다. 얼굴에 열이 느껴지는 게 양 뺨이 붉게 달아올랐을 게 분명했다.

"아직도 머리 아파?"

"조금."

감긴 눈은 여전했지만 느릿하게 움직인 붉은 입술이 나른한 음성을 낮게 내뱉자, 유주는 본격적으로 동요하기 시작했다. 오래전부터 시작된 마음이었다. 친구였던 어린 시절부터 그를 마음에 품었던 건 아니었다. 성인이 된 이후, 개구쟁이처럼 느껴졌던 그의 나른한 눈빛이, 그 미소가 더 이상 장난스럽게만 보이지 않았다. 가슴을 간지럽히고 이따금씩 심장이 덜컥 내려앉는 그 오묘한 느낌에 서서히 마음을 깨달아 갔다. 하지만 그 마음을 꺼내 보일 수가 없었다. 마음을 깨달았던 그때조차도 이미 너무나 오랜 시간을 함께했던 친구였다.

한 번도 떨어져 지내본 적이 없었고, 그런 생각을 한 적도 없을뿐더러 떨어져 지내고 싶지도 않았다. 그렇게 이미 익숙해졌고, 함께 있는 게 자연스러워졌으며, 어색해지느니 차라리 마음을 숨긴 채 늘 그랬던 것처럼 곁에 머무르는 게 낫다고 생각되었다. 고리타분하고 어리석은 생각일지라도.

이마를 짚은 채 더 곁에 있어 주던 유주는 조금 전 손목에 닿았던 서원의 손을 떠올리곤 일부러 투덜대듯 말했다.

"근데 남자들 손은 대부분 따뜻하던데, 넌 손이 왜 그렇게 차?"

뼈대가 굵고 길쭉한 서원의 손은 유난히도 찼다. 조금 전 손목에 닿았던 서늘한 감촉이 다시금 상기되자, 유주는 침대에 놓여 있는 그의 커다란 손에 시선을 주었다. 장난스럽게 닿은 적은 있으나 제대로 잡아 본 적은 없는 손이었다. 쏠쏠해지려는 찰나, 침묵을 깨는 그의 낮은 목소리가 귓가에 살며시 닿아 왔다.

"마음이 따뜻해서."

성격과는 어울리지도 않는 소리를 아무렇지도 않게 해 대는 서원의 모습에 유주는 심드렁한 표정으로 그를 내려다보았다.

그렇게 몇 분쯤 흘렀을까. 스르르 눈을 뜬 유주는 목을 긁적이며 몸을 일으켰다. 언제 누웠지? 잠이 들었던가? 어쩐지 눈앞이 답답해 유주는 손을 올려 눈가를 짚었다. 이마에 붙어 있는 무언가를 뗀 그녀는 아직 졸음이 스민 눈동자로 포스트잇을 들여다보았다.

씻고 자.

"이씨."
서원은 집에 돌아갔는지 모습이며 가방이 보이지 않았다. 주위를 살펴보니 테이블은 깨끗하게 치워져 있었고, 치킨 뼈들과 쓰레기를 모아 놨던 종이 가방이 보이지 않았다. 유주는 배시시 미소를 지으며 흡족하게 중얼거렸다.
"이쁜 놈."
침대로 그대로 쓰러지려던 유주는 생각을 바꿔 욕실로 향했다.

다음 날, 서원이 출근을 하기 전 직접 배달해 준 핫팩 중 하나를 집어 들어 코트 주머니에 넣고 유주는 가뿐한 걸음으로 집을 나섰다. 막 회사에 도착해 엘리베이터로 향하려는데 등 뒤에서 그녀를 부르는 목소리가 들려왔다.
"민 대리."

걸음을 멈추고 고개를 돌리니 눈에 보이는 건 다름 아닌 서 대리였다.

"안녕하세요, 서 대리님."

짧게 고개를 숙여 인사를 받아 준 서 대리가 무언가를 내밀자, 유주의 시선이 자연스레 그곳으로 내려갔다. 그가 내민 건 핫팩이었다. 익숙한 핫팩의 모양에 코트 주머니를 뒤적거린 유주는 아차, 하는 표정으로 그것을 받아 들었다.

"감사합니다. 주머니에서 손 빼다가 같이 빠졌나 봐요."

유주는 핫팩을 코트 주머니에 꼼꼼히 넣으며 눈으로 다시 감사 인사를 전했다. 어제처럼 서 대리와 엘리베이터에 나란히 서게 되자, 유주가 먼저 질문을 던졌다. 주제는 아까 언급됐던 핫팩이었다.

"서 대리님은 핫팩 사용 안 하세요?"

"저는 손이 워낙 따뜻해서요. 핫팩은 주머니에 넣고 있으면 따뜻한 것도 모르겠고."

서 대리는 친절하게 대꾸하며 손을 펴 보였다. 커다란 손이 서원과 닮은 듯하면서도 또 다른 느낌이었다.

"아."

유주는 고개를 끄덕이며 서원의 서늘한 손을 떠올렸다. 어째 요 근래에 아침마다 그를 떠올리게 되는 것 같았다.

어느덧 점심시간이 됐고, 사무실을 나서며 박 팀장은 팀원들에게 호쾌하게 메뉴를 물었다.

"뭐 먹을까?"

"전 얼큰 수제비 먹고 싶어요!"

유주가 손까지 번쩍 든 채 호기롭게 외쳤다.

"저도 얼큰 수제비요."

서 대리도 작게 손을 들며 말을 잇자, 박 팀장이 눈을 가늘게 뜨며 서 대리와 유주를 번갈아 보았다.

"가만 보면 둘이 음식 취향 비슷하더라."

"뭐, 얼큰 수제비 맛있잖아요."

부드러운 미소가 가득한 얼굴로 대답하는 서 대리의 모습에 박 팀장은 이내 수긍을 하며 고개를 끄덕였다.

"수제비 맛있지."

참으로 사람을 무장 해제시키는 미소라고 생각하며 유주는 서 대리를 빤히 바라보았다. 그러던 중, 그와 눈이 마주치자 밝게 웃으며 손을 들어 올렸다. 의미를 알아챈 서 대리가 손을 뻗어 유주의 손바닥과 짝, 소리가 나게끔 손을 부딪쳤다.

"어? 진 대리?"

이쪽을 빤히 바라보고 있던 서원을 발견한 박 팀장이 그를 부르자, 유주는 서둘러 앞쪽으로 시선을 주었다. 서원과 눈이 마주친 것 같았으나 착각이었던 건지 아니면 순식간에 시선을 돌린 건지 그는 박 팀장에게 고개를 숙여 인사하고 있었다.

"진 대리, 오늘은 여자들한테 안 둘러싸여 있네."

"아니에요."

"아니긴, 인기 많으면서."

박 팀장의 옳은 소리에 유주는 입술을 작게 삐쭉였고, 그런 그녀의 표정을 발견한 서원이 더 이상 그 주제로 이야기를 이어 가고 싶지 않은 듯 화제를 돌렸다.

"식사하러 가세요?"

"응. 우리 얼큰 수제비 먹으러 가."

서원의 눈동자가 다시 한번 유주에게 짧게 닿았다 떨어졌다. 누구의 취향인지 단번에 알 것 같았으므로.

"민 대리랑 서 대리가 추천했어."

이번엔 서원의 눈동자가 한 번 간 적 없던 서 대리에게로 향했다. 쭉 바라보고 있었던 서 대리가 미소를 머금은 채 짧게 고개를 숙여 인사하자, 서원도 고개를 숙여 같이 인사했다.

"그럼 진 대리도 식사 맛있게 해."

"점심 맛있게 드세요, 진 대리님."

"네. 식사 맛있게 하세요."

인사를 나눈 마케팅팀은 복도를 지나쳐 갔고, 팀원들을 찾아 사무실로 향하던 서원이 잠시 걸음을 멈춰 그들을 뒤돌아봤다. 묘한 여운이 남은 복도에 홀로 서 있던 그가 눈동자를 느릿하게 굴리다 이내 다시 걸음을 옮겼다.

2장. 묘한 사이

 점심 식사를 마친 마케팅팀 사원들은 사무실로 돌아와 늘 그랬듯 담소를 나누었다. 의자에 편안하게 기대 커피를 한 모금 마신 유주는 전화가 온 듯한 이 차장을 발견하고는 멀뚱히 눈길을 주었다. 역시나 이 차장이 휴대폰을 집어 들고는 잠시 양해를 구했다.
"저 잠시 통화 좀."
"어. 편하게 해."
 그럴 줄 알았다는 듯 박 팀장이 대충 손짓을 하며 대꾸했다. 이내 평소에는 절대 볼 수 없는 이 차장의 애교 퍼레이드가 이어졌다.
"어, 남편. 맛있게 먹었지. 육개장 먹었어? 잘했네. 아이고, 그랬쪄요? 응, 오늘도 일찍 끝날 것 같아. 집에 빨리 가려고 열심히 일했지. 여보도 그랬어? 응, 알았어. 이따 또 통화해요."

해맑은 얼굴로 전화를 끊은 나라는 고개를 들다 움찔거리며 살며시 입꼬리를 내렸다. 마케팅팀 사원들이 하나같이 똑같은 표정으로 그녀를 바라보고 있었다. 표정 없이 바라보고 있던 규진이 툴툴대듯 말을 내뱉었다.

"차장님 부부는 변함이 없으시네요."

"왜? 우리 아직 신혼이잖아."

"결혼하신 지 5년 됐잖아요."

"5년인데, 뭐? 결혼한 지 5년 되면 신혼 아닌가? 우린 아직도 신혼이거든."

"예예, 아무렴요. 그러고 보니 얼마 안 있으면 밸런타인데이네요. 남편분한테 초콜릿 주실 거예요?"

"줘야지. 내가 직접 만들어서 줄 거야."

두 손을 들어 현란하게 손가락을 움직이는 나라의 모습에 유주는 텀블러를 입에 댄 채 멍하게 입을 벌렸다.

"팀장님은 안 챙기세요?"

계속 뻔뻔스러움을 유지하기가 민망한 듯 나라는 괜히 가만있는 박 팀장을 걸고 넘어졌다. 커피를 호록 마신 박 팀장이 그 특유의 도도한 얼굴로 더 도도하게 나라를 바라보았다.

"나야, 당연히 챙기지. 완전 맛있는 초콜릿으로."

잉꼬부부의 대열에 박 팀장까지 합세하자, 팀원들 표정이 더욱 떨떠름하게 변했다.

"정부는 박 팀장, 이 차장한테 상 줘야 돼. 비혼주의자들을 다 결혼의 세계로 인도하잖아. 잉꼬부부의 정석, 행복한 부부. 캬. 이 얼마나 멋져."

언제 온 건지 한 부장이 이야기에 껴들며 짝짝짝 박수까지 치자, 가만히 듣고 있던 나라가 가자미눈을 한 채 질문했다.

"부장님, 그거 칭찬이에요?"

"당연하지. 난 이번에도 초콜릿 못 받는데."

풀이 죽은 한 부장을 보며 팀원들은 그가 기러기 부부라는 걸 떠올렸다. 사무실 공기가 순식간에 무거워지자, 하린이 얼른 화제를 돌렸다.

"차장님은 남편분하고 사내 연애 하셨다면서요?"

"응. 같은 회사 다녔었지."

"근데 왜 지금은 다른 회사예요? 부부끼리 같은 회사면 아무래도 불편하려나요?"

나라는 그때를 회상하는 듯 눈동자를 굴리다 깊게 숨을 내쉬곤 이야기를 시작했다.

"특별히 불편한 건 없었는데, 아무래도 신경 쓰이는 건 있었지."

"뭔데요?"

유주와 하린, 서 대리를 비롯한 미혼인 사원들은 물론 박 팀장과 한 부장까지 상체를 가까이 기울이곤 이야기를 경청했다. 재밌는 옛날이야기라도 듣는 듯 팀원들의 눈망울이 반짝반짝 빛났다.

"회사 사람들 시선. 이게 아무리 조심한다고 해도 이야기가 나오기 마련이더라고. 내가 아는 얘기면 상관이 없는데 나중엔 우리가 모르는 이야기도 막 사실처럼 돌아. 난 그럴 만한 짓을 한 적이 없는데 사람들이 막 수군거리기도 하고, 어느 날은 또 험담도 하고. 난 내가 멘탈이 되게 강한 사람이라고 생각했는데 한둘도 아니고 여러 명이 지속적으로 그러니까 아우, 막 스트레스가 쌓이더라. 괜히 남편한테 짜증만 더 내고. 그러다 우리가 낸 결론은 왜 우리가 우리 일도 아닌 정말 쓸데기 없는 사람들 때문에 이렇게 힘들어야 하는가, 였어. 그래서 남편이 먼저 이직을 하고 나도 얼마 있다가 지금 이 회사로 온 거지."

유주를 포함 이야기를 들은 팀원들이 모두 고개를 주억거렸다. 이야기만 들었는데도 모두 이해가 갔다.

무언가를 생각하는 것 같던 유주의 눈동자가 심란함을 담고 살며시 흔들렸다. 별반 다르지 않은 표정의 서 대리가 시선을 들어 유주를 눈에 담았다.

"근데 뭐, 사내 연애가 다 이런 건 아니야. 어찌 보면 좋은 점도 많고. 우리 회사에서만 봐도 총무팀 유 대리하고 영업

팀 정 차장 연애 잘하잖아."

 이런 사내 연애, 저런 사내 연애를 봐 왔던 박 팀장과 한 부장이 고개를 끄덕거렸다. 그러던 중, 한 부장이 무언가 생각난 듯 팀원들에게 서둘러 말했다.

 "참, 다음 주 우리 팀 회식 있어요. 강요할 생각은 없지만 우린 팀워크 좋은 마케팅팀이니까."

 한 부장은 짧고 굵게 말을 남기며 사무실을 나섰다. 팀원들은 서로를 마주 보며 어깨를 으쓱였다. 마케팅팀은 이 회사 내에서 가장 팀워크가 좋은 팀이라고 소문이 났을 정도로 유별나게 사이가 좋았다.

 "인사팀도 다음 주 회식이라는 것 같던데."

 소문에 밝은 하린의 말에 유주는 관심을 보였다. 인사팀이라면 진 대리가 소속되어 있는 팀이었다.

 "그러고 보면 인사팀하고 회식이 자주 겹치네."

 "이거 이거 인사팀하고 뭐 있는 거 아니야?"

 짧게 움찔한 유주가 곧 그럴 필요가 없다는 걸 상기하고는 커피를 쭈욱 들이켰다. 서원이나 유주가 회식 날짜를 잡는 데에 관여한 게 아니었으므로.

 흐린 날씨 때문인지 유독 몸이 찌뿌둥한 탓에 유주는 허리를 움직이며 목을 주물렀다. 그런 유주의 등을 살포시 두드리는 손이 있었다. 고개를 돌리자, 초콜릿을 든 채 씨익 웃는 하린이 보였다.

"나가자."

피식 웃은 유주는 조용히 의자를 끌어 자리에서 일어났다. 주위를 살펴보자, 다들 피곤한 기색이었다. 그러던 중 서 대리의 자리가 빈 것을 확인한 그녀는 의아한 얼굴을 하다 곧 하린을 따라나섰다.

건물 밖으로 나간 두 사람은 건물 앞 벤치에 앉아 초콜릿을 입에 넣으며 흐린 하늘을 올려다보았다.

"먼지 때문인가? 날씨 되게 안 좋다."

"그러게. 차라리 추운 게 나은 것 같아."

퀭한 눈으로 초콜릿만 우적거리며 한가롭게 넋을 놓고 있던 유주와 하린은 저만치에서 들리는 목소리에 입을 오물거리다 말고 움찔거렸다.

"차 과장, 민 대리, 서 대리, 너희 일 안 하세요? 너희 멍때리고 있은 지 십오 분이 넘었어. 아까 복도 지나갈 때 봤는데 아직도 있어?"

2층 복도 창문가에서 들리는 소리에 유주와 하린은 벌떡 일어선 채 공손하게 손을 모으고 고개를 꾸벅거렸다. 평소 사람 좋고 장난스러운 한 부장이라고 해도 참지 못하는 게 하나 있었으니, 그건 바로 월급 루팡들이었다. 점심시간도 넉넉하게 주는 회사인 데다 점심시간이 끝난 지 얼마 지나지 않은 시점이니 그가 분노할 만도 했다.

잠이 확 달아난 듯한 얼굴로 건물 안으로 후다닥 들어가려던 유주와 하린이 건물 입구 앞에서 간신히 멈춰 선 채 서로를 마주 보았다. 무언가 이상했다.

'서 대리?'

죄 없는 서 대리는 왜……. 고개를 갸웃거린 유주와 하린은 도로 2층 창문을 올려다보았다. 한 부장이 어이가 없는 듯한 얼굴로 두 사람이 서 있는 곳에서 조금 거리가 있는 모퉁이 너머를 손으로 가리켰다. 의아하게 서로를 마주 보던 유주와 하린은 한 부장이 손짓한 곳으로 살금살금 다가갔다.

고개만 쭈욱 내민 채 모퉁이 너머를 보는 두 사람의 눈에 쪼그려 앉아 있는 익숙한 뒤태가 들어왔다.

'서 대리?'

분명 서 대리가 입고 있었던 슈트가 맞았다. 하지만 그는 한 부장의 목소리를 듣지 못한 듯 벌떡 일어선 유주와 하린과는 달리 여전히 쪼그려 앉아 있는 상태였다. 그런 서 대리를 유심히 관찰하는데 무언가 느껴진 듯 넓은 등을 움찔거린 그가 스윽 고개를 돌려 뒤를 바라보았다. 뚱하게 눈길을 주던 한 부장은 이제 창문가에 찰싹 달라붙어 그 상황을 흥미진진하게 구경 중이었다.

"……."

유주와 하린이 변명할 새도 없이, 놀란 듯한 서 대리의 새까만 눈동자가 이리저리 흔들리고 있었다. 유주는 그의 붉은 입술에 물려 있는 하얀 무언가를 발견하곤 눈을 크게 떴다.

"담배?"

여기 금연 구역인데. 하지만 그와 동시에 멍하게 벌어진 서 대리의 입에서 무언가가 툭, 하고 떨어졌다. 입에 물려 있던 하얀 막대가 좀 얇다 싶더니 익숙한 크기의 동그란 무언가가 하얀 막대와 연결되어 있었다.

"막대 사탕?"

'막대 사탕?'

하린의 목소리에 그제야 상황 파악이 된 유주는 작게 헛웃음을 터뜨렸다. 땅에 떨어진 딸기 맛 막대 사탕을 멍하게 보던 유주가 시선을 올려 아직까지도 놀란 표정의 서 대리를 눈에 담았다.

서 대리는 그제야 귀에 꽂고 있던 이어폰을 빼며 한껏 당황한 얼굴로 두 사람에게 물었다.

"무슨 일……."

하린은 안타까운 얼굴을 한 채 손을 들어 2층 창가 쪽을 가리켰다. 고개를 들던 서 대리는 흥미진진하게 구경하고 있던 한 부장을 발견하고는 움찔거리며 어색하게 입가를 올렸다. 표정을 바꿔 무표정으로 세 사람을 빤히 내려다보던 한 부장이 당장 올라오라는 듯 간결하게 손짓을 했다.

엘리베이터에 나란히 오른 세 사람은 서로와 눈이 마주치자, 어색하게 미소를 지었다.

"서 대리님도 일이 잘 안되세요?"

"잠깐 생각할 게 있어서. 시간이 이렇게나 많이 지났는지 몰랐네요."

"저희도요."

세 사람은 씁쓸하게 미소를 거두었다.

◆

그 주 주말, 서원의 차 조수석에 앉아 있던 유주가 운전을 하는 그를 돌아보며 들뜬 목소리로 말을 걸었다.

"진희 예쁘더라."

"신부인데 예뻐야지."

감흥 없는 서원의 목소리에 유주는 입술을 삐쭉거렸다.

"신혼여행 몰디브로 간다며? 나도 가고 싶다. 거기 바다 진짜 예쁘잖아. 바다 보고 싶다."

"남자나 만나고 말해."

"여행을 꼭 남자하고만 가니?"

"신혼여행을 몰디브로 가고 싶다는 거 아니었어?"

"그런가?"

"바보냐?"

"이씨. 그나저나 너 안 피곤해? 내가 운전할까?"

서원은 무감한 얼굴을 한 채 유주를 스윽 돌아보았다. 표정만으로도 답을 들은 것 같았다.

"너 장롱면허잖아."

"본가에선 엄마 차로 마트 두어 번 가 보긴 했어. 엄마 코치하에."

다시 한번 꽂히는 불신의 눈동자에 유주는 뚱한 얼굴을 하다 한번 믿어 보라는 듯 엄지손가락을 처억 치켜들었다.

잠시 휴게소에 들른 두 사람은 문어 핫바를 하나씩 우물거리며 휴식을 취했다. 제법 긴 여정에 몸이 뻐근했다.

"진짜 할 수 있겠어?"

"할 수 있다니까. 한번 믿어 봐. 민 드라이버님을 계속 찾게 될 테니까."

자신만만한 유주의 태도에 서원은 탐탁지 않은 얼굴을 하면서도 운전대를 맡겼다. 순조롭게 휴게소를 벗어나는 유주의 운전 실력에 서원은 다소 의외라는 얼굴을 했다. 하지만 얼마 있지 않아 서원은 잔뜩 굳은 채 차 천장 쪽의 손잡이를 힘껏 잡고 있었다.

집 앞에 무사히 도착한 유주는 한껏 콧대가 올라간 듯 당당한 얼굴로 차에서 내렸지만 서원은 조수석에서 내린 후 긴장이 풀린 듯 무릎을 짚고는 길게 숨을 내쉬었다.

"너 아까 어땠는지 알아? 조금만 더 가까이 붙었으면 닿았어. 내가 진짜 간이 콩알만 해져 가지고."

"다 염두에 두고서 지나쳐 간 거야. 그리고 주차되어 있던 차잖아."

"주차되어 있는 차는 닿고 가도 되냐?"

"안 닿았잖아. 안 닿았을 거 알고 그렇게 운전한 거야. 그 길이 워낙 좁았으니까 그렇게 붙은 거지. 안 닿았으면 됐지 계속 꽁알꽁알."

"이걸 그냥."

"올라가서 뭐 먹고 갈래?"

유주는 아랑곳 않고 집을 가리키며 서원에게 물었다. 서원은 지쳐 보이는 얼굴로 손을 휘휘 저으며 운전석으로 향했다.

"너 때문에 가서 좀 쉬어야겠어. 심신이 불안정해."

서원의 과한 반응에 유주는 콧방귀를 뀌며 입을 삐쭉거렸다.

"소심하기는."

집에 도착한 유주는 소파에 털썩 기대앉으며 힘없이 눈을 감았다 떴다. 웨딩드레스를 입은 화사하고 아름다웠던 진희의 자태가 떠오르며 신랑과 행복하게 웃던 친구의 모습도 연달아 떠올랐다.

'결혼이라.'

아직까지도 붙어 다니는 유주와 서원을 보며 역시나 오지랖을 떨던 사람들도 만났다.

'두 사람 오랜만이다. 아직도 붙어 다니네?'

'유주는 만나는 사람 없어? 이제 남은 사람들도 슬슬 결혼해야지.'

오지랖들이 하는 말이야 흔히 듣던 말이니 그러려니 하겠지만 오랜만에 봤던 지안과의 대화가 내내 기억에 남아 있었다.

'넌 어때?'
'뭐가?'
'뭐긴 뭐야? 진서원 말이야.'
'어떻긴, 그냥 여전히 친구지.'

지안은 유주의 마음을 유일하게 알고 있는 친구였다.

'그래서 계속 아무것도 안 하겠다고?'
'뭘 하냐, 이제 와서.'
'너 그 문제는 생각해 보긴 한 거야? 어렸을 때야 우리는 친구, 이러면서 쭉 곁에 있는 게 가능했지만 이제 한 사람이라도 곁에 누군가 생기면 그 짓도 못 해. 실례라고. 어렸을 땐 같은 인간인데 남자, 여자라고 왜 친구 못 해? 이런 생각이었지만 그게 말이 쉽지. 아무리 친구라 가까운 거라고 우겨도 내 남자가 소꿉친구랍시고 여자랑 가깝게 지내면 그거만큼 고문도 없어. 의심하면 내가 속 좁고 이상한 사람 되는 거고, 그렇다고 내가 쿨해지면 속이 타들어 가고. 생각해 봐. 고백해서 어색해지고 멀어질 거 생각해서 마음 숨기는 거면 어차피 진서원 옆에 누군가 나타나게 돼 봐. 그럼 다른 이유로 늘 그랬던 것처럼 더 이상 가깝게 있지는 못할 텐데, 그러기 전에 마음 까 보이는 게 낫지 않아? 이대로 다른 사람한테 보내기엔 너무 억울하잖아. 네 마음 알고 진서원이 좋다면 더할 나위 없이 좋은 거고, 아니라면 어차피 네가 못 가질 거 그렇게 보내는 연습 한다고 생각하는 거지, 뭐. 그렇다고 진서원이 독신주의자라 또 내내 혼자 있을 건 아니잖아?'

맞는 말이었다. 굳이 생각하고 싶지 않았던 문제였겠지.
"그렇다고 고백을 어떻게 해. 그게 쉽냐."
유주는 미끄러지듯 소파에 기대며 깊게 한숨을 내쉬었다. 서원의 슈트 차림은 늘 회사에서 봐 왔던지라 별다를 게 없었으나 자리가 달랐던 만큼 정갈하게 슈트를 입고 있던 그의 분위기가 조금은 다르게 느껴졌다. 조금 더 여유 있고 어른스러워 보였달까? 그가 왜 회사 내에서 인기가 많은지도 이해가 되었다. 진 대리, 서원은 객관적으로 봐도 꽤나 분위기 있고 멋졌다.

어쩐지 막막한 기분에 멍하게 허공만 바라보고 있으려는데 가방에서 휴대폰이 울리는 소리가 들려왔다. 엉금엉금 소파 아래로 내려가 가방을 뒤적인 유주가 휴대폰을 꺼내 들었다. 발신자는 모친이었다.

"어. 엄마."

-진희 결혼식은 잘 다녀왔어?

"그럼. 신혼여행 떠나는 것까지 다 보고 왔지."

-서원이는?

"서원이도 같이 다녀왔지."

-그래. 기분이 어땠어?

"어떻긴, 웨딩홀도 무슨 궁전 같고 뷔페도 맛있더라."

-그게 다야?

"무슨 말이 듣고 싶은 거야?"

-너도 누군가를 만나서 맛있는 뷔페 나오는 궁전 같은 웨딩홀에서 결혼하고 싶단 생각은 안 드니, 딸아?

"안 드는뎅."

-이노무 지지배. 남자 친구도 안 생겼어?

"진서원 있잖아."

-걔는 남자가 아니라 친구라며?

"그렇긴 하지."

-너 미선 아줌마 알지?

"알지. 왜?"

-그 아들 있잖아. 너 전에 한 번 만났던.

"아. 엄마가 딸기 박스 가져와야 되는데 무겁다고 오라고 해서 뜬금없이 소개팅시켰던 그 사람?"

-얘는, 또 무슨 말을 그렇게 해.

"사실이잖아. 사기꾼들."

-엄마한테 사기꾼이 뭐야?

"내 단언하건대 엄마만큼 나한테 사기 많이 친 사람이 없어."

-흠! 어쨌든. 그 사람이 너 남자 친구 생겼는지 묻더래.

"왜?"

-왜겠어? 생각나고 못 잊고 그러니까 그랬겠지. 그 사람은 너 마음에 들어 했잖아. 네가 뭐 성격이 안 맞는 거 같다느니 이상형과는 거리가 먼 것 같다느니 그런 얘기해서 상대는 일찌감치 마음 접었던 거지. 아줌마 말 들어 보니까 이따금씩 네 소식 물었던 거 같더라.

"그 사람도 좋은 사람 참 안 생긴 모양이다. 그게 벌써 일 년 전인데."

-그래서 말인데, 한 번 더 만나 볼래?

"뭐?"

-일 년이 지났는데 너도 성격 잘 맞는 이상형이 안 나타났으니 혼자고 그 사람도 혼자니까 한 번 더 만나 보는 것도 나쁘지 않겠다 싶어서. 너도 대화는 즐겁게 하고 왔다고 했잖아. 강요는 아니고 나는 한 번쯤 더 보는 것도 괜찮겠다 생각이 들어.

유주는 그 남자를 떠올렸다. 분명 매너 있고 인성 좋은 괜찮은 사람이었다. 다만 그때 역시도 유주의 마음속에 다른 남자가 있었다. 그런 채로 만나 보는 건 실례라고 생각되었다. 모친들에게 속은 억지 소개팅이었다고 해도 즐겁게 대화를 나누었던 기억은 있었다. 그렇지만 상처를 주기는 싫었으므로 그날 곧장 이유를 만들어 에둘러 거절을 했었다.

'진서원 옆에 누군가 나타나면 늘 그랬던 것처럼 더 이상 가깝게 있지는 못할 텐데.'

어째서 그 말이 떠올랐는지 모를 일이었다. 어쩐지 착잡한 마음이 들어 유주는 딱 잘라 거절을 하지는 않았다.
"생각해 볼게."
-그래. 또 짧게 말고 잘 생각해 봐.
전화를 끊은 유주는 집 안 여기저기를 돌아다니며 바삐 움직였다. 잡생각에 머리가 어지러워져 멍하게 있을 수가 없었다. 옷부터 편하게 갈아입은 유주는 쌓인 집안일을 하고 집을 정리했다.

"조, 좋아해! 진서원."
유주의 고백에 당황스럽다는 듯 바라보는 서원의 눈동자가 이리저리 흔들렸다. 그 특유의 나른하고 은근한 눈빛은 사라지고 어쩔 줄 모르는 눈빛만이 눈동자 안에 가득 차 있었다. 서원이 시선을 내린 그 찰나가 아주 긴 시간처럼 느껴졌다.

그리고 잠시 후, 시선을 마주친 서원의 눈동자 안엔 비웃음이 가득했다.

"하하하하하하! 아하하하하하! 하하하하! 와하하하하!"

손가락질까지 하며 박장대소하는 서원의 모습에 유주의 얼굴이 새빨개졌다. 비웃는 듯한 그 웃음은 끝이 날 줄 몰랐고, 유주는 거의 울먹이기에 이르렀다. 그의 웃음소리가 환청처럼 느껴질 즈음, 유주가 소파에 있던 쿠션을 발로 차며 벌떡 몸을 일으켰다.

그녀의 입에서 거친 숨소리가 흘러나왔다. 온통 깜깜해진 주위를 두리번거리던 유주는 그곳이 자신의 집 거실이고 방금 전의 상황이 꿈이었다는 걸 뒤늦게야 알아차렸다.

"꿈을 꿔도 참······."

유주는 두 손으로 얼굴을 감싸며 길게 숨을 내쉬었다. 식은땀까지 흘린 건지 셔츠가 젖어 있었다.

"다행이네."

꿈이라서.

악몽을 떨쳐 내려는 듯 소파에서 내려와 리모컨을 찾은 유주가 TV를 켜며 볼륨을 높였다. 그리고 테이블에 있던 안경을 집어 쓰려는데 초인종 소리가 들려왔다.

유주는 마음을 추스르려 심호흡을 하곤 현관 앞으로 다가갔다.

"누구세요?"

"나."

너무도 익숙한 낮은 목소리에 유주는 당황한 얼굴로 잠시 동안 굳어 있었다. 하지만 문을 안 열어 줄 수는 없는 노릇이기에 최대한 담담한 얼굴을 하며 현관문을 열었다. 지금 보이는 모습과 꿈속에서 봤던 그 얼굴이 겹쳐 유주는 작게 흠칫거렸다.

"무슨 일이야?"

서원은 대답 대신 들고 있던 종이 가방을 로고가 보이도록 가슴팍까지 들어 보였다.

⟨신의 초밥⟩

"초밥?"

"먼 데 다녀왔잖아. 저녁 하기 귀찮을 것 같아서."

역시 자신에 대해 너무도 잘 알고 있다고 생각하며 유주는 서원이 들어올 수 있도록 옆으로 비켜서 주었다. 곧 두 사람은 테이블에 마주 앉아 초밥을 먹기 시작했다. 새우초밥을 맛있게 우물거리는 유주를 보며 서원은 새우초밥을 골라 그녀의 앞에 놓아주었다.

"너도 새우 좋아하잖아."

"오늘은 안 당겨."

"까다롭기는."

"너 많이 먹어."

"안 당기는데 새우초밥은 왜 골라 왔어?"

오늘따라 과하게 툴툴대는 유주를 보며 서원은 이마를 긁적였다. 아까 운전 못한다고 너무 심하게 구박했나?

"그 안경 쓴 거 오랜만에 본다."

서원은 화제를 바꿔 유주가 끼고 있는 안경을 언급했다. 알이 크고 동그란 모양의 안경은 유주가 고등학생 때부터 쭉 써 오던 디자인의 안경이었다. 고등학생 때는 꽤 자주 쓰고 다녔으나 대학생 때 렌즈라는 신세계를 경험한 뒤로는 집에서만 간간이 쓰고 있었다. 유주는 괜스레 안경을 한 번 들어 올리곤 계속해서 초밥을 우물거렸다.

"귀엽네."

웃음기가 스민 나직한 목소리에 우물거리는 걸 멈춘 유주가 티 나지 않게끔 서둘러 초밥을 씹었다. 어쩐지 지금이 꿈속에서의 상황과 묘하게도 닮은 듯 다르게 느껴지고 있었다.

'혹시 이게 꿈인 건 아니겠지?'

시선을 피하느라 무감하고 나른하기만 하던 눈동자에 느릿하게 미소가 번지는 걸 미처 보지 못한 유주는 애써 담담한 척하며 그에게 물었다.

"참, TV에 새 영화 등록됐던데 볼래?"

"그래."

초밥을 다 먹어치운 두 사람은 소파에 나란히 앉아 영화를 시청했다. 두 시간 동안 영화에서 나오는 소리와 배를 아삭거리는 소리만이 집 안에 가득했다.

"그만 가야겠다."

영화가 끝나고 서원이 자리에서 일어나자, 유주도 쭈뼛쭈뼛 소파에서 일어섰다. 평소 같으면 영화를 다 보고 나서도 늦게까지 수다를 떨다 돌아갈 서원이었지만 다소 서먹하고 뻣뻣해진 공기를 느낀 건지 전과는 다르게 일찍 일어섰다.

현관 앞까지 나가 서원을 배웅한 유주는 소파에 앉지 못하고 거실을 서성이다 심란한 얼굴로 결국 문 쪽을 돌아보았다.

한편, 건물을 나온 서원은 트레이닝 바지에 두 손을 찔러 넣은 채 터덜터덜 걸음을 옮겼다. 이상하리만큼 시선을 피하던 유주가 떠오르자, 괜스레 마음이 심란해졌다. 나른한 눈동자에 점차 힘이 빠질 때쯤, 뒤에서 등을 두드리는 손길이 느껴졌다.

고개를 돌린 서원은 롱패딩의 지퍼를 위까지 끌어 올린 차림의 유주를 발견하고는 놀란 얼굴을 했다.

"왜 나왔어?"

"좀 걸으려고."

두 사람은 곧 거리를 나란히 걷기 시작했다.

"이제야 운동할 마음이 생긴 거야?"

"어?"

어쩐지 반가움이 묻어 있는 듯한 서원의 목소리에 유주는 말을 얼버무렸다.

"뭐……."

"그래, 운동 좀 해야 한다니까. 이제부터라도 체력 길러 둬야 돼. 그래야 인생을 즐겁게 살지. 몸 약해지면 아무리 좋은 일 생겨도 못 즐긴다니까. 체력이 안 되니까 더 예민해지고 짜증 나고 그러는 거야."

"아주 관장님 나셨네."

"그래서? 언제부터 나올 건데?"

"어딜?"

"헬스장. 나 다니는 곳 괜찮다니까. 집에서도 가깝고 같은 데 다니면 운동하는 거 도와줄 수도 있고 가는 길, 오는 길도 안 심심하고."

유주는 눈동자를 굴리며 머리를 굴렸다. 최대한 그럴듯한 변명을 할 수 있도록.

"집에서 몇 개월 동안 요가 좀 해 보고. 기초체력을 좀 쌓아 둔 다음에 가야 좋잖아."

무슨 말도 안 되는 소리냐는 듯 바라보는 서원의 무감한 눈초리에 유주는 괜스레 애먼 간판을 노려보았다. 너라면 짝사랑 상대한테 땀으로 범벅된 퀭한 모습 보여 주고 싶겠니? 아무것도 모르면서.

"어디까지 가려고?"

"어? 저기 편의점. 나온 김에 음료수 좀 사 가려고."

유주는 저 앞에 있는 편의점을 가리켰다.

편의점에서 사이좋게 봉지 하나씩을 들고 나온 두 사람은 편의점 앞 의자에 나란히 앉아 아이스크림을 들고 야무지게 먹기 시작했다.

"들어가. 더 가면 어두운 데 나와."

서원의 말에 유주는 아직 단맛이 도는 입을 쩝쩝대며 고개를 끄덕였다. 샐쭉한 얼굴을 한 채 몇 발자국 걷던 유주가 스윽 고개를 돌려 뒤를 돌아보았다. 유주를 보며 느릿하게 뒤로 걷고 있던 서원이 그녀가 돌아보자, 손을 들어 작게 흔들었다. 고작 패딩에 트레이닝복 바지를 입고 있을 뿐인데 마트 비닐봉지를 쥔 채 한 손을 들어 인사하는 저 자태가 저리 멋질 수 있다니, 이건 반칙이다.

떨떠름한 얼굴로 입맛을 다신 유주는 서원에게 손을 흔들어 준 후, 다시 집 쪽으로 걸음을 옮겼다. 어쩐지 간질거리는 가슴과 두근거리는 심장으로 인해 땅을 밟는 게 아닌 하늘을 둥둥 떠가는 기분이었다. 건물 바로 앞에 다다른 유주가 작은 기대를 품은 채 다시 한번 느릿하게 고개를 돌렸다.

"응?"

아까까지만 해도 다정스럽게 인사를 하던 서원이 이젠 보이지 않았다. 걸음도 엄청 빠르네.

"쳇."
유주는 서둘러 건물 안으로 들어갔다.

한편, 술잔을 만지작거리는 어떤 이 곁으로 누군가가 다가왔다.
"진영아. 야, 서진영!"
"어?"
"무슨 생각을 그렇게 해?"
시훈의 말에 대꾸할 생각은 않고 또다시 생각에 잠긴 듯한 진영이 느릿하게 눈동자를 굴렸다. 조금 전 시훈의 차를 타고 이동하던 중, 낯익은 얼굴을 발견하곤 한참 동안 눈길을 주었던 게 떠올랐다. 진영은 술잔을 괴롭히는 대신 이번엔 손가락으로 입술을 문질렀다.
"맞는 거 같은데."
"뭐가?"
"잘못 본 게 아닌 것 같단 말이야."
"애가 아까부터 왜 이래?"
조금 전 조수석 창문으로 봤던 느릿하게 거리를 걷고 있는 이는 다름 아닌 민 대리, 유주가 확실했다. 회사에서와는 다르게 편한 복장이었지만 그녀의 얼굴을 못 알아볼 리가 없었다. 그건 문제가 될 게 없었다. 다만 마음에 걸리는 건 그녀의 곁에 나란히 걷고 있던 이가 꼭 진 대리 같아 보인다는 점이었다.

"그럼 전에 본 것도 그 두 사람이 맞는 건가?"

느릿하게 중얼거리던 진영이 작게 헛웃음을 터뜨리며 곤란하다는 듯 눈가를 매만졌다.

"이러면 너무 어려워지는데."

눈가에서 손을 내린 진영은 웃음기가 사라진 얼굴로 작게 한숨을 내쉬었다.

"야, 서진영은 왜 죽상을 하고 있어? 친구 결혼하는 거 축하해 주는 자리에 와서? 한두 명씩 가니까 초조해지냐? 결국은 인기남들만 남는구나. 너무 잘나도 안 돼."

친구들의 농담도 전혀 귀에 들어오지 않는 듯 진영은 애꿎게 괴롭히던 술잔을 들어 알싸한 액체를 단번에 넘겼다. 방금 전 눈에 들어온 한 장면으로 인해 마음이 이렇게나 심란해질 수 있다니, 자신이 생각해도 어이가 없었다.

며칠 후, 피로가 가시지 않은 듯 작게 하품을 하며 엘리베이터에 올라탄 유주는 저만치에서 다가오는 진영을 발견하곤 얼른 열림 버튼을 눌렀다. 진영이 엘리베이터에 오르며 유주에게 밝게 인사했다.

"주말 잘 보냈어요?"

"네. 서 대리님은요?"

"저도 뭐, 그럭저럭."

무언가가 떠오른 듯 잠시 굳어진 표정을 감춘 진영이 이마를 긁적이다 유주에게 유심히 눈길을 주었다. 분명 그날 봤던 건 민 대리가 맞다. 꽤나 거리낌 없어 보였던 곁의 그 남자가 진 대리가 맞느냐, 아니냐 그게 풀리지 않은 거지.
"서 대리님 사탕 좋아하시나 봐요."
유주의 질문에 진영은 무슨 소리냐는 듯 의아한 얼굴을 하다 동시에 농땡이 치는 걸 한 부장에게 들켰던 그날을 떠올리곤 작게 웃음을 터뜨렸다.
"사실 몇 년 전에 담배를 끊었는데 가끔 생각날 때가 있어서요. 그때마다 하나씩 꺼내서 먹고 있어요."
유주는 그를 빤히 눈에 담았다. 작은 얼굴에 이목구비가 정돈이 잘된 느낌이어서 그런지 서 대리의 얼굴은 참 보기에 좋았다. 살짝 올라간 눈매는 볼록 튀어나온 애교 살 덕분에 사납게 보이기는커녕 참하고 예쁘장하게 느껴지곤 했다. 그가 조금 전 이마를 만진 덕분인지 가지런히 이마에 닿아 있던 부드러워 보이는 머리카락이 살짝 위로 뻗쳐 있었다. 간질거리는 손가락을 애써 누른 유주가 살짝 입꼬리를 올렸다.
"아, 담배. 좋네요. 사탕으로 대체라니."
"그런가요?"
그런 게 확실하다는 듯 유주는 환하게 입가를 올린 채로 힘차게 고개를 끄덕였다. 부드럽게 미소 지은 진영이 아예 유주 쪽으로 몸을 틀며 다정하게 말을 건넸다.

"민 대리도 이번 주 회식 참석해요?"
"그럼요. 팀워크 좋은 마케팅팀이잖아요."
한 부장의 말을 고스란히 따라 하는 유주의 모습에 진영은 웃음을 터뜨렸고, 듣기 좋은 그의 웃음소리에 유주도 환하게 입가를 올렸다.

점심 식사를 하고 사무실에 도착하자마자 모친에게서 온 전화에 유주는 사람이 없는 복도 쪽으로 자리를 옮겼다.
"어. 엄마. 생각해 본다니까. 짧게 생각하지 말라며? 길게 생각 중이야. 사람이 말이야, 신중해야지. 엄마는 참. 소개팅은 뭐, 막 아무렇게나 해도 되는 건가? 알았어, 알았어. 그 남자 좋은 사람인 거 나도 알아. 안다니까. 나를 못 잊은 건지 나보다 괜찮은 사람이 안 나타난 건지는 모르겠지만 그것도 알겠다고. 알았어. 빨리 생각해 볼게. 알았어. 빨리 잘 생각해 볼게. 됐지?"
유주는 복잡한 표정으로 작게 한숨을 쉬며 전화를 끊었다.
한편, 자판기를 찾아 복도를 걷던 진영이 통화를 하고 있던 유주를 발견하고 다가가려다 심상치 않은 통화 내용에 도로 모퉁이 너머로 돌아가 벽에 등을 기댄 채 본의 아니게 통화를 엿듣고 있던 참이었다.
'소개팅?'
그는 지그시 눈을 감았다 뜨며 작게 숨을 뱉어 냈다. 산 너머 산이라더니. 난감한 표정의 진영이 고개를 돌리다 무언가를 발견하곤 흠칫거리며 작게 중얼거렸다.

"아, 깜짝이야."

대체 언제 온 건지 진영과 함께 나란히 벽에 기대어 있던 이는 다름 아닌 진 대리, 서원이었다. 대체 언제부터……. 다 들은 건가?

서원은 허공을 응시한 채 멍하게 서 있는 상태였다. 평소에는 볼 수 없었던 충격을 받은 듯한 멍한 표정에 진영은 걱정스러운 얼굴을 했다. 하지만 진영을 보지 못한 건지 아니면 보고도 미처 아는 체를 할 여유가 없는 건지 서원은 벽에 기대고 있던 몸을 느릿하게 일으켜 걸어왔던 복도를 따라 도로 걸음을 옮겼다. 어쩐지 비틀거리는 것만 같은 힘없어 보이는 서원의 뒷모습을 보며 진영은 헛웃음을 터뜨렸다. 저러다 쓰러지는 거 아닌가 몰라.

"엄청 신경 쓰이는 타입이네."

3장. 몽글몽글한 사이

사무실로 돌아온 서원은 여전히 멍한 얼굴을 하다 심경이 복잡한 듯 손으로 얼굴을 쓸어내렸다.

'소개팅?'

그는 조금 전, 자판기 쪽으로 향하는 유주를 발견하고 그곳으로 발길을 옮기려다 팀장의 부름에 도로 사무실로 돌아갔다. 용무가 끝난 뒤 다시 자판기 쪽으로 이동하던 서원은 모퉁이 벽에 기대어 있는 서 대리를 발견하곤 그 곁으로 슬그머니 다가갔다.

'수상쩍게 뭐 하는 거야?'

꽤나 심각해 보이는 서 대리의 모습에 의아해하던 그는 통화를 하고 있는 듯한 유주의 목소리에 잠시 걸음을 멈추었다.

'엄마는 참. 소개팅은 뭐, 막 아무렇게나 해도 되는 건가? 알았어, 알았어. 그 남자 좋은 사람인 거 나도 알아. 안다니까. 나를 못 잊은 건지 나보다 괜찮은 사람이 안 나타난 건지는 모르겠지만 그것도 알겠다고. 알았어. 생각해 볼게.'

 무슨 이야기를 들은 건지 머리가 쉽게 돌아가지 않았다. 어쩐지 머릿속이 새하얘진 기분에 서원은 힘없이 벽에 기댄 채로 서 대리와 별반 다르지 않게 잔뜩 굳어 버릴 수밖에 없었다.
 '젠장.'
 서원은 질끈 눈을 감은 채로 그 일을 떠올리며 한숨을 푸욱 내쉬었다. 못 잊었다고? 그때 말했던 그 사람인가? 딸기 박스?
 '아, 어머님.'
 서원은 지그시 눈을 감은 채로 괴로워했고, 어두워진 서원의 표정을 발견한 여사원들이 호들갑을 떨며 그의 곁으로 다가갔다.
 "진 대리님, 무슨 일 있으세요?"
 망연하게 앉아 있던 서원이 어색하게나마 표정을 풀며 짧게 대꾸했다.

"아니요. 괜찮습니다."

"괜찮긴요. 안색이 안 좋아 보이시⋯⋯."

인사팀의 인기녀인 배 대리가 걱정스러운 얼굴로 서원의 눈가 쪽으로 손을 뻗었지만 곧 막아서는 그의 팔에 제지되었다. 좀처럼 빈틈을 보이지 않는 서원의 태도에 배 대리는 손을 내리며 민망한 듯 입가를 올렸다. 제자리로 돌아가는 배 대리와 여사원들을 보며 남자 팀원들이 저들끼리 쑥덕거리기 시작했다.

"완전 철벽이네."

"민망하겠다, 배 대리."

그러든가 말든가, 전혀 관심이 없어 보이는 서원은 다시금 어두워진 얼굴을 손으로 쓸어내리며 모니터에 멍하게 시선을 주었다.

며칠 후, 마케팅팀 사원들은 회식을 하기 위해 회사에서 그리 멀지 않은 식당으로 오손도손 향했다. 식당에 들어서자, 벌써 자리를 잡고 고기를 굽고 있는 인사팀이 보였다.

"인사팀도 여기서 회식하나 봐."

억지로 웃고 있는 입가로 인해 한 부장의 입꼬리가 부들부들 떨리고 있었다.

"여기가 회사 근처에서 제일 맛있기로 소문난 식당이니까."

곧장 대꾸하는 인사팀 장 부장의 표정 역시도 어색하긴 마찬가지였다. 한 부장과 장 부장은 입사 동기로 부딪치기만 하면 으르렁대는 사이로 유명했다. 취향이나 성향이 비슷한 건지 문제는 제법 자주 마주친다는 점이었다. 처음엔 너희 팀이 옮겨라, 우리 팀이 먼저 왔다 등으로 티격태격거렸지만 끝나지 않는 싸움에 결국 그냥 서로를 받아들이기로 합의한 모양이었다. 여전히 마음에 안 드는 것 같았지만.

인사팀을 피해 그 반대편으로 자리를 잡은 마케팅팀은 맞은편에서 솔솔 풍기는 고기 냄새에 들뜬 표정으로 고기를 굽기 시작했다.

"자, 수고들 했어. 다들 고기 많이 먹어. 에헤이, 차 과장 연속으로 술 마시지 말고. 밥부터 든든하게 챙겨 먹은 다음에 술들 마셔. 고기 모자라면 더 시키고. 아끼지 말고 시켜, 막."

팀원들의 건강부터 챙기는 한 부장의 건배사에 반대편에서 술을 권하던 장 부장이 가자미눈을 하며 한 부장에게 시비를 걸었다.

"한 부장, 네가 거기서 그렇게 얘기하면 내가 뭐가 돼?"

"뭐가 되긴 뭐가 돼? 내 입으로 하고 싶은 말도 못 해? 왜 시비야?"

"시비? 내가 언제 또 시비를 걸었다고?"

서로에게 삿대질까지 하며 부장들이 또다시 티격태격 싸우자 결국 팀원들이 고기를 먹다 말고 각자의 부장을 말리기 시작했다.

"부장님, 참으세요. 고기 먹어야죠."

"재가 참긴 뭘 참아? 김 과장, 너희 팀 부장이라고 편드는 거야?"

"왜 우리 팀원한테 뭐라고 그래?"

"에이, 부장님들. 고기 다 타요. 회식해야죠. 자자, 두 분 다 진정하시고. 인사팀, 마케팅팀 위해서 건배 한번 할까요?"

 유들유들하고 성격 좋은 인사팀 강 대리의 중재에 그나마 분위기가 가라앉자, 그 기세를 타 팀원들이 한 부장과 장 부장을 자리에 앉혔다. 회식 분위기를 망치기는 싫은 듯 그 이후로 한 부장과 장 부장은 팀원들을 도닥이며 조용히 자리를 지켰다.

 회식 분위기가 험악해질까 노심초사하던 유주는 안도의 숨을 내쉬며 무의식적으로 시선을 들었다. 그가 있던 자리여서 그 방향으로 시선이 간 건지 아니면 그저 시선을 둔 곳에 우연찮게 그가 있었던 건지 눈동자에 곧장 서원이 보이자, 유주는 심란한 얼굴을 했다.

"진 대리님, 고기 많이 드세요."

"이것 좀 드셔 보세요. 맛있어요."

 하필 자리를 골라도······. 여사원들에게 둘러싸인 서원의 모습에 유주는 떨떠름한 얼굴로 입매를 늘였다.

'어차피 진서원 옆에 누군가 나타나게 돼 봐. 그럼 다른 이유로 늘 그랬던 것처럼 더 이상 가깝게 있지는 못할 텐데.'

하필 지안의 그 말까지 떠오르자, 유주는 시큰둥한 얼굴로 곱지 않게 시선을 주었다. 그래, 어차피 다른 여자의 남자가 될 거란 말이지.

그 순간, 고개를 들던 서원이 제법 매섭게 노려보는 유주를 발견하곤 흠칫거리며 들고 있던 술잔을 도로 내려놓았다. 유주는 곧 시선을 돌리며 앞에 놓여 있던 술잔을 들어 단번에 입 안에 털어 넣었다. 옆에 앉아 있던 진영이 그런 유주를 발견하곤 걱정스러운 눈빛을 보냈다.

저만치에 앉아 있던 서원 역시도 불안한 듯 유주에게 눈길을 주었다. 하지만 유주는 그걸로도 마음이 풀리지 않는지 잔에 다시 술을 가득 따라 주욱 들이켰다.

"민 대리, 괜찮아요?"

지켜보고만 있던 서 대리가 걱정스러운 듯 묻자, 유주는 해맑게 입꼬리를 올리며 호쾌하게 대꾸했다.

"괜찮아요. 오늘따라 술이 엄청 잘 받네요. 고기도 맛있고."

"그래도. 원래는 이렇게 많이 안 마시잖아요."

그랬었지. 요새 하도 심란한 일들이 많다 보니. 속으로 투덜거리며 작게 한숨을 쉰 유주는 걱정스러운 듯 바라보는 서 대리를 마주 보며 술잔을 들어 올렸다.

"가끔 많이 마실 때도 있고 그러는 거죠. 건배해요, 건배."

어쩔 수 없이 술잔을 부딪혀 준 진영은 단번에 들이켜는 유주와는 달리 약간만 입에 댄 후 술잔을 내려놓았다. 멀찍이서 불안한 듯 지켜보는 서원의 시선을 모른 채 유주와 서 대리가 한 번 더 술잔을 부딪쳤다.

얼마 후, 비틀비틀 화장실을 다녀오는 유주의 앞을 누군가가 가로막았다. 뚱하게 고개를 들던 유주가 그를 발견하곤 활짝 입가를 올렸다.

"서 대리님."

역시나 술을 과하게 마신 듯 양 볼이 불그스름해진 유주로 인해 진영이 걱정스러운 얼굴로 가게 밖을 가리켰다.

"민 대리님, 나랑 잠깐 나갔다 올래요?"

"왜요?"

"아, 술을 마셔서 그런가 담배가 당기는데 금연했잖아요. 사탕을 먹어 볼까 하는데 밖에서 혼자 먹기가 좀……. 심심할 거 같기도 하고."

조곤조곤 설명하는 진영을 빤히 올려다보던 유주가 이해가 간다는 듯 아, 소리를 내며 가게 밖으로 앞장섰다. 안도의 숨을 내쉰 진영은 혹시나 유주를 잃어버릴까 서둘러 그녀의 뒤를 따랐다.

가게 근처에 있는 정자까지 느릿하게 걸어간 두 사람은 이내 평평한 자리에 나란히 걸터앉았다. 찬바람을 맞으니 그나마 나아진 듯 유주가 크게 숨을 뱉어 냈다. 하지만 평소보다 과하게 마신 탓에 여전히 눈동자는 풀려 있었다.

느릿느릿 눈을 감았다 뜨던 유주가 휙 고개를 돌려 옆에 앉아 있는 서 대리를 뚫어질 듯 바라보았다. 당황한 듯 눈을 빠르게 깜박거리던 진영은 서서히 다가오는 유주로 인해 슬그머니 상체를 뒤로 빼며 말을 더듬거렸다.

"왜……."

똘망똘망하고 말갛던 눈동자가 취기로 인해 흐려져 있었지만 묘한 빛이 도는 예쁜 갈색 눈동자는 그대로였다. 작게 침을 삼키는 진영의 눈에 어딘가로 눈짓을 하는 유주가 보였다. 의아한 얼굴로 유주가 눈짓한 곳을 바라보던 진영이 뒤늦게 아, 소리를 내며 코트 앞주머니에 꽂아 두었던 막대 사탕을 꺼내었다. 그가 사탕 껍질을 벗겨 동그란 사탕을 입에 넣는 것까지 확인한 후에야 유주는 집요했던 시선을 거두었다.

진영은 입 안에서 사르르 녹는 단맛에 작게 입맛을 다시며 사탕 껍질을 코트 주머니 속에 집어넣었다.

'깜짝 놀랐네.'

제멋대로 두근거렸던 심장을 달래며 사탕의 단맛으로 위로를 받으려는데 다시금 유주가 느릿하게 고개를 돌렸다. 막대 사탕을 입에 물고 있는 진영의 옆모습을 제법 지그시 눈에 담던 유주는 아예 대놓고 턱까지 괸 채 그를 감상했다. 가지런한 머리칼이 바람결에 살랑거리는 모습이 괜스레 마음을 말랑거리게 만들었다. 보기에 좋은 얼굴이라 그런지 취해서 그런 건지 그의 단정한 옆얼굴로 자꾸만 시선이 갔다.

느릿하게 돌아보는 서 대리를 지그시 마주 보던 유주가 시간이 느려진 것처럼 조금 전보다도 더 느릿하게 눈을 깜박거렸다.

"……."

"……."

그저 말없이 서로를 마주 보고 있으려니 뺨에, 손등에 닿는 바람이 간질거리게 느껴지는 것도 같았다. 서서히 몸을 기울여 그에게로 다가간 유주가 이번엔 눈도 한 번 깜박이지 않은 채 가까이서 그를 오랫동안 눈에 담았다. 투명한 갈색 눈동자에 그가 온전히 비쳤다.

"서 대리님 잘생긴 건 알고 있었는데, 엄청 섹시하게 생기셨네요."

"……."

"그걸 왜 이제 알았지?"

붉게 그리고 섹시하게 느껴지는 그의 눈매와 입술에 유주는 누군가가 떠오른 듯 느릿하게 눈동자를 굴렸다.

"아, 알았다. 녀석이 멍뭉이 같은 섹시라면 서 대리님은 약간 야옹이 같은 섹시함이다!"

'야옹이?'

진영이 막대 사탕을 입에 문 채로 한쪽 눈썹을 치켜들자, 유주는 더욱 흥미로운 눈동자로 그를 마주 보았다.

"와, 나 눈썰미 엄청 좋네."

유주의 자화자찬에 진영은 기가 막힌 듯 작게 웃음을 터뜨렸다.

'눈썰미가 좋다니, 이 여자야. 남의 속도 모르면서.'

하지만 표정이 바뀔수록 하나하나 섹시함이 더해지는 그의 모습에 유주는 더욱 흥분된 표정으로 쉴 새 없이 조잘거렸다.

"와, 억울해. 왜 내 주위 남자들은 다 섹시한 거지? 기분 나빠. 왜 지들이 섹시해? 싸우자는 거야?"

유주의 울분에 당황스러워하던 진영은 조금 전 그녀가 했던 말을 상기하며 잠시 표정을 굳혔다.

'녀석? 남자들?'

유주는 여전히 울상인 채로 정자 앞에 쪼그려 앉아 입을 삐쭉거렸다.

"나도 섹시하고 싶다. 나만 없어."

그녀의 요상하면서도 안쓰러운 주사에 진영은 생각을 멈추고 그녀를 가만히 눈에 담았다. 턱을 괴고 있는 손으로 인해 볼 살이 눌려 도톰한 입술이 톡 하니 튀어나와 있었다. 유주의 귀여운 면모에 작게 웃음을 터뜨리던 진영은 또다시 슬금슬금 다가오는 그녀로 인해 살며시 입가를 올린 채 그녀의 갈색 눈동자에서 시선을 떼지 않았다. 두 사람의 시선이 얽히며 묘한 분위기가 형성되었다. 말랑하고 몽글몽글한 지금의 분위기가 얼마 전 눈이 내리던 그때의 분위기와 너무도 닮아 있었다.

"어? 보조개다."

가까이 다가온 유주가 상체까지 숙인 채 진영의 볼을 유심히 들여다보았다. 긴장한 듯 작게 숨을 뱉어 냈던 그가 여전히 웃음기가 스민 얼굴로 다정하게 대꾸했다.

"나 보조개 없는데."

부드러운 말투에 그가 말을 놓았다는 것도 파악 못 한 채 유주 역시도 그의 말투를 따라 하며 답했다.

"아닌데. 여기 들어가는데."

"아닌데. 없을 텐데."

거의 닿을 듯 가까이 고개를 숙인 유주가 유심히 살펴보려는데, 저 뒤에서 무언가에 화가 난 얼굴로 빠르게 다가오는 이가 있었으니, 다름 아닌 진 대리, 서원이었다.

"미, 민 대리."

어찌나 급하게 왔는지 안 그래도 하얀 얼굴이 창백하게 질린 채 이마엔 송골송골 땀까지 맺혀 있었다. 바로 등 뒤에서 들려온 목소리에 유주가 눈동자를 위로 굴리며 느릿하게 뒤를 돌아보았다. 유주에게 가려져 넓은 어깨만 보이고 있던 진영도 스윽 고개를 기울여 그녀 너머에 있는 진 대리에게 빤히 눈길을 주었다. 표정이 굉장히 뚱해져 있었다.

시큰둥하게 서원을 바라보던 유주는 별다른 대꾸 없이 다시 제자리로 돌아가 정자에 털썩 앉았다. 두 남자의 시선을 고스란히 받으며 느릿하게 눈을 깜박이던 유주가 별안간 뒤로 벌러덩 넘어갔다.

옆에 앉아 있던 진영과 그 앞에 서 있던 서원이 한껏 놀란 얼굴로 그녀에게 몸을 기울였으나 들려오는 건 생뚱맞은 말뿐이었다.

"깨우지 마. 졸립단 말이야. 조금만 더 잘게."

다행히 다친 곳은 없는 듯 유주는 눈을 감은 채로 도로롱 도로롱 소리를 내기 시작했다. 진영은 안도의 숨을 내쉬었고, 마찬가지로 작게 숨을 내쉰 서원은 손으로 허리를 짚은 채 탐탁지 않은 얼굴을 했다. 하지만 다친 곳은 없는지 세심하게 관찰하는 그의 눈빛은 형언할 수 없는 애틋함을 담고 있었다.

그렇게 한동안 유주를 지켜보던 서원은 자신을 빤히 바라보고 있는 진영을 뒤늦게 발견하곤 애꿎은 허공으로 시선을 돌리며 다소 성급하게 말했다.

"취해서……. 잠시 쉬려고 나왔어요."

"아, 네."

전혀 영혼이 느껴지지 않는 진영의 말투에 뻣뻣하게 서 있던 서원이 정자 앞으로 다가가 유주의 옆에 자리를 잡고 앉았다.

"……."

"……."

도로롱도로롱.

어색한 침묵 속에 유주가 도로롱거리는 작은 소리만이 울려 퍼지고 있었다. 앞만 보며 멋쩍게 앉아 있던 두 남자는 서로를 의식한 채 어떠한 행동도 쉽게 하지 못했다. 정자에 앉아 있는 멀쩡하다 못해 헌칠한 두 남자와 그 사이에 벌러덩 누워 있는 한 여자를 발견한 사람들이 그 광경을 흘낏거리며 지나갔다.

살짝 시선을 트는 진영의 눈동자에 흘끔흘끔 유주를 지켜보는 서원이 들어왔다. 무언가 골똘히 생각하는 것 같던 진영이 입에 물고 있던 막대 사탕을 빼곤 서원에게 말을 걸었다.

"실례되는 건 알지만 뭐 하나 물어봐도 되겠습니까?"

서 대리의 정중한 말투에 스윽 시선을 주던 서원이 느릿하게 고개를 끄덕였다.

"뭔데요?"

진영은 무감하게 바라보는 서원 쪽으로 고개를 돌리며 시선을 마주쳤다. 무감하면서도 은근한 그 눈빛을 마주 보던 진영이 고개를 숙이며 피식 웃음을 흘렸다. 여자들에게 그토록이나 둘러싸이는 이유를 알 것도 같았다. 나른하면서도 은근히 느껴지는 눈빛과 표정이 남성미와 성숙미를 발산하는 것과 동시에 시선을 끌어당겼다. 본인은 전혀 의도하지 않은 것 같지만. 그 과하지 않은 표정에 느긋하면서도 은근한 그 분위기가 더 매력적으로 느껴졌다. 그녀가 말한 게 무엇인지 알 것 같기도 했다.

진영은 쓴웃음을 머금으며 아까 하려던 말을 이어 갔다.

"진 대리님 혹시 지금 연애 중입니까?"

서원은 그에게 여전히 시선을 준 채로 살짝 인상을 썼다. 별걸 다 묻는다는 얼굴을 하면서도 서원은 선선히 대꾸했다.

"아니요. 안 하고 있습니다."

다행스럽다는 듯 살짝 표정이 풀어진 진영이 이번엔 조금 난감할 수도 있는 질문을 던졌다.

"비밀 연애, 뭐 그 비슷한 것도 안 하고 있어요?"

아까와는 달리 이상하다는 듯 노골적으로 바라보는 서원의 시선에도 진영은 눈길을 피하지 않았다. 똑바로 눈을 마주치고 있던 서원이 잠시 시선을 아래로 떨어뜨리다 도로 그를 바라보았다.

"아니요. 안 합니다."

어쩐지 한숨이 묻은 듯한 그 목소리에 진영은 천천히 고개를 끄덕였다. 표정이 한결 밝아진 듯한 진영의 얼굴에 서원은 그의 의중을 파악하려는 듯 눈을 가늘게 떴다.

"그럼 지금 마음에 두고 있는 사람은 있습니까?"

한층 힘이 실린 진영의 목소리에 무심하게 바라보고 있던 서원의 눈동자가 살며시 흔들렸다. 서원은 이제 아예 대놓고 진영을 바라보고 있었다.

"대체 그런 걸 왜 묻습니까?"

서원은 수상쩍다는 감정을 숨기지 않은 채 진영을 마주 보았다. 진영 역시도 시선을 피하지 않고 올곧게 그를 바라보고 있는 중이었다. 힘이 들어간 매서운 눈빛이 똑바로 마주치며 그 누구 하나 피할 생각을 않고 있었다. 평소 두 사람에게서 한 번도 본 적 없는 눈빛이었다. 팽팽한 그 분위기에 눌린 듯 바스락거리는 소리 하나조차 나지 않았다.

잠시 시선을 내려 유주에게 짧게 눈길을 준 서원이 진영을 노려보듯 바라보며 나직하게 말을 꺼냈다.

"서 대리, 혹시……."

힘 있게 닿아 오던 진영의 눈빛이 멈칫거리며 당황하는 게 느껴지자, 서원은 확신을 한 듯 어금니를 꽉 한 번 물곤 당당하게 물었다.

"나한테 마음 있어요?"

마른침을 꿀꺽 삼켰던 진영이 잘못 들었다는 듯 한껏 놀란 얼굴로 그에게 되물었다.

"네?"

서원은 상체를 뒤로 빼며 진영을 위아래로 훑어보기까지

했다. 생긴 건 꽤나 호감형에 헌칠하고 키나 외모가 특출하기까지 했지만 남자에겐 통 흥미가 없었기에 서원은 뚱한 표정을 지었다. 그 노골적인 시선과 표정에 도리어 진영이 기분이 언짢다는 눈빛을 했다.

이번엔 또 다른 의미로 시선을 마주치며 팽팽하게 대립을 하려는데 저 멀찍이서 세 사람을 부르는 목소리가 들려왔다.

"거기서 뭐 해? 2차 간대. 얼른 와."

그제야 시선을 떼며 본래의 눈빛대로 돌아온 두 사람은 수습이 안 되는 분위기에 괜스레 딴청을 부렸다. 먼저 자리에서 일어선 서원이 그 특유의 무심한 눈길로 유주를 한 번 돌아보다 곧 진영에게 말했다.

"먼저 가 볼게요. 팀원 잘 챙기세요."

"그러죠, 섹시한 멍뭉이 씨."

무슨 소리냐는 듯 서원이 작게 미간을 찌푸리자, 진영은 뻔뻔한 얼굴로 어깨만 작게 으쓱거렸다.

"아, 마지막 질문에 대답을 하자면."

대놓고 도발을 하는 것 같은 서원의 시선에 진영도 웃음기 하나 없는 눈빛으로 지지 않고 그를 똑바로 마주 보았다.

"있습니다."

짧은 그 한마디에 진영의 눈동자가 티가 나게 흔들렸다. 짧게 대답한 서원은 할 말을 다 했다는 듯 미련 없이 몸을 돌려 저벅저벅 걸음을 옮겼다. 그런 서원의 뒷모습을 빤히 바라보던 진영은 무언가를 생각하듯 무겁게 한숨을 내쉬곤 유주를 돌아보았다. 아무것도 모른 채 세상 편하게 도로롱거리며 자고 있는 유주의 모습에 진영은 작게 웃음을 터뜨렸다. 어쩐지 쓰게 느껴지는 그 웃음이 이내 흔적도 없이 사라졌다.

"큰일이네."

다시금 유주를 눈에 담은 진영이 한숨이 묻은 목소리로 혼잣말을 하듯 중얼거렸다.

"민 대리, 어떡하면 좋겠어요?"

그 심각하고 진지한 물음에 들려오는 거라곤 도로롱거리는 소리뿐이었다. 이마를 짚은 채 허탈하게 웃음을 터뜨린 진영이 그녀를 흔들어 깨웠다.

"민 대리, 일어나요. 이러다 감기 걸려요. 2차 간대요. 이제 그만 일어나야 돼."

흔들어 깨우는 손길에 도로롱거리는 소리가 멈춘다 싶더니 유주가 부스스한 몰골로 스윽 일어나 앉았다.

"으, 추워."

◆

그로부터 며칠 후, 택배 상자를 하나씩 뜯어본 유주가 난감하면서도 들뜬 표정으로 테이블에 놓인 물건들을 스윽 둘러보았다.

"올 건 다 왔고. 한번 만들어 볼까?"

분주하게 물을 끓이고 중탕 그릇에 초콜릿 가루를 잔뜩 부은 유주는 뭉치지 않도록 잘 저으며 초콜릿을 녹여 주었다. 오늘 그녀가 할 일은 밸런타인데이를 맞이하여 수제 초콜릿을 만드는 것이었다.

알맞게 녹여 준 초콜릿을 틀에 쏟고 준비해 둔 데코레이션 재료들을 알맞게 잘라 아직 굳지 않은 초콜릿 위에 뿌려 모양을 냈다. 처음 해 보는 거라 잠깐 버벅댔지만 곧 원하던 모양대로 초콜릿을 꾸며 갔다. 초콜릿 모양이 흐트러지지 않도록 조심스럽게 냉동실에 넣고 초콜릿이 굳기를 기다리며 유주는 나머지 틀에 녹인 초콜릿을 부은 후, 넉넉히 초콜릿을 만들어 갔다.

밸런타인데이를 맞이하여 팀원들에게 초콜릿을 돌릴 생각이었다. 매년 편의점에서 개수대로 사서 초콜릿을 돌렸지만 이번만큼은 조금 더 신경을 쓰고 싶었다. 이유는 팀원들이 아닌 다른 사람 때문이었지만.

"이게 쉬운 일이 아니네."

잠시 소파에 누워 휴식을 취한 유주는 알맞게 굳은 초콜릿을 냉동실에서 꺼내 적당하게 자른 후 준비해 두었던 동그랗고 투명한 통에 초콜릿을 채워 넣었다. 뚜껑을 닫고 통에 포장 리본을 묶기 위해 손과 발까지 동원해 고군분투하던 유주는 간신히 리본 하나를 묶고는 바닥에 너부러졌다.

"네모난 통으로 살걸. 리본 묶기가 왜 이리 힘들어."

시선을 들어 벽에 걸린 시계를 확인한 유주는 울상을 지으며 힘겹게 바닥에서 일어나 리본 묶기 작업을 다시금 시작했다.

그녀가 잠이 든 시각은 새벽 2시였다. 대신 집 안에서 제일 공기가 서늘한 베란다에 예쁘게 꾸민 초콜릿이 가득 담긴 동그란 통 열 개가 나란히 세워져 있었다. 리본이 예쁘게 묶인 채로.

잠투정을 하는 그녀의 입가가 흐뭇하게 예쁘게 올라갔다.

다음 날, 다소 피곤한 얼굴로 출근을 한 유주는 들고 왔던 종이 가방을 책상 아래에 내려 두곤 텀블러를 들고 탕비실로 향했다. 사무실로 돌아오자, 팀원 모두가 출근한 상태였다. 팀원들은 곧 각자 준비해 온 초콜릿을 돌렸고, 유주도 종이 가방에서 초콜릿 통을 꺼내 팀원들에게 하나씩 나눠 주었다.

"와, 예쁘다. 이거 민 대리가 직접 만든 거야?"

"네. 이번엔 신경 좀 썼어요."

"고마워. 예뻐서 못 먹겠다."

"민 대리, 손재주 좋네. 맛있게 먹을게."

유주는 마지막으로 서 대리에게 초콜릿 통을 건네며 작게 속삭였다.

"서 대리님 거엔 특별히 사탕도 포함시켰어요."

다른 팀원들의 초콜릿 통과는 달리 진영이 받아 든 초콜릿 통엔 각각 맛이 다른 막대 사탕 세 개가 붙어 있었다.

"고마워요. 맛있게 먹을게요."

유주는 흐뭇하게 입가를 올린 채 종이 가방을 도로 들고 자신의 자리로 향했다. 유주의 자리에도 팀원들에게 받은 초콜릿들이 가득 놓여 있었다.

시간이 흘러 점심 식사를 마친 유주는 서원에게 서둘러 메시지를 보냈다.

[벤치로 나와.]

팀원들에게 초콜릿을 돌리고 다시 책상 아래에 넣어 두었던 종이 가방엔 특별한 리본이 묶인 초콜릿 통 하나가 남아 있었다. 팀원들 몰래 오버코트의 넉넉한 주머니에 초콜릿 통을 넣은 유주가 사무실 문가로 향했다. 하지만 그 앞을 가로막는 누군가로 인해 유주는 샐쭉 고개를 들어 그 누군가를 확인했다.

"민 대리님."

"네. 왜요, 서 대리님?"

"잠깐 나 좀 볼래요?"

주머니 속의 초콜릿 통을 만지작거리던 유주가 곧 작게 입가를 올리며 고개를 끄덕였다. 진영이 조금은 긴장한 것 같은 표정을 한 채 앞서 사무실을 나섰다. 어쩐지 그의 코트 주머니도 불룩 튀어나와 있는 것 같았다.

4장. 이상한 사이

진영이 그녀를 이끈 곳은 회사 옥상이었다. 얼떨떨한 얼굴로 따라가던 유주는 그가 꽤나 굳은 얼굴로 돌아서자, 멈칫 걸음을 멈추었다. 늘 차분하고 여유가 넘치던 그의 얼굴에 긴장한 티가 역력했다. 유주는 그런 진영을 마주 보며 동그래진 눈을 느릿하게 깜박거렸다.

유주의 모습에 미소가 스미면서도 긴장이 되는 듯 진영은 시선을 돌리며 작게 헛기침을 했다.

"춥죠? 미안해요. 추운 데로 불러내서."

"괜찮아요. 근데 무슨 일로……."

단도직입적으로 물어 오는 유주의 말에 진영도 시간을 끌지 않고 직접적으로 용건을 말했다. 진영은 코트 주머니에서 무언가를 꺼내 유주에게 내밀었다.

"이거."

유주는 여전히 얼떨떨한 얼굴로 진영이 내미는 네모난 상자를 받아 들었다.

"이게 뭐예요? 어? 초콜릿이네."

리본으로 예쁘게 묶인 네모난 상자 안엔 다양한 모양들의 초콜릿이 들어 있었다. 예쁜 초콜릿의 모양에 유주의 눈망울이 반짝반짝 빛났다.

"감사합니다. 근데 초콜릿 아까 주셨잖아요."

의아함이 가득 담긴 유주의 눈빛에 진영은 난감한 듯 시선을 피하다 곧 눈을 마주쳤다. 그의 눈빛에 어느새 차분함과 진중함이 서려 있었다.

"그건 단체로 돌리는 초콜릿."

"이건요?"

"이건 개인적으로 주는……."

"저한테요?"

마치 왜요, 라고 묻는 듯한 그녀의 눈빛에 진영의 눈동자가 살며시 흔들렸다. 어떻게 전해야 좋을까. 그녀의 마음이 흔들리도록 온갖 근사한 말을 생각하고 또 생각했었다. 하지만 역시 이럴 땐 솔직한 게 제일이었다.

작게 심호흡을 한 진영이 한 발자국 더 그녀 쪽으로 다가섰다. 늘 유지하고 있던 그 적당한 거리가 좁혀져 있었다. 이윽고 두 사람의 시선이 올곧게 마주쳤고, 어쩐지 평소와는 다르게 느껴지는 진영의 표정과 눈빛에 유주도 덩달아 긴장한 얼굴을 했다.

"민 대리, 그거 알아요?"

"……."

"민 대리, 나랑 있으면 웃어요. 나도 그런 민 대리 보면 웃고. 그냥 저절로 웃게 된달까. 기분이 되게 이상해져요. 설레고 떨리고 따뜻해지고 두근거리고. 음……. 처음부터는 아니었어요. 아마도 서서히 빠졌던 거 같아요. 민 대리한테."

유주의 입이 멍하게 벌어진 것도 모자라 커다래진 눈동자가 이리저리 흔들렸다. 뭐지? 마치 고백을 받은 듯한 이 느낌은? 아니, 고백을 받은 건가? 헉!

"네?"

당황했는지 평소보다도 더 작게 새어 나온 유주의 목소리에 진영은 그 반응을 익히 예상했다는 듯 작게 고개를 끄덕였다. 하지만 다시 말을 잇는 그의 목소리는 더없이 차분하고 또 감미롭기까지 했다.

"급하게 대답할 필요는 없어요. 다만, 다른 사람 말고도 나도 염두에 두어 달라는 소리예요. 민 대리 그 마음속에. 민 대리 마음에 지금 다른 사람이 있다고 해도 민 대리 계속 웃게 해 주고 싶은 내 마음은 변함이 없으니까. 내 마음이 그렇다는 소리예요. 아, 민 대리 너무 오래 잡고 있었다. 먼저 들어갈게요. 초콜릿 맛있게 먹어요."

 가슴이 설렐 만큼 진중했던 그의 눈동자에 서서히 미소가 스몄고, 그는 뒤로 한두 발자국 물러나 다시금 적당한 거리를 유지했다.

 멍하게 서 있던 유주는 저벅저벅 소리를 내며 멀어지는 진영의 뒷모습을 가만히 눈에 담았다. 그의 모습이 보이지 않을 때에야 들고 있던 초콜릿을 내려다본 유주가 당최 믿어지지 않는다는 표정으로 눈을 깜박이다 묵직한 코트 주머니의 무게에 뒤늦게야 서원을 떠올렸다.

"아! 진서원."

 코트 주머니에 급하게 초콜릿을 넣은 유주가 서둘러 서원이 있을 벤치로 향했다. 걸음을 내딛는 그녀의 얼굴에 혼란스러움이 가득했다.

 한편, 손목에 차고 있던 시계를 확인한 서원이 누군가를 찾듯 주위를 둘러보다 작게 한숨을 내쉬었다. 조급한 마음을 숨기려는 듯 앉아 있는 벤치를 톡톡 두드리는 그의 손가락이 점차 가까워지는 발걸음 소리에 움직임을 멈추었다.

 유주가 벤치 쪽으로 서둘러 다가오자, 그가 팔짱을 끼며 무심하게 시선을 주었다.

"왜 이렇게 늦게 와?"
"뭐. 그럴 일이 있었어."

 다소 멍해 보이는 유주의 모습에 그가 의아한 얼굴을 했다. 유주가 힘없이 벤치에 앉는 걸 물끄러미 지켜보던 서원이 무언가 생각하는 듯 시선을 내리다 불쑥 손을 내밀었다.

"뭐?"

유주의 뚱한 목소리에 서원이 더 불퉁하게 대꾸했다.

"초콜릿 주려고 부른 거 아니야?"

"눈치는 빨라 가지고."

유주는 떫은 표정으로 주머니에 있던 초콜릿 통을 꺼내 서원의 손바닥 위에 턱 하니 올려 두었다.

"오, 이번 해엔 신경 좀 썼는데."

"그래. 너도 이번 해엔 신경 좀 써야 할 거야."

"작년엔 막대 사탕 한 통이면 된다더니 이번에 뭐가 갖고 싶은데?"

초점 없는 눈동자로 허공에 멍하게 눈길을 주던 유주가 돌연 만사가 귀찮은 듯 대충 대꾸했다.

"몰라."

"무슨 일 있어?"

서원이 의아한 듯 얼굴을 살펴보며 묻자, 작게 한숨을 내쉰 유주가 힘없이 답했다.

"네 기분을 이제야 알 것 같다."

"뭐?"

"인기쟁이의 삶이란."

"뭐래."

서원의 타박에도 한껏 높아진 콧대를 한 채 거들먹거리며 하늘을 올려다보던 유주는 이어지는 그의 물음에 무심하게 대답하다 이내 놀란 얼굴을 했다.

"소개팅한다며?"

"그건 나중 문제고……. 어떻게 알았어?"

"너희 엄마 알면 우리 엄마 아는 거고 우리 엄마 알면 나도 아는 거지. 비밀이 어디 있어?"

'젠장.'

유주는 난감하다는 듯 푸욱 한숨을 내쉬었다. 소문낼 게 따로 있지.

"그 딸기 박스?"

"기억력도 좋다."

질문에 대꾸는 다 하고 있었지만 현재 유주의 신경은 다른 데로 쏠려 있었다. 그도 그럴 게 바로 몇 분 전에 고백을 받았다. 그것도 같은 팀 동료한테.

반면 내내 입 안에서 맴도는 그 말을 차마 내뱉지 못한 서원은 벌떡 일어나는 유주를 따라 시선을 올렸다.

"나 먼저 간다. 최근에 한 부장한테 찍혀서 농땡이 치면 안 돼."

유주는 여전히 멍하게 벤치를 벗어났고, 그 모습을 물끄러미 지켜보던 서원은 영 심란한 듯 작게 한숨을 내쉬었다.

"그래서 그 소개팅을 할 건데, 말 건데."

차마 물어보지 못했던 그 말을 혼자가 돼서야 입 밖으로 꺼낸 서원은 유주에게 받은 초콜릿을 지그시 눈에 담았다.
"이걸 아까워서 어떻게 먹어."
안타까운 듯한 목소리가 바람결에 따라 흩어졌고, 서원은 하늘을 올려다보았다. 그동안은 충분했다고 느꼈던 벤치에서의 짧은 만남도 이제는 어쩐지 부족하다고 생각되었다. 회사 내에서도 마음껏 아는 체를 할 수 있다면 얼마나 좋을까? 하지만 재차 떠오르는 과거의 기억에 서원의 낯빛이 어두워졌다.

'두 사람 무슨 사이야?'
'무슨 사이긴, 친구 사이라니까.'
'아닌 것 같던데. 주희 형님이 그러는데 너희 입도 맞췄다며.'
'뭐? 무슨 소리야, 그게?'
'너희가 무슨 사이인지 너희 둘만 모르는 거 아니야? 할 건 다 하면서.'
'그 입 안 다물어? 어디서 무슨 소리를 듣고 와서 애먼 사람을 잡아? 그딴 소리 한 번 더 해 봐. 아주 죽여 버릴 테니까.'

길길이 날뛰던 상황에서 뒤에서 들린 인기척에 고개를 돌렸을 땐 이미 모든 것을 들은 듯 유주가 딱딱하게 굳어 있는 상태였다. 잔뜩 성이 난 날카로운 눈동자가 차츰 이성을 찾고 걱정 말라는 듯 그녀를 마주 보았지만 유주는 크게 동요하고 있었다. 그런 상황이 끝나질 않고 구석에 숨어 기회를 노리는 것처럼 여러 번 반복되었다.

사람들은 생각보다 험악한 서원에게는 겁이 났는지 그 뒤론 상대적으로 감정적이고 약한 유주를 잡고 늘어졌다. 또 그러지 말라는 법이 없었다. 만약 그런 상황이 또 온다면 괜한 죄책감과 그녀의 상처에 참지 못하고 이번엔 자신이 먼저 그녀의 곁에서 멀어질지도 모를 일이다.

그러니 어쩌면 이게 옳은 선택일 수도 있었다.

겨울날의 공기가 오늘따라 더 차게 느껴지자, 서원은 무겁게 한숨을 내쉬었다.

퇴근 후, 힘없이 침대에 누워 있던 유주는 회사에서부터 가져온 초콜릿을 들어 지그시 올려다보았다. 리본이 특이하게 묶여 있는 초콜릿 상자를 그녀는 아예 풀어 볼 엄두도 내지 못하고 있었다.

"리본은 직접 묶은 건가?"

문득 그런 생각이 든 이유는 초콜릿 상자와는 동떨어진 듯한 리본의 색감 때문이었다. 꾸며도 꾸며도 부족한 듯 느껴져 결국은 과하게 만들고야 마는, 그 정성을 그리고 그 마음을 유주는 아주 잘 알고 있었기에 괜스레 마음이 뭉클거렸다. 색감은 다소 어울리지 않았지만 리본만큼은 굉장히 예뻤다.

"예쁘네."

 유주는 평소보다는 느릿하게 느껴졌던 진영의 차분한 목소리를 떠올렸다.

 '아마도 서서히 빠졌던 거 같아요. 민 대리한테. 설레고 떨리고 따뜻해지고 두근거리고. 다만, 다른 사람 말고도 나도 염두에 두어 달라는 소리예요. 민 대리 그 마음속에. 민 대리 마음에 지금 다른 사람이 있다고 해도 민 대리 계속 웃게 해 주고 싶은 내 마음은 변함이 없으니까.'

 차분하고 진중했던 목소리에, 조금은 긴장한 듯한 그윽한 눈빛에, 깊은 그 말투에, 그 순간 설레지 않았다면 그건 거짓말일 것이다. 유주는 곤란한 듯 혹은 혼란스러운 듯 천장을 멍하게 올려다보았다. 생각지도 못했던 마음이었고 고백이었다.

 '그거 알아요? 민 대리 나랑 있으면 웃어요.'

 그랬던가? 유주는 생각을 하듯 천천히 눈동자를 움직여 초콜릿을 눈에 담았다.

 '안녕하세요, 서 대리님.'

'네. 날이 춥죠?'

'올겨울 안 춥다고 하더니 그것도 아니네요.'

'그러게요. 방심하지 말고 따뜻하게 입고 다녀야겠어요.'

'서 대리님 사탕 좋아하시나 봐요.'

'사실 몇 년 전에 담배를 끊었는데 가끔 생각날 때가 있어서요. 그때마다 하나씩 꺼내서 먹고 있어요.'

'아, 담배. 좋네요. 사탕으로 대체라니.'

'그런가요?'

'민 대리도 이번 주 회식 참석해요?'

'그럼요. 팀워크 좋은 마케팅팀이잖아요.'

그러고 보니 그와 인사를 할 때나 대화를 할 때면 늘 밝은 표정을 유지하고 있거나 웃고 있던 것 같았다. 그건 그 특유의 매너와 부드러운 분위기 때문인 줄 알았는데, 모든 사람들에게 그랬던 건 아니었나?

'민 대리 나 보면 웃어요. 나도 그런 민 대리 보면 웃고. 그냥 저절로 웃게 된달까.'

확실히 그와 있으면 부드럽고 따뜻한 분위기가 감돌았다. 더군다나 그의 매너나 배려는 타의 추종을 불허했다. 다시 사무실로 돌아왔을 때 부담스럽지 않도록 하려는 배려인지 일부러 눈길을 주지 않고 묵묵히 일만 하는 그가 느껴졌다. 혹시라도 눈이 마주치면 어떤 표정을 지어야 할지 걱정했던 게 무색할 정도였다.

복잡해진 머릿속에 유주는 이불을 뒤집어쓴 채로 억지로 눈을 감았다.

다음 날, 다소 부스스한 몰골로 출근한 유주는 피곤한 얼굴로 눈가를 지그시 눌렀다.

"무슨 일 있어?"

옆에서 지켜보고 있던 하린이 걱정스럽게 묻자, 유주는 아니라는 듯 살짝 입가를 올리며 고개를 저었다. 얼마 후, 유주는 맞은편에 앉아 있는 진영이 의식이 되는 듯 살짝 시선을 들었지만 그는 아무렇지도 않은 모습이었다. 일을 잘하는 사람은 역시 남다르다고 생각하며 유주는 분발할 수 있도록 잡념을 떨치려 애썼다.

점심시간이 끝날 즈음, 회사로 도착한 택배에 유주는 책상 서랍에서 커터 칼을 꺼냈다. 다소 멍한 상태에서 박스에 붙은 테이프를 칼로 긋던 그녀가 짧게 비명을 질렀다.

"아!"

평소보다 길게 뺀 칼날이 칼을 쥐고 잔뜩 힘을 주었던 왼손에 의해 테이프에서 비껴나가며 그 위 박스를 잡고 있던 엄지손가락 옆 부분을 베고 스쳐 지나갔다. 유주는 급하게 왼

손으로 오른손의 엄지손가락을 감싸 쥐었고, 자리에서 튕기듯 급하게 튀어나왔던 진영이 그녀의 손을 잡고 황급히 살펴보았다. 제법 깊게 베였는지 피가 계속 흘러나오고 있었기에 진영은 눈에 보이는 티슈를 무자비하게 뜯어 유주의 엄지손가락을 감쌌다.

 두 눈 다 뜨고 조금 아까 개봉한 티슈의 5장가량을 순식간에 뺏긴 이 차장이 어안이 벙벙한 얼굴로 두 사람을 번갈아 보았다. 아픈 건 둘째 치고 주위의 시선이 의식된 듯 유주가 잡힌 손을 빼려 했지만 그의 매너가 이번만큼은 나오지 않았다.

 "소독해야 돼요."

 조금은 화가 난 듯 딱딱한 그의 음성에 유주는 아랫입술을 살짝 깨물었다. 얼이 빠져 있긴 했던 모양이다. 평소엔 전혀 하지 않는 실수까지 한 걸 보면.

 "의무실 가면 돼요."

 "소독약 있어요, 나."

 "그래, 민 대리. 너무 깊게 베인 거 아니면 서 대리한테 맡겨. 요즘 의무실 독감 환자로 넘쳐 난다더라."

 한 부장의 말에 유주는 난감하다는 얼굴을 했다. 진영이 책상 서랍에서 소독약과 연고, 밴드를 꺼내 들자, 유주는 다치지 않은 왼손을 내밀었다.

 "혼자 할 수 있어요. 약 주세요."

"소독약 따가울 텐데 괜찮겠어요?"

눈을 내리깔며 툭 뱉는 차가운 말투에 유주는 샐쭉하게 입을 내밀었다. 이 남자, 이런 면도 있었나? 은근히 얄미운 서 대리의 모습에 유주는 가자미눈을 했다. 진영은 아랑곳하지 않고 문 쪽으로 고갯짓을 했다.

"휴게실로 가요."

"굳이 거기까지 갈 필요가……."

"아! 두 사람 빨리 다녀와. 민 대리는 휴게실 간 김에 좀 쉬다 오고. 일 방해하지 말고 얼른 가, 얼른!"

한 부장의 신경질적인 목소리에 유주는 거의 쫓겨나다시피 사무실에서 나와야 했다.

결국 휴게실로 온 유주는 소파에 앉아 진영에게 오른손을 내어 준 채 치료를 받았다. 상처 부위에 닿는 소독약이 따가운 듯 살짝 인상을 쓰던 유주는 느릿하게 들려오는 진영의 말에 뚱한 얼굴을 했다.

"근데 왜 왼손으로 칼을……."

"왼손잡이예요. 칼질, 가위질, 힘 들어가는 건 주로 왼손으로 해요."

"아."

면봉으로 세심하게 연고를 바른 진영은 불편하지 않도록 손가락에 깔끔하게 밴드를 붙여 주었다. 치료를 하며 이미 눈으로 깊게 베인 상처를 봤지만 생각보다도 더 크게 다친 건지 밴드를 붙였음에도 계속 핏물이 배어 나오고 있었다. 그는 안타까운 듯 작게 한숨을 내쉬었고, 밴드가 완벽하게 붙여지자 유주는 손가락을 확인했다.

조금 전 혼자 할 수 있다며 거드름을 피웠지만 사실 깊게 베인 상처를 볼 엄두가 나지 않았었다. 그래서 베인 직후, 다친 곳을 확인할 생각도 못 한 채 다른 손으로 상처부터 가린 것이었다. 그걸 눈치챈 건지 아니면 그저 호의적인 친절에서였는지 진영이 먼저 나서 주었지만 이상하게도 민망한 마음이 먼저였다.

"고마워요."

하지만 고마운 일이었다.

진영에게서 대꾸가 없자, 스윽 눈동자를 굴려 눈길을 주던 유주가 움찔거리며 서둘러 시선을 피했다. 어느새 본래의 표정으로 돌아온 그가 살짝 미소를 지은 채 그녀를 바라보고 있었다.

"초콜릿은 맛있었어요?"

그의 다정한 물음에 우물쭈물거렸지만 유주는 결국 솔직하게 털어놓았다.

"못 먹었어요. 아까워서."

"그건 기분 좋네요."

혼잣말인 듯 낮게 중얼거린 그의 목소리에 유주가 휙 하니 고개를 돌려 그를 바라보았다.

"그렇다고 사무실에서 그렇게 티를 내면 어떡해요?"

유주의 타박도 그저 귀엽게만 보이는 건지 그가 입가를 올린 채 맞받아쳤다.

"다친 동료 치료해 주는 거지 그게 무슨 티 내는 거예요? 너무 지나치게 생각하는 거 아니에요? 난 고백 안 했어도 그렇게 했을 거 같은데."

고백……. 민망한 듯 괜스레 얼굴을 붉히던 유주가 그런가, 라는 표정으로 눈동자를 굴렸다.

"소독도 해 주고 치료도 해 주고. 고마워요."

"이따 반창고 한 번 더 교체해요. 깊게 베여서 피가 제법 많이 나왔어요."

진영은 유주에게 반창고 두어 개를 내밀었다.

"혹시 나 때문에 그런 건 아니죠?"

미안한 듯 걱정스럽게 바라보는 진영의 눈빛에 유주는 차분하게 대꾸했다.

"서 대리님이야말로 지나치게 생각하지 마세요. 그런 거 아니에요. 그냥 조금 피곤해서 그런 거지."

유주의 위로에 진영은 씁쓸하게 웃으며 고개를 끄덕였다. 반창고를 건네받는 유주를 바라보며 진영이 살며시 입가를 올리자, 유주도 덩달아 작게 미소를 지었다.

"거봐."

진영이 의미심장한 말을 남기자, 유주는 빠르게 눈을 깜박이다 이내 무언가를 떠올리곤 입을 꾹 다물었다.

'민 대리 나랑 있으면 웃어요.'

부드럽게 녹아드는 분위기와 같이 웃게 되는 묘한 미소에 이유를 찾으려는 듯 유주는 눈을 가늘게 떴다.
한편, 휴게실 앞을 지나치던 서원이 잘못 본 건가, 라는 표정으로 뒤로 몇 발자국 걸어 다시 휴게실 안을 살폈다. 생각지도 못한 생경한 광경에 서원의 반듯한 이마가 구겨졌다.
'저건 또 뭐야?'
심란한 표정으로 복도를 걷던 서원이 멈칫하며 잠시 걸음을 멈추었다. 떠오르는 무언가가 있었다.

'인기쟁이의 삶이란.'
'소개팅한다며?'
'그건 나중 문제고……'

내내 무언가가 찜찜하다 했더니 소개팅이 문제가 아니었던 건가?

'그럼 지금 마음에 두고 있는 사람은 있습니까?'

제법 무게감 있던 서 대리의 목소리까지 연이어 떠오르자, 서원은 깊고 묵직한 한숨을 크게 내쉬었다. 끝까지 숨길 수 있을 거라 생각했다. 아니, 그럴 수 없다는 걸 이미 알고 있었는지도 모른다. 복잡해진 머릿속으로 인해 이마를 짚은 채 복도를 서성거리던 서원은 다시 휴게실 쪽으로 걸음을 내딛다 돌연 우뚝 멈춰 섰다. 가서 뭘 할 수나 있을까? 가슴에 돌덩이가 얹힌 것처럼 답답했다.

"병나겠네."

어둠이 내려앉자, 온도가 급격하게 내려갔다. 퇴근을 준비하던 박 팀장이 걱정스러운 얼굴로 유주에게 다가왔다.

"저녁 되니까 꽤 춥네. 민 대리 괜찮겠어? 오늘 왜 이렇게 춥게 입고 왔어."

손까지 다친 데다 피로해 보이는 유주에게 마음이 쓰이는지 박 팀장의 목소리가 유난히 걱정스럽게 들려오자, 진영은 편치 않은 얼굴로 유주에게 시선을 주었다.

유주는 애써 웃어 보이며 괜찮다고 대꾸를 하곤 가방을 챙겨 회사를 나섰다. 하지만 집에 오자마자 그녀는 곧장 앓아누웠다.

"아, 약해졌나 봐."

고작 이런 걸로 앓아눕다니. 유주는 결국 무거운 몸을 일으키지 못하고 침대에 힘없이 얼굴을 대었다. 집 안의 온도를 높이고 싶었으나 보일러가 있는 곳까지 움직일 엄두가 나지 않았다.

밤새 몸이 으슬으슬했던 건지 유주는 계속 몸을 움츠리며 잠을 이어 갔다. 하지만 잠을 제대로 이뤘을 턱이 없었다. 무거워진 몸에 더해 아침에 기침까지 터져 나오자, 유주는 난감한 얼굴을 했다.

"인생에 몇 번 없는 이성이 꼬인다는 그 시기가 찾아왔는데 몸이 이따위라니."

유주는 짜증 난다는 듯 한숨을 푸욱 내쉬었다.

두꺼운 코트에 목도리, 장갑까지 끼고 출근을 했지만 몸에 자꾸 열이 올라서인지 갑갑하고 불편한 건 매한가지였다. 당연히 평소처럼 일을 할 수 있을 리가 없었다. 유주는 점심까지 거른 채 책상에 엎드려 잠을 청했다. 조금만 쉬면 나을 거라고 판단했던 게 잘못이었는지 몸은 여전히 무겁고 불편했다. 거기에 열이 너무도 높게 올라 차가운 곳에 몸을 갖다 대고 싶은 심정이었다. 불편한 듯 무거운 숨을 턱턱 뱉어 내던 유주가 결국 힘이 빠지는지 몸을 추욱 늘어뜨렸다.

마침 점심 식사를 하고 사무실로 들어오던 팀원들이 그런 유주를 발견하곤 가까이 다가왔다.

"민 대리, 몸은 괜찮아? 어머! 몸이 왜 이렇게 뜨거워? 민 대리, 괜찮아? 민 대리!"

결국 유주는 하린에게 기대어 의무실로 향했다.

침대에 기대앉아 있는 유주의 체온을 잰 주 선생이 안타까운 얼굴로 걱정스럽게 말했다.

"열이 엄청 높네. 힘들었을 텐데 용케 참았네요. 이건 다른 거 없어. 쉬어야 돼요."

약을 먹고 해열 패치를 이마에 붙인 유주가 힘없이 침대에 눕자, 하린이 걱정스럽게 말했다.

"너 약은 먹었어?"

"밥 먹고 먹으려고 했지. 빈속이라."

"왜 이렇게 미련해. 못 참겠으면 일단 먹어야지."

"나 우선 잠부터 자면 안 될까?"

"그래. 푹 쉬어. 난 가 볼게."

유주는 무겁게 내려앉는 눈꺼풀에 스르르 눈을 감고 이내 잠이 들었다.

한편, 감기약을 사 들고 사무실로 돌아온 진영은 유주가 의무실에 갔다는 소식에 걱정스러운 얼굴로 한숨을 내쉬었다.

이윽고 의무실 문이 천천히 열리고 누군가가 조심스럽게 안으로 들어왔다. 저벅저벅 소리를 내는 커다랗고 새까만 구두가 유주가 누워 있는 침대 앞에서 멈추어 섰다.

아직도 불편하게 숨을 내쉬던 유주는 이마에 와 닿는 차가운 감촉에 느릿하게 숨을 내뱉었다. 이마를 감싸는 커다랗고 차가운 손으로 인해 유주의 숨소리가 한결 편안하게 바뀌어 갔다. 누구인지 확인하고 싶었으나 생각대로 눈이 떠지지 않았다. 의무실의 주 선생이겠거니 생각하며 유주는 살짝 입을 벌려 숨을 내쉬었다.

이마에 오래도록 머물러 있던 손이 이내 눈가를 매만졌다. 한참 후 볼을 타고 내려간 손가락은 어느새 그녀의 도톰한 입술에 닿아 있었다. 머뭇거리는 듯 느껴지던 손가락이 이내 입술을 만지고 또 매만졌다. 닿고 있어도 더 닿고 싶은 듯 더없이 애타게 느껴지는 그 손길에 몽롱한 듯 눈을 감고 있던 유주가 눈을 감은 채로 살짝 눈동자를 움직였다.

'누구지?'

의무실 주 선생이 아닌가? 하지만 주 선생이 아니면 누구란 말인가?

이내 이불을 꼼꼼하게 덮어 주고 침대 곁을 떠나는 발걸음 소리에 유주는 다시 스르륵 잠이 들었다. 그녀의 숨소리가 이전보다 한층 편안해져 있었다.

이윽고 잠에서 깬 유주는 시간을 확인하곤 서둘러 자리에서 일어났다.

"어? 민 대리, 좀 괜찮아졌어요?"

책상 앞에 앉아 있던 주 선생이 침대에서 일어나는 유주를 발견하곤 걱정스레 물었다.

"네. 한결 낫네요. 감사합니다."

의무실을 나서려던 유주가 주 선생을 돌아보며 장난기 있는 목소리로 물었다.

"선생님, 이마를 왜 그렇게 애틋하게 만지세요? 저 착각했잖아요. 선생님이 저한테 마음 있는 줄. 근데 전 역시 남자가 더 좋습니다."

"민 대리, 나도 남자가 더 좋아요. 무슨 소리예요? 그리고 나 민 대리 이마 만진 적 없는데. 도로 뜨거워져서 이마에 붙은 해열 패치 떼 주긴 했어도."

주 선생의 확고한 어조에 유주는 의아한 듯 고개를 기울이다 아무래도 이상한지 주 선생 앞으로 급하게 다가갔다. 덥석 손을 잡는 유주의 행동에 주 선생은 짧게 소리를 질렀다.

"어머!"

"선생님 손이 따뜻하네요."

"네. 좀 따뜻한 편인데. 왜요?"

이마를 만지던 그 손은 분명 차가웠다. 입술에 닿던 그 손의 감촉 또한.

터덜터덜 의무실을 나선 유주가 의무실 문에 기댄 채 생기가 돌아온 눈동자를 느릿하게 굴렸다.

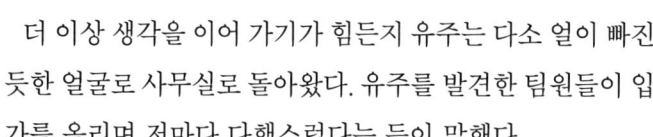

5장. 애틋한 사이

 더 이상 생각을 이어 가기가 힘든지 유주는 다소 얼이 빠진 듯한 얼굴로 사무실로 돌아왔다. 유주를 발견한 팀원들이 입가를 올리며 저마다 다행스럽다는 듯이 말했다.
"민 대리, 좀 괜찮아졌어?"
"얼굴색 돌아왔네. 아침엔 창백하더니."
"요새 감기 조심해야 돼."
"그러게요. 괜찮아졌어요. 걱정해 주셔서 감사해요."
 팀원들의 마음이 고마운 듯 유주는 옅게 미소를 지은 채 고맙다는 인사를 하고 자리에 앉았다. 책상 위에 놓여 있던 약국 봉투를 발견한 그녀가 몇 번 눈을 끔벅이다 고개를 들어 어딘가에 시선을 주었다. 마침 그녀를 바라보고 있던 진영이 눈을 마주치곤 입가를 올리며 짧게 고개를 기울였다. 유주는 고마워요, 라고 입 모양으로 인사하며 작게 웃어 보였다.

이마에 닿아 있던 손의 주인이 혹시 서 대리는 아닐까 생각했지만 그는 이미 예전에 손이 따뜻한 편이라고 이야기한 적이 있었다. 그걸 확인시키기라도 하는 듯 바로 어제 손가락의 상처를 치료해 줬던 그의 손은 무척이나 따뜻했었다.

'확실히 따뜻하긴 했지.'

유주는 조용히 팀원들을 둘러보았다. 이마를 만질 정도로 친분이 있는 하린도 손이 따뜻한 편에 속했다. 현재 유력하게 생각나는 이라곤 딱 한 사람뿐이었으나 이마까진 그렇다 쳐도 뺨이나 입술을 그렇게 애틋하게 만질 리가 없었다. 뭐, 이 중에 누가 그랬다고 하더라도 그것 또한 이상한 축에 속할 테지만.

하지만 장난으로라도 가까이 닿기만 해도 질색하던 서원이기에 그 또한 도저히 매치가 되지 않았다. 영 이상하고 마음에 걸렸지만 추측만 하느라 시간을 보낼 수는 없었다. 작게 고개를 저은 유주는 의무실에서 쉬느라 못다 한 업무를 이어 갔.

팀원들의 배려로 다소 이르게 퇴근을 한 유주는 집의 보일러 온도를 높이고 두 시간쯤 푹 잠을 이루다 별안간 침대에서 벌떡 일어났다. 낮에 푹 쉰 탓인지 더 이상은 잠이 오지 않았다.

"귤 먹고 싶다."

부스스한 몰골로 쩝쩝 입맛을 다신 유주는 시간을 확인하곤 패딩을 주섬주섬 주워 입었다. 긴 머리카락을 하나로 질끈 묶은 그녀는 수면양말에 슬리퍼를 신은 채 집에서 가까운 위치에 있는 동네 슈퍼로 터덜터덜 걸음을 옮겼다.

"귤 주세요. 저기 저 바구니에 있는 귤로 주세요."

유주는 패딩 주머니에서 챙겨 나온 현금을 꺼내다 가게 한편에 놓여 있는 TV 소리에 잠시 시선을 주었다.

'저 배우 신작 나왔나 보네. 저 배우 영화 엄청 재밌게 봤었는데.'

몇 년 전에 봤던 영화가 떠오르자, 유주는 희미하게 미소를 지었다. 은은하고 잔잔했던 영화의 분위기에 마음이 절로 따스해졌었다. 그 느낌이 떠오르자, 괜스레 입가가 올라갔다.

귤이 가득 든 비닐봉지를 든 채 터덜터덜 집으로 향하던 유주는 생각을 바꿔 걸음을 돌렸다.

"영화 좀 보러 가 볼까?"

잔뜩 들뜬 것 같은 뒤통수가 흘러나오는 콧노래를 따라 까닥까닥 귀엽게 움직였다.

한편, 퇴근 후 운동을 하고 귀가하던 서원은 집 주변에 웅크려 있는 검은 그림자를 발견하곤 우뚝 멈춰 선 채 인상을 쓰듯 미간을 좁혔다. 그런 서원을 발견한 유주가 비닐봉지를 들고 있는 손을 번쩍 들어 올리며 배시시 미소를 지었다. 서원의 입에서 기가 차다는 한숨 소리가 새어 나왔다.

서원은 급하게 다가가며 유주를 위아래로 훑어보았다. 꽤 두껍게 입고 나온 것 같았으나 수면양말 위의 슬리퍼나 아직 불그스름한 눈가가 마음에 걸렸다.

"네가 제정신이냐?"

"귤 먹을래?"

유주는 아랑곳하지 않고 까먹고 있던 귤을 입 안에 넣으며 오물거렸다. 대꾸도 하지 않은 채 건물 문의 비밀번호를 누르는 서원의 손이 꽤나 급해 보였다. 서둘러 건물 안으로 들어간 서원은 느릿느릿 따라오는 유주를 다시 한번 훑어보았다.

"몸은 괜찮아? 감기 때문에 퇴근도 일찍 했다며."

"응. 살 만해졌어. 너무 푹 잤나 봐. 잠을 너무 많이 자서 더 잠도 안 와."

"왜 왔어?"

엘리베이터를 나서면서부터 서원의 손은 문의 비밀번호를 누르기 위해 앞으로 뻗어져 있었다. 다소 성급해진 서원의 동작을 미처 눈치채지 못했는지 유주는 입 안에 가득 들어 있는 귤을 오물거리기에 바빴다.

"영화 보려고. 남하 배우님 새 영화 나왔나 봐. 전에 하늘

하늘하게, 영화 본 거 생각나서. 너희 집에 빔 프로젝터 있으니까 너희 집에서 보려고 왔지. 영화 볼 맛 나게. 내가 귤도 사 왔어."

유주가 자랑스럽게 든 비닐봉지로 서원의 시선이 내려갔다. 대체 기다리면서 몇 개나 먹은 거야? 떫은 서원의 표정에도 유주는 해맑았다.

"앉아 있어."

유주는 소파 아래에 앉아 앞에 있는 탁자 위에 귤을 내려놓았다. 그러던 중 탁자 위에 있는 엿을 발견하곤 신난 목소리로 외쳤다.

"어? 잣엿이네. 이거 엄청 맛있더라. 이에도 잘 안 붙고. 딱 내 취향이야."

"하나만 먹어."

보일러의 온도를 높이고 유주가 마실 수 있도록 거실 탁자 위에 따뜻한 물이 담긴 컵을 올려 둔 서원은 개켜져 있던 담요를 꺼내 그녀의 옆에 놓아주었다.

주섬주섬 귤을 까던 유주는 영화를 찾는 서원을 스윽 돌아보았다. 운동을 한 후 씻고 바로 집으로 온 건지 서원의 머리카락이 젖어 있었다. 청초하면서도 깔끔한 모습에 절로 시선이 갔다. 젖은 머리칼 아래로 보이는 멀끔한 목덜미와 넓은 어깨와 등, 그리고 그가 움직일 때마다 따라 모양이 변하는 등 근육을 넋을 잃은 채 바라보고 있던 유주는 흐르는 침을 쓰읍 삼키며 그가 돌아보기 전 얼른 고개를 돌렸다.

서원이 빔 프로젝터를 작동시키자, 스크린에 커다랗게 나타나는 영상에 유주는 멍하니 입을 벌렸다.

"역시 좋은 건 크게 봐야 돼."

서원은 피식 웃음을 흘리며 소파에 털썩 기대앉았다. 소파 아래에 앉아 있는 유주의 작은 뒤통수를 물끄러미 보던 그가 소파 위에 있던 쿠션 하나를 들어 그녀에게 던졌다. 유주는 무릎에 무사히 안착한 쿠션을 바라보다 서원에게 한 손을 들어 보인 채 즐겁게 말했다.

"땡큐."

두 사람은 곧 조용히 영화를 관람했다. 사운드 바에서 흘러나오는 소리만이 집 안에 가득 찼고, 서원의 시선은 이따금씩 스크린 대신 소파 아래에 있는 작은 뒤통수로 향했다.

시간이 흐르고 번쩍 눈을 뜬 유주는 스크린에 올라가는 엔딩크레딧에 지그시 눈을 감았다 떴다.

"영화 하나도 못 봤네."

대체 언제부터 자기 시작한 거야? 더 이상 잠이 안 올 줄 알았는데 이상하게도 아늑한 분위기에 절로 눈이 감기고 말았다. 쿠션을 베고 있던 유주가 부스스하게 자리에서 일어나자, 덮고 있던 담요가 스르르 아래로 흘러내렸다. 멍하게 엔딩크레딧에 눈길을 주던 유주는 머리를 긁적이다 스윽 뒤를 돌아보았다. 서원 역시도 소파에 길게 누운 채 잠이 들어 있었다.

'다리 참 길다.'

다리가 저렇게 길면 안 불편한가? 멀뚱하게 눈을 감았다 뜬 유주는 아주 조심스럽게 그의 얼굴 가까이로 다가갔다. 가지런하게 감긴 눈꺼풀과 예쁘게 뻗은 속눈썹이 한눈에 들어왔다. 어떻게 보면 예쁘게 생긴 것도 같고 어떻게 보면 분위기 있게 생긴 것도 같고 또 어떻게 보면 야하게도 생긴 것 같은 얼굴을 들여다보며 유주는 입술을 작게 삐쭉거렸다. 하지만 이내 그녀의 눈빛이 아련하게 변했다. 멀리서 혹은 몰래. 이렇게밖에 볼 수 없는 마음이 이제는 서글프게 느껴졌다.

문득 과거의 일이 기억났다.

'너희가 무슨 사이인지 너희 둘만 모르는 거 아니야? 할 건 다 하면서.'

'그 입 안 다물어? 어디서 무슨 소리를 듣고 와서 애먼 사람을 잡아? 그딴 소리 한 번 더 해 봐. 아주 죽여 버릴 테니까.'

그렇게 화가 난 서원의 모습은 처음 보는 것이었다. 순간적으로도 마주쳤던 그 싸늘한 눈빛에 마치 온몸이 얼어붙는 것만 같았다. 상처를 입은 마음도 아팠지만 그에게 피해가 갈 수도 있다는 생각에 더욱 움츠러들었던 것 같았다. 그에게 미움을 사는 건 그 어느 것보다도 싫은 일이었다.

'민 대리 나랑 있으면 웃어요.'

 문득 떠오르는 진영의 목소리에 유주는 작게 한숨을 내쉬었다. 너와 있으면 난 어떤 표정인 걸까? 언젠가는 보내 줘야 할 텐데. 과연 할 수 있을까?
 확 마음을 보여? 그러니까 대체 어떻게…….
 한 번이라도 생각해 본 적이 있었다면 이렇게까지 막막하지는 않을 텐데. 본디 생각이 많으면 아무것도 할 수 없다고 했건만, 어떻게 생각이 많아지지 않을 수 있단 말인가? 10년 넘게 함께해 왔던 너다.
 '난 이렇게라도 계속 보고 싶은데.'
 누워 있느라 삐쭉 튀어나와 있는 서원의 머리카락 몇 가닥을 조심스럽게 만지작거리던 유주가 씁쓸하게 입가를 올렸다. 뭐가 이리 안타깝고 또 아까워서 제대로 닿지도 못할까.
 단정한 얼굴을 물끄러미 바라보다 서서히 다가가던 유주는 숨결이 닿을 만큼의 거리까지 다가서지 못하고 이내 뒤로 물러났다. 웃고 있지 않은데도 예쁘게 말려 올라간 입꼬리에 저절로 눈동자가 향했다. 대체 안 예쁜 곳이 어디야? 확 다 벗겨서 확인해 볼까 보다. 혼자 성질을 내던 유주는 또 혼자 얼굴이 새빨개진 채 바닥에 대고 툴툴거렸다.

괜스레 갈증이 이는 것 같아 물을 찾던 유주는 탁자에 있던 컵에 덮개가 덮여 있는 걸 발견하곤 서원을 스윽 돌아보았다. 이런 데엔 또 은근히 세심하다니까. 컵을 집어 든 유주는 물을 꿀꺽꿀꺽 마셨다.

엔딩크레딧까지 모두 끝나자 거실엔 이내 침묵이 내려앉았다. 순식간에 컵을 비운 유주는 빈 컵을 입에 댄 채로 슬그머니 서원을 돌아보았다. 그녀의 시선이 서원의 커다란 손에 닿아 있었다. 길고 곧은 손가락에 반해 손등엔 핏줄이 툭 불거져 나와 남성적인 이미지를 부각시키고 있었다.

유주는 빈 컵을 탁자에 살며시 내려놓은 채 이번엔 그의 손 가까이로 다가갔다. 손을 뻗어 서원의 손등에 살짝 손가락을 대 본 유주가 슬쩍 그의 눈치를 보다 소파와 손의 사이를 조심스레 파고들어 손가락으로 손바닥을 슬그머니 만져 보았다.

"……."

역시나 손이 찼다. 서늘한 느낌이 이마에 닿았던 그 감촉과 비슷한 것도 같았다.

[진 대리, 나 퇴근한다.]

[벌써?]

[감기 때문에 의무실에 누워 있었어. 열이 엄청 올라서.]

[그랬냐? 가서 푹 쉬어. 약 챙겨 먹고.]

퇴근하면서 주고받은 메시지로 보았을 때 서원은 그녀가 의무실에 간지도 모르고 있는 듯했다.

'딱 모르는 뉘앙스였는데 말이지.'

커다란 손을 흘겨보던 유주가 도저히 안 되겠는지 이번엔 과감하게도 그의 손을 조심스레 들어 올려 자신의 이마에 갖다 대 보았다. 소파에 뒤통수를 붙이고 있던 유주가 눈동자를 이리저리 굴렸다.

'맞는 것도 같고 아닌 것도 같고.'

결국 뭐 하나 알아내지 못한 채 유주는 심드렁한 표정으로 몸을 일으켰다. 설마 꿈이었나?

'대체 어디부터? 그러니까 어디까지?'

의문이 풀리지 않는 얼굴로 힘없이 앉아 있던 유주는 눈동자에 무언가가 닿자, 언제 뚱했냐는 듯 활짝 입가를 올렸다. 주섬주섬 무언가를 끌어와 끄적거리던 그녀가 곱게 눈을 감고 있는 서원의 이마에 무언가를 조심스럽게 붙이곤 더욱 조심스러운 동작으로 살금살금 집을 나섰다.

문이 닫히는 소리가 들리고 집 안의 공기가 잠잠해졌을 쯤, 곱게 감겨 있던 서원의 눈이 스르르 떠졌다. 나른한 눈동자는 원래부터 깨어 있던 것처럼 졸음이라곤 한 치도 묻어 있지 않았다. 그는 작게 숨을 뱉어 내며 느릿하게 눈을 감았다 떴다. 하지만 이마에 붙은 포스트잇으로 인해 눈앞이 뿌옇게 보이자, 결국 포스트잇을 떼어 내곤 그 위에 단정하게 쓰인 글씨를 읽었다.

잣엿 맛있게 먹을게. 대신 귤 놓고 간다.

벌떡 일어난 서원이 엿이 놓여 있던 탁자 위를 확인했다. 딱 하나 남겨져 있는 엿을 본 그가 이를 갈며 눈을 질끈 감았다.
"이걸 그냥."
포스트잇을 벽에 붙여 둔 그는 소파 아래에 있는 유주가 먹다 만, 반쯤 남아 있는 귤을 발견하고는 소파 아래로 내려와 귤을 입 안에 넣고 우물거렸다. 새콤한 귤을 꿀꺽 삼킨 서원이 슬쩍 손을 들어 자신의 손바닥을 물끄러미 내려다보았다. 손바닥에 닿은 눈빛이 애틋함을 담은 채로 작게 일렁거렸다. 한참을 들여다보던 그가 서서히 손을 들어 자신의 입술에 손가락을 대 보다 이내 소파 위로 고개를 젖힌 채 자조 어린 웃음을 터뜨렸다.
"미친놈."
절로 한숨을 흘러나왔다. 조금 전까지만 해도 아늑한 분위기였던 집 안이 어쩐지 허전하게 느껴졌다.
멍하게 천장을 올려다보고 있으려니 며칠 전 누나, 서하와 통화했던 내용이 떠올랐다.

'유주 소개팅한다며?'
'어떻게 알았어?'
'유주 어머님 알면 우리 엄마 아는 거고 엄마 알면 너하고 나는 거고. 비밀이 어디 있어?'
'미치겠네.'
'너 내가 말했지? 타이밍 늦는 것도 죄라고. 남녀 사이에 있어 타이밍은 가장 중요한 거고 짝사랑하는 입장에서 그거 놓치면 그게 바로 죄인 거야.'

아무 말 하지 않았음에도 서하는 서원의 마음을 진즉에 알고 있었다. 역시 누나는 누나인 모양이다. 서원은 천장을 올려다본 채로 씁쓸하게 웃었다.
"대체 죄를 얼마나 많이 진 거야."
웃는 것도 우는 것도 아닌 듯한 표정으로 질끈 눈을 감은 그가 이내 무겁게 한숨을 내쉬었다.
잡념이 많아져 일부러 일찍 잠자리에 들었던 서원은 구름처럼 뭉게뭉게 피어나는 무언가에 살짝 눈을 찌푸렸다. 이내 그의 눈에 익숙한 공간이 들어왔다. 학교 운동장이었다.
지금보다는 다소 어려 보이는 유주가 벤치에 앉아 있자, 서원은 다가가려고 했지만 이내 그녀를 따라 벤치에 앉는 자신의 모습에 우뚝 걸음을 멈추었다. 그 역시도 지금보다는 앳되어 보이는 얼굴이었다. 그제야 꿈이라는 걸 상기한 그가 벤치에 다정하게 앉아 있는 두 사람을 지켜보았다.

벤치에 앉은 서원은 무언가를 꺼내려는 듯 움찔거리면서도 한껏 긴장하고 상기된 얼굴을 하고 있었다. 가만히 지켜보던 서원은 무언가가 떠오른 듯 짧게 웃음을 흘렸다. 고백하기로 다짐했던 날이었다. 예쁜 목걸이도, 고백의 말도 며칠 동안이나 연습하고 또 연습하며 준비했지만 결국은 어떠한 말도 꺼내지 못했었다.

유난히도 맑고 예쁜 하늘을 올려다보는 생기 있는 눈동자를, 붉게 상기된 사랑스러운 뺨을, 말갛고 화사한 그 미소를 이렇게 가까운 곳에서 다시는 보지 못할까 봐 결국엔 망설였다. 지금처럼 미소가 그득한 다정한 눈빛으로 자신을 봐 주지 않을까 봐, 갑자기 무서운 생각이 들었다.

캠퍼스 커플이 되었다가 이별을 맞이하고 남보다 더 못한 사이가 되는 동기들을 수도 없이 봐 왔다. 한순간에 변하는 그 눈빛들을 이미 여러 번 봐 왔던 후였다.

그런 생각을 했었다. 너의 눈빛이 조금만 덜 예뻤더라면, 너의 그 뺨이 조금만 덜 사랑스러웠다면, 네가 날 조금만 덜 두근거리게 만들었다면 고백해 버렸을 텐데.

그날 너의 눈동자가, 뺨이, 입술이, 미소가 너무도 사랑스러웠다. 잠시도 잃고 싶지 않을 만큼.

하지만 그때와는 달리 벤치에 앉아 있던 앳된 서원은 유주에게 목걸이가 담긴 상자를 내밀었고 수일 동안 준비했던 그 말들도 꺼냈다. 지켜보던 그가 미처 말리기도 전에 벌어진 일이었다.

사랑스러운 눈동자가 변할 거라고 생각했건만, 그 눈동자도 뺨도 미소도 모두 그 사랑스러움을 온전히 담은 채 벤치에 앉은 서원을 향하고 있었다. 지켜보던 그는 주춤거렸다.

미처 생각해 보지 못한 결과였다. 어쩌면, 이라는 작은 희망이 이제야 들기 시작했다.

그렇게 아쉬움을 뒤로하고 잠에서 깨어난 서원은 자신의 손을 천천히 들어 눈에 담았다. 손바닥에 닿았던 그녀의 체온이 떠올랐다. 그의 눈동자가 생각을 하는 듯 느릿하게 움직였다.

출근을 해 생각 없이 비밀 벤치로 향하던 서원이 우뚝 걸음을 멈추었다. 평소와는 좀 달라 보이는 유주가 벤치에 앉아 있었다. 가까이 향하려던 서원은 다시 움직임을 멈출 수밖에 없었다. 어느새 벤치에 앉은 서 대리가 유주를 마주 보며 환하게 웃고 있었다. 서로를 마주 보며 밝게 미소 짓던 두 사람은 이내 가까이 다가가 입을 맞추었다.

그저 지켜보고만 있던 서원이 작게 인상을 썼고, 곧장 화가 난 듯한 걸음걸이로 다가가려 했지만 무슨 일인지 발이 떨어지지가 않았다. 안간힘을 써도 발이 움직이질 않자, 서원은 몸을 낮춘 채 다시 달리려 했다. 하지만 다리는 여전히 움직이질 않고 있었다. 조금만 가면 손이 닿을 거리건만 그렇게 속수무책으로 멈춰 있을 수밖에 없자, 등에선 식은땀까지 흘러내렸다.

한참 후, 눈을 뜬 서원은 깊게 숨을 몰아쉬며 낮게 욕설을 내뱉었다.

"젠장."

가위에 눌린 모양이었다. 체육대회 날 달리기 경주를 하는 상황에서 충분히 1등을 할 수 있건만 발이 떨어지지 않아 안간힘을 쓰던 그 꿈과 상당히 흡사했다.

'그 꿈 꾼 지 10년도 더 된 것 같은데.'

망연하게 앉아 있던 서원은 작게 침을 삼키며 힘없이 침대에서 일어났다.

"진짜 가지가지 하네."

얼굴에 물이라도 묻히러 욕실로 간 서원은 한참을 찬물로 세수를 하다 마음이 진정되었을 때에야 욕실에서 나왔다.

거실로 향하던 서원이 식탁에 앉아 있는 누군가를 발견하곤 소스라치게 놀랐다.

"깜짝 놀랐잖아."

"너 집에 있었어?"

"여기 내 집이거든."

식탁 앞에 앉아 뻔뻔하게 무언가를 만들고 있기까지 하던 서하가 빙긋 웃으며 말했다.

"아직 퇴근 안 한 줄 알았지."

"또 뭐 해?"

"나 재료 사 오는 길에 갑자기 아이디어가 떠올라서 여기서 모양만 좀 잡고 가려고."

캔들 재료를 꺼내는 서하를 탐탁지 않게 보던 서원이 얼굴에 묻은 물기를 손으로 대충 닦으며 소파에 앉았다.

"요즘 어때?"

"뭐가?"

"고민이 많아 보여서."

"……."

"고백은 언제 할 거야?"

"누가 고백한대?"

"내가 누누이 말했지. 기회 놓치면 끝이다. 그땐 쓸모없어지는 거야."

"물건이야? 쓸모없어지게?"

"잘 생각해 봐. 너희가 지금 친구지. 근데 네 마음은 친구가 아니야. 근데 유주한테 다른 사람이 생기잖아. 너희 사이는 물론이고 네 마음도 아무렇지 않게 되는 거야. 아무렇지 않아야 돼. 그동안 돈독하고 깊었던 거, 그거 아무것도 아니야. 그렇게 되는 거야. 생각 잘해라. 경험담이다."

잔뜩 인상을 쓰고 있던 서원이 스윽 고개를 돌려 서하를 바라보았다. 서하는 덤덤한 얼굴로 열심히 캔들 안을 꾸미고 있었다.

"근데 너흰 왜 그렇게 소심해?"

"뭐가?"

"아니, 다른 데선 대범하면서 그 문제에서만 소심해서 하는 얘기 아니야."

"경험담이라면서. 대충 알 거 아니야?"

"쳇."

서원은 서하를 흘낏 바라보다 몸에 힘을 빼며 소파에 깊숙이 기대었다. 몇 해째 평온하게 지내오던 일상 속에 다른 일들이 끼어들어서인지 조바심과 함께 무언가 옥죄어 오는 듯한 기분이 들었다.

서원은 생각이 많은 얼굴로 느릿하게 숨을 내쉬었다. 자신을 마주 보며 사랑스럽고 환하게 웃던 꿈속의 그녀 얼굴이 자꾸만 기억나고 있었다.

다음 날, 가뿐한 몸으로 출근을 한 유주는 싱글벙글한 얼굴로 엘리베이터를 탔다.

"역시 건강한 게 최고야."

어제 본의 아니게 땡땡이를 쳤기에 사죄하는 마음으로 오늘은 다소 일찍 회사에 온 유주는 이미 사무실에 와 있는 진영을 발견하곤 놀란 얼굴을 했다.

"어? 언제 왔어요? 내가 제일 먼저 온 줄 알았는데."

"조금 전에요. 몸은 괜찮아요?"

"네. 걱정해 주신 덕분에요. 감기약 잘 먹었어요. 감사합니다."

진영은 어제와는 달리 생기가 도는 말간 눈동자를 마주 보다 환하게 입가를 올렸다.

"나았으면 됐어요."

"서 대리님한테는 항상 감사한 일뿐이네요."

유주의 솔직한 목소리에 진영은 작게 미소를 지었다. 그런 진영을 보며 살짝 입꼬리를 올리던 유주가 무언가가 생각난 듯 그를 보며 잠시 머뭇거렸다.

"저, 서 대리님."

"네."

말하라는 듯, 뭐든 다 들어 주겠다는 것처럼 느껴지는 그의 표정과 눈빛에 유주는 다시 한번 작게 웃음을 터뜨렸다.

"서 대리님, 그… 음, 그러니까 소오……."

유주의 시선이 진영의 커다란 손에 머물렀지만 입은 차마 떨어지지 않는 듯 더 이상 말이 이어지지가 않았다. 진영의 의아한 눈빛에 유주는 결국 다음 말을 아무렇게나 지껄였다.

"오늘도 소오름 끼치게 잘생기셨네요."

그래도 그게 사실이었으므로 마음에 찔리는 건 없었다.

"네?"

작게 헛웃음을 터트리는 그를 보며 어색하게 웃던 유주가 도저히 안 되겠다는 듯 다른 방식으로 그에게 물었다.
"어제 혹시 의무실에 오셨었어요?"
"의무실에…… 왜요?"
"아니, 뭐 그냥. 혹시 저한테 감기 옮은 건 아닌가 싶어서?"
무언가 생각하는 것 같던 그가 이내 고개를 저었다.
"아니요."
"아, 안 오셨구나."
어색하게 입가를 올린 유주가 자리에 앉으며 꽤나 진지한 얼굴로 생각에 잠기자, 진영의 눈빛도 덩달아 심각해졌다. 어제 의무실이 있는 복도 쪽에 볼일이 있었던 그는 유주가 걱정이 되어 잠깐 들를까 했지만 의무실 문을 열고 들어가는 누군가를 발견하곤 씁쓸한 표정으로 도로 발길을 돌렸었다. 생각을 하는 듯 팔짱을 끼며 시선을 내렸던 진영이 비장하게 유주를 불렀다.
"민 대리."
"네?"
"민 대리, 야옹이 좋아해요?"
"야옹이요?"
"멍멍이가 좋아요? 야옹이가 좋아요?"
뜬금없는 진영의 질문에 유주가 멀뚱한 얼굴로 고개를 기울이다 어렵다는 표정으로 입을 열었다.

"뭐, 둘 다 좋지만 굳이 하나 고르라면, 멍멍이?"

유주의 선택에 진영은 절망 어린 표정으로 힘없이 팔짱을 풀었다.

"이거조차도 지네."

"네?"

진영은 책상에 옆얼굴을 힘없이 대며 더 힘없는 목소리로 중얼거렸다.

"민 대리 미워요."

순식간에 미움을 사게 된 유주가 얼떨떨한 얼굴로 눈을 빠르게 깜박거렸다. 언제는 좋다더니, 왜 밉대?

어제의 몫까지 분주하게 업무를 보던 유주는 서원에게서 온 메시지를 확인하고 곧 답을 보냈다.

[주말에 영화 볼래? 럭키 시리즈 나옴.]

[바빠. 나중에 보자.]

[뭐 하느라?]

[있어. 바쁜 일이.]

유주에게서 온 메시지를 확인한 서원이 이마를 매만지며 제법 심각한 얼굴을 했다. 그의 나른한 눈동자가 힘없이 감기는 눈꺼풀에 의해 이내 자취를 감추었다.

늦은 오후 로비를 지나치던 서원은 깜박하고 사무실에 두고 온 게 있다는 걸 상기하고는 다시 빙글 몸을 돌렸다. 그러던 중, 2층에서 자신을 보고 있던 것 같은 유주와 눈이 마주치곤 고개를 들었다. 하지만 유주는 황급히 고개를 돌린 채 다른 곳으로 이동하고 있었다. 서원은 의아한 듯 고개를 갸웃거리며 걸음을 옮겼다.

그날 저녁, 집 청소를 깔끔하게 하고 소파에 앉아 휴식을 취하려던 유주는 난데없이 들려오는 초인종 소리에 휴식을 방해받은 듯한 표정을 하며 문 앞으로 다가갔다.

"누구……."

택배인가 싶어 문을 여는 유주의 눈에 치킨 박스를 가슴께까지 올린 채 무표정으로 서 있는 서원이 들어왔다. 뚱하게 바라보던 유주는 솔솔 풍겨 오는 치킨 냄새의 유혹을 더 이상 이기지 못하고 불퉁하게 말했다.

"들어와."

곧 두 사람은 얼마 전처럼 마주 앉아 치킨을 뜯기 시작했다.

"너 오늘 운동 안 갔어?"

"이런 날도 있어야지."

오늘따라 힘이 없어 보이는 서원의 모습에 유주는 고개를 갸웃거렸다. 치킨을 먹던 도중, 무언가가 생각났는지 유주가 벌떡 일어나자 서원의 시선이 그녀를 따라 움직였다. 냉장고에서 캔맥주 하나를 꺼내 온 유주가 신이 난 얼굴로 뚜껑을 따자마자, 서원이 도로 맥주를 들어 자신의 앞으로 옮겼다.

"뭐야?"

"너 아직 감기 완전히 안 나았잖아. 감기약 먹었어, 안 먹었어?"

유주의 뚱한 눈빛에 서원은 맥주를 들어 입에 대고 보란 듯이 꿀꺽꿀꺽 마시기 시작했다. 어찌나 얄미운지 삐죽하게 나온 유주의 입술이 씰룩거리기까지 했다.

"얼른 치킨 먹어."

벌써 맥주 반 이상은 마신 서원이 닭 가슴살을 골라 툭 튀어나온 유주의 입 안에 넣어 주었다. 유주는 치킨을 오물거리면서도 서원을 매섭게 노려보았다.

잠시 후 치킨을 우물거리던 서원은 자리에서 일어나며 유주에게 물었다.

"물 마실래?"

"응."

서원은 정수기 앞으로 다가가 컵을 놓고는 버튼을 눌렀다. 나머지 컵 하나를 놓고 마저 버튼을 누르려던 그가 고개를 돌렸다. 그 순간, 유주와 눈이 딱 마주쳤고 유주는 생각도 못 했다는 듯 눈을 멀뚱하게 깜박거리다 뒤늦게 고개를 돌리며 딴청을 피웠다.

"찬물?"

"어? 어, 찬물."

어째서인지 묘한 느낌에 서원은 느릿하게 눈동자를 굴렸

다. 언제부터인지는 모르겠으나 계속해서 자신을 보고 있
던 것 같은 그 눈동자가 아주 많은 감정을 담고 있는 듯 느
껴졌다.

자신에게 향해 있던 사랑스러운 눈빛과 미소가 기억나며
어쩌면, 이라는 생각이 계속해서 떠오르고 있었다.

유주에게 컵을 건네주며 서원은 어느 때보다도 진지하게
말했다.

"민유주."

"왜?"

"웃어 봐."

"뭐?"

"웃어 봐."

미간을 살짝 찡그리던 유주가 어색하게나마 입가를 올렸
다. 웃으라니 웃기는 한다만. 영 어색하고 불편한 듯한 그 미
소에 서원이 포기하며 힘없이 자리에 앉았다.

얼마 후, 소파 위에서 울리는 휴대폰 소리에 유주가 액정을
확인하곤 작게 한숨을 쉬며 전화를 받았다.

"어. 엄마. 알았어. 알았다니까. 나 지금 치킨 먹는 중이야.
나중에 통화해. 알았다고요."

작게 한숨을 쉬는 유주의 모습을 가만히 지켜보던 서원이
덩달아 한숨을 내쉬었다. 치킨은 이미 다 먹은 뒤였고, 딱 봐
도 통화를 피하려는 게 분명했다. 늘 무심하던 그의 나른한

눈동자가 심란함을 담고 작게 흔들렸다.

"아! 맞다. 너한테 줄 거 있었는데."

전화를 끊은 유주는 서원에게 줄 커피를 찾기 위해 거실에 있는 서랍을 뒤적거렸다.

"나 디카페인 커피 주문했는데 맛 괜찮더라. 너 한 박스 줄게. 여기 없네. 어디에다 뒀지?"

어디에 보관했는지 영 기억이 안 나는 듯 유주는 여기저기 뒤적거리며 분주하게 움직였다.

"나 간다."

서원의 무뚝뚝한 목소리에 고개를 돌린 유주는 어느새 치킨 뼈가 든 종이 가방을 든 채 현관에 서 있는 그를 발견하곤 타박하듯 서둘러 말했다.

"기다려 봐. 커피 준다니까. 나중에 달라고 사정사정하지 말고 좀 진득하게 기다려."

현관 맞은편 거실에서 커피를 찾고 있는 유주의 뒷모습을 지그시 바라보던 서원이 어금니를 꽉 깨물다 도저히 안 되겠는지 질끈 눈을 감았다. 수많은 생각들로 인해 머릿속에 터져 버릴 것 같았지만 어쩌면 서하가 말한 타이밍이나 기회라는 게 지금일지도 모르겠다는 생각이 스쳤다. 의식을 해서인지 언젠가부터 자꾸 자신을 바라보고 있던 그녀의 시선과 꿈속의 그 사랑스러웠던 미소도 덩달아 떠오르고 있었다. 작게 심호흡을 한 서원이 미친 듯이 뛰고 있는 심장과는 반대로 애써 무심하게 목소리를 냈다.

"유주야."

서랍을 뒤적거리던 유주가 커다래진 눈으로 서원을 돌아보았다. 그가 주로 부르는 호칭은 민유주, 지금 회사에 입사하고부턴 늘 민 대리로 부르던 그였다. 어린 시절, 그때처럼 친근하게 불린 호칭에 유주는 의아한 눈빛으로 그를 마주 보았다.

"소개팅할 거야?"

"…뭐?"

유주는 잘못 들었다는 듯 뚱하게 서원을 눈에 담았다. 평소에도 표정 없는 얼굴이었지만 유독 딱딱하고 굳은 듯 느껴지는 서원의 모습에 유주는 고개를 기울이다 재차 물었다.

"뭐라고?"

"소개팅할 거야?"

여전히 딱딱한 그의 목소리에 유주는 장난치지 말라는 듯 피식 웃음을 터뜨리다 다시 서랍을 뒤적거렸다. 그 모습을 다소 서늘하게 바라보던 그가 화가 난 듯 느릿하게 숨을 뱉어 냈다.

"여기 있……."

커피를 든 채 해맑게 고개를 돌린 유주가 기껏 찾아낸 커피를 도로 떨어뜨렸다. 그도 그럴 게 현관에 서 있던 서원이 어느새 코앞까지 다가와 있었다.

"뭐, 뭐야?"

"소개팅할 거야?"

"왜 이렇게 소개팅에 집착하는데? 뭐? 내가 소개팅하는 게 싫어? 안 했으면 좋겠어?"

장난스럽게 던진 질문에 돌아온 건 어느 때보다도 차분하고 진지한 목소리였다.

"하지 마."

장난기라고는 하나도 묻어 있지 않은 그의 목소리와 눈빛에 심장이 덜컥 내려앉는 것만 같았다. 여전히 그를 마주 보고 있던 유주의 눈동자가 이리저리 흔들렸다. 나른하게만 느껴졌던 그의 눈동자에 상대를 압도하는 힘이 실려 있었다. 시선을 피하고 싶었지만 도저히 피할 수 없게 만드는 그 묘한 압력에 유주는 작게 숨을 뱉어 냈다.

코앞에 서 있던 그가 서서히 다가오며 거리를 더욱 좁히자, 유주의 눈동자가 작은 일렁임을 담은 채 크게 떠졌다. 유주의 말간 눈동자를 올곧게 마주 보던 그가 무언가를 결심한 듯 어금니를 꽉 깨물다 작게 심호흡을 했다.

"이거 꺼내면, 다시 전으로 못 돌아간다는 거 알아."

속삭이듯 낮게 흘러나온 그의 목소리에 유주는 숨을 쉬는 것도 잊은 채 그대로 굳어 있었다. 숨결이 닿을 만큼 가까운 거리였다. 단언하건대, 그와 함께했던 세월 중 이렇게 가까이 마주 서 있는 건 처음일 것이다.

마주 닿아 있는 눈빛 역시도 처음 보는 것이었다. 금방이라도 울 것 같은 그윽한 눈빛에 유주는 한껏 일렁이는 마음을 다잡지 못했다.
　작게 일렁이는 눈동자를 마주 보던 그의 시선이 서서히 아래로 내려가 그녀의 붉은 입술에 닿았다. 다시 눈동자를 올려 시선을 마주치는 그로 인해 유주는 떨리는 마음을 숨기려는 듯 살며시 입을 벌려 숨을 내쉬었다.
　그 순간, 유주의 두 팔을 잡아끌며 그가 다소 성급하게 고개를 숙였고 두 사람의 입술이 가까이 맞닿았다. 이리저리 흔들리는 유주의 눈동자가 당혹스러움을 가득 담고 있었다. 하지만 이미 서로의 입술은 겹쳐졌고, 돌이키기엔 늦어 버린 후였다.
　붉고 뜨거운 입술에 순식간에 취한 듯 지그시 눈을 감고 달콤한 입술을 물던 그가 조금 더 가까이 입을 맞댄 채 그녀의 입술을 삼키고 또 삼켰다.
　그가 입술을 움직일 때마다 전해지는 짜릿하고 아찔한 감각에 유주의 눈도 어느새 스르르 감겨 있었다. 두 팔을 꽉 잡고 있는 그의 커다란 손이 서늘하면서도 뜨겁게 느껴지는 것만 같았다. 그의 입술이 맞닿을 때마다, 입술을 삼키는 그의 뜨거운 입술이 느껴지는 순간순간, 당장이라도 터져 버릴 것만 같은 심장에 유주는 그의 가슴께의 옷깃을 꽉 쥐었다.

달콤하고 애틋하면서도 어쩐지 슬프게도 느껴지는 그의 조심스럽고 감미로운 입맞춤에 유주는 뜨거운 숨을 느릿하게 뱉어 냈다.

6장. 어색한 사이

　팔을 잡고 있는 커다란 손에 더욱 힘이 들어가는 게 느껴졌지만 마주 닿아 있는 그의 입술에선 떨림이 느껴지고 있다. 하지만 능숙하게 입술을 물고 삼키는 감미로운 입맞춤에 유주의 눈은 지그시 감겨 있었다.
　낮게 숨을 뱉으며 입술을 뗀 서원이 스르르 눈을 뜨며 천천히 물러났다. 마찬가지로 느릿하게 눈을 뜬 유주가 흔들리는 시선을 내린 채 잠시 머뭇거리다 조심스럽게 그를 올려다보았다. 그녀와 눈이 마주친 서원의 눈동자가 뒤늦게야 당황한 듯 티가 날 정도로 이리저리 일렁였다. 그런 서원의 표정 역시도 처음 보는 것인지라 유주도 마찬가지로 한껏 당황스럽고 놀란 눈빛을 했다.

그는 이제야 자신이 무슨 짓을 했는지 자각한 듯 초조하고 긴장한 얼굴로 아랫입술을 깨문 채 시선을 내렸다. 갈 곳을 잃은 채 이리저리 흔들리는 시선이 안쓰러워 보일 정도였다. 뒤로 한두 걸음 물러나며 이마를 짚은 그가 힘없는 목소리로 중얼거리듯 말했다.

"내일 보자."

급하게 현관으로 향하는 그의 뒷모습이 어쩐지 휘청거리는 것도 같았다. 허둥지둥거리는 와중에도 다시 돌아와 바닥에 내려놓았던 치킨 뼈 종이 가방을 집어 들고 그가 서둘러 집을 나섰다.

그 모습을 멍하게 바라보고 있던 유주는 문이 닫히고 얼마 있지 않아 다리에 힘이 풀린 듯 스르르 내려가 바닥에 털썩 주저앉았다.

"방금 뭐 한 거야? 뭔데?"

현관에 닿아 있는 초점이 없는 눈동자가 살며시 흔들리며 느릿하게 올라간 유주의 손이 제 입술에 닿았다.

"으아! 아아악!"

서원보다 더 늦게 자각을 한 듯 유주가 한껏 격한 반응을 보였고, 엘리베이터와 유주의 집 사이에서 이리저리 서성이던 서원이 그 소리를 듣곤 어금니를 꽉 깨물며 안절부절못했다. 문 앞까지 다가간 그는 안타깝게 내민 손을 더는 뻗지 못한 채 깊게 한숨을 내쉬다 도로 힘없이 발길을 돌렸다.

엘리베이터 안에서 내내 멍하게 서 있던 서원은 건물 밖으로 나오자, 망연하게 선 채 다시 한번 힘없이 이마를 짚었다. 그 순간 코트 주머니에서 울리는 휴대폰에 그는 급하게 휴대폰을 꺼냈다. 혹시나 유주일까 싶었지만 발신자는 안타깝게도 누나, 서하였다.

'타이밍 참.'

작게 실소를 터뜨린 서원은 액정을 밀어 휴대폰을 힘없이 귓가에 대었다.

"나 죄진 거야? 아니야?"

-뭐?

"나 방금 죄진 거냐고, 아니냐고?"

-무슨 헛소리야? 너 집에 의자 남는 거 있어?

"없어."

전화를 뚝 끊어 버린 서원은 괴로운 표정으로 한숨을 내쉬며 유주의 집 창가를 올려다보았다.

'젠장.'

그날 밤, 잠을 못 이루는 두 사람이 있었으니.

침대에 바로 누운 채 천장을 바라보고 있던 유주는 멍하게 입을 벌리다 다시 입을 꾹 다물었다. 몇 시간 전, 서원과 마주 섰을 때 아주 짧은 순간이었지만 입술에 닿았던 그의 시선이 떠올랐다. 연이어 입술에 닿았던 감촉과 그 느낌들이 온전히 떠오르자, 유주는 깊게 숨을 내쉬었다. 아직까지도 떨림이 이어지고 있었다.

'이거 꺼내면, 다시 전으로 못 돌아간다는 거 알아.'

 그건 확실히 고백이었다. 눈빛, 시선, 표정, 손짓, 떨림 모든 게 그의 마음을 대신 말해 주고 있었다. 생각도 못 했던, 정말이지 상상도 못 했던 그의 마음을 알았건만 이상했다. 환호성을 지르고 춤이라도 춰야 하는 게 당연한 거 아닌가? 그럴 줄 알았다. 근데 뭐지? 유주의 눈동자가 혼란스러움을 담고 이리저리 흔들렸다.
 제 마음이건만 도무지 알 수가 없었다. 기습적인 그의 행동에 아직 놀람과 당황함이 가시지 않은 것도 이유겠지만 혼란스러운 까닭에 쉬이 마음이 편안해지지가 않았다. 복잡해 보이는 눈동자가 천장을 가만히 눈에 담고 있었다. 유주는 가슴께까지 올라오는 이불을 꼬옥 쥔 채 떨리는 마음을 애써 진정시켰다.
 한편, 마찬가지로 침대에 누운 채 천장을 올려다보고 있던 서원은 깊게 숨을 내쉬다 옆으로 돌아누웠다. 입술의 감촉, 숨결, 일렁이던 눈빛, 표정까지도 머릿속에 마치 새겨지기라도 한 것처럼 고스란히 떠오르고 있었다. 서원은 반대편으로 돌아누우며 계속해서 뒤척거리다 결국 자리에 일어나 앉았다. 눈시울이 붉어진 채 두 손으로 머리를 감싼 서원은 무릎에 얼굴을 묻곤 다시 한번 깊게 한숨을 내쉬었다. 대체 무슨 짓을 한 거냐? 그냥 나오면 어떡해?

 무서웠던 건가? 혹시라도 거절의 말이라도 들을까 봐? 다신 그녀를 보지 못할까 봐? 앞에서 당장 사라지라는 말을 들을까 봐?

"무서웠던 거 맞네."

 서원은 고개를 들며 힘없이 숨을 내쉬었다. 머리에 닿아 있는 두 손이 작게 떨리고 있었다.

 그로부터 두 시간 후쯤, 잠이 든 유주는 기분 좋은 꿈을 꾸듯 편안하게 입가를 올렸다. 반면, 그녀보다 한 시간쯤 더 늦게 눈을 붙인 서원은 무척이나 지쳐 보이는 모습이었다.

 다음 날, 회사 건물로 들어서다 박 팀장과 마주친 유주는 반갑게 인사를 하며 그녀가 앉아 있는 소파 가까이로 다가갔다.

"팀장님, 일찍 오셨네요."

"어쩌다 보니. 민 대리 감기는 다 나았어? 건강이 최고야. 몸 생각해야 돼."

"네. 알겠습니다."

 옅게 미소를 지은 채 뒤로 돌던 유주가 멈칫하며 걸음을 멈추었다. 앞으로 보이는 언젠가와 겹쳐지는 광경에 유주는 표정 없이 입매를 늘였다. 여자 동료들한테 둘러싸여 긴 인사를 받고 있던 서원이 그 순간 스윽 시선을 움직였다. 유주와 눈이 마주치자, 나른하고 무감하기만 했던 그의 눈동자에 순식간에 감정이 퍼지며 동요했다. 작게 숨을 뱉은 서원은 여느 때처럼 짧게 고개를 숙여 인사했지만 유주는 재빨리 시선을 피하고는 엘리베이터로 급하게 걸어갔다.

그 모습을 그저 보고 있을 수밖에 없던 서원이 도저히 안 되겠는지 여자 동료들을 밀어내곤 서둘러 엘리베이터로 향했다. 다소 느릿하던 여유 있는 걸음은 사라지고 저벅저벅 급하게 소리를 내며 뛰듯 엘리베이터로 다가갔지만 야속하게도 문은 그대로 닫혀 버렸다.

고개를 숙인 서원은 어금니를 꽉 문 채 이마를 짚곤 짙은 한숨을 느릿하게 내쉬었다. 땅이 꺼져라 내뱉은 한숨에 옆에 서 있는 누군가가 나직하게 물었다.

"무슨 일 있습니까?"

옆에 누가 다가왔는지도 눈치 못 했던 듯 서원은 흠칫 놀라며 옆을 돌아보았다. 멀뚱하게 쳐다보고 있는 진영의 모습에 서원은 굉장히 지쳐 있는 얼굴로 고개를 돌리며 낮게 대꾸했다.

"없습니다."

한 번 올라갔다가 내려온 엘리베이터의 문이 뒤늦게 열리자, 서원은 무겁게 걸음을 떼어 엘리베이터에 탔다. 그 모습을 물끄러미 지켜보던 진영이 영 이상한 듯 고개를 기울이다 저벅저벅 걸음을 떼어 엘리베이터에 올랐다.

한편 느릿한 걸음으로 사무실로 들어온 유주가 의자에 멍하게 풀썩 앉았다.

"좋은 아침입니다."

잠시 후 출근을 한 진영이 팀원들한테 인사를 하자, 그제야 정신을 차린 유주가 가방을 내려놓은 후, 스르륵 의자에서 일어났다. 그대로 사무실을 나가려던 유주는 다시금 자리로 돌아와 텀블러를 챙겨 탕비실로 향했다.

자리에 앉아 그 모습을 물끄러미 보고 있던 진영은 생각을 하듯 눈동자를 느릿하게 굴렸다. 그는 심란한 표정으로 인상을 쓰다 그녀가 나간 사무실 입구에 시선을 주었다.

출근을 한 직후부터 서원에게 끊임없이 오고 있는 면담 요청에 유주는 난감한 얼굴을 했다.

[벤치로 나와.]

[바빠.]

[한가할 때 말해.]

[업무 밀렸어.]

모니터를 노려보듯 빤히 바라보던 서원이 두 손으로 이마를 짚은 채 한숨을 푸욱 내쉬었다. 두통이 밀려왔다.

혹시나 싶은 마음에 탕비실을 여러 번 들렀으나 유주의 모습은 보이지 않았다. 피한다고 될 일이 아니란 걸 그녀도 알고 있을 것이다.

"대체 무슨 생각인 거냐."

혼잣말을 하듯 낮게 중얼거린 그가 씁쓸한 표정으로 주위를 살펴보다 탕비실을 나섰다. 당장이라도 그녀의 사무실로 찾아가고 싶었으나 그건 유주가 원치 않는 일일 것이다. 서원이 오늘 제일 많이 한 일은 한숨을 쉬는 것이었을 정도로 그의 얼굴은 내내 어두웠다.

그러던 중, 기회는 우연히 다가왔다.

늦은 오후, 1층 로비를 지나치던 서원은 맞은편에서 걸어오는 유주를 발견하곤 천천히 멈춰 섰다. 그의 입가가 자동으로 올라가며 어두웠던 눈빛에 생기가 돌기까지 했다. 하지만 멀찍이에서 서원을 발견한 유주가 급하게 몸을 틀어 도망치듯 걸음을 옮겼다.

"민 대리! 민……."

당황스러움에 순식간에 유주를 놓친 서원은 더 이상 인내심이 남아 있지 않은 듯 작게 인상을 쓰며 그녀를 쫓듯 유주가 걸어간 방향으로 빠르게 이동했다.

유주는 또 엘리베이터를 타고 도망간 상태였고, 엘리베이터가 올라가는 층수를 가만히 지켜보고 있던 서원이 한쪽 눈썹을 치켜들었다.

"15층……. 옥상?"

한편 옥상으로 도망치듯 올라온 유주는 탁 트인 풍경을 내려다보다 크게 숨을 내쉬었다.

"나 왜 도망치니?"

아무리 생각해도 자신이 도망칠 이유는 없었다. 하지만 어떤 표정을 하고 서원을 마주 보아야 할지 알 수가 없었다. 어색한 건 둘째 치고 그의 입에서 무슨 말이 나올지 솔직히 무섭기도 했다. 혹시라도 그의 입에서 실수라는 단어가 나온다면 더 이상 그의 얼굴을 제대로 마주 볼 수 없을 것 같았다.

제 자신이 답답한 듯 숨을 고른 유주는 마침 들고 있던 음료수의 뚜껑을 따고는 벌컥벌컥 단숨에 마셨다. 그렇다고 계속 도망 다닐 수는 없는 노릇이고. 일단은 상황별로 대처 방안을 생각해 두어야…….

별안간 울리는 휴대폰에 유주는 액정에 눈길을 주다 난감한 듯 앞을 내다보았다.

한편, 그 모습을 멀찍이서 지켜보던 누군가가 그녀에게로 서서히 다가갔다.

"전화 왜 안 받아?"

옆에서 들려오는 너무도 익숙한 목소리에 흠칫거리며 몸을 돌린 유주가 눈을 크게 뜨며 휴대폰을 놓쳤다. 그럴 줄 알았다는 듯 휴대폰을 턱 하니 잡아챈 서원이 다소 화가 난 얼굴로 유주를 마주 보았다.

"아, 깜짝이야."

유주가 뒤늦게 놀란 마음을 내보이자, 서원은 무언가를 참는 듯 길게 숨을 내쉬며 그녀의 손에 떨어뜨린 휴대폰을 쥐여 주었다.

"여긴 왜 올라왔어? 옥상 잘 안 오잖아."

그의 물음에 유주는 또르르 눈동자를 굴렸다. 그러고 보니 왜 여기로 왔지? 유주가 주로 쉬러 가는 공간은 둘만이 알고 있는 벤치였다. 아마도 진영과 함께 올라온 기억이 있었기에 서원을 피하려 본능적으로 이곳으로 온 것 같았다. 기억이란 게 참 무섭네. 유주는 괜스레 이리저리 둘러보다 다소 불퉁하게 대꾸했다.

"볼일 있어서."

"그래서 볼일은 끝났어?"

어제와는 달리 무뚝뚝하게 물어 오는 서원의 목소리에 유주는 눈을 가늘게 뜨고 대놓고 그를 흘겨보았다.

"아니, 아직."

유주는 보란 듯이 옥상 난간에 찰싹 달라붙어 풍경을 구경했다. 그런 유주를 스윽 돌아본 서원이 그녀 곁에 머무른 채 옥상 난간에 등을 기대고 앞을 바라보았다. 옥상에 기댄 채로 코트 안주머니에서 무언가를 꺼내 입 안에 무는 서원으로 인해 유주가 무심결에 고개를 돌리다 경악스런 얼굴을 했다.

"담배!"

유주는 서원이 물고 있는 담배를 뺏어 단번에 두 동강을 냈다.

"진짜 담배잖아. 막대 사탕 아니고."

"막대 사탕?"

"너 담배 끊었다며?"

"안 피워. 갑갑할 때 입에 물고 있으려고 한 개비씩만 가지고 다니는 거야. 비상용으로."

"……."

"이럴 때 물고 있으려고."

너 때문이라는 듯 서원이 똑바로 시선을 주며 말하자, 은근슬쩍 눈길을 피하던 유주가 그게 문제가 아니라는 듯 영 미심쩍다는 눈빛을 했다. 그런 유주의 기세에 서원은 코트 안 주머니에서 담배 케이스를 도로 꺼내어 유주에게 안을 보여 주었다. 빈 케이스를 흘끗 들여다본 유주가 샐쭉한 얼굴을 하자, 무심히 시선을 주던 서원이 말을 이었다.

"라이터도 없어."

유주는 제대로 확인하겠다는 듯 서원의 코트 주머니 부근을 톡톡 만져 보았다. 서원은 자신보다 한참 아래 있는 유주의 작은 머리통을 내려다보다 먼 곳을 내다보며 작게 한숨을 내쉬었다.

"너 왜 나 피해?"

유난히도 낮게 깔린 목소리에 심장이 덜컥 내려앉는 것만 같아 유주는 움직임을 멈춘 채 작게 침을 삼켰다.

"어제 그 일……."

말이 끝나기도 전에 작은 손에 입이 가로막히자, 서원은 복잡한 감정을 숨기려는 듯 무감하게 유주를 내려다보았다.
"하지 마."
왜냐고 묻는 듯한 그의 눈빛에 유주는 덤덤한 척 애써 말을 이었다.
"이상해지잖아. 너도 그래서 어제 도망친 거 아니야?"
내내 제대로 시선을 마주치지 않던 유주가 고개를 들어 그의 눈을 마주 보았다. 핵심을 찌르는 그 말보다 올곧게 올려다보는 말간 눈동자에 마음이 일렁였다. 슬프게 느껴지는 그녀의 눈빛이 점차 차오르는 그 말들을 삼키게 만들었다.
꼭 무언가를 잘못하고 걸린 것 같은 기분이었다. 할 말이 없었다. 손을 들어 입을 막고 있는 유주의 손을 끌어 내린 서원이 옥상 난간에 힘없이 등을 기댄 채 잠시 고개를 숙여 시선을 내렸다. 서글픈 듯 내리깐 시선이 외롭게 일렁이는 강물처럼 갈피를 못 잡고 흔들렸다. 지그시 눈을 감은 그가 어금니를 꽉 깨물다 느릿하게 눈을 떴다.
오늘도 이대로 물러난다면 아마도 어제 일은 그대로 사라져 아무 일도 없었던 것처럼 될지도 모를 일이다. 그녀가 원하는 게 그런 건지 정확하게 알 수가 없었지만 자신이 원하는 건 아주 잘 알고 있었다. 이 마음을 꺼내면, 다시 한번 더 꺼내 보이면 전으로 돌아갈 수 없다는 것도 알고 있다. 하지만 이젠 그가 전으로 돌아갈 자신이 없었다.
'자신이 없다고. 이제.'

"그래서?"

고개를 든 서원은 초점 없이 허공을 바라보다 고개를 돌려 유주를 응시했다. 무감하기만 하던 눈동자에 슬픈 빛이 실려 있었다.

"넌 싫었어?"

"……."

"마냥 싫기만 했어?"

웃음기 하나 없이 맞닿아 있는 유주의 눈동자가 이리저리 흔들렸다. 어쨌든 어제 그는 뒤로 물러났었다. 솔직하게 말하자면, 새로이 알게 된 그의 마음에 기뻤던 것도 같았다. 하지만 곧장 물러나는 그로 인해 혼란스러워졌다. 그의 마음이 언제부터인지 얼마나 깊은지 알지도 못할뿐더러 곧바로 물러설 정도의, 딱 그만큼의 마음이라면 없던 일로 하는 게 나은 건지도 몰랐다. 그래야 오래 곁에 있을 수 있을 테니까. 자신이 이렇게 겁쟁이였던가, 환멸이 나는 동시에 이런 생각을 품게 되어 버린 상황에 서글퍼졌었다. 그래서 오늘 내내 피한 건지도 모른다. 그에게 작은 심통이나마 부려 보려고. 언제 또 이럴 수 있을까?

하지만 자신에게 닿아 있는 수많은 감정을 담고 있는 깊은 눈동자가 작게 일렁이는 걸 지켜보며 유주는 느릿하게 숨을 뱉어 냈다. 그가 자신과 마찬가지로 하염없이 조심스러울 것이라는 생각은 미처 하지 못했었다. 미련하게도.

어쩐지 울컥하는 마음에 애써 시선을 피한 유주가 일부러 불퉁하게 말했다. 마음과는 전혀 다르게 나온 말이었다. 어째서 자꾸 심통을 부리게 되는 걸까?
"한 번 해 보고 어떻게 알아?"
"뭐?"
"고작 한 번 해 보고 어떻게 아냐고."
서원의 입술에 시선이 닿자마자 무언가를 들킨 사람처럼 화들짝 피한 유주가 괜스레 딴청을 부렸다. 헤아릴 수 없이 깊은 눈빛으로 그녀를 마주 보고 있던 그가 무슨 뚱딴지같은 소리냐는 듯 작게 미간을 찌푸렸다.
유주가 답답하다는 듯이 눈에 힘을 주고 바라보자, 생각을 하는 듯 느릿하게 눈동자를 굴린 그가 어렵게 입을 뗐다.
"그 말은 또 해 봐야 알 수 있다는 거야?"
"뭐……."
긍정도 부정도 하지 않는 그 말이 긍정이라는 걸 알아차릴 즈음, 서원의 눈동자가 떨림을 담고 작게 일렁였다. 가슴이 두근대자, 크게 심호흡을 한 서원은 주위를 살펴보다 유주의 팔을 넙석 잡아 옥상 문에서 보이지 않을 공간으로 끌고 갔다.
벽으로 그녀를 밀어붙인 서원이 서서히 다가가 유주가 피하지 못하도록 손으로 벽을 짚기까지 했다. 고개를 돌려 가로막은 팔에 눈길을 준 유주가 긴장이 되는 듯 시선을 내리다 다시 눈을 마주쳤다. 수많은 감정을 담고 있는 눈동자가 오롯이 그녀를 향해 있었다.

다소 급하게 닿았던 어제와는 달리 느릿하게 고개를 숙인 그가 숨결이 닿을 만큼의 가까운 거리에서 잠시 움직임을 멈추었다. 떨리는지 작게 숨을 내쉰 서원은 마저 고개를 기울여 입술을 마주쳤다. 서서히 입술이 맞닿았고, 입술에 닿은 보드라운 감촉에 그의 눈이 지그시 감겼다. 덜컥 내려앉은 심장은 둘째 치고 미친 듯이 뛰기 시작하는 가슴에 유주도 질끈 눈을 감았다. 처음엔 얼떨결에 닿았던 거라 그런지 그저 떨리는 마음이 강했다면 지금은 심장이 터져 버릴 것만 같았다. 온갖 예민한 감각이 입술로 몰린 것만 같은 느낌이었다. 뜨겁게 터져 나오는 숨결에 그는 부드럽게 입술을 겹치며 달콤하게 입술을 물었다.

굳어 있는 느낌이 강했던 어제와는 다르게 그녀의 입술이 살며시 벌어지자, 그가 보다 깊게 입술을 물었다. 이내 서로의 혀가 엉키고 조심스러웠던 어젯밤보다 더욱 깊고 짙은 입맞춤이 이어졌다.

달콤하디달콤한 입술에서 떨어질 줄을 몰랐던 그가 서서히 물러나며 스르르 눈을 떴다. 가까운 거리에서 그녀가 눈을 뜨길 기다리던 서원은 느릿하게 올라간 눈꺼풀에 의해 눈이 마주치자, 눈빛으로 그녀에게 물었다. 꽤 진지하고 간절한 눈빛에도 유주는 느릿하고도 멍하게 눈을 깜박일 뿐이었다.

"어때? 알 것 같아?"

간절한 마음에 떨림을 담고 성급하게 물었지만 여전히 그녀에게서 대답이 없자, 서원은 고개를 기울이며 도로 가까이 다가갔다. 다시 키스를 할 태세에 유주는 그의 입을 막곤 서둘러 말했다.

"알았어. 일단 알았으니까 다음에 얘기해. 회사에선 일하고."

유주가 알겠냐며 눈빛으로 강하게 묻자, 순한 얼굴이 된 서원이 입이 가로막힌 채로 선선히 고개를 끄덕였다. 지켜보겠다는 듯 올곧게 시선을 마주치던 유주가 손을 내렸고, 서원은 아쉬운 얼굴을 하면서도 뒤로 한 발자국 물러나 주었.

유주는 도망치듯 자못 후다닥 자리를 벗어났다. 혼자 남겨진 서원은 멍하게 멈춰 있었다. 생각을 하듯 느릿하게 눈을 깜박이던 그의 입가가 살며시 호선을 그리며 올라갔다.

'그러니까 거절은 아닌 거지?'

천천히 손을 들어 제 입술을 매만진 서원이 떨리는 듯 느릿하게 숨을 뱉어 냈다.

한편, 엘리베이터에 급하게 올라탄 유주는 벽에 힘없이 등을 기대며 떨리는 마음을 진정시키기 위해 크게 심호흡을 했다.

'뭐 한 거야?'

어제부터 대체 뭘 하고 있는 거야? 유주는 머리를 감싸 쥔 채 괴로워하다 엘리베이터가 멈추며 문이 열리자, 언제 그랬냐는 듯 태연한 얼굴로 몸을 바로 세웠다.

퇴근 후, 집으로 향하던 유주는 집 앞에 서 있는 서원을 발견하곤 터벅터벅 그 앞으로 다가갔다. 이상했다. 가슴은 미친 듯이 뛰고 있는데 오히려 행동은 담담하게 나오고 있었다. 마음을 숨기고 곁에 있었던 그 나날들이 익숙해진 건지 친구로 곁에 있었던 날들처럼 말이며 행동이 곱게 나가지 않고 있었다.
"오늘은 치킨도 없고. 빈손이네."
"치킨 살 정신이 없었어. 빨리 오느라고."
무심한 표정은 비슷한 것 같았으나 서원은 확실히 전과는 달랐다. 그래서인지 평소엔 거리낌 없이 문을 열었던 그녀였지만 이번엔 머뭇거릴 수밖에 없었다.
"집에 들어가서 뭐 할 건데? 대화할 거야?"
키스 두 번 만에 위험하게 느껴지는 눈빛이라니. 경계하는 듯한 유주의 태도에 서원은 작게 한숨을 내쉬다 덤덤하게 대꾸했다.
"네가 원한다면."
뭐든 네가 원하는 대로 해 주겠다는 서원의 태도에 유주는 누그러진 얼굴로 문을 향해 돌아섰다.

소파에 나란히 기대어 영화를 시청하던 두 사람은 여느 때와 같은 모습이었다. 달라진 게 있다면 이따금씩 그녀를 돌아보는 서원의 시선이었다. 시선을 내리깔아 자신의 손을 바라본 서원이 슬쩍 눈동자를 움직여 저만치에 있는 유주의 손을 눈에 담았다. 서원은 유주 쪽으로 슬며시 손을 움직였다. 유주의 손가락 끝에 서원의 손이 닿았고, 그녀는 시선을 올려 서원을 바라보았다. 닿아 있는 손에 눈길을 주고 있던 서원도 눈동자를 들어 유주를 마주 보았다. 서로의 시선이 올곧게 맞닿자, 작게 헛기침을 한 유주가 다시 TV 모니터를 바라보았다. 간질간질거리는 손끝과 미친 듯이 두근대는 가슴으로 인해 표정 관리가 되지 않았다. 그것만으로도 벅찰 지경인데 지그시 바라보고 있는 그로 인해 어디로든 도망치고 싶은 심정이었다.
　그럼에도 서원은 계속 유주를 눈에 담았다. 그윽하게 느껴지는 깊은 시선에 유주는 애써 뚱하게 그를 돌아보았다.
　"언제까지 보고 있을 거야?"
　"계속. 그래서 네 대답은?"
　망설임도 없이 훅 들어온 말에 당황한 듯 유주의 눈동자가 이리저리 흔들렸다. 그래, 대답을 해야 했다. 정신없는 상황에 미처 그 생각은 하지 못하고 있었다. 대답을, 어떻게 해야 할까? 사실은 나도 네가 좋다고? 좋아하고 있었다고? 유주의 얼굴이 순식간에 새빨갛게 물들었다. 마주 닿아 있는 눈빛은 여전히 짙었고, 입술이 닿았던 그 순간만큼이나 가슴을 뛰게 만들었다. 금방이라도 터질 것 같은 심장에 유주는 머뭇거리다 간신히 말을 뱉었다.

"생각할 시간은 줘야지."

"얼마나?"

목소리가 원래 이렇게 낮았던가? 무게감이 느껴지는 낮게 깔린 목소리에 유주는 작게 숨을 흘리다 손가락을 쫙 펴 보였다.

"5일."

탐탁지 않다는 듯 그 손을 빤히 보던 서원이 손을 뻗어 유주의 손가락 두 개를 도로 접었다.

"3일."

손가락 세 개가 펼쳐져 있는 자신의 손을 흘낏 보던 유주가 고민하듯 입매를 늘이다 고개를 끄덕였다.

"알았어. 3일."

영화가 들어오지 않는 듯 모니터를 흘끗 보던 서원이 자리에서 일어나며 코트와 가방을 챙겼다.

"간다. 푹 쉬어."

"내일 마트나 가자. 냉장고도 텅 비었고, 좋아하는 건 거의 원 플러스 원으로 팔잖아. 사서 또 하나씩 나누면 되지. 어차피 두 개씩이면 다 먹지도 못하고."

일어선 채 유주를 바라보던 서원이 입매를 늘인 채 고개를 끄덕였다. 주말에 바쁘다더니……. 뒤로 돌며 슬쩍 입가를 올린 서원이 무언가가 떠오른 듯 급하게 유주에게 말했다.
"낮에 가자."
"왜?"

그래야 종일 같이 있을 수 있으니까. 목구멍까지 올라온 그 말을 삼킨 채 그저 어깨만 으쓱하는 서원을 유주는 뚱하게 바라보았다.

다음 날, 점심시간이 되기도 전에 집에서 나온 유주는 투덜대며 건물 밖으로 나왔다.
"아, 진짜. 더 자고 싶은데."

차 앞에 서 있는 서원을 발견한 유주가 엘리베이터 벽에 기대 있느라 헝클어져 있던 머리카락을 매만지며 뚱하게 눈길을 주었다. 유주를 발견한 그가 가까이 다가왔고, 유주는 서원을 쭉 훑어보며 졸음이 가시지 않은 눈을 간신히 치켜 떴다.

"마트 가는데 왜 이렇게 예쁘게 입고 왔어?"

평상시엔 트레이닝복에 패딩 차림으로 나서던 서원이 지금은 단정한 코트에 블랙진 차림이었다. 민망한지 시선을 피하며 헛기침을 하던 서원은 풀려 있는 유주의 셔츠 단추를 발견하곤 짧게 외쳤다.

"어? 단추."

그의 시선을 따라 고개를 숙인 유주가 단추를 잠그며 툴툴대었다.

"이게 자꾸 이러네."

덩달아 고개를 숙여 단추를 보고 있던 서원은 앞으로 보이는 이마와 숙여진 얼굴에 눈길을 주다 그녀가 귀여운 듯 작게 입가를 올렸다. 투욱 튀어나온 입술을 사랑스러운 감정이 듬뿍 담긴 눈길로 보던 그가 서서히 다가가 가까이 입술을 맞대었다. 커다랗게 떠진 유주의 눈동자에 지그시 감겨 있는 단정한 눈매와 길게 뻗은 속눈썹이 비쳤다. 더욱 가까이 맞닿는 입술에 유주는 살며시 벌어지는 입술을 느끼다 번쩍 손을 들었다.

"아!"

"이게 어디 밖에서! 사람들 보잖아!"

"집 아니잖아."

"그걸 말이라고 해?"

등짝을 한 대 더 맞은 서원이 뚱하게 입술을 내밀자, 유주는 쓰읍 소리를 냈다. 서원은 아쉽다는 듯 손등으로 제 입술을 스윽 만지다 차의 조수석 문을 열었다. 타라는 듯한 서원의 눈짓에 유주는 괜스레 코를 훌쩍이며 차에 올라탔다.

유주는 안전벨트를 매며 툴툴대듯 중얼거렸다.

"진짜 심장 터지겠네."

창문을 똑똑, 두드리는 소리에 그녀가 고개를 돌려 창문을 내다보자, 아직 조수석 앞에 서 있던 서원이 가까이 고개를 숙여 유주를 향해 씨익 미소를 지었고 유주는 어이가 없다는 듯 숨을 내뱉다 이내 피식 웃음을 터뜨렸다.

  오랜만이었다. 서로를 마주 본 채로 환하게 미소를 지은 건. 아무것도 몰랐던 티 없던 어린 시절 이후로 처음이었다.

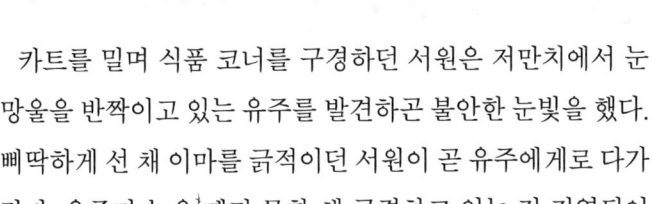

7장. 좋은 사이

 카트를 밀며 식품 코너를 구경하던 서원은 저만치에서 눈망울을 반짝이고 있는 유주를 발견하곤 불안한 눈빛을 했다. 삐딱하게 선 채 이마를 긁적이던 서원이 곧 유주에게로 다가갔다. 유주가 눈을 떼지 못한 채 구경하고 있는 건 진열되어 있는 허브티 종류였다.
 "우와, 이거 초콜릿 향이래."
 유주는 마치 사랑에 빠진 듯한 눈빛으로 신상으로 들어와 있는 허브티를 향해 손을 뻗었다. 하지만 손을 맞잡는 서원에 의해 제지되자, 뚱한 눈빛으로 그를 돌아보았다.
 "너 집에 티 많잖아."
 "근데?"

"다 마시고 사는 건 어때? 내가 아는 것만 해도 열 개 이상인데. 자꾸 사면 쌓이기만 하잖아. 원래 있던 건 뒤로 쌓이니까 안 보이고 그럼 또 전에 사 둔 건 안 마시게 되고. 조금이라도 줄인 다음에 사는 게 나을 것 같은데."

유주는 떫은 표정으로 입맛을 다셨다. 반박할 수도 없이 모두 맞는 말이었다. 슬쩍 눈치를 본 유주가 그가 무방비하게 있는 틈을 타 허브티를 덥석 집었다.

"이거 하나만."

하지만 많이 겪어 본 일인 양 서원은 허브티를 쉽게 뺏어 들며 도로 자리에 놓았다.

"다 마시고 사라니까."

"이거 사면 다 마실 거야."

"거짓말하지 마."

두 사람이 티격태격하고 있는 사이, 저벅저벅 다가온 노년의 부인이 흐뭇하게 입가를 올리며 두 사람에게 다정하게 말했다.

"신혼부부예요? 왜들 싸우고 그래? 어머, 두 사람 잘 어울리네."

신혼부부라는 말에 당황했는지 유주가 다투느라 한껏 벌어져 있는 입을 꾹 다물며 민망한 듯 슬쩍 자리를 피했다. 허브티를 결국 제자리로 돌려놓은 서원은 저만치 멀어져 있는 유주를 확인하곤 노년의 부인을 향해 덤덤하게 대꾸했다.

"신혼부부 아니에요."

"어머, 아니에요?"

"아직은."

머뭇거리던 서원이 다소 수줍게 말하고 자리를 떠나자, 노년의 부인이 눈을 껌벅이다 이내 입가를 환하게 올렸다.

"좋을 때네. 여봉, 이리 와 봐요."

부인의 부름에 멋스럽게 코트를 차려입은 노년의 신사가 카트를 민 채 그녀 가까이로 다가왔다.

"왜 불렀어요? 허니."

한편, 와인을 고르는 유주를 지그시 바라보던 서원은 그녀가 귀여운 듯 살며시 입가를 올렸다. 집중하고 있는 유주의 눈동자와 살짝 벌어져 있는 도톰한 입술을 하염없이 눈에 담던 그가 저도 모르게 서서히 다가갔다. 그가 잡고 있는 카트가 밀리며 거리가 점차 좁혀졌다. 제법 가까이로 다가와 있는 서원의 모습에 유주가 은근히 눈길을 주다 건조하게 말했다.

"너 여기서 입술 갖다 대면 가만 안 둔다."

뜨끔한 듯 움찔거린 서원이 작게 헛기침을 하며 행사 상품으로 진열되어 있는 와인 잔을 괜스레 이리저리 돌려 보았다. 유주는 눈을 가늘게 뜬 채 서원을 흘겨보다 다시 와인 병에 눈길을 주었다.

계산을 마친 두 사람은 푸드 코트에서 간단하게 식사를 한 후 후식으로 아이스크림까지 먹으며 서원의 차가 주차되어 있는 지하 주차장으로 향했다. 내려가는 에스컬레이터에서 잡고 있던 카트에 몸을 숙인 서원이 작은 스푼으로 아이스크림을 떠먹으며 오물거리는 유주의 입을 물끄러미 바라보았다. 혀로 입술을 쓴 그가 무언가를 참는 듯 길게 숨을 내쉬다 아이스크림 컵에 꽂혀 있는 스푼 하나를 집어 아이스크림을 한가득 입 안에 넣었다.

입 안 가득 우물거리는 서원의 모습에 유주는 스푼을 문 채 고개를 갸웃거렸다.

유주의 집 앞에 도착한 두 사람은 차 트렁크에 넣어 놨던 박스 하나와 장바구니를 나눠 든 채 집으로 향했다.

식탁 위에 식품들을 꺼낸 유주는 두 개씩 붙어 있는 물건들을 나누어 하나는 도로 박스 안에 넣었다. 마찬가지로 식탁 앞에서 물건들을 나누던 서원은 이따금씩 유주를 힐끔거리며 하던 일을 계속했다.

"어? 이거 되게 귀엽다."

유주가 물티슈를 꺼내며 겉면의 캐릭터를 보고 배시시 웃자, 서원의 눈동자에도 자동적으로 미소가 스몄다. 종알거리는 붉은 입술에 머무른 그의 시선이 움직일 줄을 몰랐다. 식탁을 짚은 채 슬며시 다가간 서원은 고개를 숙이고 있던 유주를 향해 마침내 고개를 기울였다.

이내 두 사람의 입술이 맞닿았고, 생각지도 못했던 감촉에 유주의 눈이 커다랗게 떠졌다. 눈을 빠르게 깜박이던 유주는 더욱 가깝게 겹쳐지는 부드러운 입술의 감촉에 스르르 눈을 감으려다 도로 눈을 번쩍 떴다. 유주는 들고 있던 물티슈를 툭 떨어뜨리곤 급하게 손을 뻗어 그의 가슴팍을 밀어내었다.

식탁을 짚고 있었기에 손쉽게 뒤로 밀려난 그가 나른한 눈동자로 그녀에게 가만히 시선을 주었다. 반성은커녕 뻔뻔한 태도에 유주는 당황한 얼굴로 길길이 날뛰었다.

"아, 쫌! 키스 못 해 죽은 귀신이 붙었나?"

그답지 않은 행동이었다. 성급하고 즉흥적으로 돌진하는 건 평소의 그와는 거리가 멀었다. 그래서 더욱 당황하게 되는 이유이기도 했다.

미수에 그친 그가 뚱하게 유주를 바라보다 의자에 털썩 기대앉았다. 그의 입술에서 한숨이 느릿하게 터져 나왔다.

"네가 10년 넘게 참아 봐. 안 이러게 생겼나?"

유주는 한쪽 눈썹을 치켜들었다. 10년?

자신조차도 당황스럽고 갑갑한 듯 의자에 힘없이 기댄 그가 고개를 젖힌 채 솔직하게 마음을 꺼냈다.

"몰랐을 때에야 마냥 참았지. 이제 그게 안 되는 걸 어떡해."

힘없는 목소리가 어쩐지 서글프게 들려오자 유주의 표정이 차츰 누그러졌다. 그런 이유라면 수긍이 될 것도 같았다. 남녀의 차이인가, 욕구의 차이인가?

곰곰이 생각에 잠겼던 유주는 무언가가 생각난 듯 눈을 크게 뜨며 스윽 뒤로 물러나 서원을 경계했다.

"너… 그, 그러면 키스 말고, 막 만지고 그런 것도……."

유주가 더듬더듬 말을 내뱉자, 스윽 몸을 일으킨 서원이 평소의 그 무심하고 나른한 눈빛으로 유주를 바라보았다. 수도 없이 봐 오던 그 나른한 눈빛이 전과는 다르게 읽히자, 유주는 꿀꺽 침을 삼키며 뒤로 반 발자국 더 물러났다. 그 모습을 기가 막히다는 듯 바라보던 서원이 작게 한숨을 내쉬다 식탁 앞에서 터덜터덜 벗어나 거실 쪽 소파 밑에 털썩 주저앉았다. 긴장감이 사라지자, 유주는 뚱하게 입술을 내밀며 나누던 식품들을 마저 나눠 담았다.

괜스레 심통을 부리듯 서원이 거실 바닥에 벌러덩 눕자, 유주는 주욱 박스를 살피다 거실로 다가갔다.

"왜 누워?"

"몰라."

답지 않게 투정을 부리며 천장을 망연하게 보고 있는 서원의 얼굴이 제법 심란해 보였다. 유주는 소파 끝에 살포시 엉덩이를 붙이곤 조금 전부터 생각하던 걸 조심스럽게 물었다.

"니 혹시 나랑 닿을 때마다 질색하던 이유가……."

스윽 시선을 움직여 유주를 눈에 담던 그가 담담하게 대꾸했다.

"그게 최선이었어."

멀뚱하게 눈을 깜박이던 유주가 말뜻을 뒤늦게 이해하곤

흠칫 놀라며 뒤로 물러났다. 하지만 이내 반짝거리는 눈망울로 대단하다는 듯 서원을 바라보았다.

"너 자제력이 어마어마하구나."

"그걸 지금 칭찬이라고 하는 거냐."

 서원의 기가 차다는 목소리에 유주는 샐쭉한 얼굴로 어깨를 으쓱였다. 미동도 하지 않은 채 망연하게 천장을 바라보고 있는 서원의 모습에 유주는 슬그머니 가까이로 다가갔다. 그럼에도 그의 시선이 조금도 흔들리지 않자, 유주는 손가락을 내밀어 그의 손등을 톡 건드렸다. 서원은 지친 얼굴로 느릿하게 눈을 깜박이고만 있었다. 핏줄이 툭 불거져 나온 그의 손등을 재차 누른 유주가 호기심 짙은 얼굴로 한 번 더 손가락을 뻗었다.

 그 순간, 유주의 손목을 잡고 순식간에 몸을 일으킨 서원이 아래에 눕힌 유주를 무심하게 내려다보았다. 조금 전, 그로 인해 바닥에 누워 버리게 된 유주가 짙게 변하는 그의 눈동자를 마주 보며 끔벅끔벅 눈을 빠르게 감았다 떴다.

"네가 칭찬하던 그 자제력, 이제 없어."

 차분하게 내뱉는 목소리에 반해 그의 눈빛은 제법 사나워져 있었다. 이제껏 참고 있었던 건지 숨소리가 크게 터져 나오며 그의 가슴이 크게 오르락내리락거렸다. 남성미가 철철 넘쳐흐르는 그 모습에 유주는 긴장한 듯 작게 침을 삼키며 순순히 잘못을 시인했다.

"미안."

이리저리 흔들리는 말간 눈동자를 마주 보던 서원이 심란한 듯 길게 숨을 뱉어 냈다. 유주에게 닿아 있던 눈동자가 힘없이 흔들렸다.

"간다."

몸을 일으킨 서원이 떨떠름한 얼굴로 현관으로 향하자, 서원의 얼굴 대신 천장을 물끄러미 올려다보고 있던 유주가 급하게 말했다.

"박스 챙겨 가."

현관까지 갔던 서원이 도로 식탁 앞으로 다가가 박스를 챙겨 현관으로 걸어갔다. 꽤 묵직한 박스의 무게에 두 손이 묶여 버린 서원은 운동화에 발을 넣다 스윽 눈동자를 움직여 유주에게 시선을 주었다. 유주는 아직 누운 채로 멀뚱하게 천장을 올려다보고 있었다. 도통 무슨 생각을 하는지 알 수가 없었기에 서원은 복잡한 눈빛을 한 채 머뭇거리다 그녀에게 물었다.

"너 혹시 내가 그때 한 말 때문에 참고 있는 건 아니지?"

유주는 의문이 가득한 눈동자로 서원을 올려다보았다.

'무슨 말?'

꽤나 쓸쓸해 보이는 그의 눈동자가 눈에 들어오자, 어째서인지 전에 그에게서 들었던 말이 절로 떠올랐다.

'이거 꺼내면, 다시 전으로 못 돌아간다는 거 알아.'

설마 관계가 어그러질까 봐 싫은데도 참고 있다고 생각한 건가? 무심하지만 결코 무심하지 않은 눈동자가 슬픔을 담고 흔들리자, 가슴이 덜컥 내려앉는 기분이었다. 그런 기분을 들게 하려던 게 아니었다. 그를 힘들게 하고 싶은 마음은 추호도 없었다.

벌떡 일어나 자리에 앉은 유주는 무언가를 생각하는 듯 눈동자를 굴리다 결심한 듯 서원에게 다가갔다. 그의 시선이 유주를 좇았고, 바로 앞까지 다가온 그녀에게 머물렀다.

그의 두 손이 박스에 닿아 있는 걸 확인한 유주는 손가락을 들어 그에게 작게 손짓했다. 가까이 오라는 듯한 그 손짓에 서원은 선선히 고개를 숙였다. 떨리는 마음을 감춘 채 작게 심호흡을 한 유주가 고개를 들어 그의 입술에 가까이 다가갔다.

순식간에 맞닿은 입술에 서원의 눈동자가 이리저리 흔들렸다. 심장이 쿵, 내려앉는 것만 같은 기분이었다. 입술을 꾹 맞대고만 있던 그녀가 천천히 움직이며 입술을 살며시 물자, 그의 입술이 스르르 벌어졌다. 질끈 감고 있는 유주의 눈을 일렁이는 눈동자에 담던 그는 지그시 눈을 감으며 더욱 깊게 입술을 겹쳤다.

한참 후 살며시 밀어내는 손길에 입술을 떼며 물러선 서원이 시선을 내리고 있는 유주를 지그시 바라보았다. 이리저리 눈동자를 굴리다 간신히 그와 눈을 맞춘 유주가 긴장이 되는 듯 조심스럽게 말을 꺼냈다.

"대답 됐지?"

쑥스러운 듯 그녀의 뺨이 발그레해져 있었다. 쉬이 진정되지 않는 가슴에 길게 숨을 내뱉은 서원은 혼란스러운 눈빛으로 그녀를 빤히 바라보다 고개를 기울이며 눈빛으로 재차 물었다. 그 눈빛을 알아차린 유주가 힘 있게 고개를 끄덕였다. 믿어지지 않는다는 듯이 커다랗게 떠진 서원의 눈동자를 마주 보던 유주가 옅게 입가를 올렸다.

그러자, 여태껏 소중하게 들고 있던 박스를 아무렇게나 내동댕이친 서원이 그녀에게 가까이 다가서며 다시금 입술을 겹쳤다. 전에 했던 입맞춤은 세 번, 그때는 그녀가 원한다면 언제든 밀려날 수 있도록 손을 뗀 채 입을 맞췄지만 지금은 달랐다. 서원은 그녀의 등을 끌어안고는 보드라운 뺨을 감싼 채 어느 때보다도 달콤하게 키스를 이어 갔다. 그녀의 등에, 뺨에 닿는 손길이 너무도 애틋했다. 입술 끝에 아득하게 내려앉는 간지러운 숨결에 길게 뻗어 나온 그녀의 속눈썹이 살며시 떨렸다.

그 후, 무표정한 얼굴로 운전을 하던 서원의 입가가 살며시 올라갔다. 고개를 돌려 조수석에 놓은 박스를 눈에 담던 그는 제멋대로 올라가는 입가에 결국 낮게 웃음을 터뜨렸다.

만세라도 부르고 싶은 심정이었다.

'내일 영화 보자.'
'주말에 바쁘다며? 오늘, 내일 다 나랑 있어도 돼?'
'없어졌어, 바쁜 일.'
'그럼 조조로 보자.'
'너 왜 이렇게 부지런해? 원래 아침에 나가는 거 좋아했나?'
'그런 게 있어.'

간질대는 손끝과 두근거리는 가슴에 자꾸만 피식피식 웃음이 새어 나왔다. 주위에 어스름하게 어둠이 내려앉아 있었지만 그의 눈엔 모든 게 반짝반짝 빛나는 것만 같이 느껴졌다.

다음 날, 일찌감치 집에서 나온 서원은 고르고 골라 입은 옷을 툭툭 털어 내며 옷매무새를 가다듬었다. 떨리는 듯 작게 심호흡을 하면서도 차 앞에서 얌전히 기다리고 있으려는데 그의 눈에 편의점 가판대에 진열되어 있는 무언가가 들어왔다.

서원은 길게 숨을 뱉어 내며 편의점으로 다가갔다.
'만날 보는 얼굴이면서 왜 이렇게 떨리는 거냐, 새삼.'
편의점 앞에서 고개를 숙인 채 무언가를 신중하게 고르고 있는 서원의 모습에 중년의 여성 두 명이 흐뭇하게 웃음을 터뜨리며 그를 지나쳐 갔다. 민망한 듯 작게 헛기침을 한 서원은 이마를 긁적이면서도 다시금 신중한 얼굴을 했다.

몇 분 후, 건물에서 나오는 유주의 모습에 가까이 다가가던 서원이 멈칫하며 걸음을 멈추었다. 추운 건 딱 질색이라던 유주는 화사한 원피스에 코트 차림이었다. 활짝 올라간 서원의 입꼬리를 발견한 유주가 괜스레 딴청을 부리며 그의 앞 가까이로 다가갔다.

"예쁘네."

서원의 칭찬에 유주는 불퉁한 얼굴을 했다.

"원래 예쁘거든."

"그건 그렇지."

담담히 나온 그 말에 유주의 얼굴이 새빨개졌고, 서원은 조수석의 문을 열어 주며 타라는 듯 가볍게 눈짓했다. 내내 올라가 있던 서원의 입꼬리에, 그리고 입술에 시선이 닿자 유주는 티 나게 움찔대며 서둘러 차에 올라탔다. 어젯밤, 그와의 입맞춤이 계속해서 떠올라 얼마나 설레어하며 잠을 이루지 못 했던가.

그녀의 마음을 아는지 모르는지 운전을 하는 내내 예쁘게 말려 올라간 서원의 입꼬리는 내려올 생각을 하지 않고 있었다.

"참, 이거."

차에서 내리기 전, 서원이 유주에게 무언가를 내밀었고 유주는 서원이 내미는 장미꽃 모양의 막대 사탕을 받아 들었다.

"이게 뭐야?"

"데이트니까."

쑥스러운지 쭈뼛거리는 서원의 모습에 유주가 작게 웃음을 터뜨렸다.

"너 되게 귀엽다."

눈가가 불그스름해진 서원이 작게 헛기침을 하며 차에서 내렸고, 유주는 막대 사탕을 코트 주머니에 쏘옥 넣으며 싱글벙글한 얼굴로 그를 따라 차에서 내렸다.

영화관에 들어서고 얼마 있지 않아 새로 나온 포스터를 발견한 유주가 반가운 얼굴로 포스터를 쭉 훑었다.

"어? 이거 개봉했네. 계속 기다렸는데."

"이거 볼래?"

"럭키 시리즈 나왔다며?"

"오늘은 이거 보고 그건 다음에 보면 되지."

"근데 이거 공포영환데. 괜찮아?"

"괜찮아."

유주는 영 미심쩍다는 얼굴로 서원을 훑어보았다.

티켓을 끊고 팝콘과 콜라를 산 두 사람은 이내 상영관으로 향했다. 그러던 중, 무언가가 생각났는지 서원이 들고 있던 제 콜라를 유주의 손에 쥐여 주었다. 본래 자신의 손에 들려 있던 콜라와 서원이 쥐여 준 콜라로 인해 손을 못 쓰게 된 유주가 제자리에 선 채 멀뚱히 서원을 바라보았다. 괜스레 코트 안주머니를 뒤지는 척하던 서원이 고개를 숙여 유주의 입술에 쪽, 하고 입을 맞추었다.

유주가 커다래진 눈으로 그를 황급히 불렀다.

"진서원."

"쉿."

서원은 주위를 둘러보며 제 입술에 두 번째 손가락을 갖다 대었다. 그가 의도한 건지 아닌지 다행히 주위엔 사람이 없었고, 유주는 한층 누그러진 얼굴로 그를 살짝 흘겨보았다.

"너한테 배운 거야."

어젯밤 박스를 들고 있어 두 손이 자유롭지 못하던 서원에게 입을 맞췄던 게 떠오르자, 유주가 이를 꽉 문 채 으르렁대듯 그에게 말했다.

"그런 거 써먹지 마."

하지만 뭐가 그리 좋은지 서원은 콜라를 다시 집어 들곤 낮게 웃음을 흘리며 상영관으로 향했다. 잔뜩 즐거워 보이는 그의 뒷모습을 살며시 흘겨보던 유주가 못 말리겠다는 듯 작게 웃음을 터뜨리며 걸음을 옮겼다.

나란히 앉은 두 사람은 달콤하고 짭짤한 팝콘을 입에 넣으며 영화의 예고편을 감상했다. 곧 영화가 시작됐고 공포영화니만큼 이내 음침한 분위기가 이어졌다. 영화관에 왔으니 영화를 봐야 하건만 서원의 시선은 자꾸만 옆에 있는 유주에게로 향했다. 스커트에 가지런히 놓여 있는 유주의 손에 힐끔힐끔 눈길을 주느라 영화의 내용이 어떻게 흘러가는지도 모를 지경이었다.

기회를 엿보며 슬며시 손을 들던 서원은 벌써 몇 번째 실패를 맛보며 다시 제 무릎에 손을 내려놓기를 반복하고 있었다. 그 순간 불길한 효과음과 함께 관객들의 비명 소리가 이어졌다. 그 소리에 움찔하던 서원은 급작스럽게 느껴진 감촉에 멍해진 시선으로 앞을 응시했다. 무서운 장면이 이어지고 있는 것 같았으나 서원의 눈엔 제대로 들어올 리가 없었다.

이리저리 흔들리던 눈동자가 서서히 옆으로 향했다. 서원의 커다란 손이 유주에게 잡힌 채로 그녀의 눈가 앞에 있었다. 덥석 잡고 있는 커다란 손을 피해 빼꼼이 스크린을 보던 유주가 또다시 무서운 장면이 나왔는지 눈을 질끈 감으며 꽉 붙들고 있는 그의 손을 눈앞에 갖다 대었다.

손바닥에 닿는 속눈썹의 감촉과 간질거리는 느낌에 서원은 슬그머니 올라가는 입꼬리를 애써 아래로 꾹 내렸다. 전혀 다른 방식으로 손을 잡게 되었으나 그것만으로도 만족스러운지 영화를 보는 내내 서원의 입가는 내려갈 줄을 몰랐다. 그 이후에도 유주는 두 손으로 서원의 손을 얌전히 잡고 있다가 무서운 장면이 나올 때마다 틈틈이 눈가를 가리고 있었다.

영화가 끝나고 돌아오는 차 안에서 유주는 어깨를 으쓱이며 거드름을 피웠다.

"영화 별로 안 무서웠다. 그치?"

"아직도 손이 아픈데 무슨 소리야? 누가 하도 꽉 잡고 놓아주질 않아서."

손을 주무르는 그의 제스처에 유주는 모른 척 고개를 돌리며 딴청을 피웠다. 하지만 서원은 기분이 좋은 듯 내내 입꼬리가 올라가 있었다.

"오랜만에 공원 갈래? 이대로 집에 가기 아쉽잖아."

유주는 흔쾌히 고개를 끄덕였고, 차를 타고 공원으로 이동한 두 사람은 느긋하게 산책을 즐기다 반짝거리는 호수의 물살을 구경했다.

"어? 저게 뭐야? 새로 생겼나 보네."

전엔 없었던 천사 날개 모양의 패널에 유주가 흥미를 갖자, 서원이 휴대폰을 꺼내며 유주에게 말했다.

"거기 서 봐. 사진 찍어 줄게."

유주가 신난 걸음으로 도도도 달려가 패널 앞에 서자, 휴대폰을 들고 액정을 들여다보던 그가 살며시 입가를 올렸다. 이후, 핫바를 먹고 막대 아이스크림을 먹으며 산책길을 걷던 두 사람은 소소한 대화를 나누며 서로를 마주 보았다. 환하게 올라가 있는 서원의 입가에 물끄러미 시선을 주던 유주가 어색한 듯 멀뚱히 눈을 깜박거리다 이내 그를 따라 말갛게 미소를 지었다. 아직 찬바람이 주위에 머무는데도 화사한 봄날처럼 느껴지고 있었다.

집에 도착하자마자 코트를 벗고 무언가를 주섬주섬 꺼낸 유주가 피곤한 듯 침대에 털썩 몸을 던졌다. 하지만 코트를 벗는 서원을 발견하곤 곧 피곤한 몸을 억지로 일으켰다. 그와 나누었던 대화가 떠올랐기 때문이었다.

'네가 10년 넘게 참아 봐. 안 이러게 생겼나? 몰랐을 때에야 마냥 참았지. 이제 그게 안 되는 걸 어떡해.'
'너… 그, 그러면 키스 말고, 막 만지고 그런 것도……. 너 혹시 나랑 닿을 때마다 질색하던 이유가…….'
'그게 최선이었어.'

아무리 믿는 사이라도 이렇게 무방비하게 있어도 되는 건가? 키스까지 한 마당에. 유주는 어색한 듯 어깨를 주무르며 허공을 올려다보았다.
"피곤해? 좀 자. 이따가 깨워 줄게."
하지만 서원의 말투는 평소처럼 덤덤했다. 유주는 머리를 긁적이다 영 어색한지 작게 입맛을 다셨다.
"왜? 잠이 안 와?"
서원이 침대 가까이로 다가오자, 유주는 잔뜩 굳은 채 눈만 껌벅였다. 라운드 티 위로 그저 목덜미만 드러나 있는 것뿐인데도 굉장히 야한 느낌이 들었다.

의아해하는 듯한 그의 표정에 유주는 속마음을 들키지 않으려는지 굉장히 불편한 자세로 침대에 소심하게 누웠다. 가까이 다가온 서원이 침대에 쓰러지듯이 풀썩 눕자, 유주는 꼴깍 침을 삼키기까지 했다. 초조한 듯 그녀의 눈동자가 좌에서 우로 또르르 굴러갔다.

하지만 그 상태로 아무 일 없이 몇 분쯤 지나자, 긴장이 풀린 건지 유주가 누워 있는 서원을 흘끗 바라보았다. 무심결에 시선이 닿았던 서원의 팔에 물끄러미 눈길을 주던 유주가 이내 반짝거리는 눈망울로 그에게 말했다.

"나 하고 싶은 거 있었는데."

조심스러운 유주의 목소리에 그가 느릿하게 고개를 돌려 그녀와 눈을 마주쳤다. 기대에 부푼 듯한 그녀의 모습에 서원은 말해 보라는 듯 지그시 눈길을 주었다.

담담해 보이는 겉모습과는 달리 그의 가슴은 크게 두근대고 있었다. 그의 목울대가 일렁이는 걸 눈치 못 챈 유주가 해맑은 얼굴로 이딘가를 톡톡 건드렸다. 그의 시선이 유주의 얼굴에서 그녀가 건드린 자신의 팔로 향했고, 곧 유주의 들뜬 목소리가 이어졌다.

"해 봐도 돼?"

서원은 말없이 고개를 끄덕였다. 유주가 슬며시 다가오자,

서원의 표정이 눈에 띄게 굳었다. 심장이 미친 듯이 뛰어 대자, 그는 길게 숨을 내쉬었지만 이내 그의 눈동자에 실망감이 가득 서렸다. 서원은 스윽 시선을 움직여 자신의 팔을 베고 누운 유주를 심드렁하게 바라보았다.

"해 보고 싶은 게 참 소박하구나."

"이런 거 97개 더 있어. 해 보고 싶은 소박한 거."

유주가 능청스럽게 대꾸하자, 서원은 낮게 웃음을 터뜨렸다. 그의 팔이 편안한 듯 무거운 눈꺼풀을 느릿하게 감았다 뜨던 유주가 이내 새근새근 소리를 내며 잠이 들었고, 서원은 그녀 쪽으로 완전하게 고개를 돌려 유주를 눈에 담았다. 애틋한 감정이 눈동자 가득 퍼지며 이내 그의 입꼬리가 스르륵 올라갔다. 사랑스러운 감정이 물씬 드러나는 그 눈빛이 온전히 유주에게로 향해 있었다.

다음 날, 창가로 스며들어 오는 햇살에 눈을 뜬 유주는 곁에서 자고 있는 서원을 발견하곤 움찔거리다 베고 있던 그의 팔에 살며시 뺨을 댄 채 지그시 눈길을 주었다. 그 역시도 피곤했던 듯 곤히 잠이 들어 있었다. 어찌나 피곤했는지 이불도 덮지 않고 두 사람 모두 비스듬하게 누웠던 그 자세로 쭉 잠을 이룬 것 같았다.

지그시 감겨 있는 눈과 코, 입술과 뺨을 오래도록 바라보던 유주가 슬그머니 일어나 여전히 그를 눈에 담았다. 귀엽게 뻗친 그의 머리카락을 살짝 만지작거리던 유주는 좀 더 과감하게 머리카락을 쓸어 넘기고 매끈한 이마도 스윽 만져 보았다. 이윽고 감겨 있는 단정한 눈매를 만지려는데 갑자기 뻗어진 그의 손에 손목이 잡혀 순식간에 침대 위로 벌렁 쓰러졌다.

언젠가와 같이 위에서 내려다보고 있는 서원의 모습에 유주가 눈을 빠르게 깜박거렸다. 놀란 기색이 역력한 얼굴을 마주 보고 있는 서원의 눈동자엔 아직 졸음이 스며 있었다. 하지만 그 특유의 나른함과 은근함은 여전했다.

떨림을 담고 있는 유주의 눈동자가 웃음기와 장난기라고는 하나도 묻어 있지 않은 그윽한 눈동자에 머물렀다. 하지만 이내 스윽 움직인 시선에 무언가가 들어오자, 유주가 한껏 놀란 얼굴로 벌떡 몸을 일으켰다.

"악!"

유주의 머리에 정통으로 맞은 서원이 이마를 부여잡았고, 정확히 7을 가리키고 있는 시곗바늘에 유주가 침대에서 팅겨져 나오며 안절부절못하기 시작했다.

"출근, 출근해야지. 7시. 아침 7시 맞지? 어떡해. 그대로 계속 잤나 봐. 나 씻으러 간다. 너도 빨리 가서 씻고 출근해!"

유주는 거의 절규를 하며 후다닥 욕실로 뛰어 들어갔다. 꽤 고통이 큰 듯 이마를 부여잡고 있던 서원이 침대에 털썩 주저앉은 채 헛웃음을 흘렸다. 스윽 돌아본 그의 눈동자에 아까 유주가 봤던 시계가 들어왔다.

 서원은 고개를 숙여 제 옷을 바라보았다. 어제 외출했던 옷 그대로였다. 어제 침대에 누웠던 그대로 잠이 든 건가?

 며칠째 잠을 못 자긴 했다. 그녀에 대한 생각에, 관계에 대한 걱정에. 피로가 쌓일 만도 했다. 그래도 그렇지.

'진짜 잠만 잤네.'

 피식 웃음을 터뜨린 서원이 코트를 챙겨 나가려다 무언가를 발견하곤 입가를 매만지며 스윽 입가를 올렸다.

8장. 다정한 사이

 헐레벌떡 건물 안으로 들어선 유주는 급하게 뛰어오느라 가빠진 호흡을 정리하며 아직 젖어 있는 머리카락을 매만졌다. 휴대폰을 꺼내 시간을 확인하고서야 안도의 숨을 내쉬었다. 다행히 지각은 아니었다.

 그제야 굳은 표정이 풀어진 유주는 엘리베이터로 향하려다 저만치에 서 있는 서원을 발견하곤 저도 모르게 눈길을 주었다. 어쩐 일인지 서원은 여자 사원들에게 둘러싸여 있는 대신 홀로 1층 로비를 서성이고 있는 중이었다.

 '언제 출근했대?'

 빠르기도 해라.

 여느 때처럼 짧게 고개를 숙여 인사하는 서원을 향해 유주도 작게 묵례를 했다. 스르르 올라가는 서원의 입꼬리를 발견한 유주가 미소를 숨기지 못하고 씨익 입가를 올리다 누가 알아챌까 서둘러 시선을 피했다. 또르르 눈동자를 굴려 다시 바라보는 유주에게 한 번 더 짧게 눈길을 준 서원은 1층에 있던 용무가 끝난 듯 입가를 올린 채 반대 방향으로 걸음을 옮겼다.

비록 짧긴 했지만 애틋했던 시선과 눈부시게 반짝였던 미소에 유주는 설렘을 안고 엘리베이터가 있는 곳으로 향했다.

그 모습을 건물 입구에서 한참 동안 지켜보고 있던 진영이 애매한 표정으로 입매를 늘였다.

"서 대리, 뭐 해? 안 들어가?"

"들어가야죠. 이제 출근하세요?"

"어. 주말이라고 어제 과음을 해서."

"저도요. 요새 술이 잘 받네요."

진영은 씁쓸한 얼굴을 한 채 회사 건물로 들어서며 작게 한숨을 내쉬었다.

점심 식사를 하기 위해 사무실을 나선 마케팅 팀원들은 언제나와 같이 도란도란 이야기를 나누며 복도를 지나쳤다.

"어? 진 대리 또 만나네. 식사 안 해?"

하린과 수다를 떨던 유주는 박 팀장의 목소리에 앞을 돌아보았다. 맞은편에서 다가오던 서원이 입가를 올리며 선뜻 대꾸했다.

"먹어야죠. 식사하러 가세요?"

유주는 뻐딱한 듯 곧게 서 있는 서원을 지그시 응시했다. 원래 슈트가 저렇게 잘 어울렸던가? 떡 벌어진 넓은 어깨와 유려하게 떨어지는 허리 라인에 꼭 맞게 핏 되는 슈트가 꽤 멋스러웠다.

"응. 우리 오늘은 초밥 먹으려고. 근데 진 대리 이마가… 부은 거 같은데?"

서원은 이마를 문지르며 어색하게 입가를 올렸고, 뜨끔한 유주는 괜히 보이지도 않는 먼 산을 응시했다.

"식사 맛있게 하세요."

박 팀장에게 인사를 한 서원은 이 차장, 민 과장, 서 대리에게 쭉 눈인사를 하다 마지막으로 유주를 바라보며 한층 더 짙게 입가를 올렸다. 민망한 듯 볼을 긁적거리면서도 짧게 고개를 끄떡여 화답을 한 유주가 스르르 올라가는 입꼬리를 막지 못한 채 괜스레 허공을 이리저리 둘러보았다.

미묘한 분위기를 감지하고 그 모습을 잠자코 지켜보고 있던 진영이 아침결에 보였던 애매한 표정을 한 채 씁쓸하게 입가를 올렸다. 한편 유주의 귀여운 모습에 한층 밝아진 표정으로 인사를 한 서원이 그들을 지나쳐 갔다.

박 팀장을 따라 느릿하게 걸음을 뗀 진영이 시선을 움직여 유주의 스커트를 바라보았다. 따스한 브라운 톤의 긴 스커트가 아까 인사를 나눌 때 봤던 서원의 브라운 빛 넥타이와 무척이나 잘 어울린다는 생각이 들었다. 마치 커플룩처럼. 유난히 즐거워 보이는 유주를 스윽 눈에 담은 진영이 고개를 떨구며 허탈하게 숨을 내뱉었다. 설마 했던 생각이 조금씩 불안함으로 바뀌어 가고 있었다.

아마도 거리를 지나치던 거리낌 없어 보이는 두 사람을 우연히 본 그 순간, 어려울 거라고 직감을 했던 것도 같았다. 그저 멀리서 스치듯 보기만 했을 뿐인데도 감히 끼어들 수 없을 것 같은 묘한 느낌에 이미 한차례 불길한 마음을 갖지 않았던가. 진영은 깊게 한숨을 내쉬었고, 평소에는 볼 수 없었던 그의 모습에 하린은 의아한 얼굴을 했다.

점심 식사를 마치고 벤치로 향한 유주는 아직 비어 있는 자리를 발견하곤 벤치에 조심스럽게 엉덩이를 붙였다. 유주는 코트 주머니에서 손거울을 꺼내 얼굴 여기저기를 비춰 보았다. 아침에 급하게 나오느라 대충 화장을 하고 머리카락을 손질했던 게 영 마음에 걸렸다.

통통한 입술을 쭉 내밀어 립스틱을 바른 부위를 손가락으로 톡톡 문지르던 유주가 등 뒤에서 아, 라고 들려온 낮은 목소리에 절로 아, 소리를 내며 입을 벌렸다.

동그랗게 벌려진 입에 댕그란 사탕이 쏙 들어오자, 유주는 눈을 커다랗게 떴다. 유주의 입 안에 사탕을 넣어 준 서원이 저벅저벅 다가와 그녀의 옆에 앉았다. 순식간에 입 안으로 퍼지는 달콤한 맛에 유주는 뚱한 얼굴을 하면서도 사탕을 이리저리 굴렸다.

"웬 사탕이야?"

"베이커리에서 샀어. 입 안이 텁텁해서."

"입 안이 왜 텁텁해?"

"글쎄."

서원은 벤치 위에 팔을 올려놓은 채 등을 기대며 유주를 향해 고개를 기울였다. 벤치에 그의 팔이 닿아 있어서 그런지 마치 그가 감싸고 있는 것 같은 느낌에 유주는 여태껏 물고 있던 사탕을 오도독오도독 소리를 내며 깨물어 먹었다. 피식 웃는 그의 입매와 입가가 인상적이었다. 저도 모르게 지그시 시선을 주던 유주가 웃음기가 스민 나른한 눈동자를 발견하곤 벤치에서 튕기듯 튀어나와 쪼그려 앉은 채 바닥에 깔려 있던 돌을 주섬주섬 주워 들었다.

"이 모양 특이하네."

어린 시절부터 유난히 모양 있는 돌에 흥미를 가졌던 유주였기에 서원은 그저 조용히 지켜보다 그녀가 눈치채지 못하게끔 살그머니 다가갔다. 한껏 집중하던 유주가 돌 하나를 들고 해맑게 벤치 쪽을 돌아보았다.

"예쁜 돌."

벤치가 비어 있자, 의아한 얼굴로 고개를 돌리던 유주는 맞은편에 쪼그려 앉아 있는 서원을 발견하곤 눈을 두어 번 깜박였다. 그녀가 눈을 깜박일 때마다 내려앉았다 다시 올라가는 속눈썹을 호기심 있게 들여다보던 그가 어제 손바닥에 닿았던 속눈썹의 감촉을 떠올리곤 입가를 살며시 올렸다. 몽글거리는 마음이 마치 봄날처럼 포근해져 갔다.

돌엔 관심이 없다는 듯 유주의 눈만 빤히 바라보던 그가 가까이 다가와 입술에 쪽, 하고 작게 입을 맞추었다. 돌을 든 채 멀뚱히 쳐다보고만 있는 유주의 모습에 그가 의아한 눈빛을 하다 조심히 물었다.

"소리 안 질러?"

기가 막히다는 듯 짧게 웃음을 터뜨린 유주는 자리에서 벌떡 일어나 서원에게 무언가를 툭 하고 던졌다. 쪼그려 앉은 자세에서 정확하게 돌을 받아 든 서원이 인상을 쓴 채 돌을 물끄러미 바라보자, 유주가 어깨를 으쓱이며 무심히 말했다.

"너 가져. 딸기 모양 돌이야."

서원보다 20센티 정도 작기에 늘 올려다봐야만 했던 유주가 쪼그려 앉아 있는 서원을 대놓고 내려다보며 거만하게 어깨를 들썩였다.

"너 근데 넥타이 색이 어디서 많이 보던……."

서원의 넥타이를 빤히 보던 유주가 자신이 입고 있는 스커트를 내려다보곤 고개를 갸웃거렸다. 서원은 그걸 이제야 알았냐는 듯 답답하다는 얼굴을 하다 어깨를 으쓱였다.

오늘 아침 이마를 문지르며 그녀의 집을 나서다 유주가 미리 걸어 두었던 출근 복장을 유심히 눈에 담던 서원은 집으로 돌아가 슈트를 걸치며 색이 맞는 넥타이를 골랐다. 유주는 어린 시절부터 다음 날 입을 옷을 미리 골라 놓는 습관이 있었다. 그걸 아는 유주의 모친과 서원의 모친이 작전을 짜는 바람에 소풍날 두 사람의 옷은 커플룩이 되는 경우가 허다했다. 서원은 어느 정도 눈치를 챘지만 유주는 아직까지도 왜 그리 옷의 모양이나 색깔이 겹쳤는지 모르는 듯했다.

"넥타이 색 예쁘네."

뚱하게 말한 유주가 걸음을 옮겨 벤치를 벗어났고, 그녀의 뒷모습을 눈에 담던 서원은 손바닥에 놓인 돌을 들여다보며 한쪽 눈썹을 치켜들었다.

"딸기?"

한편 무심한 표정으로 사무실로 향하던 유주가 멈칫 걸음을 멈춰 섰다. 순식간에 표정이 무너진 그녀는 가슴께를 문지르며 길게 숨을 내쉬었다.

"심장 마사지를 하든가 해야지. 이러다 심장 터지겠어."

유주는 오랜만에 먼지가 걷힌 파란 하늘을 올려다보았다. 추웠던 날씨가 슬슬 풀리고 있었다.

그날 밤, 다리 마사지에 한껏 열을 올리고 있던 유주는 난데없는 초인종 소리에 현관 앞으로 다가갔다.

"누구세요?"

"나."

 얘 요새 자주 들르네. 유주는 어깨를 으쓱이며 문을 열었다. 태연한 척 문을 열었지만 가슴은 이상하게도 한껏 두근대고 있었다. 슈트 차림에 서류 가방, 거기에 어울리지 않게 검정 봉지를 들고 있는 서원의 모습에 유주는 뚱한 얼굴을 했다.

'저건 뭐야? 치킨은 아니고.'

 멀뚱히 보던 유주가 안으로 들어가자, 서원도 뒤따라 들어가며 식탁에 검정 봉지를 올려놓았다.

"너 요새 자주 온다. 아예 여기로 퇴근하지?"

"그럴까?"

 진심이 묻어나는 눈빛과 표정에 유주가 먼저 꼬리를 내렸다.

"미안. 내가 잘못했다."

 그라면 정말 그럴 것 같은 건지 잔뜩 경계하는 듯한 유주의 모습에 서원은 헛웃음을 터뜨렸다.

"근데 그게 뭐야?"

"딸기."

"딸기?"

"선물에 대한 보답."

 서원은 코트 주머니에서 돌 하나를 꺼내 들었다.

'어? 저 돌.'

서원은 흐뭇하게 입가를 올리며 유주가 명명했던 딸기 모양의 돌을 코트 주머니에 도로 넣고는 딸기 박스를 든 채 싱크대가 있는 곳으로 향했다. 유주는 소파에 앉은 채 딸기를 씻고 있는 서원의 뒷모습을 물끄러미 바라보았다. 어느새 턱까지 괴고 뒷모습을 감상하던 유주가 헤벌쭉 입가를 올렸다.

'아, 재밌다. TV 볼 필요가 없네.'

와이셔츠가 저렇게 섹시한 옷이었나? 그가 움직일 때마다 등 근육과 함께 올라갔다 내려가는 와이셔츠로 인해 유주의 눈동자에 아련한 빛이 둥둥 떠다녔다. 주륵 흘러내리려는 침을 꿀꺽 삼킨 유주는 그의 새까만 머리카락과 깔끔한 목덜미 부근으로 시선을 올리다 또다시 배시시 웃었다. 손끝이 간질거리는 느낌에 두 손을 맞잡고 꼼지락거리는 유주의 눈망울이 한껏 반짝거렸다.

씻은 딸기를 접시에 담아 몸을 돌리던 서원이 그런 유주를 발견하곤 멈칫 걸음을 멈추었다. 미처 표정 관리를 하지 못한 유주가 뒤늦게 입꼬리를 끌어 내리며 괜스레 주위를 살펴보았다. 작게 새어 나온 그녀의 헛기침에 서원은 피식 웃음을 흘리며 가까이 다가갔나.

민망한지 유주가 다리를 건들건들거리자, 서원의 시선이 자연스레 그녀의 다리 쪽으로 향했다. 그가 오기 전 다리 마사지를 하고 있던 터라 유주는 겨울임에도 짧은 반바지 차림에 맨다리를 드러내 보이고 있는 상태였다. 이번엔 서원이 흔들리는 눈동자를 다잡지 못하고 작게 꿀꺽 침을 삼켰다. 크게 일렁이는 목울대를 발견한 유주가 신기한지 몸까지 기울인 채 물끄러미 눈길을 주었다.

곤란한 듯 이리저리 눈동자를 굴리던 서원이 가까이에 와 있는 유주의 이마를 손가락으로 톡 밀어내며 접시를 들어 올렸다.

"딸기 먹지."

"그래, 먹지."

유주는 딸기 하나를 입 안에 넣어 오물오물거렸고, 그 모습에 눈길을 뺏긴 서원이 그 특유의 나른한 눈빛으로 멍하게 시선을 주었다. 그 시선을 눈치챈 유주가 느릿하게 입술을 오므렸다 일부러 쭈욱 내밀기까지 했다. 눈 하나 깜박하지 않고 마치 뚫어질 듯 바라보는 그로 인해 유주는 더 이상 참지 못하고 큼지막한 딸기 하나를 집어 그의 입 안에 톡 집어넣었다.

순식간에 입 안으로 퍼지는 상큼하고 달콤한 과즙에 서원은 어색하게 자세를 바꾸며 딸기를 우물거렸다. 유주도 어색한 얼굴로 딸기를 집어 입 안에 넣었고, 그 후 접시가 바닥이 날 때까지 딸기를 우물거리는 소리만이 집 안에 울려 퍼졌다.

며칠 후, 다소 피곤한 얼굴로 업무를 보던 유주는 텀블러를 입에 대다 커피가 동이 났다는 걸 알아채곤 탕비실로 가기 위해 자리에서 일어났다. 그러던 중, 맞은편에서 제법 진지한 얼굴로 일을 하는 진영을 발견하고는 주위를 스윽 둘러보았다.

늦은 시간이니만큼 팀원들 대다수가 이미 퇴근을 한 상태였다. 유주는 휴대폰을 집어 시간을 확인하고 서둘러 탕비실로 향했다.

개수대에 기대어 텀블러에 커피가 내려지기를 기다리던 유주는 내내 무언가가 마음에 걸리는 듯 심란한 얼굴을 했다. 은은한 커피 향이 화악 풍겨 와 시선을 주려는데 손에 쥐어져 있던 휴대폰이 진동음을 내며 울렸다.

발신자는 다름 아닌 서원이었다. 이미 야근을 한다고 말해 두었기에 회사에 있는 걸 알고 있을 터였다.

"응, 나야."

-아직 야근 중?

"어. 일이 끝나질 않네."

-치킨 사 들고 집으로 놀러 갈까 했는데 안 되겠네.

"웬 치킨?"

-네가 아까 치킨 다리 모양 돌이라면서 또 돌 줬잖아.

유주는 작게 헛기침을 하며 말을 돌렸다. 꼭 그런 뜻은 아니었는데.

"10시 전에는 안 끝날 것 같은데."

-끝날 때쯤 말해. 운동하고 갈게.

"나 오늘은 치킨 말고 피자."

-…….

"진서원 씨. 서원 님. 서원 오빠."

-흠! 알았어. 대신 내일은 내가 하고 싶은 거 하는 거다.

"뭘 하려고?"

-있어. 이따 연락해.

"응."

전화를 끊은 유주는 텀블러를 챙겨 사무실로 가려다 생각을 바꿔 엘리베이터로 향했다. 편의점에 들러 무언가를 열심히 고른 유주는 다소 비장한 얼굴을 한 채 사무실로 돌아왔다. 느지막하게 남아 있던 이 차장까지 퇴근을 한 건지 사무실엔 서 대리뿐이었다.

텀블러를 책상 위에 놓고 자리에 앉아 슬쩍 눈치를 보던 유주가 편의점에 사 온 커피와 초콜릿 등 간식들을 챙겨 진영의 자리로 슬그머니 다가갔다.

"서 대리님, 이거 드시고 하세요."

"감사합니다."

"불금인데 고생 많으시네요."

"민 대리도 고생하네요."

진영의 친절한 목소리에 옅게 미소를 띠며 자리로 돌아간 유주는 반짝거리는 휴대폰 알림등을 발견하곤 곧장 휴대폰을 확인했다. 헬스장에서 운동을 하며 피자 종류를 고르고 있는 서원의 사진이 톡으로 전송되어 있었다.

'이건 대체 누가 찍어 준 거야?'

슬그머니 시선을 든 진영이 배시시 웃고 있는 유주를 가늘어진 눈매로 지켜보다 툭 한마디를 던졌다.

"민 대리님, 연애해요?"

"네?"

한껏 당황한 듯한 유주의 표정에 진영은 무심한 얼굴로 의자를 빙 돌려 그녀를 마주 보았다.

"인사팀 진 대리하고?"

유주의 입이 떡하니 벌어지며 눈이 더 이상 커질 수 없을 정도로 크게 떠지자, 진영은 그럴 줄 알았다는 듯 짧게 숨을 뱉어 냈다. 의자에 앉지도 못한 채 망연하게 서 있던 유주가 이리저리 흔들리는 눈동자로 그에게 물었다.

"티 났어요?"

유주의 자백에 결국 진영의 입에서 한숨과 함께 헛웃음이 새어 나왔다. 터져 나온 웃음과는 달리 그는 꽤나 복잡한 표정이었다.

"맞네. 혹시나 해서 해 본 말이었는데."

유주는 경악하며 벌어지려는 입을 꾸욱 다물었다.

'낚였다.'

진영의 서글픈 눈동자가 차마 유주에게 닿지 못한 채 힘없이 흔들렸다. 그가 꽤나 지친 표정으로 의자에 기대자, 우물쭈물하던 유주가 차분하게 말을 건넸다.

"미안해요, 서 대리님. 얘길 했어야 하는데 어떻게 얘길 꺼내야 할지……."

어쩔 줄 몰라 하는 모습을 보자니 또 속이 상해 진영은 황급히 말을 돌렸다.

"따지자면 민 대리가 미안할 필요는 없죠. 내가 일방적으로 시작한 마음이었고, 진 대리 마음도 어느 정도 눈치채고 있었고."

"언제부터요?"

유주는 신기하다는 듯 그에게 되물었다. 그 흥미진진해 보이는 눈빛에 진영은 답답하다는 얼굴을 하면서도 솔직하게 털어놓았다.

"글쎄요. 아마도 내가 민 대리한테 관심이 있던 그때부터? 민 대리한테 관심이 가니까 민 대리 주변이 보이고, 근데 그 주변엔 늘 진 대리가 있었고. 항상 무심한 표정이긴 해도 진 대리도 얼굴에 다 티가 나서 말이지. 그래서 연애하는 것도 눈치챈 거고."

대단하다는 듯한 눈망울로 유주가 살며시 입을 벌리자, 진영은 그녀가 건네주었던 초콜릿을 입 안에 넣으며 가볍게 어깨를 으쓱였다.

"혹시나 해서 묻는 건데… 이건 그냥 개인적인 질문이니까 대답하기 싫으면 안 해도 돼요."

"뭔데요?"

유주는 작게 침까지 삼키며 진영의 입을 유심히 바라보았다. 방금 전 제대로 허를 찔린 터라 더 무슨 말이 나올지 절로 긴장이 되었다.

"진 대리하고 본래 아는 사이예요?"

"네?"

무슨 말이 나올지 유추가 안 되긴 했지만 이건 정말 생각도 못 했던 질문인지라 유주는 꽤나 놀란 얼굴을 했다. 사내 연애를 들킨 것보다도 더 곤란하고 초조해 보이는 모습에 진영은 의아한 얼굴을 했다. 저 반응만 봐도 이미 대답을 들은 것 같았다.

"근데 왜 회사에선 아예 모르는 사람인 척하지?"

그냥 아는 사이가 아니라 꽤나 가까운 사이인 것 같은데. 진영은 그게 무척이나 궁금하다는 듯 순수하게 눈길을 주었다. 유주는 망설였다.

'두 사람 무슨 사이야?'
'무슨 사이긴. 새삼 왜 그래?'
'못 믿겠어서.'
'뭐?'
'너도 알고 있었을 것 아니야. 몰랐으면 그건 네가 감정이 없든가

병신인 거겠지.'

'뭐?'

'내가 진서원 좋아하는 거 몰랐어? 타이밍 엿보고 있었는데 결국 너 때문에 고백도 못 했어. 친구라면서? 제대로 선을 지켜야 하는 거 아니야? 이거 이러다 나중에 남편도 친구라고 하겠네. 행복하시 겠어, 아주. 네가 제대로 했어야지! 네가 제일 짜증 나. 네 그 가식적인 웃음도 짜증 나고.'

견딜 수 있을 거라고 생각했다. 오해가 언젠가는 풀릴 거라고 생각을 했던 것도 같았다.

'너희가 무슨 사이인지 너희 둘만 모르는 거 아니야? 할 건 다 하면서.'
'그 입 안 다물어? 어디서 무슨 소리를 듣고 와서 애먼 사람을 잡아? 그딴 소리 한 번 더 해 봐. 아주 죽여 버릴 테니까.'

소문은 걷잡을 수 없이 커져 갔고, 당사자인 그들 또한 중심을 잡지 못하고 휘청거렸다. 상황을 수습하려고 애쓸수록 역효과만 날 뿐, 도움이 되는 건 없었다.

그럴 바엔 아예 소문이 나지 않도록 하는 게 최선이었다. 좋은 사람들이고 그녀에겐 좋은 곳이었지만 언제라도 돌변하는 게 사람이었다. 꽤나 오래 망설이는 것 같던 유주는 진영의 눈동자를 마주 보고는 결심을 한 듯 초조하게 책상을 두드리는 손짓을 멈추었다. 진영은 이미 자신의 마음을 한 번 꺼내 보인 적이 있었다. 마음만 먹는다면 아니라고 잡아뗄 수 있을 것 같았으나 그에겐 그러면 안 될 것 같았다. 그러기가 싫었다.

심호흡을 하듯 길게 숨을 내쉰 유주가 저벅저벅 걸음을 옮겨 창가 앞으로 다가갔다. 아련하게 흔들리는 수많은 불빛을 내려다보며 유주가 차분하게 말을 꺼냈다.

"오래전부터 친구 사이였어요."

거기까진 생각을 못 했던 듯 진영의 시선이 아래로 향했다. 묘하고 견고하게 느껴지던 그 분위기가 이제야 이해가 되는 것도 같았다.

"꽤 오래전부터 알던 사이. 그래서 뭐든 늘 함께했어요. 공부도, 알바도, 취미 생활도, 일도. 그러다 보니까 소문이 엄청 났죠. 연애하는 거 아니냐, 실은 부부인 거 아니냐, 몰래 동거 중이냐, 전 배우자냐, 사이가 지나치게 좋다, 둘이 너무 잘 맞으니 수상하다, 그런 파트너는 아닌 거냐, 할 건 다 해 놓고 친구라고 사기 치는 거 아니냐, 너희 같은 애들 때문에 괜한 순진한 사람들이 피해 보는 거다, 그저 친구라면서 눈빛이 왜 그런 거냐, 마주 보고 웃지 마라, 너 때문에 진서원한테 내 마음을 보이지도 못하고 산산조각이 났다, 너 때문이다, 꼴도 보기 싫다, 안 그럴 거 같죠? 저런 말들을 대놓고 아무렇지도 않게 하는 게? 물론 처음엔 아니었어요. 그저 웃어넘길 만한 장난 같은 소소한 말들. 하지만 점차 나이를 먹고 함께한 세월이 쌓이는 만큼 소문이 험악해지고 무거워지고 또 은밀해져서 더 이상은 웃어넘기지 못하겠더라구요. 사실 잘 모르는 사람들한테보다 가깝게 지냈던 사람들한테 상처를 더 많이 받았어요. 사이가 가까워지니 적정선이 없다고 생각한 건지 거르지 않은 말들을 거침없이 쏟아 내더라구요."

묵묵히 이야기를 들으면서 진영은 창가를 바라보고 있는 유주의 뒷모습을 바라보았다. 곧은 자세로 서 있지만 어쩐지 그 뒷모습이 무척이나 쓸쓸하게 비치고 있었다.

"모르겠어요. 다른 사람들은 뭐 어때, 우리만 아니면 되지, 한낱 질투일 뿐인데, 그런 사람들은 어차피 걸러 내야 하는 사람이니까 걸러 내면 그만인데, 그저 털고 넘기면 되는 거 아니냐고 하는데 난 그리 강하지 못해서 내 마음에 그리고 우리 사이에 금이 갈 것만 같아서 겁이 났거든요. 멀어지긴 그 어떤 것보다도 싫었으니까. 오히려 그 말들 때문에 마음을 숨기기도 하고, 또 얼마간은 인지를 못 했어요. 애써 아니라고 부정도 해 보고. 내가 마음을 밝히는 순간, 그 말도 안 되는 소문들이 그대로 사실이 되어 버려서 그 녀석을 아프게 할 것 같았거든요."

가만히 듣고 있던 진영의 눈동자가 살며시 흔들렸다. 진 대리의 일방적인 마음이 아니었음을 유주는 차분하게 고백하고 있었다.

"늘 소문에 둘러싸였던 것 같아요. 그래서인지 진 대리가 먼저 제안을 했어요. 아닌 척해도 배려심이 많은 녀석이니까 아마 자신보다도 날 위해서 그랬겠죠. 힘들어하는 게 보였을 테니까. 회사에선 타인인 척해도 우리가 진짜 모르는 사이가 되는 건 아니니까. 우습게도 그러니까 편했어요. 귀를, 마음을, 심지어는 머릿속까지 늘 괴롭혔던 무섭고 험한 그 소문을 더 이상 안 들어도 됐고, 그 소문으로 인해 가까이 지내던 사람들과의 관계도 어그러지지 않았고, 그 녀석을 불편해하지 않아도 됐으니까. 그때까지만 해도, 불과 얼마 전까지만 해도 우린 단어 그대로 딱 친구였으니까요. 쭉 친구로 지낼 거라고 생각했으니까. 그 녀석 마음을, 또 내 마음을 고려 못 했던 거죠. 웃기죠? 소문이 무섭다면서 소문에 노출되기 쉬운 사내 연애나 하고."

잠자코 듣고 있던 진영이 낮게 한숨을 뱉어 냈다. 직접 겪지 않았기에 그 마음을 다 헤아리지 못한다고 해도 차분하지만 먹먹하게 들려오는 목소리에 그 상처를 조금이나마 알 수 있을 것 같기도 했다. 가벼운 것 같아도 사람의 말은 입 밖으로 나오는 그 순간부터 힘을 갖게 된다. 가까운 사람이라고 해서 상처를 줄 수 있는 아무 말이나 다 허락되는 건 아니었다.

마음속에만 쌓아 두었던 무거운 이야기를 털어놓고 나니 오히려 속이 시원해진 듯 유주는 개운하게 숨을 내뱉었다. 이런 기분일 거라곤 생각하지 못했기에 유주는 허탈하게 입 끝을 올렸다.

"아니. 내가 아무리 민 대리를 좋아해도 마지막 말엔 동의할 수 없는데. 사람의 마음만큼 간절한 게 어디 있다고. 그 소문이 힘든 건 충분히 이해가 가는데 그렇다고 마음을 숨기고 감추고 억누르는 게 더 미련한 짓 같은데요, 난."

그 덤덤한 말투에 오히려 마음이 놓여 유주는 피식 웃음을 흘렸다.

"처음이네요. 이런 말까지 꺼낸 건. 엄마한테도 못 했던 말인데."

"와, 어깨가 엄청 무거워진 느낌인데. 뭔가 대단한 걸 나눠 가진 듯한 기분이 들어서."

유주는 창가에 몸을 기대며 진영에게 차분하게 시선을 주었다.

"서 대리님은 좋은 사람인가요?"

진영은 올곧게 유주를 마주 보았다. 그 대단한 걸 나눠 가질 수 있을 만한 사람인지에 대해 묻는 거라는 걸 잘 알고 있었다. 자신을 강하지 못한 사람이라 일컫는 저 여자는 참 티 없고 힘이 있는 눈빛을 가지고 있었다. 애초에 끌린 이유가 그런 건지도 모른다. 한없이 환하고 맑은 것 같으면서도 옳고 그름을 분명하게 구분하고 그 옳은 것에 힘을 실어 주는 사람이라는 걸 알아챘기 때문에.

 진영은 마찬가지로 눈동자에 힘을 실은 채 유주를 응시했다.

 "당신이 좋은 사람이라고 믿는 한, 난 계속 좋은 사람이에요."

 그 다정한 목소리에 유주는 시선을 내리며 입술을 살며시 깨물었다. 엄청난 위로를 받은 것 같은 느낌에 순간 울컥했다. 무조건 비난만 받아 왔기에 더욱 그런 마음이 든 건지도 몰랐다. 그와 동시에 그의 마음이 안타까워 먹먹해지기도 했다. 슬쩍 눈가를 훔친 유주는 든든한 동지를 얻은 것 같다고 생각하며 살짝 입가를 올렸다.

 "고마워요."

 "뭐, 주위 사람들 걱정할 필요는 없을 거예요. 다른 사람들은 아마도 눈치 못 챘을 테니까. 내가 특출 나게 눈치가 빠른 거고, 민 대리가 또 특이하게 눈치가 없는 거니까."

 "제가요?"

 어느새 본래의 말간 표정으로 돌아온 유주가 저를 가리키며 되묻자, 진영은 상황을 되짚어 보라는 듯 두 팔을 벌린 채 어깨를 으쓱였다. 할 말이 없어진 유주가 머리를 긁적이며 자리로 돌아왔다.

 "서 대리님은 좋은 사람 만나실 거예요."

유주가 모니터를 응시한 채 키보드를 두드리며 지나가는 척 말하자, 진영도 조금 전 하던 업무를 이어 가며 되물었다.

"어째서요?"

"서 대리님이 좋은 사람이니까요."

"민 대리, 그거 알아요? 상대가 좋은 사람이니까 내가 좋은 사람이 되는 거예요. 일방적인 좋은 사람은 없어."

멈칫한 유주가 존경스러운 눈빛으로 진영을 바라보자, 진영은 시선도 주지 않은 채 거만하게 어깨를 으쓱였다. 곧 부드러운 웃음소리가 사무실에 작게 울려 퍼졌다.

9장. 로맨틱한 사이

 다소 지친 모습으로 터덜터덜 집으로 돌아오던 유주는 집 앞에 서 있는 누군가를 발견하고는 긴장이 풀린 얼굴로 빠르게 다가갔다. 피자 상자를 들고 있던 서원이 다가오는 유주에게 시선을 주며 살짝 입가를 올렸다.
 그렇게 노래를 불러 대던 피자는 보이지도 않는 듯 유주는 멈추지 않고 앞에 있는 서원에게로 쭉 다가갔다. 이윽고 잠시 멈칫했던 서원이 그대로 굳어 버렸다. 가슴팍에 기댄 채 미세하게 숨을 내쉬고 있는 유주로 인해 그의 눈동자가 작게 일렁이고 있었다.
 화악 끼쳐 와 코끝을 간지럽히는 향은 둘째 치고 가슴이 한껏 두근대는 탓에 순간적으로 숨을 쉬는 법도 잊어버린 것만 같았다. 낮게 숨을 뱉어 내던 서원이 느릿하게 팔을 뻗어 그녀의 등을 감싸 안았다. 피곤한지 어리광 부리는 그녀의 모습이 무척 사랑스럽게 여겨졌다.

작게 토닥이는 부드러운 손길에 유주는 더 깊숙이 품속에 파고들었다. 그저 마음이 시키는 대로 자못 충동적으로 한 일이었지만 조금도 후회가 되지 않았다. 생각보다 더 따스하고 훨씬 더 다정한 품속에 절로 가슴이 두근거렸다.

한편, 이런 상황이나 자세가 익숙하지 않은지 꽤나 당황한 얼굴로 그의 눈동자가 떨림을 담고 일렁였지만 커다란 손은 그녀의 등을 여전히 다정하게 감싸 안고 있었다.

설렘을 품은 채 한참을 그렇게 기대어 있는 유주가 빼꼼 고개를 들어 서원과 눈을 마주쳤다. 잔잔하게 일렁이는 그의 눈동자를 마주 보자니 떨림과 기분 좋은 두근거림이 온기와 함께 그대로 전해지는 것만 같았다. 반짝거림이 묻어 있는 밤공기가 그들을 부드럽게 스쳐 갔다.

이윽고 두 사람의 입가가 살며시 올라갔다. 그 달콤한 미소를 말없이 바라보던 유주가 대뜸 그에게 고백했다.

"들켰어."

"뭐?"

"우리 연애하는 거. 서 대리님한테."

생각지도 못했던 발언에 서원은 그녀를 마주 본 채 눈을 두어 번 깜박거렸다. 나른하고 은은했던 빛은 그대로 사라지고 황당하다는 기색이 그의 눈동자에 스쳤다.
"헐."
뒤늦게 나온 그의 마음에 유주는 여전히 그의 품에 안긴 채로 어깨를 으쓱였다.
그 생뚱맞은 분위기를 뒤로하고 함께 집으로 들어온 두 사람은 피자를 맛있게 우물거리며 하루의 피로를 날렸다.
어느새 피자 한 조각을 다 먹은 유주가 콜라를 마시다 무언가가 생각난 듯 서원에게 빤히 눈길을 주었다.
"내가 말했었나?"
"뭘?"
"나 서 대리님한테 고백받았었다고."
아무 표정도 묻어 있지 않은 서원의 얼굴에 유주는 애교 있게 눈을 깜박거리다 무안한지 곧 코끝을 문질렀다.
"오늘은 아니고. 좀 됐어."
"밸런타인데이에?"
유주는 들어 올리던 피자를 그대로 놓쳤다. 그녀의 입이 떡하니 벌어졌다.
"어떻게 알았어?"
어깨를 으쓱한 서원이 심드렁한 얼굴로 피자를 한 입 베어 물자, 유주는 눈동자를 굴리며 서 대리에게 들었던 말을 상기했다.

'민 대리가 또 특이하게 눈치가 없는 거니까.'

진짜 내가 눈치가 더럽게 없었던 건가? 또르르 굴러가는 유주의 눈동자를 구경하며 서원은 피자를 우걱우걱 씹었다. 흐음, 소리까지 내며 심각하게 생각을 하던 유주가 영 결론이 안 나는 듯 후욱 콧김을 내뿜었다. 아무렇지 않아 보이는 서원의 모습에 유주는 슬쩍 눈치를 주며 살며시 질문을 던졌다.
"괜찮아?"
"뭐가?"
"질투 안 나?"
"나지."
"나?"
상체를 숙여 가까이 다가간 서원은 호기심 충만한 유주의 눈망울을 마주 보다 그녀의 손에 아까 놓쳤던 피자 한 조각을 쥐어 주었다.
"많이 먹어."
어쩐지 이도 저도 아닌 심심하게 느껴지는 그의 반응에 유주는 입술을 삐쭉이다 피자를 크게 한 입 베어 물었다. 안 궁금한가?
"참, 내일 하고 싶은 게 뭔데?"
"집에 있는 거."

시큰둥하게 고개를 끄덕이던 유주가 번쩍 스쳐 간 장면에 입 안에 급하게 피자를 욱여넣곤 두 팔을 가슴께에서 교차시켜 엑스 자를 만들어 보였다. 햄스터처럼 빵빵해진 유주의 양 볼을 무표정하게 바라보던 서원이 컵을 들어 콜라를 쭈욱 들이켰다. 재빠르게 우물거리며 피자를 꿀꺽 삼킨 유주가 경계 가득한 눈빛으로 그를 흘겨보았다.
"집에서 뭐 하게?"

다음 날, 소파에 기대어 책을 읽는 서원을 뚱한 눈빛으로 바라보던 유주가 잡고 있던 책을 내팽개치고는 슬금슬금 움직여 그에게로 다가갔다. 눈앞에 있는 무척이나 편안해 보이는 다리를 망설임 없이 베고 누운 유주가 나른한 얼굴로 천장을 올려다보았다. 주말 낮, 특유의 아늑한 분위기와 창가로 스며드는 따스한 햇살로 인해 절로 하품이 새어 나왔다.

졸음이 그득한 유주의 눈동자가 책을 읽고 있는 서원에게 닿았다. 응시하고 있었던 부분에서 도통 움직이지 않는 것 같던 그의 눈동자가 스르르 내려와 제 허벅지를 벤 채 말갛게 올려다보고 있는 유주에게로 향했다. 안경알 너머로 비치는 그의 새까만 눈동자가 유독 신비롭게 느껴져 유주는 쉽사리 눈을 떼지 못했다.

거실로 내려앉는 따스한 햇살로 인해 환하고 말랑말랑한 분위기가 이어졌고, 그 때문인지 설렘이 서서히 온몸으로 퍼지는 듯했다.

유주는 손을 뻗어 그가 끼고 있는 알이 동그란 안경을 손가락으로 살며시 톡 쳤다. 그저 작은 손길에도 웃음이 나는 건지 살짝 입가를 올린 그가 나른하면서도 다정한 눈길로 그녀에게 물었다.

"왜?"

"심심해."

"심심한 것보다도 엄청 졸려 보이는데. 좀 자. 일어나면 드라이브하러 갈까?"

몽롱해서인지 유독 다정하게 들려오는 목소리 때문인지 문득 꿈같다는 생각이 들어 유주는 졸음이 가득 스며 있는 눈을 느릿하게 감았다 뜨며 그에게 당부하듯 말했다.

"가면 안 돼. 그대로 있어야 돼."

"계속 여기 있을게."

안심시키듯 다정하게 스쳐 온 목소리에 유주는 스르르 눈을 감았다. 다정한 목소리보다도 더 다정하고 감미로운 눈빛이 유주에게로 살며시 닿았다. 가면 안 된다는 듯 그녀의 손이 서원의 옷깃을 꼬옥 잡고 있었다.

그녀에게 오래도록 시선을 주던 서원은 안경을 고쳐 쓰며 다시 책장에 눈길을 주었다. 달콤함이 스민 설렘으로 인해 한동안 읽는 것에 진도가 안 나갔지만 그는 이내 책을 다시 술술 읽어 갔다.

책을 반 정도 읽었을 무렵, 서원이 별안간 낮게 소리를 내며 소파에 깊게 등을 기대었다.

"읏."

서원은 차마 아래를 내려다보지도 못했다. 유주가 잠결에 돌아누우며 서원의 예민한 부위를 건드리고 있었다. 그것만으로도 환장할 지경인데 그녀의 입에서 흘러나온 따스한 숨결이 그곳에 계속해서 닿고 있었다. 새어 나오는 소리를 내뱉지도 못한 채 질끈 눈을 감으며 구구단을 외우던 서원이 도저히 안 되겠는지 속으로 애국가를 불러 댔다.

이미 책은 저만치로 내팽개쳐진 지 오래였고, 그 특유의 나른하고 은근한 눈빛은 사라진 채 지쳐 보이는 눈동자만 멍하게 허공을 향해 있었다. 그런 그를 아는지 모르는지 유주가 작게 잠투정을 하며 한 번 더 뒤척였고, 움찔거리며 고통스러운 듯 작게 인상을 쓴 서원이 길고 낮은 숨을 힘없이 뱉어 냈다.

차마 유주를 깨우지도 못하고 소파에 힘없이 기댄 서원은 질끈 눈을 감았다. 거의 해탈한 모습으로 눈을 감고 있던 서원은 한참 후, 부스스 일어나는 인기척에 느릿하게 눈을 떴다. 일어나 앉은 유주가 푸시시한 머리를 한 채 아직 졸음이 가시지 않은 눈을 끔벅끔벅 감았다 뜨고 있었다.

서원은 복합적으로 느껴지는 숨을 길게 내쉬며 다시금 눈을 감았다. 얼핏 차분한 듯 보였지만 짙어진 눈동자가 내려간 눈꺼풀에 의해 내내 감춰져 있을 뿐이었다.

유독 지쳐 보이는 그의 모습에 유주는 의아한 얼굴을 했다. 스르르 눈을 뜬 서원은 코앞에서 자신을 들여다보고 있는 유주를 발견하곤 다시 스르르 눈을 감았다. 어떻게 만든 자제심인데. 서원은 속으로 애국가 4절을 마저 부르며 다시금 솟구치려는 욕구를 다잡아 마음을 다스렸다.

그런 서원의 마음을 꿈에도 모른 채 유주는 그의 얼굴 앞에서 좌우로 고개를 기울이며 관심을 끌었다. 소파에서 벌떡 일어난 서원은 정신없이 기웃거리는 유주의 이마를 투욱 밀치며 어딘가로 향했다.

"어디 가?"

"화장실."

유주는 양반다리를 한 채로 소파에 앉아 고개를 기울였다. 그가 눈을 뜰 때 짧게나마 닿았던 그 눈빛엔 잠들기 직전 보았던 다정함은 온데간데없이 사라지고 사나운 빛이 가득 스며 있었다. 친구일 때는 몰랐던 풍부한 그의 표정과 또 다양한 눈빛에 신기하면서도 묘한 떨림이 전해져 왔다. 다소 사나웠던 짙은 눈동자가 다시금 떠올라 유주는 가슴 부근을 손으로 누른 채 느릿하게 숨을 뱉어 냈다.

"뭐지?"

집 안의 공기는 여전히 따스하고 아늑했지만 전과는 달리 오묘한 기운이 더해진 것 같은 느낌이었다.

잠시 후, 자신이 내팽개쳤던 책과 그가 덮어 놓은 책을 가지런히 접어 겹쳐 놓은 유주가 물을 마시며 욕실 쪽을 기웃거렸다. 한참이 지나도 그가 나오지 않자, 유주가 고개를 쭉 빼며 목소리를 높였다.

"변비야?"

한편, 세면대를 짚은 채로 가만히 멈춰 있던 서원의 이마가 작게 꿈틀거렸다.

'저걸 그냥.'

서원은 어금니를 꽉 깨물다 세면대의 물을 틀어 찬물로 얼굴을 적셨다. 고개를 든 그는 물이 주르륵 흘러내리는 얼굴을 거울로 가만히 들여다보았다. 다소 사납던 눈빛은 사라지고 그 본연의 나른하고 은근한 눈동자로 돌아와 있었다.

중간중간 욕구대로 확 덮쳐 버릴까, 란 생각을 아예 하지 않은 건 아니었지만, 그에겐 그 어느 것보다도 그녀가 소중했기에 차마 충동적으로 움직일 수가 없었다. 그에겐 그녀가 소중했다. 그녀가 생각하고 있는 것보다 훨씬 더.

자신의 마음을 밝히기 이전에도 수도 없이 닿고 입을 맞추고픈 충동이 일었다. 봉인이 풀리니 절세를 하시 못하고 있는 지경이지만 자신이 대견할 정도로 얼마나 참고 또 참았던가.

"야경 보러 가자, 야경."

노래를 하듯 중얼거리는 유주의 목소리가 희미하게 들려

오자, 그가 작게 웃음을 터뜨렸다. 직접 보지 않아도 잔뜩 들뜬 채 옷을 갈아입는 장면이 빤히 그려졌다.

거울에 닿아 있던 서원의 눈동자가 애틋한 빛을 담은 채 세면대로 내려갔다.

야경으로 유명한 드라이브 코스를 따라 운전을 하던 서원은 초코 우유를 스트로로 쪽쪽 빨아먹고 있는 유주를 돌아보았다. 잔뜩 신나 보이는 상기된 뺨과 초롱초롱한 눈망울에 절로 입가가 올라갔다. 서원의 시선을 눈치챈 유주가 물고 있던 스트로를 서원에게 내밀었다.

피식 웃은 그가 그녀가 내민 스트로를 쪽 빨았고, 달콤한 맛이 입 안 가득 느껴지자 그의 눈빛도 한층 더 달콤해졌다.

"맛있지?"

유주의 해맑은 물음에 그가 고개를 끄덕였다.

"어."

입 안에 맴도는 달콤한 맛보다도 지금 곁에 머무는 달콤한 공기에 자꾸만 가슴이 두근거렸다. 전엔 그녀가 먹는 걸 뺏어 먹을 생각도 못 했고, 유주 역시도 입에 대었던 걸 권했던 적은 없었다. 계속해서 올라가 있는 서원의 입가가 신기한지 유주는 멀뚱하게 시선을 주다 입가를 톡 하니 건드렸다.

그런 유주의 손가락을 살며시 깨문 그가 자못 험악하게 말했다.

"민유주 씨, 내가 전에 말했을 텐데. 자제력이 이제 없다고."

긴장했는지 유주가 꿀꺽 침 삼키는 소리를 들으며 그가 작게 웃음을 터뜨렸다. 유주는 뚱해진 얼굴로 초코 우유를 쪼옥 빨아 마시며 창밖으로 펼쳐지기 시작한 야경을 눈에 담았다.

주차장에 차를 주차한 서원은 유주와 함께 야경을 볼 수 있는 곳으로 이동했다. 올라가기 전, 카페에 들러 따스한 커피 두 잔을 주문한 두 사람은 커피를 기다리며 너른 전면 창으로 펼쳐진 수없이 반짝거리는 불빛들을 내다보았다. 유주의 작은 손에 쥐어져 있던 진동벨이 울리자, 그녀는 카운터로 향했고, 서원도 그녀를 따라 걸음을 옮겼다.

직원에게 진동벨을 건네던 유주는 바로 옆으로 뻗어진 서원의 손바닥을 의아하게 바라보다 그에게 흘끗 시선을 주었다. 지그시 바라보고 있는 그의 눈길에도 알아차리지 못하고 뚱하게 바라보던 유주가 뒤늦게야 고개를 끄덕이며 직원에게 건넨 진동벨 대신 그의 손을 살며시 겹쳐 잡았다. 여전히 그의 손은 서늘했지만 이상하게도 다정한 느낌이 들었다.

두 사람은 손을 맞잡은 채로 커피 한 잔씩을 들고 야경이 한눈에 펼쳐져 보이는 공간으로 향했다. 아직 머물러 있는 찬바람에 코끝이 시렸지만 눈부시게 반짝거리는 야경을 보자니 순간의 따스함은 찬바람에게 양보해도 될 것 같다는 생각이 들었다. 찬란하고 신비로운 야경을 눈에 담고 있는 유주의 눈동자도 함께 반짝거렸다.

"난 여기 야경이 젤 예쁜 것 같아."

황홀함이 느껴지는 유주의 목소리에 서원 역시도 반짝거리는 눈동자로 살며시 눈가를 접었다. 나른한 눈동자가 야경을 뒤로하고 어느새 그녀를 눈에 담고 있었다.

"난 야경은 다 예뻐."

그가 봤던 모든 야경 속에 언제나 그녀가 있었다. 난간에 등을 기댄 서원은 이번에도 야경 속에 있는 그녀를 지그시 눈에 담았다. 한순간에 시선을 잡아끄는 그녀의 모습에 그의 입꼬리가 설렘을 안고 호선을 그리며 올라갔다. 그의 입에서 하얗게 새어 나오는 입김을 빤히 바라보던 유주가 할 이야기가 있는 듯 그의 곁으로 슬며시 다가갔다.

"그래서, 넌 언제부터였는데? 나 보기 시작한 게?"

이렇게 황홀하고 찬란한 풍경 안에서 달콤한 말을 듣는다면 그 감미로움과 사랑스러움이 배가 될 것 같았다. 오래도록 잊지 못하는 추억이 되어 곁에 머무를 것만 같아 유주는 마음속에 품고 있던 그 말을 이제야 조심스럽게 꺼냈다.

유주를 지그시 마주 보는 그의 눈엔 벌써 사랑스러운 감정이 한껏 묻어나 있었다. 그는 그날들을 회상하듯 느릿하게 시선을 내리다 멀리 보이는 맞은편의 야경에 눈길을 주었다. 아련하게 흔들리는 눈빛에 유주는 더욱 기대에 찬 눈빛으로 귀를 기울였다.

"글쎄. 확실한 건 9년? 10년쯤 전이었나? 너 파마한다고 널널한 공강 시간에 미용실 갔다가 뽀글거리는 폭탄 머리로 왔었잖아. 아는 사람, 모르는 사람 할 것 없이 거기 있는 사람들 다 웃기다고 배 붙잡고 뒹구는데, 난 이상하게 예뻐 보이는 거야. 그때 생각했지. 아, 내가 얠 좋아하나 보다. 좋아하고 있었구나."

유주는 멀뚱한 얼굴로 끔벅끔벅 눈을 깜박였다. 입술을 삐쭉 내민 그녀가 이상하다는 듯 고개를 갸웃거렸다.

'이걸 좋아해야 하는 거야, 말아야 하는 거야?'

뭔가 이상한데. 획 흘겨보는 유주의 눈빛에도 서원은 그때가 떠오르는지 싱글벙글한 모습이었다.

'전혀 로맨틱하지 않아.'

유주는 뚱한 얼굴로 그때를 떠올렸다.

'아하하하하하하하하하! 머리 봐. 민유주 머리 양배추 됐어. 머리 엄청 신기해.'

'그 머릴 돈을 줬어? 내가 가서 따져 줄까? 어디야, 그 미용실?'

'많이 이상해?'

'아, 배 아파. 배가 너무 아파. 태어나서 젤 오래 웃은 거 같아.'

'최고야, 최고. 나 사진 찍어도 돼?'

'예쁘기만 하구만, 왜들 그래.'

둥실거리는 머리카락을 만지며 울상을 짓고만 있던 그녀가 서원의 말에 결국 울음을 터뜨리며 가방으로 그의 등을 힘껏 내리쳤다.

'네가 젤 못됐어!'

놀리는 건 줄 알았건만, 진짜였다니. 그때 억울해하던 서원의 표정이 아직도 생생하게 남아 있었다.
유주는 코끝을 문지르며 마지못해 고개를 끄덕였다.
"뭐, 신선한 대답이긴 했어."
서원은 진짼데, 라고 말하는 듯한 순진무구한 표정으로 유주를 바라보았다.

"아이스크림 한 판?"
"콜!"
집으로 돌아오던 두 사람은 아이스크림 가게에 들러 성인 서너 명이 먹어도 남을 만큼의 양을 구매했다. 유주의 집으로 돌아온 두 사람은 TV 앞에 마주 앉아 작은 스푼으로 아이스크림을 퍼먹으며 달콤함을 한껏 만끽했다.
"근데 왜 주로 우리 집에 있는 거 같지?"
유주의 물음에 서원이 어렵지 않게 답했다.
"내가 주로 왔으니까."

"아."

유주는 깨달음을 얻은 표정을 하며 고개를 끄덕거리다 그를 가만히 바라보았다.

"……."

"같이 있고 싶었으니까."

그러고 보니 혼자 서원을 짝사랑한다고 생각하던 시절에도 늘 서원이 그녀의 집으로 찾아왔었다. 그땐 왜 그걸 눈치 못 챘지?

"배부르다."

유주가 생각에 잠겨 있는 사이, 서원이 스푼을 내려놓으며 소파에 몸을 기대었다.

"딱 두 스푼 남았는데?"

"배불러."

"한 스푼만 더 먹어. 나도 한 스푼 먹을 테니까."

"……."

유주는 제 스푼으로 아이스크림을 퍼 서원의 입 앞에 갖다 대었다. 아무리 봐도 자신이 먹을 양이 남아 있는 양의 두 배같아 보였기에 서원은 미심쩍은 얼굴로 유주를 바라보았다. 그의 은근한 눈빛에 용케 넘어가지 않은 유주가 일부러 애교 있는 목소리를 내었다.

"자, 아. 이건 네가 날 얼마나 좋아하는지 알아보기 위한 테스트."

"굳이?"

그런 것 따위 필요 없다는 서원의 반응에 유주가 꺄르르 웃음을 터뜨렸다. 그 웃음에 녹아 아이스크림을 냉큼 받아먹은 서원이 배가 부른 듯 떨떠름한 얼굴을 했다.

잠시 후, 소파에서 잠이 든 서원은 어깨를 흔들어 깨우는 손길에 슬며시 눈을 떴다. 나른하고 몽롱한 눈빛을 바라보며 유주가 긴장한 듯 작게 침을 삼켰다.

"나 소파 시트하고 쿠션 새로 갈 거야. 침대로 가서 잠깐 눈 붙이고 있어."

유주에게 떠밀려 침대 앞으로 간 서원이 힘없이 눕다 그녀에게 눈길을 주었다. 전에는 졸린 기색이 보이면 곧장 집으로 가라며 내보냈던 그녀였기에 이젠 그저 친한 사이가 아닌 특별한 사이가 된 것만 같은 기분이 들었다. 느릿하게 감았다 떠지던 서원의 눈이 다시금 스르르 감겼다.

얼마 후, 띠리릭, 소리와 함께 문이 열리는 기척에 서원이 힘겹게 눈꺼풀을 들어 올렸다. 몽롱한 눈동자에 새근새근 잠들어 있는 유주가 비치자, 그는 느릿하게 눈을 감았다 떴다. 대충 상황을 파악한 그가 살며시 입가를 올렸다. 언제 옆에 와서 잠든 거야?

하지만 현관 쪽에서 들려오는 중얼거리는 소리에 그의 얼굴에서 미소가 순식간에 사라졌다.

"아니, 얘는 왜 소개팅을 안 한다는 거야. 뭐 하느라 전화도 안 받고……."

그제야 조금 전 문이 열리는 소리에 잠에서 깼다는 게 떠올랐다. 잠결에 들려온 그 소리가 꿈이 아니었던 모양이다. 서원은 질끈 눈을 감은 채 난감한 듯 작게 숨을 내쉬다 느릿하게 몸을 일으켜 소리가 난 곳을 바라보았다.

이미 시선을 주고 있던 누군가와 눈이 딱 마주치자, 침대에 어정쩡한 자세로 앉았던 서원이 곤란한 얼굴을 한 채 고개를 숙여 인사했다.

"안녕하세요."

10장. 기대되는 사이

 망부석이 되어 버린 유주 모친이 소리 없이 눈을 빠르게 깜박였다. 마치 깜박깜박 소리가 나는 것만 같은 부자연스러운 모습에 서원은 일어서지도 그렇다고 앉지도 못한 애매한 자세로 시선을 주고 있었다. 흡사 폭풍 전야와 같은 상황에 두 사람은 대치한 채로 섣불리 움직이지 못했다.
 딸의 침대에 버젓이 있는 커다란 남자를 한참 동안이나 보고 있던 유주의 모친이 멈칫한 건 침대에서 들려오는 도로롱거리는 소리 때문이었다. 속편하게 들려오는 그 도로롱거리는 코 고는 소리에 맥이 빠지는 듯 두 사람의 눈동자에 서려 있던 긴장감이 다소 옅어졌다.
 저리 코까지 골며 잘 자고 있는 걸 보면 무슨 일이 있던 거 같진 않고. 안심하는 그녀의 눈에 그제야 대치하고 있던 남자가 누구인지 제대로 보였다. 서원이라는 걸 알아차린 유주의 모친은 나지막하게 숨을 내쉬었다. 그 숨이 어쩐지 안도의 뜻처럼 느껴졌다.

"서원이구나. 응, 그래. 계속… 하던 거… 음. 난 이만 가 볼게. 굿나잇."

현관 앞에 어정쩡하게 서 있던 유주의 모친이 문을 열고 번개처럼 사라지자, 서원은 멈칫하며 당황했다. 자는 와중에도 용케 문소리를 들은 건지 유주가 스윽 일어나며 잠이 덜 깬 눈으로 주위를 두리번거렸다.

"뭐야?"

작게 한숨을 쉰 서원이 유주의 옆머리를 가볍게 밀어 다시 눕히자, 아직 잠에 취해 있던 유주가 침대에 머리를 댄 채 도로 새근새근 소리를 내며 잠이 들었다. 서원은 조심스럽게 침대를 벗어나 서둘러 집을 나섰다.

급하게 밖으로 향한 서원의 눈에 저만치에 서 있는 유주의 모친이 보이자, 잠시 망설이는 듯하던 그가 그녀를 불렀다.

"아줌마."

차에 타려던 유주의 모친이 뒤에 서 있는 서원을 발견하고는 놀란 얼굴을 했다.

"왜 나왔어? 외투도 안 입고. 춥게."

뭐가 그리 미안한지 자못 면목 없는 얼굴로 우물쭈물거리는 서원을 마주 보며 유주의 모친이 옅게 미소를 지었다. 어릴 적부터 봐 왔기에 익숙했고 또 그만큼 그에 대해선 잘 알기도 했다. 늘 공손하고 당당했던 그였던지라 이런 모습이 조금은 새롭게 느껴졌다.

"잘 지내고 있지?"

"그럼요. 건강하시죠?"

"우리야 건강하지. 잘 지내고 있다니 다행이다."

잘난 얼굴을 들지도 못하는 서원을 보자니 괜스레 속상해져 유주의 모친은 그의 등을 다정하게 두드렸다.

"그럼 난 가 볼게. 들어가. 춥다."

"네."

서원은 차 문을 여는 유주의 모친을 지켜보며 뒤로 한 발자국 물러났다. 아직도 딱딱하게 굳은 그의 얼굴엔 긴장감이 서려 있었다.

그 순간, 차에 타려던 유주의 모친이 서원을 돌아보았다.

"서원아."

"네."

"우리 유주 잘 부탁해."

땅으로 향해 있던 시선을 들어 눈을 마주친 서원은 환하게 웃고 있는 유주의 모친을 발견하곤 그제야 옅게 미소를 지었다.

"걱정 마세요."

"그래. 그럼 가 볼게. 그만 괴롭힐 테니까 유주한테 전화 좀 받으라고 전해 줘."

"네. 조심히 가세요."

다정하게 손을 흔든 그녀는 이내 차를 타고 출발했고, 서원은 차가 멀어질 때까지 지켜보다 다시 유주의 집으로 향했다. 엘리베이터에서 내려 그녀의 집 앞까지 다가온 서원이 손을 뻗다 말고 잠시 망설였다.

비상시를 대비하여 서로 집의 비밀번호는 알고 있었지만, 단 한 번도 눌러 보지 않았었다. 어쩐지 묘한 기분에 혀로 입술을 쓴 그가 이내 손을 뻗어 비밀번호를 눌렀다.

집으로 들어서며 현관 앞에 놓여 있는 반찬통들을 발견한 서원이 죄송한 얼굴을 하며 반찬통을 들어 식탁 위로 옮겨 두었다. 침대 가까이로 다가가니 유주는 여전히 새근새근 소리를 내며 곤히 잠들어 있는 상태였다. 침대에 살짝 걸터앉은 그가 흘러내린 유주의 머리카락을 다정하게 넘기며 눈길을 주었다. 아련함이 스민 애틋한 눈동자가 온전히 그녀에게로 향해 있었다.

문득 몇 년 전의 일이 머릿속에 떠오르자, 서원은 잠시 슬픈 얼굴을 했다.

그저 쑥덕거리기만 하던 뒷담화가 결국엔 소문으로 번졌다. 반강제로 알바 일을 그만둔 유주가 어두운 얼굴로 빠르게 걸어갔고,

그 뒤를 조용히 따라가던 서원이 도저히 안 되겠는지 급하게 그녀를 불렀다.

"민유주."

몇 번이나 더 불렀지만 유주는 끝내 멈추지 않았고, 그저 뒤에서 따라가기만 하던 서원이 걸음을 빨리했다.

"화나면 화내. 나한테라도 화내면 되잖아. 그렇게 참지만 말고. 그렇게 속으로 삭이지만 말고 화를 내라고!"

안 들리는 척 묵묵히 걷기만 하던 유주를 따라잡은 서원이 이내 그녀를 막아섰다.

"인마!"

하지만 눈물을 뚝뚝 떨구고 있는 유주의 모습에 서원은 그대로 굳어 버렸다. 찌릿거리는 가슴에 작게 인상을 썼지만 그는 아무것도 할 수가 없었다. 지긋지긋한 소문에 지쳐 버려 혹여나 그녀가 더 상처받을까 안아 주지도 못하는 이 상황이 너무도 힘겹고 서글펐다.

주먹 쥔 그의 손이 어찌나 힘을 주고 있는지 덜덜 떨리고 있었다. 그녀의 눈물이 가슴에 새겨졌을 즈음, 쉽사리 떨어지지 않던 시선이 서서히 땅으로 향했다. 초점 없이 흔들리는 눈동자에 담기는 건 아무것도 없었다.

왜 자신 때문에 그녀가 아프고 힘들어야 하는지 아무리 생각해도 이해가 가지 않았다. 이번 소문의 근원지는 유주가 꽤나 믿고 따르던 사람이었다. 상처가 큰 만큼 아마 또 당분간은 타인에게 거리를 둘 게 분명했다. 대체 어디부터 뭐가 잘못됐는지 알 수가 없었다. 그저 그 또래의 질투나 시기라기엔 그녀가 받는 상처가 너무 컸다. 그녀의 인생에서 자신이 빠진다면, 내가 없었으면 네 삶이 한결 편하지 않았을까? 하지만 결국은 그러지 못했다. 그렇게라도 곁에 머물고 싶은 이기심에, 그렇게나마 지켜보고 싶은 마음에.

그 이기심에 더해 자신의 마음을 무작정 밀어붙이는 건 그녀를 몰아붙이는 것과 다를 바가 없었다. 더 힘들게 만들고 싶진 않았다. 그래서 마음을 꼭꼭 눌러 감추는 것밖에 할 수 있는 게 없다고 생각했었다.

여리디여리고 눈부시게 환한 네가 혹여라도 다칠까 봐. 그날과 같이 가슴 아픈 표정으로 멈추지 않는 눈물을 뚝뚝 떨어뜨릴까 봐. 네 눈물에 네 곁을 떠나야 하는 그 끔찍한 상황을 다시 생각해야 할까 봐. 친구로나마 네 곁에 머물기 위해서.

뭐가 그렇게 무서웠을까?

서원은 손을 뻗어 그때 눈물이 흘렀던, 차마 닦아 주지 못했던 생기 있는 뺨을 조심스럽게 매만졌다.

"지켜보지 말고 지켜 줄 걸 그랬다. 그치?"

감미로운 낮은 속삭임과 함께 살며시 떨리던 커다란 손이 그녀의 뺨에 애틋하게 닿아 오래도록 머물렀다.

눈부신 햇살에 시트에 얼굴을 묻으며 뒤척이던 유주가 알람 소리에 확 고개를 들었다. 부스스한 몰골로 두리번거리는 유주의 눈에 잔뜩 성이 난 채 울리고 있는 알람시계가 들어왔다.

'언제 잠들었지?'

어젯밤 상황을 곰곰이 떠올리던 유주가 지그시 눈을 감으며 숨을 내쉬었다. 잠깐만 눈을 붙이고 서원을 깨울 생각이었다. 느릿하게 눈을 뜬 유주가 주위를 돌아보았다. 언제 간 지는 모르겠지만 서원은 이미 자신의 집으로 돌아간 듯했고, 그녀가 잠들기 전 알람을 켜지 않았으니 그가 알람까지 켜 준 게 분명했다.

"친절하네."

녀석이랑 있으면 왜 이렇게 잠이 쏟아지는 걸까? 다정한 그 온기 때문인가?

욕실로 가기 전, 식탁 위를 무심결에 돌아본 유주가 반찬통들을 발견하곤 그 앞으로 다가갔다.

"어?"

반찬통 옆에는 주스 한 잔과 메모지가 놓여 있었다.

아줌마 왔다 가셨어. 귀찮게 안 할 테니 전화 꼭 받으래. 주스 맛있게 먹고, 좋은 아침. -서원

그러니까 반찬은 엄마가, 주스는 그가. 괜스레 간질거리는 가슴에 유주는 입을 꾹 다물다 배시시 웃음을 터뜨렸다.

좋은 아침, 이라고 적힌 정갈한 글씨에 자꾸만 시선이 갔다.

들뜬 걸음으로 출근을 한 유주는 회사 건물 1층에서 무언가를 발견하고는 멈칫거리며 걸음을 멈추었다. 서원이 누군가와 대화를 나누고 있는 중이었다. 뒤로 돌아서 있느라 서원의 얼굴은 잘 보이지 않았으나 맞은편에 서 있는 상대의 얼굴은 아주 잘 보이고 있었다.

입가를 가리며 환하게 웃고 있는 여자의 모습에 유주는 눈을 가늘게 떴다.

'저 여자, 인사팀의 배 대리인가? 그 인기녀?'

소문에 밝은 하린이 마주칠 때마다 몇 번 이야기해 주었기에 얼굴을 익히 알고 있었다. 거기에 서원과 같은 팀이 아니던가? 신경이 안 쓰일 수가 없었다.

어찌나 심도 깊은 대화를 하시는 건지 그녀를 발견하지 못하는 서원으로 인해 유주는 뚱한 얼굴로 사무실로 향했다.

그날 점심 식사를 마치고 벤치로 향한 유주는 계속해서 신경이 쓰이는지 시큰둥한 얼굴이었다.

'나도 펌 좀 해 볼까?'

객관적으로 봐도 예쁘장했던 배 대리를 떠올리며 유주는 괜스레 구두로 땅 끝을 툭툭 쳤다. 표정이 좋지 않은 유주를 스윽 들여다보며 서원이 걱정스러운 듯이 물었다.

"무슨 일 있어?"

"없어."

"배 아파?"

"안 아파."

유주는 서원을 흘겨보며 말 시키지 말라는 듯 눈에 힘을 주었다. 생리 주기까지 알고 있는 연인이라니. 이게 좋은 거야, 나쁜 거야?

유주는 뚱하게 하늘을 올려다보다 조용히 서원을 돌아보았다. 벤치에 기대어 하늘을 올려다보고 있는 서원의 반듯하고 멀끔한 옆모습에 시선을 주던 유주가 괜스레 뺨을 긁적이다 입술을 통통하게 오므렸다.

"어? 점심시간 끝나겠다. 가자."

날이 한결 따스해진 덕에 벗고 있던 코트를 챙긴 서원이 벤치에서 일어나며 유주를 돌아보았다. 시무룩해 보이는 그녀의 얼굴에 서원이 진지하게 입을 뗐다.

"배……."

"안 아프다고!"

홱 일어나서 벤치를 벗어나는 유주의 모습에 서원은 억울한 듯 입을 꾹 다물었다.

다음 날, 또 그다음 날에도 비슷한 일상이 반복되었다.

그렇게 하루가 지나고 벤치로 향했던 서원은 비어 있는 공간에 주위를 두리번거리다 느릿하게 벤치에 앉았다. 한참 후 손목에 차고 있던 시계를 확인한 그가 자리에서 일어났다.

'바쁜가?'

서원은 회사 건물로 터덜터덜 들어가 엘리베이터를 기다렸다. 그러던 중, 엘리베이터가 올라갔던 층수를 확인하곤 사무실로 가려던 생각을 바꾸어 옥상으로 향했다. 마침 엘리베이터가 15층에서 내려오고 있었고, 전에 유주를 따라 옥상에 올라온 적이 있었기에 혹시나 마주칠까 하는 마음에서였다.

하지만 휑하니 비어 있는 옥상에 씁쓸한 기분이 들었다. 터벅터벅 난간 앞으로 다가간 서원이 슈트 안주머니에서 담배 케이스를 꺼내었다. 난간에 팔을 기대며 담배 하나를 꺼내 입에 물려던 서원이 멈칫하며 담배를 물끄러미 내려다보았다.

'담배!'

질색하던 유주의 목소리가 들리는 것 같아 서원은 담배를 도로 케이스에 넣었다. 슈트 안주머니에 담배 케이스를 넣으려는데 별안간 옆에서 목소리가 들려왔다.

"무슨 일 있습니까?"

흠칫 놀란 서원이 옆을 돌아보다 그럴 줄 알았다는 듯 작게 인상을 썼다. 이젠 익숙하게까지 들려오는 목소리에 누구인지 단번에 알아차릴 수 있었다. 대체 어디서 나타났는지 진영이 입에 하얀 무언가를 문 채 풍경을 내려다보고 있었다.

"없습니다."

서원은 딱딱하게 대꾸하며 진영을 위아래로 훑어보았다. 대체 어디 있었던 거야?

두 남자는 옥상 아래의 풍경을 말없이 내려다보았다. 잠시 후, 몸을 돌려 난간에 등을 기댄 진영이 침묵을 깨고 조심스럽게 그를 불렀다.

"진 대리님."

서원은 떨떠름한 얼굴을 하면서도 선선히 대답했다.

"네."

"민 대리님한테는 말 못 했는데 그래도 대비는 해 두는 게 좋을 겁니다. 아무리 숨기려고 해도 그렇지 못하는 경우가 생기기 마련이니까. 민 대리님이 소문에 많이 민감한 것 같아서 주제넘은 거 알면서도 말하네요."

가만히 듣고 있던 서원이 여전히 풍경을 내려다보며 덤덤하게 대꾸했다.

"주제넘은 거 맞아요."

"압니다."

서원은 고개를 돌려 진영을 빤히 바라보았다. 무언가를 불량하게 문 채 싱글싱글 웃고 있는데도 이상하게도 밉게 느껴지지가 않았다. 참 요상한 사람이라고 생각하며 서원은 그의 눈동자를 오랫동안 응시했다. 마치 꿰뚫어 보려는 듯이.

올곧게 느껴지다 못해 맑게까지 보이는 그의 눈동자에 서원은 물러나며 다시금 앞을 바라보았다. 그도 알고 있었다. 전과 같은 상황이 일어나지 않으리라는 법이 없다. 하지만 그때와 같은 대처와 결과를 만들 수는 없었다. 현재 자신의 연인에게 고백을 했었다는 이 남자는, 겉보기에는 얄밉게 느껴지지만 그와는 다르게 속이 깊은 이 남자는 그녀에게 진심이었고 좋은 사람이었다. 씁쓸하기도 고맙기도 한 묘한 감정에 서원은 지그시 시선을 내렸다.

생각이 많아 보이는 서원을 흘낏 바라보던 진영은 품속을 뒤적거리다 선심을 쓰듯 그에게 무언가를 건넸다.

"받아요."

이내 저벅저벅 소리와 함께 진영이 사라졌고, 서원은 손바닥에 놓인 무언가를 내려다보다 의아하게 고개를 기울였다.

"막대 사탕?"

서원은 작게 인상을 쓴 채 옥상 문을 바라보다 낮게 숨을 내쉬며 난간에 기대었다. 한참을 그 상태로 멈춰 있던 그가 옅게 입 끝을 올리며 작게 중얼거렸다.

"보고 싶네."

그날 밤, 유주의 집으로 향하던 서원은 짧게 울리는 휴대폰 소리에 액정을 확인하곤 아쉬운 얼굴을 했다.

[나 집에 없다.]

서원은 불이 꺼져 있는 유주의 집 창문을 올려다보다 방향을 바꾸어 터덜터덜 걸음을 옮겼다. 어느새 집에 다다른 서원이 힘없이 걸음을 떼려다 무언가를 발견하곤 우뚝 멈춰 섰다.

"짠."

건물 앞에 쪼그려 앉아 있던 유주가 서원을 발견하곤 팔을 활짝 벌리며 폴짝 일어섰다.

"뭐야? 왜 여기 있어?"

표정이 없던 서원의 얼굴에 어느새 환하게 미소가 스며 있었다.

"오늘은 너희 집에서 먹으려고. 엄마 만두, 내가 쪄 왔어."

유주는 의기양양하게 어깨를 들썩였다. 피식 웃은 서원이 그녀를 데리고 건물 안으로 향했다.

어느새 만두를 다 먹어치운 두 사람은 소파에 기대어 휴식을 취했다. 그러던 중, 서원이 유주를 향해 물었다.

"주스 마실래?"

"응. 오늘은 무슨 주스야?"

"아보카도 바나나 주스."

유주는 들뜬 얼굴로 소파에 얌전히 앉아 서원을 흘낏거렸다. 서원은 간혹 유주에게 과일을 갈아 주스를 만들어 주곤 했다. 그녀도 그를 따라 집에 남아 있는 과일을 갈아 주스를 만들어 보곤 했지만 이상하게도 그가 해 주는 주스가 훨씬 맛있게 느껴졌다.

잠시 후, 유주는 그가 건넨 유리잔을 받아 주스를 꿀꺽꿀꺽 넘겼다.

"맛있다."

예쁘게 웃는 그녀를 따라 서원도 환하게 미소를 지었다. 빈 컵을 개수대에 놓은 서원이 안도의 숨을 내쉬며 유주에게 다가갔다. 그녀의 기분을 좋게 만들어 일단 분위기를 바꿨으니 내내 궁금하던 걸 물어볼 생각이었다.

소파 아래에 자리를 잡은 서원이 유주를 스윽 돌아보았다.

"요즘 무슨 일 있어?"

"어?"

유주는 무슨 말이냐는 듯 의아하게 서원을 바라보았다.

"아니, 요즘에 좀 불편한 거 같기도 하고 나한테 화난 거 같기도 하고. 무슨 일 있나 싶어서."

무언가 찔리는 게 있는 듯 유주가 눈동자를 또르르 굴리자, 서원은 눈을 가늘게 뜨고 지켜보았다. 그런 서원과 눈이 마주친 유주가 떨떠름하게 입맛을 다시며 어렵게 입을 뗐다.

"무슨 일이 있는 건 아니고."

"아니고."

서원은 유주의 말끝을 따라 하며 계속해 보라는 듯 작게 눈짓을 했다. 나른하게 빛이 감도는 눈동자에 유주는 쭈뼛거리면서도 말을 이었다.

"아니, 네가 요즘엔 입을……."

"입을."

"안 맞추니까."

"뭐?"

서원은 생각지도 못했다는 듯 작게 인상을 쓰며 유주에게 되물었다.

"시도 때도 없이 입 맞추던 애가 요새는 또 안 그러니까, 벌써 질렸나 싶기도 하고."

어안이 벙벙한 듯 서원의 입이 서서히 벌어졌다. 정말 상상도 못 했던 이유였다.

"그건 네가 싫어하니까."

유주는 내가 언제, 라는 듯한 뻔뻔한 표정으로 손을 꼼지락거렸다. 서원은 기가 막힌 듯 작게 숨을 내뱉다 눈을 가늘게 뜨며 서서히 몸을 일으켰다.

초조함은 사라지고 대신 나른하고 은근한 눈빛으로 돌아온 서원이 그녀에게로 스윽 다가가자, 유주가 몸을 뒤로 빼 소파에 등을 기대었다.

"왜 도망가?"

코앞으로 보이는 섹시한 빛이 섞인 나른한 눈동자와 감미로운 낮은 음성에 유주는 침을 꼴깍 삼켰다. 찌릿거리던 심장이 이젠 미친 듯이 두근대고 있었다.

"있잖아."

작게 새어 나온 유주의 목소리에 그가 다정한 눈빛으로 귀를 기울였다.
"응."
"조금만 더 지체하면 심장이 터질 것 같거든."
유주가 눈도 마주치지 못한 채 손을 꼼지락거리자, 사랑스러움이 듬뿍 담긴 눈빛으로 미소를 짓던 그가 조금 더 가까이 다가왔다.
"그럼 안 되지."
속삭이는 듯한 낮은 음성에 전기가 오르듯 가슴 부근이 찌릿해지자, 유주는 숨을 들이마셨다.
옅게 입가를 올린 그가 서서히 다가가 숨결이 느껴질 즈음, 고개를 기울이며 그대로 입을 맞추었다. 두 사람의 입술이 가까이 겹쳐졌고, 스르르 벌어지는 입술에 그가 더 깊숙이 입술을 묻었다. 이내 두 사람의 혀가 엉키며 타액이 섞였고, 깊고 농염한 키스가 오래도록 이어졌다.
도통 익숙해지지 않는 건지 가슴이 크게 두근대고 심장이 터질 것만 같은 느낌에 그녀가 벅찬 듯 작게 숨을 뱉어 냈다. 휘청거리는 그녀의 몸을 느낀 그가 손을 뻗어 등을 힘 있게 감싸며 부드럽게 혹은 사납게 입술을 탐했다. 점차 몽롱해지는 기분에 유주는 그의 목덜미를 끌어안았다. 손에 멀끔한 목덜미와 부드러운 머리카락이 닿자, 어쩐지 더욱 야릇해지는 느낌이었다.

전에도 짙은 키스라고 느꼈건만 하면 할수록 더 농염해지고 진해지는 입맞춤에 다음이, 또 그다음이 자꾸만 기대가 되었다.

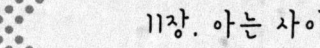

11장. 아는 사이

  점심 식사 후, 사무실에서 휴대폰 앨범을 뒤적거리던 서원이 곤란한 듯 이마를 긁적였다. 어젯밤, 유주와 했던 대화가 떠오르자 그는 꽤나 난감한 얼굴을 했다.

'화이트데이에 뭐 줄까? 사탕 한 통?'
'음, 이번엔 사탕 말고 다른 거 받을래. 네 사진.'
'내 사진?'

  액정을 손가락으로 밀며 한참 동안 시선을 주던 서원이 미간을 찌푸리며 작게 한숨을 내쉬었다.

'응. 최근에 찍은 사진으로. 슈트 입고 찍은 거.'

 언제 사진을 찍었더라? 최근에 사진을 찍어 본 기억이 없었다. 어딘가로 나들이를 가면 유주의 모습을 카메라로 찍기에 바빴지 자신을 찍을 생각은 해 보지도 않았다. 새로운 곳에 가면 가끔 유주가 휴대폰을 들어 그의 사진을 찍는 것 같았으나 그에게 새로 달라고 했으니 그 사진들은 포함이 되지 않을 것이다. 그리고 결정적으로 슈트를 입고 사진을 찍은 적이 없었다. 친구나 친지들의 결혼식 같은 격식 있는 자리를 빼곤.
"사진을 어떻게 찍어야 하나?"
 휴대폰을 책상에 엎어 놓은 그가 손가락으로 책상 위를 톡톡 내려치며 주위를 둘러보았다. 그러던 중, 턱을 괴고 꾸벅꾸벅 졸고 있는 박 대리가 눈에 들어오자 무언가를 고민하는 것 같던 서원이 자리에서 일어나 저벅저벅 걸음을 옮겼.
 잠시 후, 휑하니 부는 바람 속에서 박 대리가 떨떠름한 표정으로 휴대폰을 눈앞에 들어 올렸다.
"추워 죽겠는데 웬 사진이야? 어젠 따뜻하더니 오늘은 왜 이렇게 추워? 날씨가 개판이네. 올해엔 꽃도 빨리 핀다더니."
 구시렁거리며 액정을 눌러 대던 박 대리가 액정을 들여다보며 마음에 들지 않는다는 듯 고개를 갸웃거렸다. 스르르 올라간 박 대리의 시선이 저만치에서 다소 어정쩡하게 서 있던 서원에게 닿았다. 박 대리의 눈동자가 의아함을 품고 다시금 액정으로 내려갔다.

"모델엔 문제가 없는 것 같은데. 카메라가 이상한가?"

박 대리는 실물이 제대로 담기지 않는 휴대폰을 탓하며 멀뚱하게 서 있는 서원에게 손짓했다.

"이리 와 봐."

말없이 사진을 들여다보던 서원도 무언가 애매하다는 표정으로 턱을 매만졌다. 고민할 것도 없이 들고 있던 휴대폰을 주머니에 집어넣은 박 대리가 서원에게 손을 내밀었다.

"진 대리 네 휴대폰 줘 봐. 아무래도 이건 휴대폰 문제야. 휴대폰을 바꿀 때가 된 거지."

박 대리는 투덜거리는 것도 잊고 눈을 반짝인 채 사진 찍기에 열중했다. 일주일간 가장 비싼 커피를 사 주겠다는 소리에 넘어간 게 절대 아니었다.

하지만 도통 실물을 담지 못하는 사진을 보며 박 대리는 불만스러운 얼굴을 했다.

"날씨가 문제인가?"

이번엔 괜히 날씨 탓을 하는 박 대리를 바라보며 서원은 말없이 입매를 늘였다.

한편, 2층 창가에서 그 모습을 지켜보고 있는 누군가가 있었으니.

우연히 복도를 거닐다 무언가를 발견했던 진영이 그 자리에 서서 그 모습을 한참 동안이나 지켜보고 있던 중이었다. 한쪽 눈썹을 치켜든 진영의 입에서 한심하다는 듯한 낮은 목소리가 흘러나왔다.

"저건 또 뭐야."

고개를 절레절레 저으며 그냥 지나쳐 가려던 그가 결국 주춤거리며 걸음을 멈춰 섰다. 뚱하게 다시 그곳을 내다보던 진영이 착잡한 듯 입맛을 다셨다.

"관심 없는 사람한테 오지랖 부리는 거 딱 질색인데."

한편, 포즈까지 잡아 가며 사진 찍기에 여념이 없던 박 대리는 누군가가 어깨를 툭 치고 지나가자, 어안이 벙벙한 얼굴로 주위를 두리번거렸다. 그사이 서원의 앞까지 다가간 진영은 서원의 슈트 재킷을 툭툭 털어 옷매무새를 바로잡고 그가 매고 있는 넥타이까지 잡아 손보았다.

얼떨떨한 표정으로 순식간에 당한 서원은 진영에게 뭐냐고 묻지도 못한 채 꼼짝도 없이 서 있을 뿐이었다. 손을 뻗어 머리카락까지 매만진 진영이 반발자국 물러나며 갸름하게 눈을 뜬 채 서원을 위아래로 훑어보았다.

대놓고 관찰하는 그 눈길에 서원은 흠칫거리며 대번에 불쾌하다는 표정을 지었다. 하지만 아랑곳하지 않은 진영은 이번엔 서원과 별반 다르지 않은 표정으로 보고 있던 박 대리에게 다가가 그가 들고 있던 휴대폰의 위치를 새로 잡아 주었다. 제법 꼼꼼한 손길에 그대로 따르던 박 대리가 멀뚱하게 눈을 깜박였다.

"찍으세요."

진영이 한 발 물러나며 이제 찍으라는 듯 손짓을 하자, 자동적으로 액정을 눌러 사진을 찍던 박 대리가 당황한 얼굴로 뒤늦게 되물었다.

"네?"

능청스럽게 입가를 올린 진영은 신경 쓰지 말고 계속하시라는 듯 곱게 손짓을 했다. 웃는 눈가가 무척이나 매력적인 서글서글한 남자를 의심스럽다는 듯 바라보던 박 대리는 슬금슬금 시선을 거두고 떨떠름하게 서 있는 서원을 향해 다시금 촬영 버튼을 눌렀다.

"비스듬하게 서 봐요. 턱 조금만 내리고."

어느새 지시까지 내리고 있는 진영을 따라 두 남자는 순한 양처럼 그대로 따르고 있었다. 사무실에선 그토록이나 자기 주장이 강했던 두 사람이 지금은 이상하게도 토 하나 달지 않고 진영이 말하는 대로 움직이고 있는 중이었다.

"카메라 조금만 아래로. 기울이지 말구요. 어? 팔 너무 벌리지 말아요. 주머니에 손 넣고 찍어도 괜찮을 것 같아요. 표정 너무 굳었어요. 살짝만 미소."

그렇게 한참이나 실랑이를 벌인 끝에 쓸 만한 사진을 발견한 진영은 고생했다는 듯 박 대리의 등을 톡톡 치곤 그 자리에서 유유히 사라졌다. 멀뚱하게 눈을 깜박이던 박 대리가 액정에 담긴 사진을 들여다보며 작게 탄성을 질렀다.

"오, 잘 나왔어. 이제야 진 대리 너같이 나왔다. 사진이 실물을 담아내기도 하네."

감탄하고 있는 박 대리 곁으로 다가온 서원은 다소 의심스럽게 사진을 내려다보다 이제야 흡족하다는 듯 고개를 두어 번 끄덕였다. 하지만 곧 휙 고개를 들어 진영이 사라진 곳으로 시선을 주었다. 그건 박 대리 역시도 마찬가지였다. 이건 대체 뭐에 홀린 것도 아니고.

박 대리가 멍하게 서원에게 물었다.

"저놈 뭐야? 친구야?"

서원은 아무 대답도 못 한 채 씁쓸한 얼굴로 작게 한숨을 내쉬었다. 절대 친구가 될 수 없는 사이지.

한편, 아침 시간 즈음 바람을 쐬러 옥상에 올라왔다가 귀걸이 한쪽을 떨어뜨렸던 유주가 다시금 시간을 내어 옥상을 찾았다.

"여기쯤에서 떨어뜨린 거 같은데."

유주는 바람에 살랑거리는 머리카락을 하나로 잡은 채 고개를 숙여 옥상 바닥을 쭈욱 살폈다. 혹여 사람들 발에 채여 굴러가지는 않았을까 싶은 마음에 천천히 걸음을 옮겨 옥상 끝 쪽까지 다가가던 유주가 무언가를 발견하곤 또각거리며 걷던 걸음을 멈추었다.

"……."

"……."

언젠가와 같이 이어폰을 낀 채 쪼그려 앉아 있던 진영이 고개를 숙인 채 다가오고 있던 유주와 눈이 딱 마주치자, 움찔거리다 조용히 눈을 깜박거렸다. 당황한 듯 멀뚱하게 눈길을 주던 유주는 그가 물고 있는 하얀 물체에서 연기가 나는 걸 발견하곤 작게 소리를 질렀다.

"어? 담배?"

"……."

그는 꽤나 난감하다는 듯 물고 있던 담배를 잘끈잘끈 깨물며 입을 꾹 다물었다.

"끊었다면서요?"

찔리는 건지 괜스레 질책하는 듯 들려오는 유주의 목소리에 진영은 느릿하게 대답했다.

"실연의 아픔에, 가슴이 답답해서. 막대 사탕 약발도 다됐는지 도통 효과도 없고."

최대한 불쌍한 어투로 말하던 그가 여전히 힘든 듯 별안간 시선을 내리자, 유주는 죄책감이 가득한 얼굴이 되었다. 스윽 시선을 든 그는 미안해 어쩔 줄 몰라 하는 유주를 발견하곤 뒤늦게 살짝 입가를 올렸다. 그 장난스런 미소에 유주도 덩달아 입가를 올리며 안심하는 듯한 목소리로 타박했다.

"깜짝 놀랐잖아요. 왜 장난을 치고 그래요."

"장난 아닌데."

웃고 있으면서도 정색하는 그의 목소리에 유주의 미소가 순식간에 사그라졌다. 시선을 내린 채 면목 없어하는 그녀의 얼굴을 유심히 바라보던 진영이 그녀 모르게 살짝 입 끝을 올렸다.

"미안합니다."

침울하게 흘러나온 유주의 사과에 일부러 연기를 뿜고 있지 않았던 담배를 입에서 손가락 사이로 옮긴 진영이 다소 덤덤하게 대꾸했다.

"미안하면 화이트데이에 막대 사탕 한 통 줘요."

"막대 사탕이요?"

"사탕도 거의 떨어져 가고. 밸런타인데이엔 내가 초콜릿 줬잖아요. 비싼 거."

눈을 끔벅거리며 고민하는 것 같던 유주가 흔쾌히 고개를 끄덕였다. 그 정도쯤이야.

"사탕 드릴 테니까 담배는 줄이세요. 실연의 아픔 때문이라면 더욱더."

진영은 싱겁게 웃으며 고개를 끄덕였다.

"알았어요. 근데 뭐 하고 있었어요?"

"아, 귀걸이 한 짝이 없어져서. 아마도 옥상에서 떨어뜨린 것 같아서요."

유주가 옥상 바닥을 두리번거리며 말하자, 어딘가에 시선을 주던 진영이 무심하게 그녀에게 물었다.

"저거요?"

진영이 손가락으로 가리키는 곳으로 시선을 돌렸던 유주가 유심히 눈길을 주다 그곳으로 다가갔다.

"어? 여기 있었네."

귀걸이를 주워 든 유주는 진영을 돌아보았고, 계속해서 쪼그려 앉아 있던 그는 그저 어깨를 으쓱였다. 쪼그려 앉아 담배를 피우다 보니 저절로 옥상 바닥에 눈길이 갔고, 그녀가 오기 전부터 계속 눈에 들어왔던 물체일 뿐이었다. 다행이라는 듯한 진영의 눈빛에 유주는 귀걸이를 만지작거리며 옅게 미소를 지었다.

"고마워요."

"별말씀을."

"그럼……."

유주는 마저 피우시라는 듯 작게 고갯짓을 하며 옥상을 벗어났다.

싱겁게 입가를 올렸던 진영은 다시 담배를 입에 물려다 영 내키지 않는지 들고 왔던 종이컵에 담배를 꾹 비벼 껐다.

"아, 다 재미없다."

며칠 후, 유주와 마트에 들른 서원은 무언가를 유심히 찾고 있는 그녀의 모습에 의아한 얼굴을 하면서도 조용히 곁을 따랐다. 그사이, 무언가를 발견한 유주가 화색을 띠며 한걸음에 달려갔다.

"여기 있었네."

유주가 들어 올린 건 다양한 색깔의 막대 사탕이 들어 있는 동그란 통이었다.

'막대 사탕?'

서원은 무언가가 생각난 듯 심드렁하게 눈동자를 굴렸다. 단번에 떠오르는 이가 있었다. 막대 사탕 통을 품에 안은 채 걷는 유주를 따라가며 서원이 무뚝뚝하게 물었다.

"웬 막대 사탕?"

"있어, 사과."

"뭐?"

유주는 그런 게 있다는 듯 어깨를 으쓱였다. 영 신경이 쓰여 한참 동안 시선을 주던 서원은 지나가는 도중 눈에 보이는 과일 코너로 시선을 옮기며 그녀에게 물었다.

"과일 사 갈까?"

"그러자."

"무슨 주스 먹고 싶어?"

"음, 딸기라떼."

배시시 웃는 유주의 모습에 덩달아 살짝 입가를 올린 서원이 선선히 고개를 끄덕였다.

"알았어. 우유 가져와. 딸기 고르고 있을게."

유주는 잔뜩 들뜬 걸음으로 우유가 놓인 곳으로 향했다. 그 모습을 눈에 담던 그가 달콤한 향이 나는 딸기 박스 쪽으로 다가가 큼지막한 딸기를 훑어보았다.

안고 있던 막대 사탕 통 위에 우유를 올려놓은 유주는 걸음을 빨리해 서원이 있는 곳으로 향했다. 그를 발견한 그녀가 서둘러 다가가려다 잠시 걸음을 멈추었다. 딸기를 내려다보고 있는 헌칠한 옆모습에 절로 눈길이 갔다. 과일과 근사한 남자라니.

생경한 듯 무척이나 잘 어울리는 모습에 그녀의 입가가 절로 올라갔다.

'다리 길이 봐라.'

긴 다리, 듬직한 등, 넓은 어깨, 멀끔하고 인상적인 옆얼굴, 어디 하나 눈길을 사로잡지 않는 곳이 없었다.

'대체 누구 남자야?'

유주는 황홀한 눈빛을 하며 안고 있던 사탕 통을 꽈악 끌어안았다.

느릿느릿 다가오고 있는 유주를 발견한 서원이 유독 기분이 좋아 보이는 그녀의 모습에 살며시 입가를 올렸다. 유주는 괜스레 몸을 배배 꼬며 서원의 소매를 쭉 잡아당겼다. 애교 가득한 귀여운 유주의 모습에 서원의 입꼬리가 어느새 호선을 그리며 올라갔다.

계산대로 가는 중, 서원의 면도기까지 구입한 두 사람은 계산대 앞에 선 채 각자 들고 있던 물건을 내려놓았다. 따로 계산을 하기 위해 유주가 물건들을 나눠 놓았지만 앞서 계산을 하던 서원이 막대 사탕 통을 제 물건들과 섞었다.

"같이 계산해 주세요."

유주는 곤란하다는 얼굴을 하며 그에게 물었다.

"왜?"

"있어, 보답."

"보답?"

장바구니에 물건들을 담던 서원이 유주를 마주 보며 어깨를 으쓱였다. 서원은 계산을 끝낸 막대 사탕 통을 불퉁하게 올려다보고 있는 유주의 품에 안겨 주었다.

"잘 전해 줘."

의미심장한 서원의 말에 유주는 끔벅끔벅 눈을 감았다 떴다.

'알고 있었나?'

오래된 사이라서 그런 건지 그러고 보면 서원은 말하지 않아도 알아채곤 했다. 유주는 괜스레 코끝을 문지르며 그의 널찍한 등을 바라보았다. 사소하게 느껴지는 이런 일로까지 마음이 사르르 녹는 거 보면 그를 많이 좋아하긴 좋아하는 모양이다.

마트를 나선 두 사람은 느릿하게 걸어 집으로 향했다. 집이 많은 때엔 서원의 차를 이용했지만 오늘처럼 가뿐히 들고 갈 수 있는 날엔 그리 멀지 않은 거리였기에 산책을 할 겸 주로 걷는 걸 택했다.

장바구니를 들고 있지 않은 서원의 빈손을 흘끔 내려다보던 유주가 손을 오므렸다 펴는 걸 반복하며 쭈뼛거리다 별안간 하늘을 보며 외쳤다.

"어? 비다!"

종일 날씨가 흐렸기에 서원의 고개가 자동으로 올라갔다. 다소 흐릿한 하늘을 올려다보며 서원이 손바닥을 들어 손을 뻗었다. 눈을 번뜩이며 그 순간을 놓치지 않은 유주가 뻗고 있는 서원의 손을 덥석 잡았다.

순식간에 겹쳐진 부드러운 손의 감촉에 멀뚱하게 눈을 깜박거리던 서원이 살짝 입가를 올렸다. 그의 눈동자에 어느새 다정하고 따스한 미소가 가득 번졌다. 서원은 그녀의 손을 힘 있게 감싸 쥔 채 아래로 내렸다.

겹쳐 잡은 손 때문인지 한결 풀린 날씨 때문인지 손끝부터 시작해 손 전체가 따스해지는 느낌이었다.

손을 잡은 채로 한두 발자국 앞서 걸은 유주가 빙글 몸을 돌려 서원을 마주 보았다.

"나 파마할까?"

유주의 뜬금없는 물음에 서원은 뒤로 천천히 걷는 그녀를 따라 걸으면서도 의아한 얼굴을 했다.

"왜? 파마하면 관리하기 어렵다며. 기분 내고 싶을 땐 고데기 하잖아."

유주는 눈을 가늘게 떴다. 이게 지금 친구의 대화인가, 연인의 대화인가? 뭐, 나름 장점도 되겠지. 유주는 어깨를 으쓱이며 하소연을 하듯 이야기를 풀었다.

"그냥. 고데기 해도 비 오면 풀어지고 파마하면 자고 난 직후도 웨이브 진 머리니까."

나른하고 그윽한 그의 새까만 눈동자를 마주 보던 유주는 무언가를 들킬 것만 같아 느릿하게 눈동자를 굴려 시선을 피했다. 눈동자에 부드러움을 담은 채 가만히 보고 있던 서원이 속삭이듯 낮게 말했다.

"너 하고 싶은 대로 해. 다 예뻐."

다정하고 감미로운 그 낮은 음성에 유주가 시선을 옮겨 그를 마주 보았다. 손을 뻗어 유주의 뺨을 어루만진 그가 눈가를 접으며 환하게 미소를 지었다. 발그레하게 물든 뺨을 한 유주가 그 눈부시고 매력적인 미소를 마음속에 새기려는 듯 오랫동안 눈동자에 담았다.

딸기라떼를 먹기 위해 서원의 집으로 향한 유주는 막대 사탕 통을 내려놓곤 소파 한가운데에 자리를 잡았다. 믹서기를 이용해 금세 딸기라떼를 만든 서원은 거실에 놓여 있던 책을 구경하고 있는 유주에게 다가갔다.

"우주의 끝?"

책을 든 유주가 새까만 표지를 요리조리 살펴보았다.

"넌 이런 거 좋아하더라."

"재밌어."

서원은 유주에게 유리잔을 건네주고 대신 책을 뺏어 들었다. 유주가 딸기라떼를 마시는 동안 서원은 소파 밑에 기대고 앉아 접어 놓았던 책장을 펼쳤다. 꽤 흥미가 가는 책을 오랜만에 발견했기에 어느새 또 순식간에 빠져들어 책을 읽던 서원은 머리카락을 만지작거리는 손길을 느끼며 책장을 넘겼다.

어느새 딸기라떼를 다 마신 유주가 책을 읽고 있는 서원의 머리카락을 만지작거리다 제 머리카락을 묶고 있던 머리끈을 풀러 대신 그의 짧은 머리카락을 묶어 보았다. 나름 심취한 얼굴을 한 채 묶여진 머리카락으로 분수처럼 모양까지 만들던 유주가 이리저리 살펴보다 조용히 휴대폰을 들었다.

한편, 책장을 넘겨 가던 서원이 번뜩 정신을 차리며 고개를 들었다. 지금 책을 볼 때가……. 하지만 고개를 돌린 그의 눈에 소파에 옆으로 누운 채 잠들어 있는 유주가 들어왔다.

'어쩐지 조용하다 했다.'

그녀를 따스한 눈길로 바라보며 긴 머리카락을 뒤로 넘겨 주던 서원이 잠시 멈칫거리며 동작을 멈추었다. 긴 머리카락으로 인해 가려져 있던 것이 선명하게 드러나자, 그의 눈동자가 살며시 흔들렸다. 그녀가 옆으로 누워 있는 탓에 헐

렁한 티셔츠가 벌어져 굴곡진 가슴 결이 그대로 노출되고 있었다.

괜스레 이마를 긁적이며 애먼 곳을 두리번거리던 그가 스르르 향하는 시선을 결국은 막지 못했다. 슬며시 뻗어진 커다란 손에 닿은 건 그녀의 발끝 쪽에 있던 담요였다. 담요를 펼쳐 꼼꼼하게 덮어 준 그가 포근한 감촉 때문인지 새근새근 소리를 내며 잘도 자는 유주에게 시선을 주었다. 꽤나 복잡미묘한 시선으로 바라만 보던 그가 느릿하게 몸을 일으켰다.

베란다로 나간 서원은 비구름을 잔뜩 머금고 있는 하늘을 올려다보다 깊게 숨을 내쉬었다. 담배 생각이 절로 났지만 피우고 싶지는 않았다. 난간에 등을 기대는 서원의 눈에 거실 한편에 놓여 있는 막대 사탕 통이 들어왔다.

'저거라도 물어?'

제법 진지하게 고민하던 서원은 고개를 저으며 다시 건물 아래를 내려다보았다. 생각에 잠긴 듯한 얼굴로 한참을 그 상태로 있으려는데 베란다의 문을 여는 소리가 귓가에 들려왔다. 이내 부드러운 감촉이 등에 느껴지며 그녀의 향기가 후욱 끼쳐 왔다.

유주는 아직 졸음이 가득한 눈으로 서원을 뒤에서 안으며 느릿하게 숨을 뱉어 냈다. 스륵 올라간 입꼬리도 잠시, 이내 초점이 사라진 서원의 눈동자가 작게 일렁이고 있었다. 등에 닿는 따스한 감촉과 함께 부드럽고 말랑거리는 살결이 등 부근에 그대로 느껴지고 있었다. 그대로 굳어 있던 그의 목울대가 크게 일렁였다.

　반면 든든한 등에 나른하게 기대어 있던 유주가 스르르 눈을 떴다. 무언가 이상한 듯 그의 가슴 부근에 닿아 있던 손바닥을 꼼지락거려 재차 그곳에 손을 대던 유주가 그에게 물었다.

　"너 심장이 왜 이렇게 빨리 뛰어?"

　일렁임을 멈춘 그의 눈빛에 묘하게 다른 빛이 돌았다. 낮게 숨을 내쉰 서원은 그녀의 손을 떼고 급하게 몸을 돌렸다. 다소 사납게 밀어붙이는 그로 인해 유주의 눈이 커다랗게 떠졌다. 아직 졸음이 스며 있던 몽롱한 눈동자에 놀란 기색이 역력했다.

　그녀를 벽으로 밀친 서원은 묘하게 빛이 감도는 눈동자로 그녀를 바라보다 느릿하게 손을 뻗어 그녀의 뺨을 감쌌다. 몽롱한 듯 말간 눈동자가 그를 온전히 담고 있었다. 그는 짙은 시선을 느릿하게 내려 붉은 입술에 고정한 채 천천히 고개를 숙였다. 절로 흐르는 야릇한 분위기에 그녀의 가슴이 쿵쾅거리기에 바빴다.

　살짝 벌어진 두 사람의 입술이 닿을 찰나, 띠리릭거리는 방해음과 함께 별안간 문이 덜컥 열렸다. 그 상태로 굳어 버린 서원에 반해 유주는 눈을 끔벅대다 소리가 난 방향으로 홱 고개를 돌렸다.

"아, 갑자기 비가… 어?"

익히 아는 누군가의 난데없는 등장에 유주는 빠르게 눈을 깜박였고, 이를 꽉 문 채 질끈 눈을 감았다 뜬 서원이 홱 고개를 돌려 서하를 노려보았다.

"우리 집 비밀번호 어떻게 알았어?"

"네 비밀번호야 뻔하지. 유주 생일이나 유주 기념일이나 유주 등등이겠지."

'유주 등등?'

괜스레 유주의 얼굴이 시뻘게지자, 덩달아 당황한 서원은 작게 헛기침을 했다. 별꼴이라는 듯 입술을 삐쭉인 서하가 문에 걸쳐져 있던 우산꽂이에서 우산을 홱 뽑아 들었다.

"비 올 것 같아서 들렀어. 나 우산 빌려 간다. 이제 위험할 거 같으니까 담부터 연락하고 올게. 유주야, 잘 있어."

"네, 언니."

탁, 소리와 함께 거침없이 닫힌 문을 허망하게 보던 유주가 스윽 고개를 돌려 서원을 살폈다. 붉으락푸르락해진 서원의 얼굴에 유주는 조용히 시선을 내렸다.

그때 땅을 적시는 빗소리가 시원하게 들려왔다.

"진짜 비 오네."

유주를 따라 베란다 쪽을 바라보던 서원이 허탈하게 중얼거렸다.

"타이밍 참."

"근데 너 우산 하나잖아. 나 집에 어떻게 가?"

맨들맨들한 유주의 얼굴을 마주 보며 서원은 난감한 얼굴을 했다. 쉽게 그칠 비 같지가 않은데.

잠시 후, 유주는 시큰둥한 얼굴로 앞을 바라보았다. 티셔츠 한 장에 달랑 카디건만 걸치고 나온 유주가 걱정이 되는지 서원은 자신의 후드재킷을 입힌 걸로도 모자라 미리 사 두었던 우비까지 걸쳐 주고 있는 중이었다. 길게 뻗어 나온 소매 부분을 꼼꼼하게 접어 준 서원은 우비의 모자까지 빈틈없이 씌우고 있었다. 이게 엄마야, 연인이야?

"꼭 입고 가야 돼? 걸리적거리는데."

"감기 걸려. 입고 가."

단호하게 대꾸한 서원은 영 마음에 걸리는 듯 걱정스러운 목소리로 물었다.

"나도 갈까?"

"얼마나 걸린다고 데려다줘. 됐어. 혼자 갈 수 있어."

"집에 가서 꼭 연락해."

"알았어."

"조심해서 걸어. 뛰지 말고."

"알았다니까."

"우비……."

"알았다!"

길고 애틋한 배웅을 받으며 서원의 집에서 나온 유주는 우비를 걸친 채 터벅터벅 집으로 향했다.

집에 도착한 유주는 빗물이 뚝뚝 떨어지는 우비를 벗어 놓고는 서원의 후드재킷을 집어 든 채 침대로 다가갔다.

"피곤하다."

침대에 뒹굴거리며 눈을 감았던 유주가 별안간 번쩍 눈을 떴다. 묘하게 달랐던 그의 눈빛이 떠오르자, 유주의 뺨이 발그레하게 변했다. 침대 시트에 얼굴을 묻고 발을 동동 구르던 유주가 홱 고개를 들었다.

"진서원 냄새!"

침대에 깔려 있던 서원의 후드재킷이 유주의 눈에 들어왔다. 후드재킷에 코를 박고 킁킁 숨을 들이마시던 유주가 간지러운 느낌에 혼자 큭큭대며 더 격하게 발을 굴렀다.

잠시 후, 띠리릭 소리와 함께 문이 열렸고 우비를 입은 누군가가 그녀의 집으로 들어왔다. 우비를 벗은 사람은 들고 있던 무언가를 거실 한편에 놓아둔 채 침대로 저벅저벅 다가갔다. 침대에 아무렇게나 놓여 있는 휴대폰을 든 그가 액정에 떠 있는 부재중 통화 5통을 바라보다 곯아떨어진 유주에게로 시선을 옮겼다.

'이 웬수.'

서원은 휴대폰을 다시 침대에 놓아둔 채 침대에 살며시 걸터앉았다. 그가 들고 온 건 그녀가 깜박 잊고 간 막대 사탕통이었다. 잠이 든 유주를 지그시 바라보는 그의 눈에 그녀가 베고 있는 자신의 후드재킷이 보였다. 불편하지 않을까 싶어 자신의 옷을 조심스럽게 뺀 그는 이내 그녀의 옆에 누워 잠이 든 얼굴을 마주 보았다.

얼마쯤 그 상태로 있었을까, 잠결에 침대를 더듬더듬 만지던 유주가 가까이 닿은 그를 만지작거리다 더욱 가까이 다가갔다. 목덜미에 코를 댄 채 킁킁거리며 얼굴을 비비는 그녀의 행동에 움찔거리던 서원은 가까이 닿아 오는 숨결과 부드러운 감촉, 점차 더해지는 자극에 고개를 쭈욱 빼며 필사적으로 피하려 애썼다. 하지만 그녀를 밀어내지 못한 그는 이내 포기한 듯 침대에 힘없이 기대었다. 목덜미에 닿아 있는 입술의 감촉과 뜨거운 숨결에 서원은 스르르 눈을 감았다.

얼마 후 그의 입에서 낮게 가라앉은 목소리가 느릿하게 흘러나왔다.

"아, 못 참겠는데."

12장. 떨리는 사이

 기분이 좋은 듯 콧노래를 흥얼거리며 집을 나서던 유주가 현관문에 붙은 무언가를 발견하고는 마저 문을 닫았다. 복도를 살펴보다 현관문에 삐딱하게 붙어 있는 편지봉투를 유심히 살펴보던 그녀는 봉투를 떼어 내고는 엘리베이터로 향했다.
 "이게 뭐지?"
 유주는 엘리베이터 안에서 봉투를 열어 안을 뒤적거렸다. 내용물을 꺼내 들었던 그녀의 얼굴에 곧 미소가 스몄다. 출근하기 전 잠시 서원이 다녀간 모양이었다.
 봉투 안에 담겨 있던 건 다름 아닌 그의 사진과 작은 사탕들이었다. Sweet white day, 라고 적힌 카드도 함께였다.

"귀여워."

근사한 연인의 사진을 들여다보며 유주는 즐거운 걸음으로 회사로 향했다.

별다를 게 없는 하루였다. 화이트데이인 만큼 팀원들에게 다양한 사탕들을 받았고 주어진 업무를 하고 맛있게 점심을 먹고 늘 가던 벤치로 향했다.

무언가 고민이 있어 보이는 서원의 얼굴이 걸리긴 했지만 멀끔하고 유려한 옆모습의 그도, 그와 함께하는 달콤한 시간도 그대로였다.

"참, 사진 잘 받았어."

유주는 미소를 한가득 지은 채 서원을 돌아보았다. 아침부터 유달리 기분이 좋긴 했지만 그로 인해 달콤함이 더해졌었다.

"잘 간직해. 그거 찍느라 애 좀 먹었으니까. 일주일간 커피값이랑."

"커피?"

서원이 그런 게 있다는 듯 어깨를 으쓱이자, 살며시 흘겨보던 유주가 옆으로 가까이 다가갔다.

"사진 잘 찍었더라."

그의 얼굴을 가까이 들여다보며 괜스레 말끝을 늘이던 유주가 턱을 매만지며 은근히 말을 덧붙였다.

"그래도 실물이 더 낫네."

능청스러우면서도 귀엽게 웃는 유주의 모습에 서원도 피식 웃음을 터뜨렸다. 반짝거리는 햇살 아래 있는 그녀의 모습이 유독 환하게 비쳤다. 서로를 마주 보며 미소 짓는 모습이 따스하고 달콤했지만 서원에겐 고민이 하나 있었으니.

박 대리에게 커피를 사 주기 위해 그와 함께 커피숍으로 향한 서원은 박 대리와 자신의 몫의 커피를 산 후, 테라스에 나란히 앉아 커피를 한 모금 머금었다. 아직 바람은 찼지만 햇살이 따스한 오후에 무척이나 잘 어울리는 향이었다. 서원은 커피 컵을 다시 입가에 가져다 대었다.

곰곰이 생각에 잠긴 채 다시 커피를 한 모금 마시려는데 박 대리가 짧게 울린 휴대폰을 들여다보다 뜻밖의 이야기를 꺼냈다.

"이놈 또 시작이네."

"왜? 누군데?"

"친척 동생이 얼마 전에 연애를 시작하셨거든."

"근데?"

서원은 뭐가 문제냐는 듯 무심하게 눈길을 주었다.

"여자 친구가 된 분이 본래 동생이랑 대학교 동기였대. 오랫동안 친구였던 거지. 사귄 지 얼마 안 되었는데 이 경계가 모호한 거야. 연인은 연인인데 행동이나 말투는 막 형제 같고 친구였던 그때랑 같으니까, 사귀는 사이지만 때때로 아직 친구 같기도 하고 막연히 친구라는 느낌이 강하게 들기도 하고. 그러다 보니 연인들은 뭘 어떻게 하는지, 언제 스킨십을 해야 되는 건지, 급작스럽게 진행을 해도 되는 건지, 친하고 가깝고 두터운 만큼 상대가 신경 쓰이고 더 배려하게 되고 내가 과한 건 아닌지 눈치 보게 되고. 그러니까 제대로 연애를 못 하게 되는 것 같다고. 스킨십도 하기가 더 조심스럽고 어렵고. 내가 연장자니 조언을 구하는 거 같은데, 뭐 나라고 알 턱이 있나. 이왕 만났는데 고민을 털어놓으니 그때는 누구나 알 수 있을 만한 얘길 해 줬는데 도움이 많이 됐다고 또 고민을 털어놓네, 이놈이."

처음엔 그저 솔깃한 듯 듣기만 하던 서원이 어느새 박 대리 옆에 가까이 붙어 있었다. 이미 온 신경이 그에게 쏠린 듯 잔뜩 집중한 표정이었다. 제 옆에 가까이 다가와 있는 서원이 부담스러운 듯 흘끔 곁눈질을 하던 박 대리가 조심스럽게 움직여 다시 거리를 벌렸.

"그래서?"

"뭐?"

기대에 찬 반짝거리는 눈동자에 박 대리는 의심스럽다는 표정을 지었다. 매사에 재미없고 무심하다는 듯한 나른한 눈빛만 짓는 줄 알았는데, 이런 표정이 있다니 그로선 놀라울 따름이었다.

"그래서 뭐라고 조언했는데?"

박 대리는 제대로 들은 건지 헷갈린다는 듯 고개를 갸웃거리다 동생에게 해 주었던 말을 떠올렸다.

"뭐라고 하긴 뭐라고 해. 이제 친구가 아니고 연인인 거잖아. 친구라는 생각 접고 연인 대하듯이 하라고 했지. 이제 연인인데 내가 과할 게 뭐 있고, 상대가 조심스럽고 신경 쓰일 게 뭐가 있어. 계속 친구로 지내려고 했다면 그 상대가 계속 친구 하자고 했겠지. 연인인 거잖아. 자연스럽게 사랑하면 되는 거지."

"어색해질 수도 있잖아."

"어색은, 연인이 스킨십을 안 하면 그게 더 어색해지는 거야. 근데 또 난 그 상황이 안 되어 봐서 그 기분을 모르는 걸 수도 있지. 그래서 내가 하나 팁을 줬지."

"팁?"

"어? 잠깐. 전화 온다."

친척 동생한테 전화가 온 건지 박 대리는 휴대폰 액정을 밀어 전화를 받았다. 들어야 할 말이 끊기자 초조해진 서원은 테이블을 톡톡 두드리며 분주하게 주위를 이리저리 살폈다.

'팁?'

잠시 후, 전화를 끊은 박 대리가 우쭐거리는 얼굴을 하며 자화자찬을 시작했다.

"아, 이게 그렇게 고마워할 일인가? 투잡으로 상담 일도 좀 해 볼까?"

서원은 자화자찬이 끝나길 기다리며 박 대리에게 시선을

주었다. 조금이라도 빨리 그 팁에 대해 듣고 싶었다.

"여기 커피 맛있다. 비싼 거라서 다른가?"

다른 쪽으로 빠지는 박 대리의 말에 서원은 지그시 눈을 감았다 뜨며 애써 차분하게 물었다.

"그래서? 아까 하던 이야기 마저 해야지."

"아까 하던 이야기? 아! 팁!"

"응. 팁."

"별거 있나. 익숙해서 문제가 되는 거라면 새로운 기분을 느끼면 되지. 새로운 장소에 가면 기분도 들뜨고 즐거워지고 또 새롭게 데이트하는 기분도 드니까, 자연스럽게 달콤해질 수 있는 거지."

"아, 여행."

"그거지."

서원은 깨달음을 얻은 듯 멍하게 고개를 끄덕였다. 유독 관심 있어 하는 서원의 모습에 박 대리는 의아한 얼굴을 하다 호로록 커피를 마셨다.

박 대리의 친척 동생과 완전히 같은 마음은 아니더라도 서원도 비슷한 고민을 하고 있는 상태였다. 워낙 오래된 친구라서인지 그 경계가 모호했다. 당장이라도 안고 싶은 마음은 굴뚝같았으나 연인이 된 지는 얼마 되지 않았다. 하지만 이미 친한 사이였기에 더 친해진다든가 가까워진다든가 하는 건 의미가 없었다. 조심스럽고 아끼고 싶은 마음 또한 컸으나 적당한 시기라는 게 언제인 건지 도통 알 수가 없었다.

 자신은 이미 오래전부터 마음이 있었으나 그녀는 아니었다. 쉽게 마음을 받아 줬으니 호감은 있었을지 모르나 오랫동안 친구 사이를 유지했고 그 기간 동안은 자신과 같은 마음이 아니었을 수도 있었다. 그러니 자신의 마음이나 속도에 그녀를 맞출 수는 없었다. 그녀의 속도에 맞추고 기다려야 한다는 생각이 강했다. 그러니 생각이 더 많아질 수밖에 없었다.

 닿거나 스킨십을 하는 것엔 유주도 거부감이 없는 것 같았지만 그건 워낙 가깝고 편했던 사이였기에 딱히 불편해하지 않는 걸 수도 있었다. 그러다 보니 쉽사리 판단을 할 수가 없었다. 자연스럽게 달콤해질 수 있는 방법이라.

 서원은 비장하게 커피를 들이켰다.

 퇴근하기 전, 서하에게 온 메시지에 서원은 시큰둥한 얼굴을 했다.

 [너희 집 근처라서 우산 놓고 가려고 하는데, 집에 있으면 신속히 연락 바람.]

 빨리 놓고 가라는 답문을 보낸 서원은 휴대폰을 책상에 놓는 대신 인터넷 창을 열었다.

 '여행이라.'

 봄이 다가오고 있긴 했지만 아직 찬바람은 여전했다. 꽃이 만개하려면 몇 주는 더 있어야 할 것 같고.

한참 고민을 하며 퇴근을 하던 서원은 식탁에 놓인 무언가를 발견하곤 가방을 내려 둔 채 가까이로 다가갔다. 낯선 물체를 눈에 담은 서원은 의아한 얼굴로 현관 쪽을 돌아보았다. 현관에 놓인 우산이 들어오자, 서원은 그제야 알겠다는 얼굴을 하며 식탁에 놓인 네모난 봉투를 열어 보았다. 서하가 다녀간 모양이었다.

내용물을 꺼내 든 서원의 얼굴에 이내 화색이 돌았다.

"타이밍 참."

서하가 우산에 대한 보답이라며 두고 간 건 온천 이용권 두 매였다. 서원은 벌써부터 들뜬 얼굴로 슈트 재킷을 벗었다.

"온천?"

서원과 통화를 하던 유주가 다소 놀란 얼굴을 했다.

"아니. 나도 가고 싶긴 했는데."

아직 찬바람이 머물러 있어 뜨뜻한 온천이 절로 생각나는 날씨이긴 했다. 어린 시절엔 너무 춥지도 그렇다고 따뜻하지만 않은 이맘때쯤, 두 가족이 자주 온천에 놀러 가기도 했었다.

유주는 묘한 표정으로 서랍이 진열되어 있는 곳으로 다가가 서랍 하나를 살며시 열었다. 가지런히 정리되어 있는 속옷을 들여다보며 눈을 가느다랗게 뜨던 그녀가 대뜸 책상 앞에 앉아 인터넷을 검색했다.

'속옷을 새로 사야 하나? 좀 야한 걸로?'

◆

 온천 여행 하루 전, 진지하게 업무에 임하고 있는 유주의 곁으로 하린이 다가왔다. 하린은 영 이상하다는 듯 유주를 바라보았다.

"너 왜 이렇게 굳어 있어? 무슨 일 있어?"

 정자세로 앉아 있던 유주가 키보드를 치던 손을 멈추고 그녀 쪽으로 천천히 고개를 돌렸다. 하린은 삐걱삐걱 소리가 나는 것만 유주의 움직임에 뒤로 한 발 물러나며 당황스런 얼굴을 했다.

"아무 일 없어."

 입꼬리만 올라가 있는 어색한 웃음에 하린은 못 볼 꼴을 봤다는 듯 재빨리 자신의 자리로 돌아갔다. 삐걱삐걱 입꼬리를 내려 다시 무표정이 된 유주가 긴장을 풀려는 듯 깊게 심호흡을 했다. 긴장이 되었다. 조금 많이.

 드디어 여행 당일, 바로 전날인 어제 종일 긴장했던 것과는 다르게 서원의 차를 타고 있는 유주는 꽤나 들떠 있는 모습이었다.

온천에 도착한 두 사람은 탈의실에서 수영복 위에 래시가드를 걸쳐 입은 후, 온천탕으로 향했다. 다양한 탕 안에 들어가 몸을 녹이던 유주가 이내 실외 풀장에 눈길을 주었다. 유수풀에서 둥실둥실 떠다니는 사람들을 향해 초롱초롱한 눈빛을 쏘아 대는 유주에게 구명조끼를 입힌 서원이 자신도 구명조끼를 입은 채 그녀를 따라 실외에 있는 유수풀로 향했다. 유수풀에서 신나게 노는 유주를 흐뭇하게 눈에 담던 그가 한 시간이 흐르고 또 두 시간이 흐르자 슬슬 걱정스러운 얼굴을 했다.

'너무 격하게 노는데.'

아니나 다를까, 호텔에서 샤워를 마치고 나온 서원이 힘이 빠진 얼굴로 침대 위를 가만히 바라보았다. 유주가 가운을 입은 채로 그대로 잠이 들어 있었다. 피곤하지 않은 게 이상한 일이었다. 유수풀에서 물장구를 치며 몇 시간을 논 데다 뜨거운 탕 안에 들어가니 몸이 노곤해지는 게 당연했다.

서원의 힘없는 눈동자가 창 앞에 위치한 테이블 앞으로 옮겨 갔다. 와인과 와인 잔, 로맨틱한 캔들과 붉은 꽃잎들이 괜스레 처량하게 느껴지기까지 했다. 감미로운 분위기가 무색해지자, 서원은 시선을 거두고 침대로 조심스럽게 다가갔다.

새근거리며 잠이 든 유주의 옆에 살며시 누운 그는 천장을 허망하게 올려다보다 이내 눈을 감았다. 유주의 손을 얌전히 겹쳐 잡은 채.

그렇게 진짜 손만 잡고 잠이 든 두 사람은 물놀이를 한 덕분인지 그야말로 꿈도 안 꾸고 푹 단잠에 빠져들었다. 살며시 내려앉는 달빛이 두 사람의 로맨틱한 앞날을 기원하듯 방 안을 은은하게 비추고 있었다.

번쩍 눈을 뜬 유주가 한동안 그 상태로 멈춰 있다 눈동자만 움직여 이리저리 주변을 살폈다. 뒤늦게 상황 파악을 한 그녀가 절망한 듯 질끈 눈을 감았다 떴다.

'그대로 잠들다니.'

진짜 잠만 자다니.

조심스럽게 일어나 앉은 유주는 시간을 확인하곤 두 손으로 얼굴을 감싸며 소리 없이 괴로워했다. 정말 푹 잤구나. 퇴실 시간이 얼마 남지 않았다.

지친 듯 잠이 든 서원의 얼굴을 바라보던 유주가 울상을 지으며 침대에서 일어났다. 자책을 하며 욕실로 향한 유주는 내내 울상인 채로 샤워를 했다.

조심스럽게 침대로 다가간 유주가 심란한 얼굴로 그를 바라보았다. 퇴실 시간이 몇 분밖에 남지 않았기에 서원을 깨워야 했다. 스르르 옮겨 간 그녀의 시선이 창가 앞에 있는 테이블에 닿았다. 와인과 와인 잔, 꽃잎들과 캔들을 보자 문득 서러운 생각이 들었다. 로맨틱한 밤이 이렇게 물 건너가다니.

작게 한숨을 쉬며 다시 그에게로 시선을 옮기려는데 서원의 눈이 스르르 떠졌다. 몽롱한 눈동자에 유주가 담기자, 서원은 느릿하게 눈을 깜박이다 침대에서 일어나 앉았다. 미안한 듯도 후회하는 듯도 보이는 유주의 눈빛에 서원은 그녀를 끌어안으며 향긋한 향이 나는 품에 살며시 기대었다. 부스스한 머리칼을 만지작거리던 유주가 그의 낮게 가라앉은 목소리에 멈칫거리며 행동을 멈추었다.

"민유주, 나 이제 못 기다리겠다."

심장이 쿵, 하고 떨어지는 느낌에 유주가 심호흡을 하며 작게 침을 삼켰다. 하지만 긴장이 되는 것도 잠시, 유주의 휴대폰 알람이 시끄럽게 울리기 시작했다.

분위기가 깨진 듯 질끈 눈을 감았다 뜬 유주가 허탈한 목소리로 어렵게 입을 뗐다.

"퇴실 15분 전이다."

마찬가지로 분위기가 깨진 듯 뚱한 눈빛을 한 그가 그녀의 허리를 안고 있던 팔에 힘을 풀며 고개를 들어 유주를 올려다보았다.

위에서 올곧게 보는 그의 얼굴은 처음인지라 유주는 다소 커다래진 눈동자로 눈을 깜박였다. 의도한 건지 아닌 건지 그가 눈을 살짝 가늘게 뜨자, 나른한 눈동자에 순식간에 색기가 돌았다. 잔뜩 굳어 버린 유주의 허리를 만지작거리던 그는 낮게 가라앉은 목소리로 더없이 감미롭게 속삭였다.

"오늘 밤이다."

"……."

"더 못 기다려."

느릿하게 입가를 올린 서원은 유주의 가슴 결에 살며시 입술을 대었고, 눈을 커다랗게 뜬 유주가 급하게 숨을 삼켰다. 가슴에 살포시 닿은 자극에, 또 그의 선전포고에 심장이 미친 듯이 뛰어 대자, 유주는 살며시 입술을 벌렸다.

그리고 그게 신호라도 되듯 유주의 팔을 잡아끌어 자신의 다리에 앉힌 서원이 부드럽게 입술을 겹쳤다. 달콤하디달콤한 입맞춤이 끝난 건 퇴실 시간 5분 전이었다.

13장. 황홀한 사이

집으로 돌아오는 길, 유주는 꽤나 긴장한 모습이었다. 여행지에서 더 머물고 싶었으나 휴가를 낸 것도 아니었고, 주말에 여행을 계획한 것이었기에 월요일인 내일 출근을 하려면 오늘은 집으로 돌아가야 했다.

하지만 호텔에서 서원이 한 말 때문인지 유주는 온천 여행을 가기 전보다 더 긴장한 얼굴로 조수석에 앉아 딱딱하게 굳어 있는 상태였다. 운전을 하던 서원이 고개를 돌려 그런 유주를 확인하곤 다소 심란한 얼굴로 시선을 옮겼다.

차창 너머를 바라보는 그의 눈동자가 복잡한 빛을 띠며 흔들렸다. 여행을 가는 길엔 마냥 눈부시게만 보이던 풍경이 어쩐지 흐릿하고 무겁게 느껴지는 것만 같았다. 그도 그럴

게 호텔을 나선 이후로 유주는 평소와는 다른 반응을 보이고 있었다. 간혹 상념에 빠진 듯 멍하게 있다가도 서원이 살짝만 닿을라치면 소스라치게 놀라 오히려 그의 심란함이 더해지고 있었다.

집에 도착해서도 평소와는 확연하게 다른 유주의 기행이 이어지고 있었다. 멍한 얼굴로 치킨 뼈를 접시에 담고 살코기를 통에 버리고 있는 유주의 모습에 서원이 치킨을 씹다 말고 복잡한 얼굴로 그녀에게 시선을 주었다. 왜 그러냐는 듯 멀뚱하게 마주 보던 유주가 뒤늦게야 자신의 실수를 자각하고 어색하게 입가를 올리며 상황을 수습했다.

치킨을 다 먹은 후, 주방으로 향하는 유주의 뒷모습을 보며 서원은 소파에 기댄 채 시트를 톡톡 두드렸다. 손가락만 닿아도 놀라는 기색이 역력한데, 대체 밤을 어찌 같이 보낼까? 선전포고를 괜히 했나? 이제 더 이상 친구가 아니라는 걸 강조하고 싶었다. 하지만 역효과를 부르고 괜한 짓을 한 것만 같아 씁쓸할 뿐이었다.

잔뜩 긴장하고 굳어 있는 상태에서 밤을 보내고 싶진 않았다. 언제라도 돌이켜 봤을 때 두고두고 남을 수 있도록 좋은 기억으로 만들어 주고 싶었다.

"쉬운 게 없네."

허탈하게 중얼거리던 서원은 주방에서 들려오는 유주의 목소리에 집중하며 귀를 기울였다.

"오렌지 먹을래?"

"응."

심란한 마음을 다잡으려 작게 심호흡을 하던 서원은 난데없이 들려오는 우당탕거리는 소리에 번쩍 고개를 들어 소리가 난 쪽을 살펴보았다. 둥근 쟁반에 오렌지를 서너 개 담아 가져오던 유주가 어딘가에 걸린 건지 일자로 쭉 뻗은 채 엎어져 있었다. 여기저기 굴러다니는 오렌지는 그렇다 쳐도 그녀와 멀지 않은 곳에 떨어져 있는 칼 때문에 서원은 하얗게 질린 얼굴로 그녀가 엎어져 있는 곳으로 한달음에 달려갔다.

"괜찮아?"

"아… 어."

꽤나 놀란 건지 유주는 아픈 기색도 없이 정신이 없는 얼굴이었다. 서둘러 일으켜 앉힌 서원이 다친 곳은 없는지 꼼꼼히 유주를 살펴보았다. 팔이나 무릎이 빨갛게 부었으나 넘어지는 와중에도 자세를 잘 잡은 건지 상처나 다친 곳은 없어 보였다.

한편 그사이, 유주는 다시금 딱딱하게 굳어 있었다. 살펴보는 도중 서원의 커다란 손이 유주의 어깨를 감싸 쥐고 있었다. 그저 어깨에 커다란 손이 닿아 있을 뿐인데, 이상하게도 심장이 쿵쿵거리며 반응을 하고 있었다. 여린 어깨를 감싸 쥐고 있는 커다란 손이 무척이나 든든하게 느껴졌.

평소에도 그에게서 남성다운 모습이 느껴지지 않는 게 아니었으나 전혀 생각지도 못했던 곳에서 남자다운 매력을 확 풍기는 모습에 주책없이 가슴이 쿵쿵 뛰며 떨리기까지 하고 있었다. 전에는 느껴 보지 못했던 이상야릇한 묘한 기분에 유주의 눈동자가 이리저리 흔들렸다.

그사이, 식탁 아래에서 굴러다니는 오렌지에 시선을 주던 서원이 뒤늦게 유주의 부드러운 어깨에서 어색하게 손을 떼었다.

"피곤하지? 다음 주에 일 많다며."

서원은 말을 돌리며 소파 쪽을 둘러보았다. 자신의 재킷이 놓인 위치를 확인한 서원이 바닥에 떨어져 있던 칼과 오렌지를 집어 쟁반에 넣고는 굴러간 오렌지를 줍기 위해 식탁 아래로 손을 뻗었다. 말을 바꾸거나 번복하는 건 딱 질색이었으나 전에도 지금도 그에겐 유주가 우선이었다.

서원이 재킷에 눈길을 줄 때부터 식탁 밑의 오렌지를 줍는 지금까지 가만히 지켜보고 있던 유주가 작게 침을 삼켰다. 그가 선전포고를 하긴 했지만 긴장하는 자신으로 인해 한발 뒤로 물러날 생각이라는 걸 눈치채 버렸다. 하지만 이제 그녀가 그를 보내고 싶지 않아졌다.

손을 뻗어 오렌지를 집은 서원은 쪼그려 앉은 채로 쟁반 앞으로 다가가다 별안간 달려드는 유주로 인해 눈을 커다랗게 뜨며 뒤로 벌렁 넘어가 버렸다. 바닥에 쿵, 소리가 나도록 뒷머리를 찧은 그가 한쪽 눈을 찡그리는 찰나, 입술에 뜨거운 입술이 덥석 포개졌다. 놀란 기색이 역력했던 눈동자가 살며시 흔들렸고, 커다란 손에 쥐어져 있던 오렌지가 다시금 거실 쪽으로 데구르르 굴러갔다.

적극적으로 입술을 겹쳐 오는 그녀로 인해 당황한 듯 눈을 깜박이던 서원이 온전히 전해져 오는 뜨겁고 야릇한 감각에 곧 스르르 눈을 감았다. 두 사람의 입술이 가까이 겹치고 혀가 얽히며 농밀하고 진한 키스가 이어졌다. 따뜻하면서도 뜨겁고, 야릇하면서도 달콤한 입맞춤이었다.

자신도 모르게 새어 나온 신음 소리에 번쩍 눈을 뜬 유주는 겹쳐 있던 그의 몸에서 떨어져 황급히 몸을 일으키려 했다. 하지만 지그시 감겨 있던 그의 눈이 스르르 떠지며 그윽하고 짙은 눈동자가 온전히 닿아 오자, 홀린 듯 그 상태로 멈춰 멍하게 눈을 마주쳤다. 여전히 심장은 두근거리고 있었다.

살짝 가늘어진 짙은 눈이 작정을 하고 놓아주지 않으려는 듯 그녀의 시선을 올곧게 사로잡았다. 손을 뻗어 유주의 뒷머리를 감싼 서원은 그녀를 자신에게로 끌어당겼다. 반항 한 번 못 하고 그대로 끌려간 유주는 다시금 입술에 와 닿는 뜨겁고 말캉한 감촉으로 인해 스르르 눈을 감았다.

하지만 조금 전에 느꼈던 이상야릇하고 아찔한 느낌이 더 짙게 느껴지자, 그녀의 입술에선 낮은 신음이 다시금 흘러나왔다. 아직 뒷머리를 감싸고 있는 커다란 손으로 인해 뒤로 물러나는 게 여의치 않았지만 그녀 의지로도 떨어지고 싶지 않았다. 그녀의 신음이 흘러나와 그의 귓가와 몸을 자극할수록 입맞춤은 더욱 짙어지고 야해졌다.

 길고 짙었던 입맞춤이 끝나고 유주가 천천히 고개를 들었다. 이제껏 했던 키스는 뭐였던가 싶을 정도로 황홀하고 아득했던 키스였다.

 그녀와 마찬가지로 몽롱한 듯 짙은 눈빛으로 마주 보던 서원이 그녀의 손을 살며시 감싸 크게 오르락내리락거리고 있는 자신의 가슴 위에 대었다. 손바닥 위로 전해지는 크게 요동치는 심장박동과 뜨거운 체온에 당황한 유주가 황급히 손을 떼려 했지만 서원은 작은 손을 힘껏 잡아 다시금 자신의 가슴 위에 대었다.

 흔들림 하나 없는 올곧은 그윽한 눈빛과 크게 두근대는 심장. 그게 무엇을 의미하는지 듣지 않아도 알 것 같았다. 그의 진심과 떨림이 손바닥 위로 온전히 전해지고 있었다.

 유혹하는 듯한 짙은 눈동자와 야릇한 입술, 남성미를 어필하는 목덜미와 어깨, 매혹적인 몸 선에 절로 시선이 갔다. 문득 그의 몸이 보고 싶다는 생각이 들었다. 얇은 셔츠 아래 있는 그의 몸은 얼마나 또 매력적일까.

 직접적으로 이런 생각이 든 건 처음이기에 유주는 당황한 듯하면서도 떨리는 눈빛으로 그를 마주 보았다. 머뭇거리는 것 같던 그녀의 손이 셔츠 위의 단추에 닿자, 알아챈 듯한 그가 제지하는 듯 그 손을 부드럽게 감싸 쥐었다. 준비가 안 된 그녀와 성급하게 밤을 보내고 싶지 않았으나 이제 조금이라도 더 자극이 된다면 멈추기가 힘들 것 같았다.

하지만 유주는 그의 손을 조심스럽게 밀쳐 내며 느릿하게 단추를 풀어 갔다. 결연함이 묻어나는 표정에 그도 더 이상은 제지하지 않았다. 단추가 풀어지며 셔츠가 벌어질수록 탄탄한 몸이 서서히 드러나자, 유주는 뜨거운 숨을 후욱 뱉어 냈다. 숨도 쉬기 어려울 정도로 심장이 두근거리며 떨리고 있었다. 얇은 옷 위로만 드러나던 근육과 탄탄한 몸을 실제로 눈에 담자, 떨림과 자극이 한순간에 화악 밀려왔다.

이내 유주의 가느다란 손가락이 그의 몸에 조심스럽게 닿은 것도 모자라 몸을 스윽 어루만졌다. 상상하지도 못한 자극이 밀려오자, 그가 눈을 질끈 감으며 어금니를 꽉 깨물었다.

딱딱하게 굳은 채 그 상태로 멈춰 있던 서원은 더 이상 견디기가 힘든 듯 휙 몸을 일으켜 유주를 어깨에 둘러멨다.

"꺅!"

침대로 가기 전 소파에 들러 재킷 주머니에서 무언가를 꺼낸 그가 성큼성큼 침대로 다가가 유주를 조심스럽게 눕히고는 시트에 손을 댄 채 그 위로 다가갔다. 두 사람의 몸이 자연스럽게 밀착되었고, 이내 달콤하고 야릇한 키스가 이어졌다.

붉은 아랫입술을 살짝 깨문 그의 입술이 미끄러지듯 내려가 좋은 향기가 나는 목덜미에 닿았다. 여린 살결에 파고드는 뜨거운 자극에 유주는 깊게 숨을 내쉬었다. 아찔하게 전해지는 느낌에 절로 눈이 감겼다.

향긋하고 여린 목덜미에 깊게 입술을 묻은 서원이 얇은 팔을 감싸고 있던 손을 내려 옷 속으로 살며시 집어넣었다. 보드라운 살결이 손에 감기듯 와 닿자, 더 가까이 닿고 싶은 욕망이 짙어졌다. 배와 허리를 어루만지던 커다란 손이 조심스럽게 위로 올라가 말랑거리는 풍성한 가슴을 손안 가득 쥐었다.

그녀의 입에선 쾌감에 젖은 낮은 소리가 흘러나왔고, 서원의 숨결 역시도 거칠게 터져 나왔다. 커다란 손안에 가득 쥐어지는 풍성한 살결은 생각보다 더 보드랍고 탄력이 있었다. 손바닥의 달아오른 뜨거운 체온 때문인지 오랫동안 염원하던 일이라서 그런 건지 손바닥에 닿은 그녀의 살결이 금방이라도 녹아 없어질 것만 같아 애가 탔다.

급한 마음에 티셔츠를 성급하게 끌어 올려 배에 입술을 묻은 그가 서서히 위로 올라가 가슴 결에 깊게 입술을 묻었다. 달콤했다. 그리고 황홀했다.

섬약하고 여린 살결에 닿는 뜨거운 입술에 그녀는 부드러운 시트에 손바닥을 대며 잠시 숨을 삼켰다. 아찔한 감각에 절로 눈이 감겼다. 눈을 감고 있음에도 새하얗게 변해 버린 그 속의 세상이 빙글빙글 돌고 있는 게 보이는 것만 같았.

겹쳐 있던 몸이 잠시 떨어지는 게 느껴지자, 유주는 이제

꼇 감겨 있던 눈을 스르르 떠 그를 몽롱해진 눈동자에 담았다. 노출된 상체를 지그시 바라보고 있는 그의 모습과 사납게 느껴지는 짙은 눈동자에 유주는 쑥스러운 듯 손을 들어 가슴 결을 가렸다. 그가 남자이기 이전에 친구였던 시간이 너무도 길었던 탓인지 어색하고 쑥스러운 마음이 아예 없을 수가 없었다.

하지만 서원은 커다란 손을 뻗어 이번에도 그녀의 손을 부드럽게 감쌌다. 그의 손길에 의해 가리고 있던 가슴이 온전하게 드러나자, 유주가 살며시 아랫입술을 깨물었다. 붉은 입술이 깨무는 하얀 이로 인해 더욱 붉어졌고, 그 모습을 지켜보던 서원은 참기 힘든 듯 깊게 숨을 내뱉었다.

자꾸만 자극하는 붉은 꽃송이 같은 입술에 머무르던 눈동자가 이내 시선을 끄는 풍성한 가슴으로 옮겨 갔다. 생각보다도 예쁘고 더 풍성한 탐스러운 살결을 금방이라도 손에 넣고 맘껏 취하고 싶었다. 그의 목울대가 크게 움직였고, 가늘고 선이 예쁜 몸을 새겨 두려는 듯 지그시 눈에 담던 그가 시선을 움직여 그녀와 눈을 마주쳤다.

아까의 자극 때문인지 지금의 분위기에 취한 탓인지 유주의 부드러운 갈색 빛이 도는 눈동자에 몽롱한 빛이 가득 스몄다. 그녀를 올곧게 마주 보던 그의 나른하면서도 짙어진 눈동자에 살며시 미소가 어렸다.

"한참 걸렸다."

이 말을 하기까지. 기다리고 감추고 또 기다리고, 너에게 이 말을 해 주기까지. 서원은 자신을 바라보고 있는 그녀를 온전히 눈에 담았다.

"사랑해."

생각지도 못한 달콤하고 감미로운 목소리에 유주의 눈동자가 이리저리 흔들렸다. 야릇한 분위기에 어울리지 않게 뭉클한 감정이 순식간에 밀려왔다. 괜스레 울컥하는 기분에 코를 훌쩍이던 유주가 환하게 미소를 지었다.

사랑스러움이 물씬 풍기는 그녀의 뺨을 부드럽게 감싼 그가 깊게 입술을 묻었다. 노출된 서로의 상체가 겹쳐지면서 매끄러운 살결이 가까이 닿자, 달콤한 입맞춤이 순식간에 야릇한 키스로 변해 갔다. 그녀의 티셔츠를 벗기며 매끄러운 등을 어루만진 그가 다시금 향긋한 목덜미에 입술을 묻었다. 조금 전에 느껴진 것보다 더욱 강하게 파고드는 자극에 유주는 그의 등을 감싸 안았다.

목덜미에서 서서히 입술을 내린 그가 탐스러운 살결에 입술을 묻으며 한 손으로 풍성한 가슴 결을 우악스럽게 움켜쥐었다. 거친 손길에 급하게 숨을 삼키면서도 생각지도 못했던 쾌감이 밀려오는지 유주의 고개가 뒤로 젖혀졌다.

조심스럽게 입술을 묻던 그가 민감하고 예민한 정점을 깊숙이 빨아들이자, 유주는 결국 참지 못하고 신음을 터뜨렸다. 몸이 점차 열에 들뜨는 것처럼 두 뺨도 상기되어 가고 있었다.

 서원은 몸에 닿았다 떨어지는 자신의 셔츠가 영 거추장스러운지 급하게 몸을 일으켜 셔츠를 벗었다. 사락, 소리와 함께 침대 아래로 떨어지는 티셔츠는 둘째 치고 온전하게 눈앞에 드러나는 탄탄한 상체에 유주의 입이 살며시 벌어졌. 워낙 운동하는 걸 좋아하는 것도 이유겠지만 틈틈이 운동을 하러 갔던 결과가 이런 것이란 말인가?

 떡 벌어진 어깨와 가슴, 그 위로 곧게 뻗은 야릇하고 매혹적인 쇄골, 탄탄한 팔뚝과 남성미를 뿜어내는 몸에 절로 시선을 뺏겼다. 하지만 서원은 셔츠를 벗은 것도 모자라 바지의 벨트를 풀고 버클까지 풀고 있었다. 유주는 잔뜩 상기된 얼굴을 하고 꿀꺽 침을 삼켰다.

 드디어 바지를 벗고 그가 속옷 한 장만을 걸치고 있자, 유주의 눈망울이 초롱초롱하게 빛나기 시작했다. 속옷을 입고 있음에도 불룩하게 존재를 드러내고 있는 그의 남성으로 인해 유주의 눈동자가 갈 곳을 잃고 이리저리 흔들렸다. 하지만 결국 그곳으로 돌아간 눈동자가 보지 않는 척하면서도 궁금한지 계속 그 주위를 맴돌고 있었다.

 마저 속옷을 벗으려던 그가 스르르 시선을 올려 나른한 눈빛으로 유주를 바라보았다. 끔벅끔벅 눈을 감았다 뜨던 그녀는 그의 눈빛을 제멋대로 단정 짓곤 자신의 바지 버클에 손을 갖다 대었다.

'아, 같이 벗어야지.'

하지만 피식 웃음을 흘린 그가 다시 한번 그녀의 손을 막았다.

"내가 벗길게."

"……"

"벗기게 해 줘."

부드럽고 매력적인 미소에 유주는 멍하게 고개를 끄덕였다. 원한다면야. 맘껏 벗기렴.

스윽 몸을 숙인 그가 바지를 벗겼고, 온전히 드러나는 새하얀 살결에 그의 목울대가 크게 일렁였다. 잠시 후, 무엇 하나 걸치지 않은 매끄럽고 윤기가 나는 몸을 지그시 눈에 담던 그가 떨리는지 흐트러진 호흡을 조심히 가다듬었다.

유주는 등과 엉덩이에 닿는 보드라운 시트를 살며시 손에 쥐며 몸을 꿈틀거렸다. 그의 시선만으로도 자극이 되고 있었다. 그 특유의 나른한 눈빛이 평소에도 섹시하게 느껴지는 걸 알았으나 이렇게나 사람을 사로잡을 줄은 몰랐다. 그의 손이 닿기 전인데도 불구하고 어쩐지 몸이 절로 반응하고 있는 것 같았다.

자신의 속옷을 마저 벗은 그가 몸을 숙여 그녀의 발등부터 다리 위로 서서히 입을 맞춰 갔다. 순식간에 전해져 오는 묘한 감각과 야릇한 느낌에 그의 남성을 보기 위해 잔뜩 집중하고 있던 유주가 고개를 젖히며 한껏 반응했다. 서서히 위로 올라온 그는 허벅지에 입술을 대다 여린 살결인 허벅지 안쪽에 입술을 묻었다.

뜨거운 입술이 여린 살결을 자극하자, 그녀는 거칠게 숨을 내뱉었다. 하지만 그것과는 비교도 할 수 없을 정도로 섬세하고 민감한 부위에 그의 입술이 닿자마자 가냘픈 신음을 흘리며 시트를 힘껏 움켜쥐었다. 아찔한 것도 모자라 짜릿하면서도 오묘한 자극에 유주는 거의 울듯 숨을 토해 내며 신음을 흘렸다.

그녀를 애태우며 괴롭히던 서원이 스르르 올라와 배 위에 살며시 입술을 묻었다. 손가락을 살짝 넣어 충분히 젖었다는 걸 확인한 그가 열에 들뜬 짙은 눈동자로 그녀를 마주 보았다.

얼핏 보기에도 잔뜩 흥분한 그의 모습과 눈빛에 유주는 버거운 듯 숨을 내쉬면서도 억지로 눈을 떠 그를 눈동자에 담았다. 저리 매력적인 남자를 이토록이나 흥분하게 만들다니 어쩐지 우쭐해지는 기분이었다. 평소에도 섹시한 면을 지니고 있다고 생각했으나 저렇게나 사람을 자극시키고 황홀하게 만드는 관능적인 면이 있는지는 미처 알지 못했다.

그를 10년 넘게 알고 있었지만 처음 보는 모습이었다. 침대 위에서만 볼 수 있는 모습이란 건가? 몰랐다면 몹시도 억울할 뻔했다.

그 모습을 한시도 놓치기 싫은 듯 유주는 그를 담고 또 눈에 담았다. 그런 그녀에게서 시선을 떼지 않던 그가 그녀의 작은 손을 살며시 감싸 자신에게로 이끌었다.

이윽고 손안에 와 닿는 딱딱하고도 부드러운 감촉에 유주가 움찔거리며 딱딱하게 굳어 갔다. 그녀의 손이 닿은 동시에 움찔거린 건 그 역시도 마찬가지였다. 하지만 내색하기는 싫은 듯 입술만 짓이기는 그의 귀여운 면모에 유주는 호기심이 이는지 좀 더 그의 남성을 문질렀다.

견디기가 힘든 듯 반듯한 그의 이마에 힘줄이 돋아났고, 올곧게 닿아 있는 눈동자는 욕망으로 더욱더 짙어지고 있었다.

낮게 숨을 뱉은 그가 침대 위에 던져 놨던 콘돔을 끼우곤 몸을 겹치며 거칠게 입술을 묻었다. 다소 사납고 농염한 키스가 오래도록 이어졌고, 살며시 다리를 벌려 그녀의 사이에 파고든 그가 조심스럽게 단단해진 남성을 찔러 넣었다.

맞대고 있는 입술 사이에서 작게 신음이 새어 나왔다. 형언할 수 없는 통증이 밀려오자, 그를 밀어내듯 가슴팍에 닿아 있는 손에 살짝 힘을 주던 유주는 그가 완전히 밀려 들어오는 순간 아릿한 통증과 함께 아찔하게 전해지는 쾌감에 새된 신음을 질렀다. 천천히 움직이던 그는 그녀의 신음 소리에 흥분과 쾌감이 섞이는 것과 동시에 자신을 밀어내던 손길이 팔뚝을 힘껏 잡는 걸 느끼곤 서서히 움직임을 빨리했다.

아득하게 밀려오는 자극과 쾌감에 그녀는 그에게 매달리며 울듯이 새된 신음을 질러 댔다. 움직일 때마다, 그녀가 쾌감을 느낄 때마다 자신을 자극해 오는 좁고 촉촉한 내부에 그도 작게 인상을 썼다. 흐트러진 숨결은 이미 가다듬을 수 없는 지경이었고, 뒤엉키는 감각과 지독한 쾌락에 움직임을 멈출 수가 없었다. 멀리서만 지켜봐 왔지, 이런 감각일 거라고 상상조차 했을까.

창백하면서도 윤기가 나는 피부가 군데군데 열에 들떠 붉게 물들어 가는 게 너무도 매혹적이고 사랑스러웠다. 장미꽃처럼 붉게 물든 뺨을 부드럽게 어루만지던 그가 몸을 숙여 가만히 입을 맞추었다.

맹렬하게 움직이는 남성과는 다르게 입맞춤은 달콤하고 사랑스러웠다. 사랑스러워 견디기 힘들다는 듯 뺨과 어깨, 등을 어루만지며 애달게 키스를 하던 그가 아득하게 조여 오는 지독한 감각에 몸서리치며 잠시 움직임을 멈추었다.

그의 굵은 팔뚝을 힘껏 쥐고 있던 유주의 손이 덜덜 떨리고 있었다. 아득한 쾌감과 황홀한 절정에 고개를 뒤로 젖힌 채로 몸을 덜덜 떨고 있는 그녀가 너무도 애틋하고 사랑스러워 서원은 여린 몸을 꽈악 끌어안았다. 등을 어루만지는 손길에 조금씩 진정이 되는 듯 그의 등을 마주 끌어안은 그녀가 그의 목덜미에 입술을 묻었다. 늘 곁에 있어 준 그가, 지금도 앞에 있는 그가, 늘 매혹적인 그가, 생각지도 못한 쾌감과 아득한 황홀함을 전해 준 그가 애틋하고 사랑스러웠다.

"진서원."

달콤한 속삭임에 고개를 든 그가 조용히 눈을 마주쳤다. 치켜뜬 채 올려다보는 색기가 넘쳐흐르는 눈길에 서원은 낮게 숨을 뱉어 냈다.

"사랑해."

심장이 쿵, 하고 떨어지는 느낌이었다. 이젠 친구였던 그 시절로 돌아갈 수 없었다. 새로운 시작이었기에 설레고 더 달콤한 순간이었다.

서원은 고개를 숙여 부드럽게 입술을 겹쳤다. 그녀의 풍성한 가슴을 힘껏 움켜쥔 그가 부드럽게 하지만 이내 격하게 움직이기 시작하자, 그녀의 입에서 거친 숨과 함께 격양된 신음 소리가 터져 나왔다. 닿고 닿아도 모자라게만 느껴지는 감각과 더 가까이 닿고 싶은 심정에 그는 조금 더 깊게 자신을 찔러 넣으며 자극을 극대화했다.

한 차례 더 절정을 느끼는 듯 새된 신음 소리와 함께 그녀가 아득하게 조여들자, 그는 낮게 신음을 흘리며 살짝 인상을 썼다. 그녀의 안에서 녹아 버릴 것만 같은 느낌에 지독한 쾌감과 전율 같은 흥분을 새기며 그는 뜨거운 열기를 쏟아 냈다. 머리털이 설 만큼 흥분되고 온몸이 녹아드는 것만 같은 절정으로 인해 숨결도, 몸도, 체온도 모든 게 쉽사리 진정이 되지 않았다.

그건 두 번째 절정을 느낀 그녀도 마찬가지인 듯 그를 힘껏 잡은 채로 열에 들뜬 눈동자를 하고 있었다. 힘겹게 숨을 토해 내며 손을 뻗은 그가 아랫입술을 힘껏 짓이기고 있는 그녀의 하얀 이와 붉디붉어 터질 것 같은 입술을 부드럽게 어루만졌다. 그의 손길에 물고 있던 입술을 놓은 그녀가 거친 숨을 뱉어 냈다.

아직 흥분으로 짙어져 있는 그윽한 눈길을 마주 보던 그녀가 더는 버티기 힘든 듯 스르르 눈을 감았다. 그 눈꺼풀 위에 살포시 입을 맞춘 서원은 이마에, 코에, 뺨에, 부드럽게 입술을 스치곤 붉은 입술에 깊게 입을 맞추었다.

가까웠던 사이지만 오늘에서야 비로소 온전히 하나가 되었다. 애틋하게 유주를 어루만지던 서원이 그녀를 향해 낮게 속삭였다.

"자고 갈까?"

살며시 눈을 뜬 유주가 응, 이라고 작게 대꾸하며 그를 끌어안았다. 그녀의 손길대로 멈춰 있던 그가 부스스하게 일어나는 그녀를 한껏 애달고 사랑스러운 눈길로 바라보았다.

"씻고 싶다."

"씻을래?"

고개를 끄덕이며 일어난 유주가 난감하다는 듯 그를 돌아보았다.

"나 다리가 후들거려."

다리에 힘이 들어가지 않는지 덜덜 떨리는 그녀의 다리에 귀엽다는 듯 작게 웃음을 터뜨린 그가 고민도 않고 그녀를 번쩍 안아 들었다.

"꺅!"

유주를 무사히 욕실로 데려간 서원은 눈을 가늘게 뜨며 별안간 낮게 속삭였다.

"같이 씻을까?"

눈을 크게 뜨는 유주를 마주 보던 서원은 욕실 문을 닫으며 살포시 입술을 겹쳤다. 잠시 후, 욕실에서 달콤한 숨소리가 오래도록 이어졌다.

14장. 따스한 사이

부스스하게 일어난 유주는 창가로 스며드는 햇살을 따스하게 바라보며 침대에서 일어났다. 옷걸이에 걸려 있는 화사한 핑크빛의 봄 코트도, 식탁 위에 놓여 있는 오렌지도, 창가로 스며든 눈부신 햇살도 모든 것이 아름다워 보였다.

완벽하게 출근 준비를 마친 후, 이르게 집을 나선 유주는 현관문에 붙어 있는 작은 꽃송이와 메모지, 문고리에 걸린 우유를 발견하곤 배시시 미소를 지었다. 서원이 다녀간 게 틀림없었다.

'매번 들를 필요는 없는데……'

서원은 화이트데이 이후로도 출근하기 전 유주의 집 앞에 들러 우유 등의 간식과 쪽지를 붙이고 가곤 했다. 유주는 뿌

듯한 얼굴로 입가를 올리며 회사로 향했다. 옷차림이 가벼워진 만큼 절로 발걸음이 가벼웠다.

'날씨 좋다.'

회사 건물로 들어서던 유주는 엘리베이터 앞에 사람이 우글거리는 걸 확인하곤 들고 있던 우유를 만지작거리며 창가 앞으로 향했다. 아직은 좀 이른 감이 있었지만 이제 곧 꽃들이 흐드러지게 필 것만 같은 느낌이 들었다.

1층 중앙 로비를 지나치던 서원이 그런 유주를 발견하곤 서서히 걸음을 멈춰 섰다. 모든 게 서서히 흐릿해지고 그녀만이 눈에 들어왔다. 빼딱하게 선 채 지그시 시선을 주던 서원은 그녀의 가방에 꽂혀 있는 낯익은 작은 꽃송이를 발견하곤 희미하게 입가를 올렸다. 이내 유주가 만지작거리기만 하던 우유를 뜯어 입에 대고 쭈욱 마시자, 그의 눈동자에 즐겁다는 기색이 스몄다.

달콤한 우유를 마시며 창밖을 내다보던 유주가 무심결에 고개를 돌리다 자신을 바라보고 있는 서원을 발견하고는 눈을 댕그랗게 떴다. 그녀와 눈이 마주치자마자, 서원의 입가가 자동으로 올라갔다. 그 미소가 너무도 매력적인지라 눈을 떼지 못하고 있는데 어깨에 살짝 무게가 실리더니 이제는 너무도 익숙한 목소리가 들려왔다.

"눈만 마주쳐도 좋은가 봐요."

유주는 흠칫대며 뒤를 돌아보았다. 대체 언제 다가온 건지 바로 등 뒤에 서 있던 진영이 뚱한 얼굴로 어깨를 으쓱였다. 유주는 민망한 듯 괜스레 주위를 두리번거렸다.

하지만 그 모습을 지켜보고 있던 서원은 몹시도 탐탁지 않은 표정으로 진영을 바라보고 있었다. 당장 떨어지라는 듯 압력이 들어간 눈빛에 진영은 도리어 장난기가 솟았는지 스윽 움직여 더욱 유주 가까이로 다가갔다.

"딸기 우유예요?"

"네."

이것저것 물으며 친한 척을 하는 진영에게 유주는 별 의심 없이 순순히 대꾸해 주었다. 하지만 건너편에 있는 서원은 아니었다. 눈에 불을 켜는 것도 모자라 도끼눈을 하고 있는 서원으로 인해 진영은 얄미운 얼굴로 싱글거렸다.

그렇게 유치하게 시간을 보내는 사이, 연이어 출근을 하던 마케팅팀의 팀원들이 유주와 진영을 발견하곤 장난기 어린 미소를 지으며 두 사람 쪽으로 다가왔다.

"두 사람 사이 좋아 보이네."

"뭐야. 곧 좋은 소식 듣는 거야?"

"봄이네, 봄이야."

팀원들의 호들갑에 유주는 난감한 듯 어색하게 입가를 올렸고, 거의 죽일 듯이 노려보고 있는 서원의 매서운 눈빛에 진영은 꼬리를 내리며 유주에게서 한 발 떨어졌다. 스윽 시선을 내려 유주의 눈치를 보는 진영을 발견한 하린이 눈을 가늘게 뜨며 묘한 표정을 지어 보였다.

그날 저녁, 서원을 따라 헬스장에 들른 유주가 위축된 모습을 한 채 최대한 불쌍한 표정으로 서원을 돌아보았다.

"꼭 해야 되니? 나 일하느라 살도 빠졌는데."

"살이 문제가 아니라니까. 너 완전 저질 체력이야. 체력 길러야 돼. 옷 갈아입고 나와."

유주는 툴툴대면서도 운동복이 들어 있는 가방을 품에 안으며 탈의실로 들어갔다. 유주보다 먼저 나와 스트레칭을 하고 있던 서원이 쭈뼛쭈뼛 나오는 유주를 발견하곤 슬쩍 미소를 짓다 이내 난감한 얼굴을 했다. 잔뜩 예민해진 귀에 저쪽 구석에서 웅성거리는 낮은 목소리들이 스치자, 그의 얼굴이 더욱 사납게 변했다.

하지만 유주에게 싫은 소리를 할 수 있을 리가 없는 서원은 표정을 누그러뜨리며 애써 부드럽게 물었다. 보란 듯이 그녀의 등을 토닥거리며.

"운동복이 이거야?"

"왜? 운동할 땐 붙는 거 입어야 좋은 거 아니야?"

"그렇긴 한데, 이게 참……."

타이트하게 붙는 운동복만으로 굴곡진 몸매가 예상 가능했으나 이미 벗은 몸을 봤던 서원은 그 모습이 생생하게 떠올라 삐질삐질 땀을 흘릴 수밖에 없었다.

주위를 둘러보던 서원은 운동은 안 하고 유주를 힐끗거리는 남자들을 쏘아보며 그녀를 데리고 조용히 스트레칭을 할 수 있는 곳으로 이동했다. 회사에 이어 헬스장에서까지 경계를 해야 하다니.

앓는 소리를 내며 힘들어하긴 했지만 유주는 서원이 이끄는 대로 곧잘 따라왔다. 스트레칭에 이어 유산소 운동, 기구 운동까지 한 유주는 샤워를 마치고 힘이 빠진 사람처럼 탈의실에서 터덜터덜 걸어 나왔다. 미리 나와서 기다리고 있던 서원이 그녀를 발견하곤 마치 오랜만에 보는 것처럼 환하게 미소를 지었다. 그 모습에 또 감격한 유주가 피곤한 것도 잊고 쪼르르 서원의 앞으로 다가왔다.

"힘들지?"

"조금, 보다 좀 많이."

"우리 집으로 가자. 맛있는 거 해 줄게."

"진짜?"

서원은 손을 뻗어 그녀의 어깨를 감싸며 진짜라는 듯 즐겁게 입가를 올렸다. 유주는 아직 덜 마른 촉촉하게 젖은 서원의 머리카락을 매만져 주다 뿌듯한 얼굴을 했다. 두 사람은 사이좋게 손을 마주 잡은 채로 서원의 집으로 향했다.

서원이 주방에서 요리를 할 동안 소파에서 뒹굴거리던 유주는 책상 위에 있는 무언가를 발견하고는 그쪽으로 슬금슬금 다가갔다.

"선인장? 이게 뭐야?"

유주는 향을 내뿜고 있는 선인장 모형을 들여다보며 눈을 댕그랗게 떴다. 파스타 면을 삶던 서원이 고개를 빼꼼 내밀어 유주가 구경하고 있는 물건에 시선을 주었다.

"아, 디퓨저. 누나가 네 거랑 같이 만들어 준다고 했는데 내가 우선 내 거 만들어서 검수받고 네 거 만들라고 했거든."

"귀엽네. 향도 좋고. 왜 그렇게 언니한테 야박해?"

"누나 없으면 그런 말 하지 마. 너 그때 봤지? 내 우산 가져가려고 알려 주지도 않은 비밀번호 누르고 막 들어온 거."

"요즘도 그래?"

"그때 이후론 안 그러지."

"너 여친 없는 줄 알고 그런 거잖아."

"여친 없다고 해도 동생 집 비밀번호 막 누르고 들어오면 안 되지."

"그러게 누가 알 수 있을 만한 번호로 하래? 내 생일하고 기념일로 비밀번호를 얼마나 많이 만든 거야? 혹시 메일 비번도 내 생일 아니야? 내 이니셜 섞어서."

유주는 마침 컴퓨터 모니터에 떠 있는 메일의 비밀번호란에 자신의 이니셜과 생일을 섞어 눌러 보았다. 곧장 로그인이 되는 광경에 유주가 입을 떡하니 벌렸다.

"진짜였어?"

투명한 놈. 유주는 눈을 가늘게 뜬 채 고개를 돌려 한창 요리를 하고 있는 서원의 넓은 등을 바라보았다. 다시 화면으로 고개를 돌린 유주가 무언가를 발견하곤 고개를 갸웃거렸다.

"응? 이게 뭐야?"

로그인이 되었다는 말에도 별 반응 없는 서원의 모습에 거리낌 없이 메일을 클릭하려던 유주가 별안간 다가와 메일 창을 끄는 그로 인해 커다래진 눈을 끔벅거렸다.

"조금 있으면 요리 다 돼. 손 닦고 와."

"손?"

"응."

유주는 수상쩍다는 듯 서원을 바라보았지만 이내 잠자코 욕실로 향했다. 서원은 컴퓨터의 전원을 끄곤 책상에 기대며 작게 한숨을 내쉬었다. 언제쯤 이야길 해야 할까?

손을 다 씻은 건지 욕실 문을 여는 소리가 들리자, 서원은 주방으로 들어가 요리를 마저 했다.

잠시 후, 서원이 차린 샐러드와 알리오 올리오 파스타를 한 입 먹은 유주가 감격스러운 얼굴을 했다.

"난 네가 해 준 파스타가 제일 맛있어. 열 그릇도 먹을 수 있을 것 같아."

"너한테만큼은 아낌없이 해 줄게."

무엇보다도 든든하고 군침 도는 고백에 유주는 환하게 입가를 올렸다. 서원은 턱을 괸 채 그런 유주를 흐뭇하게 지켜보았다.

"이거 먹으면 배부르니까 또 운동하면 되겠다."

난데없는 2차 운동 공격에 유주가 경악스러운 얼굴을 했다. 무슨 하루에 운동을 두 번씩이나.

"또 헬스장 가자고?"

유주가 불만스러운 얼굴을 하자, 서원이 턱을 괸 채로 작게 고개를 저었다.

"아니."

"그럼?"

서원은 나른한 눈동자에 그윽함을 섞어 그녀에게 올곧게 눈길을 주다 한쪽 눈을 살며시 감았다 떴다. 미소가 스민 다소 장난스러운 윙크에 유주는 뜨악한 얼굴을 했지만 인상적이다 못해 매혹적인 그의 눈길에 침을 꼴깍 삼켰다.

서원의 유혹적인 눈길은 그 이후로도 계속되었다. 평소엔 무감하고 나른하기만 했던 눈빛이 그녀에게만큼은 귀엽게도, 때론 매혹적이게도 향해지니 불만은커녕 도리어 우쭐한 기분이 들었다. 문제는 표정 관리만큼은 철저하던 그가 회사에서도 감정을 숨기지 못한다는 점이었다.

탕비실에서 우연히 만난 유주가 반가운지 서원은 다정하게 미소를 지으며 대놓고 눈길을 보냈다. 짧게 눈인사만 했던 유주는 같이 온 하린이 마음에 걸리는지 그에게 하지 말라는 눈빛을 은밀히 보냈다. 하지만 그런 유주가 더욱 귀엽게 느껴지는 듯 서원의 입가가 더욱 활짝 올라갔다.

내려지는 커피를 보다 고개를 돌린 하린이 환하게 웃고 있는 서원을 발견하곤 꽤 당황한 얼굴을 했다. 미처 미소를 숨기지 못한 서원은 살짝 미소를 지은 채로 하린에게 눈인사를 하며 어색하게 말을 걸었다.

"저희 편의점 가는 길인데, 간식 드실래요? 커피 드시면서 초콜릿 어떠세요?"

서원은 하린에게 말을 거는 척하며 유주에게 눈길을 주었다. 유주가 오늘 야근할 거라는 걸 미리 알고 있었기에 간식을 챙겨 주고 싶은 듯했다. 하린이 돌아보며 의견을 묻자, 유주는 흔쾌히 고개를 끄덕였다.

서원과 박 대리, 유주와 하린이 그렇게 편의점으로 향하는 사이, 건물 앞에 있던 진영이 그들을 발견하곤 은근슬쩍 대열에 합류했다. 초콜릿과 과자를 가득 가져온 유주에 반해 하린은 초코바 두 개를 계산대에 올려놓았다. 하린이 카드를 꺼내려 하자, 서원이 제지하며 직원에게 먼저 카드를 내밀었다.

"제가 살게요."

그 말이 끝나는 동시에 계산대에 과자와 빵이 수북하게 쌓였다. 의아한 얼굴로 고개를 돌리는 서원의 눈에 싱긋 웃고 있는 진영이 들어왔다.

'대체 어느 틈에…….'

진영은 옆에 있던 유주에게 농담을 건네며 장난을 쳤고, 서원은 떫은 표정으로 진영을 노려보다 이내 작게 숨을 내쉬었다. 어쨌든 이곳에서 유주와 서원, 두 사람의 관계를 아는 건 진영뿐이었고, 그래선지 유주는 그나마 숨이 트이는 듯 그를 편하게 대하고 있었다. 서원 역시도 다소 짓궂긴 해도 진영이 믿을 수 있고 힘이 될 만한 사람이라는 걸 진즉에 알아챘다.

하린은 편의점을 나서며 머뭇거리다 서원을 향해 고개를 숙였다.

"감사합니다. 진 대리님, 요새 좋은 일 있으신가 봐요. 표정이 좋으시네요."

"그런가요?"

굳이 부정하지 않으며 부드럽게 웃는 서원의 모습에 하린은 입술을 안으로 말아 넣었다.

"고마워요, 진 대리님."

"감사히 먹겠습니다, 진 대리니임."

유주의 인사에 더욱 짙게 미소를 짓던 서원은 이어지는 진영의 애교 있는 인사에 떨떠름한 얼굴을 했다. 마치 네가 왜 거기서 튀어나와, 라고 말하는 듯한 서원의 표정에 진영은 사람 좋은 미소를 지어 보였다. 여자라면 껌벅 죽을 만한 미소였으나 서원은 그저 시큰둥한 얼굴이었다.

그 이후로도 서원은 복도, 휴게실, 건물 입구, 엘리베이터

등 어디서든 유주를 향해 자동적으로 웃어 보이다 그 모습을 여러 차례 하린에게 들켰다. 나름 수습을 한답시고 옅게 미소 진 채로 하린에게 인사를 하며 말을 걸었지만 그때마다 유주는 못 말리겠다는 표정을 하며 하린의 눈치를 살폈다. 어쩌면 이미 들켰을지도 모른다고 생각하며.

그리고 며칠 후, 마케팅팀도 회식을 한다는 소식에 복도를 지나치던 서원이 건너편에서 오고 있는 하린에게 말을 걸었다.

"오늘 마케팅팀도 회식해요?"

"네."

하린이 왜 그러냐는 듯 묻자, 서원은 미소를 숨기지 못하며 말을 이었다.

"아니에요. 그럼 파이팅하세요."

귀여운 유주를 볼 생각에 서원은 싱글벙글한 얼굴로 사무실로 향했다.

한편, 업무를 보고 있던 유주는 얼굴이 새빨개진 채 사무실로 들어오는 하린을 발견하곤 의아한 얼굴을 했다.

그날 저녁, 인사팀과 마케팅팀은 또 같은 곳에서 회식을 했고 서원은 건너편에서 홀짝홀짝 술잔을 비우는 유주를 훔쳐보기에 여념이 없었다. 주당인 하린이 술을 얼마 마시지 않고도 뺨이 붉어진 채로 자꾸만 배시시 웃자, 진영은 이상하게 생각하면서도 푸념을 늘어놓는 유주를 상대하느라 바빠 이후론 신경을 쓸 수가 없었다.

진영은 바람을 쐴 겸 취한 유주를 언젠가 같이 갔던 평상으로 데려갔고, 얼마 있지 않아 서원도 그 평상으로 다가왔다. 세 사람은 전에도 그랬듯 나란히 평상에 앉아 있었다.

유주는 앉은 채로 꾸벅꾸벅 졸기 시작했고, 두 남자는 눈빛으로 으르렁댔던 전과는 달리 다소 평온한 표정으로 자리를 지켰다.

"만약은 대비하고 있어요?"

영 할 말이 없는지 진영이 흥미 없는 표정으로 뻣뻣하게 물었다.

"신경 쓰지 맙시다. 알아서 잘할 테니."

"그러면 또 할 말 없고."

"그쪽 마음은 잘 접었습니까?"

"그것도 신경 쓰지 맙시다. 나도 알아서 잘할 테니."

서원은 할 말이 없는 듯 괜스레 허공을 노려보았다.

잠깐의 휴식을 마치고 다시 가게로 들어가는 도중, 먼저 자리로 돌아가는 서원과 눈인사를 한 하린이 진영 뒤를 따라 들어가려는 유주를 잡아끌었다.

"취했어?"

하린의 물음에 유주가 멍하게 있다 고개를 저었다.

"아니. 조금."

"나 있잖아."

"……."
"좋아하는 사람 생긴 거 같아."
"……."
멀뚱하게 서 있던 유주가 살짝 인상을 쓰자, 하린은 그녀의 등을 톡톡 두드렸다.
"있어. 다음에 얘기하자."
뭔가 묘해지는 기분에 유주가 주춤거렸지만 하린은 그녀의 등을 밀어 회식 자리로 합류했다.

그렇게 술김에 들었던 하린의 말을 잊은 유주는 이후 진영과 둘이 있을 때면 하린이 자리를 피해 주는 것 같다는 생각을 했다.
"어? 두 사람 같이 있었네? 아, 난 사무실에 가 봐야겠다."
"커피 마시러 온 거 아니야?"
"갑자기 급한 일이 생겨서. 천천히 마셔."
유주는 의아한 얼굴을 하며 커피를 한 모금 머금었고, 진영은 이상하다는 듯 고개를 기울였다. 영 표정이 좋지 않은 진영의 모습에 유주가 불안한 듯 그에게 물었다.
"왜요?"
"그게… 아니에요."
무언가를 말하려던 진영이 이내 싱겁게 웃으며 고개를 저었다. 기우겠지.

그날 오후, 당도 보충할 겸 벤치에 느긋하게 앉아 있는 유주에게 나란히 앉아 하늘을 올려다보고 있던 하린이 은근슬쩍 물었다.

"서 대리, 매력 있지?"

"응?"

하린은 다 안다는 듯 유주의 팔을 팔꿈치로 톡 치며 수상쩍게 웃어 보였다.

"그런 거 아니야."

유주는 오해라고 답했지만 하린은 대충 알겠다고 대답하면서도 그 묘한 미소를 지우지 않았다.

"있잖아."

유주는 진지하게 하린을 불렀다. 사적으로 연락을 하는 사이는 아닐지라도 하린과는 제법 친하고 가까운 사이에 속했다. 그녀가 직급은 높았지만 단 한 순간도 상사로서 압박하거나 분위기를 불편하게 만드는 일은 없었다. 오히려 유주가 힘들어할 때면 힘을 북돋아 줬고, 사무실에서 상황이 이상하게 흘러간다 싶으면 유주의 편이 되어 주었다. 하린에게만 일부러 숨긴 게 아닌 회사 안의 모든 사람들에게 비밀로 하다 보니 서원과 사내 비밀 연애라는 걸 하게 되었지만 어쩐지 그녀에게만은 말을 해 줘야 할 것 같았다.

하지만 그게 쉬운 일은 아니었다. 하린을 못 믿는 건 아니었으나 들켜 버린 진영을 빼곤 그녀로선 그 누구에게도 쉽게 털어놓긴 힘든 일이었다. 과거의 상황들이 자연스럽게 떠올랐다. 늘 가장 믿고 가까웠던 사람들이 그녀를 상처 입히곤 했다.

지금의 평온한 일상을 깨뜨리고 싶지는 않았다.

"뭔데?"

잠시 머뭇거리던 유주가 살며시 떨리는 손을 꽉 쥐며 허탈하게 고개를 저었다.

"아니야. 들어가자. 부장님 보면 또 혼날라."

퇴근하는 길, 꽃송이가 맺히기 시작한 나무를 올려다보며 서원이 낮게 중얼거렸다.

"꽃이 이르게 피긴 했네."

옆이 너무도 조용하자, 고개를 돌린 서원은 어쩐지 멍해 보이는 유주를 바라보며 걱정스럽게 물었다.

"무슨 일 있어?"

서원의 걱정스러운 물음에 유주는 싱겁게 웃으며 고개를 저었다.

"아니야."

마음이 놓이지 않는 듯 서원이 빤히 들여다보자, 유주는 그의 팔에 팔짱을 끼며 발랄하게 웃었다.

"괜찮다니까."

"꽃 예쁘지?"

"꽃?"

유주는 그제야 거리에 일렬로 늘어서 있는 벚꽃 나무를 올려다보며 작게 감탄했다.

"와, 예쁘다."

"주말에 꽃 보러 갈래? 주말이면 만개할 것 같은데."

"그래, 좋아. 봄엔 자고로 꽃을 봐 줘야지."

유주의 뻔뻔한 대답에 서원은 피식 웃음을 터뜨리며 그녀의 머리를 부드럽게 쓰다듬었다.

"진 대리."

"응?"

유주가 답지 않게 뜸을 들이자, 서원은 다시 걱정스러운 눈빛으로 돌아왔다. 하지만 유주는 서원의 탄탄한 팔에 가깝게 붙으며 눈을 치켜떴다. 팔에 가까이 와 닿는 물컹한 감촉에 서원이 딱딱하게 굳자, 유주는 더욱 요염한 눈빛을 했다.

"나 막 야한 거 하고 싶은데."

서원의 목울대가 크게 일렁이는 걸 지켜보며 유주는 느릿하게 입가를 올렸다.

"하고 싶은 건 해야지."

"그럼."

"하고 싶은 건 많이 해야지."

"많이?"

"세 번."

"세 번?"

경악스럽게 쳐다보는 것도 아랑곳하지 않고 서원은 팔짱을 끼고 있는 유주의 팔을 반대쪽 손으로 꼬옥 잡은 채 뛰듯이 걸음을 옮겼다.

"세 번?"

유주가 거의 끌려가다시피 걸으며 재차 묻자, 서원은 몹시도 진지한 표정으로 대꾸했다.

"그럼 두 번 반."

"두 번 반은 뭐야?"

유주는 아차, 하는 얼굴을 했지만 서원의 짙어진 눈빛은 이미 집으로만 향하고 있었다.

시간이 늦은 만큼 날이 어두워져 있었지만 하얀 꽃송이가 밝게 빛나 두 사람 주위로 살포시 내려앉고 있었다. 포근하고 달콤한 밤이었다.

15장. 봄 같은 사이

바야흐로 봄이었다.

벚꽃이 만발한 나무 아래에서 여유롭게 거닐던 서원과 유주는 바람에 흩날리는 벚꽃 잎에서 환하게 미소를 지었다. 살며시 감싸 쥐고 있는 손에서 전해지는 온기가 너무 사랑스럽게 느껴졌다.

"다음 주에 왔으면 꽃 다 떨어졌겠다."

"그러게."

저번 주 내내 업무에 시달리느라 주말에 쉬고 싶다는 생각이 들지 않은 건 아니었으나 예쁜 풍경을 보자니 역시 데이트하러 나오길 잘했다는 생각이 들었다.

달콤한 풍경을 감상하며 천천히 벚꽃 길을 거닐다 낮은 평상을 발견한 두 사람은 벚꽃 나무 아래 자리를 잡으며 화사한 경치를 눈에 담았다. 바람에 흩날리던 꽃잎들이 두 사람 주위로 하늘하늘 떨어져 내렸다. 서원은 유주의 어깨와 긴 머리칼에 내려앉은 하얀 꽃잎을 떼어 주다 은근슬쩍 뺨을 어루만졌다. 유주가 말간 얼굴로 배시시 웃자, 서원의 입꼬리도 스르르 올라갔다.

작고 하얀 꽃잎이 흩날리는 가운데 두 사람은 서로를 마주 보며 예쁘게 미소 지었다. 그러던 와중, 유주의 눈에 꽂히는 무언가가 있었으니. 유주의 눈동자가 스르르 움직여 그곳으로 향하자, 서원의 시선도 덩달아 따라 움직였다. 콘 아이스크림을 맛있게 먹고 있는 어린아이가 눈에 들어왔고 서원은 시큰둥한 눈빛을 했다.

'홀랑 아이스크림에 시선을 뺏기다니.'

어쩐지 심란한 기분이었지만 서원은 애써 담담하게 유주를 돌아보았다.

"아이스크림 먹을래?"

기다렸다는 듯 곧장 대답한 유주가 입고 있는 원피스 치마를 나풀거리며 아이스크림 아저씨가 옮겨 간 방향으로 쪼르르 달려갔다.

"응! 내가 사 올게!"

대체 위치는 언제 봐 뒀던 거니? 씁쓸하게 입맛을 다시던 서원이 이내 못 말리겠다는 듯 피식 웃음을 터뜨렸다. 데이트를 위해선지 오늘 유주는 연한 하늘빛의 원피스 차림이었다. 회사에선 늘 단정하고 고급스러운 느낌의 오피스룩 복장이었고, 집에선 편한 복장이었기에 지금처럼 화사하고 여리여리한 느낌의 원피스는 오랜만이었다.

서원은 유주의 뒷모습을 물끄러미 응시하며 느릿하게 입가를 올렸다. 십여 년 전의 어느 봄날이 떠올랐다. 흐드러지게 흩날리는 벚꽃 잎 아래에서 눈부시게 미소 짓던 그녀의 모습에 시선을 빼앗겨 단 한 발자국도 움직일 수가 없었다. 그 아름다운 풍경 속에서도 오로지 그녀만이 그의 시야에 들어왔다. 그 후로도 여전히 그런 것처럼. 마치 지금같이.

어쩐지 지금의 순간이 믿기지 않아 헤죽 입가를 올리는데 평상 옆 알록달록한 돗자리 위에서 그런 서원을 뚱하게 지켜보고 있던 여자아이가 작게 흐음, 소리를 냈다. 그리고 얼마 후, 옆을 돌아보는 서원이 움찔거리며 어느새 옆에 앉아 있는 여자아이에게 시선을 주었다.

"……."

"……."

분명 가족과 함께 저 돗자리에 있었던 것 같은데 대체 언제 여기에 앉았던 걸까? 서원은 스윽 시선을 움직여 돗자리 쪽을 바라보았다. 여자아이보다 더 어려 보였던 아이와 엄마인 듯 보였던 여자는 다른 곳으로 이동했는지 보이지 않고, 어린 아들에게 머리카락을 쥐어뜯기며 거의 괴롭힘을 당하던 아빠인 듯 보이던 남자는 지친 건지 꽤나 불쌍한 자세로 웅크린 채 잠이 들어 있었다. 공원이 큰 만큼 가족 단위로 나들이를 나온 사람들도 많이 보였다.

'심심했나?'

서원이 상황 파악을 하기 위해 돗자리 위를 살펴보는 사이, 여자아이가 자신의 부친에게 눈길을 주는 그를 발견하곤 대수롭지 않게 말했다.

"아빠는 자게 놔두세요. 회사에선 상사한테 시달리랴, 집에서 애한테 시달리랴 고달프거든요. 뭐, 엄마도 마찬가지지만. 엄마는 동생이랑 간식 사러 갔어요."

"그렇구나."

어린아이와 말을 섞는 게 영 어색해 서원은 짧게 대꾸하며 앞을 돌아보았다. 고작해야 유치원생쯤 되어 보이는 여자아이와 딱히 할 말이 없었다.

"오빠."

여자아이의 부름에 서원은 불편하게 입가를 올리며 아이의 호칭을 정정했다.

"오빠가 아니라 삼촌 같은데."

하지만 아이는 아랑곳하지 않은 채 서원에게 하려던 이야기를 당당하게 이어 갔다.

"아까 옆에 있던 언니가 오빠 신부예요?"

"여자 친구."

"그 언니 많이 사랑하죠?"

서원은 고개를 돌려 아이와 눈을 마주쳤다. 사랑이라니, 아직 아이의 입에서 나올 단어는 아닌 것 같은데.

'내가 구식인 건가?'

고개를 돌리니 커다랗고 똘망똘망한 눈망울이 올곧게 서원을 올려다보고 있었다. 티 하나 묻지 않은 맑은 눈동자에 서원은 덩달아 맑아지는 듯한 묘한 느낌을 받았다. 그래서인지 불편하던 마음은 접어 두고 아이의 질문에 성심성의껏 대답해 주었다.

"많이 좋아하지."

"그렇구나."

짧은 다리를 앞뒤로 흔드는 아이의 표정이 어쩐지 풀이 죽은 거 같아 서원은 의아한 듯 조심스럽게 물었다.

"왜? 그런 건 왜 물어?"

잠시 머뭇거리던 아이가 시무룩한 얼굴로 이내 대답했다. 여전히 다리를 앞뒤로 흔들며.

"유치원에 나를 좋아하는 애가 있는데 마음 표현을 안 해서요. 근데 생각해 보니까 나를 좋아하는 게 아닐 수도 있겠구나 싶은 생각이 들어요."

"왜?"

"아까 저기에서 오빠 볼 때 언니 보는 눈빛이 진짜 좋아하는 사람을 보는 눈빛이었거든요. 저 오빠가 저 언니를 진짜 많이 사랑하나 보다 하고요. 근데 걔는 날 그렇게 보진 않아요. 그냥 몰래몰래. 저 뭐 하고 있으면 몰래몰래 보다 저랑 눈이 마주치면 다른 데 보고. 근데 또 맛있는 거나 재밌는 게 있으면 저한테 다 양보해요. 하지만 좋아한다, 여자 친구 하자, 남자 친구 하자, 그런 말을 안 하구요. 저는 걔가 날 좋아한다고 확신하고 있었는데 지금 보니 그것도 아닌 것 같아요. 내 착각일 수도 있잖아요."

아이의 언변에 서원이 눈을 끔벅끔벅 감았다 떴다. 요즘 아이들은 다 말을 이렇게 잘하나? 내가 유치원 다닐 땐 장난감 갖고 놀래, 지금 안 잘래, 누나가 괴롭혀, 이런 말만 했던 것 같은데. 서원은 꽤나 당혹스러운 얼굴로 아이를 바라보다 뒤늦게 정신을 차리며 적당한 대답을 찾기 위해 고민하기 시작했다.

"그건 쑥스러워서 그런 거 아닐까?"

서원의 현답에도 아이는 탐탁지 않은 얼굴을 했다. 빵빵한 볼이 무척이나 귀여워 서원의 입가에 절로 미소가 스몄다.

"그게 문제인 거죠. 날 그만큼 안 좋아한다는 거잖아요. 진짜 많이많이 좋아하면 쑥스러운 것도 사라지는 거 아닌가요?"

"그건 아니야."

"어째서요?"

아이는 몹시도 궁금하다는 얼굴로 서원을 돌아보았다. 아이가 보기에도 무척이나 잘생긴 오빠는 앞을 응시한 채 엷게 미소를 띠고 있었다.

"이유는 여러 가지 있을 수 있지. 좋아하는 상대를 난처하게 만들고 싶지 않아서일 수도 있고."

"예를 들면요?"

서원은 다시 한번 아이의 어휘력에 감탄했지만 내색하지 않으며 아까 하던 말을 이어 갔다.

"친구들이 두 사람을 놀릴 수도 있잖아. 어찌 됐든 놀리는 건 좋은 방법은 아니지만 못난 사람들은 시기나 샘이 날 때도 이유를 남한테 떠넘기며 그 상대를 괴롭히기도 하거든. 장난을 친답시고 네가 듣기 싫은 말을 하며 두 사람 사이를 놀릴 수도 있을 테고, 저 친구가 날 좋아하지 않으면 어쩌지 걱정하다가 그 시기를 매번 놓칠 수도 있는 거고. 아니면 아직 용기가 부족해서 애써 자기 마음을 숨기고 있지만 시선이나 행동은 미처 숨길 수 없는 경우일 수도 있을 테고."

곰곰이 생각하던 아이가 충분히 그럴 수 있겠다는 듯 턱까지 매만지며 고개를 끄덕였다.

"그럴 수도 있을 것 같아요. 이해돼요."

"그래?"

아이의 호쾌한 대꾸에 서원은 미소를 숨기지 않으며 하늘거리며 내려앉는 꽃잎들을 바라보았다.

"하지만 두 번째, 세 번째는 그럴 수 있다 쳐도 첫 번째는

용납하기 힘들어요."

"어째서?"

진심 반, 장난 반으로 아이의 고민을 들어 주던 태도는 온데간데없이 사라지고, 서원은 어느 때보다도 진지한 얼굴로 아이에게 완벽하게 집중하고 있었다.

"날 나약하게 봤단 소리잖아요. 물론 장난을 치고 놀리면 짜증이 날 거예요. 하지만 내가 좋아하는 사람이 내 옆에 있잖아요. 내 편이 내 옆에 있는데 뭐가 두렵겠어요? 그러거나 말거나 난 사랑하면 되는 거지. 시기나 샘을 내는 건 내가 부럽다는 거잖아요? 물론 그럴 때마다 내 편이 숨거나 부정한다면 다 뒤집어 버리고 싶을 거예요. 하지만 그 사람이 그 순간에도 내 손을 잡고 옆에 있어 준다면 난 그 장난과 짜증을 기꺼이 받아들이겠어요. 사랑만큼 위대한 건 없다고 우리 아빠가……."

엉덩이를 긁적거리며 자고 있는 부친의 모습에 아이가 작게 한숨을 쉬었다.

'아빠도 나 아가였을 적엔 이 오빠만큼은 아니더라도 제법 잘생겼던 것 같은데.'

연달아 아이의 한숨 소리를 들은 서원이 아이의 부친에게로 시선을 옮기려다 다시 아이를 당혹스러운 듯 내려다보았다.

'아니, 그 전에 저 언변은 대체 뭔데? 유치원생 아이가 할

수 있는 언어 구사력이야, 저게?'

서원은 작게 입을 벌린 채로 아이의 머리꼭지를 멍하게 눈에 담았다.

"하여튼 우리 아빠가 그랬어요. 그런 걱정은 할 필요 없어요. 난 사랑 앞에선 강하니까."

주먹까지 불끈 쥐는 아이의 모습에 서원은 저도 모르게 동조하며 고개를 끄덕였다. 하지만 이내 힘없이 웃음이 터져 나왔다.

"그랬구나."

그들의 과거가 떠올랐다. 자신이 주춤거리지 않고 용기를 냈더라면 유주도 상처 앞에 매번 울음을 삼키는 대신 강해질 수 있었을까? 자신이 버팀목이 되어 주었더라면. 그녀를 위했던 일이 어쩌면 독이 되었던 건 아니었는지 이 작고 현명한 아이의 말에 절로 그날들을 돌이켜 보고 있었다. 유주 역시 이 아이만큼이나 당당하고 강했었다. 겹치고 겹친, 그리고 그 위에 쌓이고 쌓인 상처들이 남아 그녀를 늘 숨게 만들고 도망가게 했던 건 아닐는지.

어쩐지 슬프게도 보이는 서원의 쓸쓸한 미소에 아이는 고개를 갸웃거렸다.

"늦었지? 아이스크림 아저씨 인기 엄청 많더라. 진즉에 살 걸."

급히 달려온 듯한 유주가 서원의 옆자리에 앉아 있는 여자

아이를 발견하곤 의아한 눈빛을 했다.

"누구?"

"저 돗자리에서 자고 있는 사람이 저희 아빠예요."

"아, 둘이 심심해서 대화하고 있었구나."

"오빠가 제 고민 들어 주고 있었어요."

"오빠?"

유주가 어색하게 웃으며 서원을 돌아보자, 그도 멋쩍게 미소를 지었다. 그렇게 대화를 나누고 있는 사이, 아이의 엄마와 동생이 자리로 돌아왔다.

"어머! 아까 양보해 주셨던 분. 옆자리인 줄 모르고 있었네요. 아깐 고마웠어요."

"아니에요. 맛있게 드세요."

서원과 유주에게 꾸벅 고개 숙여 인사를 한 여자아이는 곧바로 가족이 있는 돗자리 위로 이동했다.

"와아, 아이스크림이다! 아빠, 일어나."

아이의 어휘 구사력에 혹시 겉모습만 아이가 아닐까 의심하던 서원은 아이스크림을 보며 신나하는 아이의 모습에 그제야 의심 섞인 표정을 풀며 피식 웃음을 지었다.

"오, 이 아이스크림 엄청 맛있어!"

하지만 서른이 가까운 나이에 호들갑을 떨며 아이스크림을 핥아먹는 유주로 인해 다시금 슬금슬금 의심이 밀려오고 있었다. 하지만 아까의 생각 때문인지 유주를 더욱 애달게 보던 서원은 아이스크림이 묻은 입가를 손가락으로 닦아 주며 달콤하게 입가를 올렸다. 아까 아이가 말했던 그 눈빛 그대로.

 달콤하게 주말을 보내고 월요일 아침, 늘 그렇듯 회사로 향한 유주는 텅 빈 사무실을 둘러보다 가방을 자리에 놓아두고는 탕비실로 향했다. 팀원들이 아직 오지 않은 걸 보니 좀 이르게 출근을 한 모양이었다.
 텀블러에 커피를 담아 사무실로 돌아온 유주는 컴퓨터 모니터를 켜 미리 업무를 시작하려다 책상 위에 올려 둔 휴대폰을 들어 올렸다. 액정이 뒤로 가게 휴대폰을 돌린 유주는 휴대폰과 투명 케이스 사이에 끼워 둔 벚꽃 잎 두 장을 눈에 담으며 배시시 미소를 지었다.
 "벚꽃 아침."
 등 뒤에서 들려오는 목소리에 유주는 화들짝 놀라며 휴대폰을 내려놓았다. 진영이 장난기 가득한 미소를 지으며 자신의 자리로 향하고 있었다. 유주는 그런 진영을 살며시 흘겨보다 민망한 듯 작게 헛기침을 했다.
 "주말에 데이트 잘했어요?"
 "뭐, 그럭저럭이요."
 "거짓말."
 진영은 피식 미소를 지으며 믿을 수 없다는 얼굴을 했다.

첫인상은 꽤나 쌀쌀맞아 보이는 냉미남의 이미지였지만 이 상하게도 이젠 그런 분위기가 조금도 들지 않았다.

"난 여의도 갔다가 밟혀 죽을 뻔했어요."

"거기도 사람 많죠?"

"말도 말아요."

"근데 거긴 무슨 일로 갔어요?"

"왜요? 난 벚꽃 데이트하면 안 돼? 솔로는 벚꽃 보러 가면 안 되나?"

"아니, 뭐 꼭 그런 건 아니고."

"친구 셀프 웨딩 사진 찍는 거 도와주러 갔어요."

"힘드셨겠네요."

영혼이 실려 있지 않은 유주의 위로에 진영이 눈을 가늘게 떴다.

"벚꽃 보러 어디로 갔어요? 공원? 호수?"

"공원이요."

"아."

거리낌 없이 대화를 나누던 진영이 입구 쪽을 힐끔 쳐다보곤 두 번째 손가락을 입에 갖다 대었다. 얼마 있지 않아 팀원들이 연이어 출근을 하기 시작했다. 진영의 배려에 유주는 옅게 미소를 지으며 업무를 시작했다.

하지만 마지막으로 출근을 하는 하린의 모습에 모니터를 보다 말고 그녀를 물끄러미 응시했다. 늘 무채색의 바지 정장을 입고 출근하던 하린이 화사한 색의 블라우스와 스커트를 입고 있었다. 질끈 묶었던 머리카락을 늘어뜨리고 신경 써서 화장까지 한 모습에 팀원들이 제각각 반응을 보였다.

"차 과장, 웬일이야? 머리 그렇게 하니까 달라 보인다."

"딱 나 데이트 갈 때 입는 복장인데?"

"에이, 차 과장님은 연애는커녕 남자에 관심 없다고 하셨잖아요. 당분간 일만 할 거라고."

하린이 대답 대신 슬쩍 미소를 지으며 자리에 앉자, 유심히 살펴보던 진영이 이내 복잡한 표정으로 시선을 내렸다. 비슷한 표정을 짓고 있던 유주가 느릿하게 몸을 돌려 모니터를 바라보았다. 무언가 중요한 말을 잊고 있는 것 같은 기분인데…….

이유도 명확지 않은 불길하고 불안한 느낌에 유주는 손가락을 입가에 갖다 대었다.

'대체 뭐지?'

그 기분은 점심시간까지도 이어졌다. 먹는 둥 마는 둥 힘없이 반찬을 집었다 놓는 유주의 행동에 맞은편에 앉아 있던 진영이 그녀 앞의 식탁을 톡 두드렸다.

"왜 그래요? 무슨 일 있어요?"

걱정스러운 그의 눈길에 유주는 애써 웃으며 고개를 저었다.

"아니에요. 그냥 입맛이 없어서?"

진영의 시선이 물을 마시고 있는 하린에게 향했다가 저만치에 있는 여자들에게로 옮겨 갔다.
'인사팀?'
인사팀도 이 식당에 자주 왔던가? 진영의 시선이 생각을 하듯 식탁 위로 내려앉았다. 요즘 이상하게 인사팀 여사원들하고 동선이 겹치는데?
시선을 들던 진영은 이쪽을 바라보고 있던 인사팀의 사원과 눈이 마주치자, 무언가를 탐색하려는 듯 날카로운 눈빛을 했지만 상대는 멋쩍게 웃으며 고개를 숙여 인사했다.
"민 대리."
"네?"
유주를 불렀던 진영은 이내 고개를 저었다. 확실하지 않은 상태에선 명확하지 않은 불안감을 심어 줄 가능성이 컸다. 그리고 이쪽보다도 그쪽에게 조언하는 게……. 또 주제 넘는다며 으름장을 놓으려나? 알아서 잘 좀 하지. 하긴, 본래 사람은 자기 일에 제일 무딘 법이다.
그저 예민하게 반응한 자신의 기우이길, 무사히 넘어가길 바라며 진영은 씩씩하게 식사를 마저 했다. 일단 잘 먹어 두자.

그날 저녁, 서원과 저녁을 먹던 유주가 오랜만에 과거의 일들을 들추었다.

"있잖아. 진화 언니 기억나?"

오랜만에 듣는 이름에 서원은 다소 딱딱해진 얼굴로 유주를 바라보았다.

"갑자기 그 얘긴 왜?"

"그냥 문득 기억나서."

"무슨 일 있어?"

"그런 건 아니고."

무언가 뜸을 들이는 것 같던 유주가 몸을 숙여 서원을 가까이 마주 보았다. 서원은 들고 있던 젓가락을 내려놓은 채 그녀처럼 가깝게 몸을 숙였다.

"요새 너무 행복하거든. 즐겁고 재밌고 너무너무 좋아. 그래서 그런가? 가끔 불안해지는 것도 같아. 왜 다들 그런다잖아. 너무 행복하면 지금의 이 행복이 과연 언제까지 지속될까 문득 불안해진다고. 이렇게 너무너무 행복하다가 갑자기 그때처럼… 속수무책으로……."

유주가 말을 채 잇지 못한 채 입을 꾹 다물자, 서원은 그녀의 작은 손을 다정하게 감쌌다.

"걱정하지 마. 그런 일 없을 거야."

빤히 바라보는 유주를 향해 작게 미소를 지으며 서원이 말을 이었다.

"내가 없게 할게."

불안함이 완전히 가신 건 아니었지만 어쩐지 든든한 마음이 들어 유주도 덩달아 입가를 올렸다. 따스한 기분이 손등부터 시작해 온몸으로, 그리고 마음으로까지 번져 가는 것만 같았다.

 은은하게 어둠이 내려앉은 침실에서 스르르 눈을 뜬 유주가 아직 주위가 어둑하다는 걸 깨닫고는 조심스레 침대에서 벗어났다. 침대 아래에 있는 담요를 집어 알몸을 감싼 그녀가 침대 쪽을 돌아보았다. 침대 위엔 서원이 무방비한 자세로 곤히 잠들어 있었다. 그가 잠들어 있는 모습을 지그시 바라보던 유주는 옅게 미소를 지은 채 조용히 주방으로 향했다.
 정수기에서 물을 받아 한 컵을 다 마신 유주가 갈증이 해소되지 않는지 한 번 더 컵에 냉수를 받았다. 물이 채워진 컵을 입가에 가져다 대려는데 별안간 등 뒤에서 감싸 안는 온기가 느껴졌다. 곧이어 탄탄한 몸이 빈틈없이 등에 와 닿자, 유주가 작게 숨을 내쉬었다.
 서원은 달콤한 목덜미에 입술을 묻으며 한 팔로 그녀의 허리를 꽈악 안았다. 여린 살결에 깊게 묻어 오는 뜨거운 입술과 야릇한 느낌에 유주가 몸에 힘을 빼며 그의 든든한 몸에 온전히 기대었다. 그녀의 무게를 오롯이 느끼던 그가 힘없이 늘어뜨리고 있던 다른 팔을 뻗어 두 손으로 그녀를 감싸 안았다.

그의 향과 감촉을 온전히 느끼고 있던 유주가 장난기 어린 미소를 지으며 그에게 물었다.

"내가 그렇게 좋아?"

"응."

곧장 나온 그의 몽롱한 목소리에 유주의 입가가 더욱 환하게 올라갔다. 낮게 숨을 내쉰 서원은 허리를 감싸 안고 있던 손을 올려 풍성한 가슴을 손에 가득 쥐었다. 민망한 부위에 자극이 되자, 그녀가 야릇하게 숨을 뱉어 냈다. 그녀의 가슴 위부터 감싸고 있던 담요를 풀자, 담요가 스르르 내려가 바닥에 떨어지며 아름다운 여체가 드러났다.

그는 완전하게 드러난 여체를 더욱 깊게 감싸며 다시 한번 목덜미에 입술을 묻었다. 여린 살결을 무는 듯 아릿하고 야릇한 통증에 그녀가 작게 인상을 쓰며 그의 몸에 가까이 기대었다. 맨 살결에 느껴지는 탄탄하고 부드러운 감촉에 유주가 빙글 몸을 돌려 그의 입술을 찾았다.

이내 두 사람의 입술이 겹쳐졌고, 금세 야릇하고 농밀한 키스가 이어졌다. 그녀의 허리를 감싸 안아 번쩍 든 그는 식탁 위에 그녀를 앉히며 조금 더 깊고 은밀하게 혀를 섞었다.

등을 감싸고 있던 손을 움직여 가슴을 꽈악 움켜쥔 그가 야릇하게 입을 맞추며 풍성한 엉덩이를 어루만지다 꽈악 쥐었다. 그녀의 붉은 입술에서 신음 소리가 흘러나왔고, 급해진 마음에 선홍빛의 속살을 가득 머금은 그가 깊게 빨아들이며 그녀를 두드리고 더욱 자극했다.

 손가락을 내려 촉촉하게 젖은 안을 확인한 그가 그녀에게 다가가다 잠시 멈칫거렸다.

 "아."

 그의 허탈한 목소리에 뒤로 젖히고 있던 몸을 들어 느릿하게 바라본 유주는 그가 단단해진 자신의 남성을 난감하게 보고 있는 걸 확인하곤 식탁 부근에 있던 찬장을 열어 무언가를 꺼냈다. 천천히 고개를 든 서원은 입에 콘돔 봉지를 야릇하게 물고 있는 그녀를 발견하곤 침을 꿀꺽 삼켰다. 유주가 더욱 야릇하게 미소를 짓자, 그의 남성이 점점 더 커지며 단단해지고 있었다.

 서원은 당장 콘돔을 빼앗아 자신의 남성에 씌웠다. 그 모습을 유심히 보고 있던 유주는 갑작스레 달려드는 그로 인해 다시금 상체를 뒤로 젖히며 달콤하고 야릇한 신음을 뱉어 냈다. 그의 커다란 손은 자연스레 그녀의 허리를 단단히 감싸 쥐고 있었다.

 전보다 더 빨리 절정에 오른 그녀가 황홀하고 아찔한 느낌에 맘껏 신음을 흘렸다. 거친 숨만 뱉어 내던 그도 그녀가 세 번째로 연이어 절정에 달아오를 무렵, 만족스럽고 낮은 신음을 뱉어 냈다. 유주는 그의 목덜미를 꽈악 끌어안은 채 거칠고 달콤한 숨을 한참 동안이나 뱉어 냈다.

 행복하고 달콤했다. 꿈이라면 깨고 싶지 않을 정도로.

그렇게 달콤하고 야릇한 새벽이 그들의 삶 속에 하루 더 추가되고 있었다.

16장. 쓸쓸한 사이

 점심 식사 후, 두 사람의 비밀 벤치가 있는 곳에 들른 서원은 스트레칭을 할 겸 벤치 위쪽을 잡고 선 채 상체를 천천히 숙였다. 이번 주 내내 업무가 많을 거라는 건 알고 있었지만 일이 좀처럼 끝날 기미를 보이지 않고 있었다. 서원은 피곤한 듯 느릿하게 눈을 감았다 뜨며 작게 숨을 내쉬었다. 며칠 동안 이어진 야근으로 인해 몸도 마음도 피로한 탓에 여기까지 어떻게 걸어왔는지도 잘 기억이 나지 않았다. 이제 습관처럼 이곳으로 저절로 발길이 향해지고 있는 모양이었다.
 다시 한번 낮게 숨을 내쉬며 몸을 일으키려던 서원은 등 뒤로 살며시 닿아 오는 온기에 잠시 멈칫거렸지만 이내 스르르 입가를 올렸다. 등 뒤에서 안은 사람이 유주라는 걸 금세 알아챈 서원은 허리고 감고 있는 작은 손을 어루만지며 옅게 미소를 지었다. 모든 피로가 풀린 건 아니었지만 좀처럼 힘이 들어가지 않던 몸에 어느 정도 활력이 생기는 것 같았다.

"점심 맛있게 먹었어?"

"응."

유주의 손을 만지작거리던 서원은 빙글 몸을 돌려 그녀를 가만히 마주 보았다. 나른한 눈동자에 스민 미소를 바라보며 유주도 배시시 입가를 올렸다. 언젠가 자신을 향하고 있던 저 나른한 눈동자를 보며 수많은 생각을 한 적이 있었다. 좀처럼 생각을 읽을 수 없던 그 나른한 눈빛이 이젠 무엇을 생각하고 있는지 분명하게 닿아 왔다.

그녀의 화사한 미소가 더 짙어지자, 가만히 응시하던 그가 고개를 숙여 살며시 입술을 맞추었다. 둘만 아는 장소이긴 했지만 회사 부근인지라 가볍게 입술만 맞춘 채 떨어진 서원은 향긋한 봄바람에 날리는 긴 머리칼을 넘겨주다 홍조 띤 사랑스러운 뺨을 다정하게 어루만졌다. 새삼 가슴이 두근거렸다. 따스하고 향긋한 봄날 속에 서 있는 그녀가 너무도 잘 어울린다고 생각하며 서원은 스르르 입가를 올렸다.

부드러운 바람 곁에 서 있는 그가 인상적인 듯 서원에게서 눈을 떼지 못하던 유주가 별안간 느껴지는 무언가에 의아한 얼굴로 고개를 돌렸다. 주변을 살펴보는 그녀의 모습에 그도 의문을 품으며 주위를 살펴보았다.

"왜?"

"응? 아니야. 그냥……."

기분이 이상하달까. 등이 오싹…하달까?

고개를 갸웃거리던 유주는 이내 피식 웃어 보이며 바람결에 날리는 서원의 새까만 머리칼을 정돈해 주었다.

"바쁘지?"

"일이 끝나질 않네."

"번갈아 가면서 바쁘구나. 동시에 바쁘면 차라리 그게 나을 텐데."

"그러게. 근데 그게 뜻대로 되나, 어디."

마주 본 채 예쁘게 웃던 두 사람은 이내 자신들의 사무실로 돌아갔다.

오늘 역시도 신경 쓴 듯 차려입고 온 하린이 탕비실에서 커피를 내리고 있는 유주의 곁에 생각이 많은 듯한 얼굴로 머물다 이내 그녀를 불렀다.

"민 대리."

유주는 텀블러를 입가에 대며 말해 보라는 듯 하린에게 눈길을 주었다. 하린은 망설임을 거두고 유주에게 용기 있게 말했다.

"그때 말한 거 있잖아. 나 진 대리 좋아해."

"……."

행동을 멈춘 유주가 충격을 받은 듯 하린을 멍하게 바라보았다. 진 대리? 어떤 진 대리? 가만, 우리 회사에 진씨 성을 가진 대리가 몇 명이나 있더라? 아무리 생각을 해내려 애써도 떠오르는 건 단 한 명뿐이었다.

'진서원.'

설마……. 여전히 머릿속은 뒤죽박죽이지만 그래도 무언가를 설명하려 하던 유주의 노력이 무색하게 탕비실에 소란이 한 번 일었다.

"차 과장님, 민 대리, 회의실로 고! 마케팅팀 회의한대요."

하린은 다음에 대화하자는 말을 남기며 서둘러 자리를 벗어났고, 멍하게 서 있던 유주도 이내 회의실로 걸음을 옮겼다. 힘없이 걸음을 내디디며 작게 인상을 쓰던 유주가 질끈 눈을 감았다 떴다. 순간적으로 숨이 턱 막히는 것 같았다.

회의를 하는 내내 유주는 당연하게도 회의 내용에 집중을 하지 못했다. 초조한 듯 손가락을 깨물던 유주는 느릿하게 하린에게 시선을 주었다. 어디부터 어떻게 설명을 해야 할까? 내내 인기가 많았던 서원이긴 하지만 그의 무심한 태도 때문인지 그 누구도 사적으로 다가오거나 고백을 하는 일은 없었다.

유주는 평소 당차고 숨기는 것 없이 솔직하게 내보이던 하린의 성격을 떠올렸다. 낮게 한숨을 내쉰 그녀가 지그시 눈을 감았다. 유주는 새하얗게 변해 버린 머릿속에서 방법을 찾기 위해 고군분투했다.

이제부터가 중요했다. 제대로 최대한 오해가 없도록 설명을 해야 했다. 하린이 고백을 해 온 이상 당사자에 속하는 그녀가 두 사람의 일을 여전히 숨긴다는 건 어쩌면 기만이 되는 태도일 수도 있었다.

유주는 심호흡을 하듯 길게 숨을 내쉬었다. 하지만 예전엔 그토록이나 수도 없이 둘만 남아 대화했던 기회가 이번엔 통 오지 않고 있었다. 그때마다 무겁게 한숨을 쉬던 유주는 정작 대화할 기회가 생겼을 땐 망설였다.

"차 과장님."

"넹, 민 대리님."

"저기⋯⋯."

하린은 왜 그러냐는 듯 의아하게 눈길을 줬지만 유주는 차마 입을 떼지 못하고 다시 한번 머뭇거렸다. 등에서 식은땀이 흘러내리는 것 같았다. 맥박이 빨라지고 숨이 차는 느낌에 유주는 뒤로 한 걸음 물러나며 낮게 숨을 뱉었다. 하린이 걱정스러운 얼굴을 하며 다가갔지만 유주는 다시금 뒤로 물러났다.

"다음에, 다음에 얘기할게."

거의 도망치다시피 물러난 유주는 그 상황을 떠올리며 머리카락을 쥐어뜯다시피 했다.

'대체 뭐 하는 거야?'

하지만 바람을 쐬니 그나마 머리가 맑아지는 것 같았다. 간신히 둘만 남은 상황이었는데 그 기회를 날려 버리다니. 설마 무서웠던 건가? 그 후의 반응이? 다시 전과 같은 상황이 반복될까 봐?

유주는 생각을 환기시키려 곧게 허리를 편 채 앞을 응시했다. 그럴 일은 없다. 이번엔 다를 거야. 그래, 제대로 얘기하자. 겁낼 게 대체 뭐가 있어?

굳게 결심을 한 채 사무실로 돌아간 유주는 비어 있는 하린의 자리를 확인하곤 업무를 하며 그녀가 자리로 돌아오길 기다렸다. 하지만 몇 분이 지나도 깜깜무소식이었다.

"팀장님, 차 과장님 어디 가셨어요?"

"오늘 일찍 퇴근했어. 급한 일이 생겼다고 해서. 퇴근 시간도 얼마 안 남았고."

시간을 확인한 유주는 생각대로 되지 않는 상황에 울상을 지으며 책상에 힘없이 엎드렸다. 하지만 퇴근을 하며 어쩌면 잘된 일이라고 생각했다. 횡설수설대지 말고 해야 할 말만 딱 정리해 가자. 심도 깊은 대화를 하자며 쪽지라도 준비해 갈까? 출근 직후 하린에게 건넬 쪽지를 준비하며 유주는 왜 그동안 말을 하지 못했었는지 그 이유를 차분히 그리고 차근하게 생각했다.

서원에게도 말을 할까 생각했지만 그가 개입하기 전에 하린과 둘이 풀어야 할 문제라고 생각했다. 그게 하린을 위해

서라도 나을 거라는 생각이 들었다.

하지만 오해는 늘 생각지도 못한 상황에서 비롯되는 법이었다.

어제보다는 한결 차분해진 모습으로 대화할 기회만 엿보던 유주가 2층 휴게실 쪽을 지나쳐 갈 때 즈음이었다. 저만치에서 걸어오던 하린이 유주를 발견하곤 곧장 그녀에게로 다가왔다. 반갑게 손을 들던 유주는 어쩐지 화가 난 듯한 하린의 모습에 멈칫거리며 다가가려는 걸음을 멈추었다.

"잠깐 얘기 좀 해."

평소와는 다른 하린의 모습에 유주는 당황스러운 얼굴을 했다.

"무슨 일 있어?"

"일단 와 봐."

사람이 거의 다니지 않는 곳으로 유주를 끌고 가다시피 한 하린이 여전히 굳은 표정으로 그녀를 마주 보았다.

"내가 지금 기분이 매우 안 좋은 것 같아. 이게 어떤 기분인지 설명도 못 하겠어."

유주는 당황스러운 듯이 하린을 마주 보았다.

"내가 들은 얘기가 맞아? 너 진 대리랑 무슨 사이야? 왜 나한테 얘기 안 했어?"

유주의 눈이 커다랗게 변하며 눈동자가 이리저리 흔들리자, 하린은 작게 숨을 뱉어 냈다. 헛웃음이 절로 터져 나왔다.

진짜였어? 온갖 감정이 다 솟구치고 있었다.

"그게……."

말이 제대로 나오지 않는 듯 유주가 버벅거리자, 하린은 작게 인상을 썼다.

"나한테 미리 말해 줄 수 있었잖아. 그럼 진 대리하고 자꾸 마주치고 엮였던 게 너 때문이었어? 난 그것도 모르고……. 내가 얼마나 우스웠을까?"

이야기를 하다 보니 복합적이었던 그 감정들은 더욱 격해지고 있었다. 서운함과 민망함, 수치스러움과 배신감까지 차례로 밀려왔다.

"그게 아니고."

유주는 계속해서 무언가를 말하려고 했지만 이제 하린의 귀엔 어떤 것도 들리지 않는 듯했다.

"혹시 재밌었어?"

"그런 거 아니야."

"그럼 왜 말을 안 해? 내가 뻘짓 하고 있으면 얘기를 해 줘야 될 거 아니야. 그걸 듣고만 있었어? 대체 왜?"

점차 커지는 목소리에 사람들이 몰려들기 시작했고, 당황한 유주가 주위를 둘러보며 하린의 팔을 잡아끌었다.

"우리 다른 데로 가서……."

지금 누구보다 마음이 힘든데도 몰려드는 사람들에게 더 신경을 쓰는 유주의 모습에 하린은 잔뜩 인상을 썼다.

"이거 놔!"

하린의 매몰찬 태도에 유주는 당혹스러운 얼굴로 입술을 짓이겼다. 숨을 고르는 것 같던 하린은 뒤늦게 무언가가 떠오른 듯 곱지 않은 시선으로 유주를 마주 보았다.

"근데 이상한 게 말이야. 두 사람 그냥 사귀는 사이가 아니라 아주 오래전부터 아는 사이라는 말도 있던데. 그럼 왜 둘이 그동안 모르는 사이인 척했던 거지? 굳이? 무슨 사연이라도 있어? 말 못 할 부적절한 사이라도 돼?"

여전히 당혹스러웠지만 마음을 다스리며 상황을 차분하게 수습하려 했던 유주가 이번엔 그대로 굳어 버렸다. 그것도 모자라 뒤로 한 걸음 물러나기까지 했다. 그녀의 눈동자가 텅 빈 듯 이리저리 흔들리고 있었다. 과거의 트라우마가 되살아난 까닭이었다. 과거의 상황들과 너무도 닮아 있는 이 같은 현실에서 힘이 빠진 채 아무것도 할 수가 없었다. 역시 다르지 않은 건가? 바꿀 수 있다고 생각했지만 그저 착각이었던 걸까?

아무것도 들리지 않은 채 윙윙거리는 소리만이 귓가에서 울리는 듯했다.

이리저리 흔들리던 유주의 눈동자가 저만치에 있는 누군가에게 우연히 닿았다. 이야기를 했냐고 묻는 듯한 유주의 눈빛에 진영은 서둘러 고개를 저었다. 그가 아니었다.

유주의 시선을 따라 고개를 돌렸던 하린은 얼굴에 조소를 띠었다. 눈동자엔 실망스러운 감정마저 번지고 있었다. 도움이라도 청하려는 건가? 하긴 민유주한테는 이상하리만큼 관대했던 서 대리였으니까.

"지금 뭐 하는 거야? 왜 아까부터 대답을 못 해? 진짜 내가 우스워?"

"……"

"민유주 대리님!"

"……"

"무슨 사이이시기에 그렇게 비밀스럽냐구요?"

대답은커녕 시선마저도 피하는 유주로 인해 하린은 더욱더 몰아붙였다. 나중에 후회할 걸 알면서도 아무 말이나 제멋대로 튀어나오고 있었다. 그래야 상처받은 마음이, 그동안 믿고 있었던 마음에서 비롯된 배신감과 분노가 조금이나마 가실 것 같았다.

"진짜 불륜이야?"

보다 못한 진영이 나서려 했지만 저 끝 쪽부터 웅성거림이 커지는 것과 동시에 사람들이 의식적으로 길을 터 주는 게 보이자, 진영도 걸음을 옮기려다 말고 그곳으로 시선을 돌렸다.

"뭐냐고, 니네 두 사람?"

화가 난 듯 두 사람 가까이로 다가오던 누군가가 다그치는 하린을 스쳐 지나가 유주의 앞을 막아섰다. 생각지도 못한 서원의 등장에 하린은 헛웃음에 이어 얼굴에 조소를 띠었다.
'가지가지 하네, 진짜.'
하린은 도리어 잘됐다는 듯 서원에게 대놓고 물었다.
"진 대리님이 말하면 되겠네요. 두 사람 뭐예요? 대체 무슨 관계야? 왜 민 대리는 제대로 대답을 못 하는 건데?"
어느 때보다도 서늘하고 딱딱한 그의 눈빛에 하린은 복잡한 눈빛을 하며 이를 꽉 깨물었다. 불편하고 불쾌하다는 듯 마주 보던 서원은 작게 한숨을 내쉬곤 유주를 돌아보았다. 눈시울이 붉어진 그녀를 보고 있노라니 분노가 치밀며 가슴이 아파 왔다.
다그치는 지인, 몰려든 사람들, 혹여나 상처라도 줄까 아무 대답도 못 하는 그녀. 우습게도 과거를 현실로 옮겨 놓은 듯 그대로였다. 다만 달라진 게 있다면 응원을 하는 사람들이 있고, 그녀의 손을 잡고 있는 자신이 있다는 점이었다.
어금니를 꽉 깨문 서원은 유주의 팔을 잡아 자신에게로 끌어당겼다. 두 사람의 입술이 가볍게 부딪쳤고, 텅 비어 있던 유주의 눈이 커다랗게 변했다. 그건 지켜보고 있던 사람들도 마찬가지였다. 웅성거리며 귓가를 괴롭히던 모든 소음들이 뚝, 끊기며 사라졌고 이제 시선은 그들에게만 집중되었다.
딱딱하게 굳은 유주가 걱정되어 금세 떨어진 서원은 그녀의 손을 힘껏 감싸 쥔 채 따스하게 눈을 마주친 뒤, 기가 막히다는 듯 서 있는 하린에게로 시선을 옮겼다.

"이런 사이예요. 됐습니까? 설명이 더 필요해요?"

잘 보라는 듯 하린에게 분명하게 눈길을 준 서원은 모여 있는 사람들을 향해서도 당당하게 시선을 주었다. 부끄러울 것 한 점 없는 사이라고 공표하는 듯 당당하고 올곧은 눈길에 몰려 있던 사원들은 그저 비밀 연애를 이제 공개하나 보다, 라는 반응에 대수롭지 않게 여기는 듯한 모습이었다.

거기에 이제껏 지켜보고 있던 진영과 인사팀의 박 대리가 예스, 라고 외치며 잘됐다는 의견을 여과 없이 드러내 보이기까지 하자, 잘 어울린다고 소곤거리며 자리를 벗어나는 사람들도 더러 생겨났다.

지금까지의 상황을 삐딱하게 지켜보고만 있던 인사팀의 사원들은 성품 좋고 반듯한 박 대리의 반응에 혼란스러운 듯 동요했고, 짧게 혀를 찬 배 대리가 탐탁지 않은 표정을 숨기며 자리를 빠르게 벗어났다.

하린은 끝까지 아무 말도 하지 않은 채 시선을 떨어뜨리고만 있는 유주를 노려보다 자리를 떠났고, 진영과 박 대리는 아직 몰려 있는 사람들의 시선을 분산시켰다.

"자자! 사무실로 돌아가셔야죠."

"흩어지세요. 돌아가세요."

서원이 걱정스러운 얼굴을 한 채 멍하게 서 있는 유주를 꼼꼼히 살펴보았다.

"괜찮아?"

"응."

"바람 좀 쐬자."

아직 시선을 의식하는 유주가 염려된 서원은 자리를 이동하려다 진영과 박 대리에게 짧게 눈길을 주었다. 조금 전 허겁지겁 달려와 상황을 설명하는 박 대리로 인해 그나마 늦지 않게 달려와 상황을 수습할 수 있었다. 박 대리는 아무것도 묻지 않은 채 서원을 그 장소로 데려갔지만 그도 사람인지라 꽤 궁금해하는 눈치이기도 했다. 하지만 조금씩 변하고 또 의외의 모습을 보였던 서원의 모습에 그동안 어느 정도는 눈치를 챈 것 같기도 했다. 서원은 그들에게 고맙다는 듯 옅게 미소를 지었다.

옥상으로 자리를 옮긴 서원과 유주는 조금 전의 갑갑했던 상황을 잊어버리고자 너른 풍경을 보며 깊게 숨을 내쉬었다.

"놀랐지? 그리고 아까 갑자기 멋대로 행동해서… 미안해."

"아니야. 그 상황에서 구구절절 설명하는 것보단 그게 더 확실하고 임팩트 있는 방법이었을 테니까. 소문은 좀 나겠지만."

다행이라는 듯 서원은 낮게 숨을 내뱉다 유주를 바라보았다. 일단 상황은 일단락되었지만 모든 문제가 해결된 건 아니었다. 확실히 주위 분위기나 사람들의 반응은 전과는 달랐다. 거기에 혼자였던 전과는 달랐던 분위기에 아까보다는 진정이 된 듯했지만 유주는 여전히 심란한지 입술을 깨물며 잡힐 것 같지 않은 풍경을 조용히 내려다보았다.

 사무실로 돌아가자, 진영이 반가운 듯 눈짓을 했지만 하린으로 인해 사무실 분위기는 이미 무겁게 내려앉아 있었다. 유주는 불편한 마음으로 자리에 앉아 업무를 이어 갔다. 사무실의 모든 팀원이 두 사람의 눈치를 보는 게 느껴졌고, 유주는 마음이 무거운지 자꾸만 한숨을 내쉬었다.

"팀장님, 간식 좀 사 올까요? 날씨도 우중충하고."

"그래. 달달한 것 좀 먹자."

"민 대리님, 간식 사러 가요, 같이. 제가 무거운 걸 못 들어서."

 진영은 콕 집어 유주를 불렀고 유주가 자리에서 일어나 그를 따라 나가자, 하린은 기가 막히다는 듯 헛웃음을 흘렸다.

 편의점에서 멍하게 서 있는 유주를 발견한 진영이 초콜릿과 간식거리를 바구니에 담다 말고 그녀에게로 다가갔다.

"괜찮아요?"

"차 과장님이 어떻게 안 걸까요?"

"다시 한번 확실하게 말해 두지만 난 아니에요. 입도 뻥끗 안 했어."

"알아요."

 믿는다는 유주의 발언에 진영은 복잡한 얼굴을 하며 한숨을 내쉬었다.

"두 사람 뭐 비밀 접선하고 그랬어요?"

"네?"

"아니, 회사 내에서 몰래 만나고 그랬냐 이거지? 아무도 안 보고 있다고 생각할 수 있지만 생각 외로 눈들이 많아요. 난 남을 보지 못하지만 남은 날 볼 수도 있어요."

벤치를 떠올린 유주가 힘없이 눈을 감았다 떴다.

"어쩌면 진 대리 추종자일 수도 있고."

"추종자요?"

"요 며칠 이상했던 게 인사팀 여자 사원들하고 동선이 겹치더라구요. 진 대리 인기 많잖아. 뭘 봤으니까 확인하려고 한 거겠지. 미안해요. 미리 얘기해 줬어야 하는데."

"아니에요. 서 대리님 말대로라면 서 대리님이 발견하기 전에 그쪽에서 이미 봤다는 거잖아요."

무언가를 생각하는 듯 이리저리 눈동자를 굴리던 유주가 바닥에 홱 쪼그려 앉아 머리를 감싸 쥐었다.

"모르겠어요. 하나도 모르겠어. 이제 그 악몽에서 벗어났다고 생각했는데. 뭐가 매번 이렇게 반복돼? 지옥에 빠진 기분이에요. 그 상황이 반복되고 또 반복되고 다시 반복되고."

'말 못 할 부적절한 사이라도 돼?'

"상황이 달라졌다고 생각했는데 다시 또 그 자리야. 결국엔 똑같아. 내가 뭘 잘못한 걸까요?"

멍한 목소리에 진영은 그녀를 안쓰럽게 바라보았다. 유주와 하린 두 사람 사이를 익히 알고 있었기에 그 안타까움이 더 컸다. 차 과장이 그렇게까지 흥분한 걸 보면 그때 느꼈던 게 기우가 아니었던 걸까? 차 과장도 진 대리를……. 뭐가 이래. 진영은 안타깝고 답답하고 갑갑한 듯 머리카락을 헝클어뜨렸다.

두 사람이 사무실로 돌아왔지만 사무실 안의 공기는 여전히 냉랭했다.

싸늘한 분위기는 내내 지속되었고, 결국은 그 상태로 퇴근한 유주가 서원의 집에 들렀다. 무겁고 답답한 마음에 집에 혼자 있기가 무서웠다. 하지만 일이 쌓여 아직 퇴근을 하지 못한 서원으로 인해 그의 집에서도 혼자 있어야 하는 건 마찬가지였다.

마음을 진정시키기 위해 따뜻한 물을 반복적으로 마시던 유주는 불안한지 자꾸 앉아 있는 자리를 이동했다. 소파 끝에 걸터앉아 있으려는데 메일이 온 건지 컴퓨터에서 짧게 울리는 소리가 반복되었다. 안 그래도 불안해 미칠 지경인데 짧게 울리는 소리가 신경을 자극하니 견디기가 힘들었다.

유주는 컴퓨터 앞으로 가 소리를 끄기 위해 마우스를 움직이다가 화면에 띄워진 이력서를 발견하곤 길게 눈길을 주었다. 유주는 전에 그의 컴퓨터에서 보았던 메일을 떠올렸다. 그때 본 이력서가 설마…….

경력 사항에 지금 다니는 회사가 기록되어 있다는 건 이직을 하기 위한 이력서라는 뜻이었다. 유주는 심란한 눈빛을 띠며 작게 숨을 뱉어 냈다. 과거와 같은 상황을 만들지 않겠다는 게 이거였어? 복잡한 기색을 띠며 이리저리 흔들리던 눈동자가 내려앉는 눈꺼풀에 의해 가려졌다. 지그시 눈을 감고 있던 유주가 곧 가방을 챙겨 집을 나섰다.

자신의 집에 있다는 유주의 말에 최대한 서둘러 퇴근을 한 서원은 텅 비어 있는 집을 둘러보고는 어깨를 축 늘어뜨리며 무겁게 숨을 내쉬었다. 그녀의 집으로 당장이라도 가고 싶었지만 시간이 너무 늦어 있었다. 잠을 자는 둥 마는 둥 하던 서원은 이른 새벽부터 다시 회사로 향했고, 마찬가지로 잠을 설치다시피 한 유주도 이르게 출근을 했다.

하지만 사무실 분위기는 어제와 달라진 게 없었다. 그 무겁고도 침체된 분위기는 며칠 동안 계속되었고, 보다 못한 진영이 하린에게 조심스럽게 면담을 요청했다.

"무슨 일이에요?"

하린은 탐탁지 않다는 듯 진영에게로 다가가며 불만스럽다는 눈빛을 숨기지 않았다.

"민 대리님한테 무슨 사정이 있을 수 있잖아요. 차마 말을 못 하는 사정이라든가. 차 과장님 기분도 이해하지만 민 대리가 일부러 숨기고 그럴 사람도 아니고. 저보다 더 가까운 사이였으니까 과장님도 아실 거 아니에요."

뻐딱하게 서 있던 하린은 기가 막히다는 듯 작게 웃음을 터뜨렸다.

"그걸 왜 서 대리가 변명을 하죠?"

진영은 멈칫거렸지만 이내 하린을 똑바로 마주 보았다. 그 거침없는 올곧은 눈길에 하린은 더 기가 막히다는 듯한 눈빛을 했다.

"민 대리가 뭔데 서 대리가 이렇게까지 나서서 변명을 해요? 난 서 대리가 민 대리한테 마음 있는 줄 알았는데, 민 대리랑 진 대리가 무슨 사이인지 듣고 나서도 이럴 마음이 들어요? 대체 당신들 뭐야?"

"동료요. 팀원이고 친구요. 차 과장님은 아니었어요? 막말로 차 과장님도 잘한 건 아니시잖아요. 그 사람들 많은 데서. 망신 주려고 작정한 것도 아니고. 내 말이 틀려요?"

하린이 멈칫거리는 게 느껴지자, 진영은 말을 이어 가려 했지만 이내 진영을 날카롭게 노려보는 그녀에 의해 제지되었다.

"서 대리가 아무리 이런 변명 아닌 변명 해 봤자 아무 소용 없어요. 그러니까 그만 애쓰시고 일이나 하세요. 알겠어요?"

하린은 싸늘한 공기만을 남긴 채 옥상을 떠났고, 그 모습을 차갑게 지켜보던 진영은 그녀가 사라지자 이내 머리를 감싸쥐며 괴로워했다. 그러니까 대체 무슨 자격으로…….

"미친놈."

그는 자책하며 괜한 말을 꺼낸 건 아닌지 후회했다. 유주에게 더 피해가 가는 건 아닐까? 하지만 어깨를 추욱 늘어뜨린 채 책상에 앉아 있는 유주가 자꾸만 떠오르자, 마음이 갑갑해졌다. 진짜 어떡해야 돼?

그날 오후, 서원은 옥상으로 향했다. 미리 옥상에 올라와 있던 유주를 발견한 서원이 환하게 미소를 지었다.

"어젠 내가 너무 늦었지?"

"아니야. 얼마 안 기다리다 갔어."

유주의 어두운 기색에 서원은 다시 걱정스러운 얼굴을 했다.

"나 이력서 봤어."

"어?"

당황한 듯한 서원이 변명을 하려는 듯 황급히 그녀에게 다가갔다.

"그게, 미안. 미리 말했어야 하는데."

"왜? 이직하려고? 네가 이직하면 다 해결되는 거야? 문제가 다 해결돼?"

"유주야."

"왜 네가 이직을 해. 이직은 내가 해야지."

"무슨 소리야?"

유주는 머리가 지끈거리는지 손으로 이마를 감쌌다. 서원은 위태로워 보이는 유주를 조용히 바라보았다.

"엉망이야. 그렇게 좋던 팀 분위기가 지금 나 하나 때문에 엉망이라고. 내가 거기에서 뭘 할 수 있겠어? 빠지려면 내가 빠져야지. 아무 문제 없는 네가 왜 이직을 해?"

시선을 주던 서원이 지그시 눈을 감았다 떴다. 그것까진 미처 생각하지 못했다는 표정이었다. 하린과의 사이가 전 같지는 않으리라.

하긴 그녀의 걱정에 쌓이고 쌓인 업무까지. 충분히 고려하지 못할 만했다. 유주는 퀭한 서원의 얼굴이 안쓰러운지 차마 바라보지 못하고 시선을 내렸다. 정말이지, 모든 게 엉망이었다.

얼마 후, 옥상에 오른 하린이 이를 꽉 깨물며 옥상 중앙에 눈길을 주었다.

하린은 짧게 숨을 내쉬며 뒷모습만 보이고 있는 그에게 다가갔다. 인기척을 느낀 그가 그녀를 향해 몸을 돌렸다. 이번엔 서원이었다.

"차 과장님, 바쁘실 텐데 미안합니다."

"무슨 일인지는 모르겠지만 제가 지금 대화할 기분이 전혀 아니니 짧게 끝내시죠."

대놓고 벽을 치는 하린의 모습에 서원은 작게 숨을 내쉬곤 차분하게 이야기를 시작했다.

"민 대리한테 사정이 있어요."

하린은 대놓고 헛웃음을 터뜨렸다. 이 남자들이 정말. 번갈아 가면서 아주 난리가 났네.

"그 얘기라면 됐어요."

하린은 매정하게 뒤돌아섰지만 서원은 굴하지 않고 이야기를 이어 갔다.

"이런 일이 계속 반복됐어요. 민 대리한테 이런 상황이 매번 반복됐다구요."

서원은 화를 참는 듯 작게 심호흡을 했다.

"어린 시절부터 나이를 먹고 주위 사람들도 성숙해졌을 무렵까지도 계속. 상상할 수나 있겠어요? 지금 같은 지옥이, 지금보다 더 괴로운 지옥이 매번 반복이 됐다고. 내가 말하지 말자고 했어요. 또 그때 같은 상황이 반복될까 봐. 내내 그랬던 것처럼 이번에도 내가 아무것도 못 하고 머저리처럼 지켜서 보고 있기만 할까 봐. 민 대리하고 나, 아주 오래전부터 친구였어요. 그땐 내가 민 대리를 짝사랑하는 상황이었고, 그래서 늘 많은 게 겹쳤어요. 늘 가깝게 있는 우리 모습에 주위 사람들이 오해를 하기도 했고 사실이 아닌 소문들도 돌기 시작했어요. 처음엔 웃어넘겼죠. 사실이 아니니까. 하지만 그 선을 넘는 소문들도 생겨났고 그 소문들만 무작정 믿고 상처를 주는 사람들도 생겼어요. 차 과장님도 아시겠지만 장난으로 시작된 일이나 소문일지라도 사람들의 시기나 샘, 그 입을 거치고 또 거기에 오해가 더해지면 소문이 교묘해지고 잔인해져요. 더 이상 장난으로만 받아들일 수 없을 만큼, 사람을 피폐하게 만들 만큼. 그 과정에서 민 대리가 상처를 많이 받았어요. 주로 상처를 준 사람은 민 대리 곁에 가장 가깝게 있던 사람들이었구요. 남자, 여자, 연하, 연상 가릴 거 없이, 그 애 주변에 가장 가깝게 있던 사람이 상처를 줬다고. 날카로운 칼을 말 속에 교묘히 숨긴 채로 그대로 찔러 넣는 거지. 이번만큼은 그런 상황이 없을 거라고 생각했는데, 만약에 그래도 아주 만약에 그런 상황이 생긴다면 차 과장님은 아니길 바랐어요."

하린은 어금니를 꽉 깨물었다. 민 대리의 가장 가깝게 있던 사람이니까.

"상처가 생기고 아물기도 전에 같은 자리에 또 같은 상처가 생기고, 다시 생기고 겹치고 겹쳐서 사람을 무서워한 시기도 있었어요. 그 녀석, 사람 눈을 제대로 쳐다보지 못한 시기도 있었다구요. 그래도 이겨 냈어. 내가 손도 못 쓰고 아무것도 못 하고 있어도, 주위에 아니라고 편 들어주던 이 하나도 없었어도 시간이 걸리긴 해도 그 애 혼자 툭툭 털고 일어났다고. 물론 그 사람들은 모두 떠난 뒤였고. 우리가 어디에 있든 누굴 만나든 마찬가지였어요. 그래서 내가 먼저 제안했어요. 회사에선 모르는 사람인 척, 남인 척하자고. 그래 놓고 내가 못 참고 민 대리한테 고백한 겁니다. 내 욕심에. 민 대리는 내 마음 받아 준 것밖에는 한 게 없어. 그러니까 민 대리 잘못이 아니에요. 애초에 이런 상황이 생길 만한 원인을 제공한 건 나예요. 민 대리가 차 과장님을 속이려던 게 아니야."

"……."

하린은 굳은 듯 그 자리에 멈춰 있었다. 보이는 건 뒷모습뿐이었지만 서원은 하린이 동요하고 있다는 걸 알아차렸다. 어떤 부분이 그녀를 흔든 건지 정확히 알 수는 없었지만 이런 기회를 놓칠 수는 없었다. 서원은 한 번 더 쐐기를 박았다.

"민 대리 이해해 줄 수는 없겠어요?"

작게 한숨을 내쉰 하린이 고개를 돌려 서원을 마주 보았다. 서원의 눈빛이 불안한 듯 서서히 흔들렸다.

"민 대리한테는 기회가 여러 번 있었어요. 그럴 만한 기회가. 나한테 말할 기회가 아예 없던 것도 아니야. 날 그런 사람들과 동급으로 생각한 거? 그래, 뭐 그럴 수 있어. 사람 속이란 걸 겉만 보고 어떻게 알겠어요? 수백 번, 수천 번 봐도 모르는 게 사람 속이지. 그러니까 그건 이해할 수 있다고. 근데 기회가 있었다구요. 아무리 진 대리님이나 다른 사람이 나한테 이런 말 해 봤자 아무 소용 없어요. 이런 건 아무 소용이 없다구. 내가 기다리고 있는 건 당신들의 비호나 변명이 아니야. 이건 우리 두 사람 문제예요. 알겠어요? 그러니까 눈치껏 좀 행동하세요. 시간 나면 우리 팀 서 대리한테도 전해 주시구요."

처음엔 목소리가 떨리는 것 같았으나 하린은 여전히 쌀쌀맞고 냉정하게 돌아섰다. 서원은 옥상 난간에 기댄 채 힘없이 고개를 숙였다. 절로 한숨이 새어 나왔다. 하지만 전만큼이나 마음이 불안하진 않았다. 하린의 말 속에 그 힌트가 숨어 있었다.

'다른 사람이 나한테 이런 말 해 봤자 아무 소용 없어요. 이런 건 아무 소용이 없다구.'

한편, 자신의 자리로 이동하던 진영은 유주의 책상 위에 있던 무언가를 툭 치곤 무심결에 시선을 주다 충격을 받은 듯한 얼굴을 했다. 그런 진영을 발견한 유주가 비밀로 해 달라는 듯 간절하게 눈길을 보냈다.

그 이후, 사무실로 돌아온 하린은 자리에 앉으려다 느껴지는 시선에 홱 뒤를 돌아보았다. 자리에 앉아 있던 진영이 하린을 뚱하게 쏘아보고 있었다. 그 눈빛 치우라는 듯 지지 않고 매섭게 눈빛을 보낸 하린은 비웃음 비슷한 웃음을 흘렸다.

'기가 막혀, 아주.'

사무실 분위기는 여전히 냉랭했고, 여전히 두 사람 눈치를 보는 팀원들은 걱정도 걱정이지만 아주 죽을 맛이라는 듯 피로한 얼굴을 했다. 그나마 분위기를 띄우려는 듯 보였던 서 대리 역시 무거운 얼굴에 하린을 적대시하고 있으니 사무실 안에 냉기가 도는 게 당연했다. 하지만 진영으로선 어찌 보면 당연한 반응이었다. 유주의 사직서를 봤으니 하린이 곱게 보일 리가 없었다.

무겁다 못해 꽁꽁 얼어 버릴 것 같은 사무실 분위기에 보다 못한 박 팀장이 골치가 아프다는 듯 관자놀이를 누르다 버럭 소리를 질렀다.

"지금 이게 뭐 하는 짓이야? 여기가 학교야? 차 과장! 민 대리! 둘이 나가서 충분히 대화하고 해결하고 와. 그전까지 들어올 생각 하지 마. 알았어?"

박 팀장은 홱 고개를 돌려 한 부장에게 외쳤다.

"부장님! 괜찮죠?"

평소 화를 내는 법이 없던 박 팀장이기에 한 부장은 꼴깍 침까지 삼키며 부드럽게 손짓을 했다.

"어, 그래. 박 팀장 뜻대로 해."

결국 쫓겨나다시피 사무실에서 나온 두 사람은 휴게실에 대치하듯 앉아 한참 동안 침묵을 지켰다. 하린은 그럴 줄 알았다는 듯한 표정으로 애꿎은 허공만 노려보고 있었다. 말할 생각이 있었다면 진즉에 말했겠지. 어떠한 이유가 있을 거라고는 생각했다. 아주 긴 시간은 아니라도 그녀를 가까이서 봐 온 시간이 그리 짧다고 할 수도 없었다. 지금 상황에서 더 화가 나는 건 유주가 자신에게 아무런 변명도 하지 않는다는 것이었다. 서원에게도 말했듯이 이건 두 사람의 관계의 문제였다. 계속 이어질 수 있을지 여기서 끊어질 수밖에 없는 건지 하는. 분명 이쪽에서도 잘못은 했지만 유주의 설명을 듣는 게 먼저였다. 대체 왜 그런 건지 자신을 이해시켜야 했다.

하린은 내내 불편한 모습이었고, 유주 역시도 생각이 많은 듯한 얼굴이었지만 결국 두 사람은 어떠한 대화도 나누지 못한 채 자리에서 일어났다.

어떠한 것도 해결이 되지 않은 상태로 퇴근을 하려던 하린은 앞을 막아서는 누군가로 인해 앉아 있는 상태에서 뚱하게 고개를 들었다.

"얘기 좀 해."

"무슨 얘기?"

곱지 않게 나오는 말투 때문에 하린은 아차 싶었지만 유주는 물러설 생각이 없어 보였다.

"잠깐이면 돼. 생각을… 많이 해 봤는데 왜 그랬는지 말을 해야 할 것 같아서. 다른 건 몰라도 그 말들은 꼭 해야 할 것 같아서."

제법 전투적인 유주의 태도에 하린은 작게 한숨을 내쉬었다. 유주와 하린, 두 사람이 쉴 때마다 자주 가던 벤치에 자리를 잡은 두 사람은 잠시 생각을 정리하는 듯 작게 숨을 내쉬었다.

유주는 마음을 다잡은 듯 먼 허공으로 시선을 주었다.

과거의 상황으로 미루어 봤을 때 지금에 와서 구구절절 이야기를 꺼내도 달라지는 게 없다는 걸 알고 있었다. 마음속에서 싹튼 오해는 단단하게 껍질을 만들어 그 후 어떠한 말도 받아들이지 않는다. 그래서 그 당시 아무런 말도 할 수 없었을 것이다.

하지만 결과가 어떻게 되든 이번엔 이야기하고 싶고, 시도하고 싶었다. 좋은 사람이었다. 만약 자신의 변명이, 설명이 받아들여진다면 좋겠지만 그렇지 않아도 이번엔 괜찮을 것 같았다. 전해 주고 싶었다. 속이거나 기만하려던 게 아니라고.

팀워크가 잘 맞고 분위기가 좋은 팀이라고 소문이 자자했던 팀이 자신으로 인해 어그러진 게 마음에 걸렸으나 이미 벌어진 일이었다.

어쩌면 이번 계기로 자신이 단단해질지도 모를 일이다. 과거의 상황이 여전히 반복된다고 해도 어찌 됐든 과거의 벽을 한 꺼풀이나마 깨고 싶었다. 그게 지금 옆에 있는 이 사람이기에 가능한 건지도 모른다.

"일부러 속일 생각은 없었어. 우습게 생각한 적은 더더욱 없고. 진 대리하고는 아주 오래전부터 친구 사이였어. 과거에 트라우마 비슷한 일 때문에……."

유주는 작게 심호흡을 했다. 진영 앞에서 했던 것처럼 말이 술술 나오진 않았지만 두려운 생각은 점차 옅어지고 있었다.

"회사에선 친구라는 거 내색하지 않기로 약속을 했었어. 진 대리를 오래전부터 많이 좋아하긴 했지만 그냥 곁에라도 있고 싶은 마음에 아주 오랜 세월 동안 말하지 못하고 마음을 숨겼고, 그냥 친구로만 지내왔어."

다소 격해져 있던 마음이 유주의 차분한 목소리에 점차 가라앉자 하린은 잠자코 이야기에 귀를 기울였다. 그러던 중, 하린은 작게 인상을 썼다. 잠깐, 진 대리 쪽에선 자기가 오래전부터 짝사랑했다고 하던데. 서로 짝사랑을 한 거야?

"그래도 아무 문제 없을 거라고 생각했어. 쭉 친구로 지낼 거라고 생각했거든. 진 대리하고 사귀는 사이가 된 건 얼마 안 됐어. 두 달 정도 됐으려나? 회사에선 친구라는 걸 티 내지 않았으니까 연애까지도 자연스럽게 비밀 연애가 된 거였고. 진 대리하고 친구였을 적에 소문이 좀 많았거든. 좀 나쁜 소문들이 돌았어. 뭐, 부부다, 동거하는 사이다, 불륜이다, 전 배우자다, 사귀면 안 되는 사이라서 숨어서 사귀는 거다, 부적절한 관계다. 남자, 여자 할 것 없이 우리가 잘못된 사이라도 되는 양, 아주 큰 잘못이라도 저지르는 양 그렇게 손가락질을 해 대는데 그게 너무 견디기가 힘들었어. 그래서 아예 그런 말들이 나오지 않도록 아무한테도 말하고 싶지 않았나 봐. 몇 년째 이어지던 평온하고 평화로운 일상을 깨기가 싫었거든. 너무 좋아서……. 사실 너한테 말하려고 했었어. 타이밍이 어긋나 버렸지만. 언제 말해야 할까 내내 생각하고 있었거든. 전혀 재밌지 않았어. 너한테 상처 주기 싫었으니까."

처음엔 입을 떼기가 어려웠지만 한번 말을 시작하자, 그동안의 생각이나 감정이 솔직하게 술술 나오기 시작했다. 진즉에 이렇게 얘기했더라면 얼마나 좋았을까. 참으로 미련했다.

그 소문의 내용이라는 걸 들었던 하린은 잠시 움찔거리며 시선을 내렸다.

"우선 사람들 많은 데서 그런 건 미안해. 그렇게까지 할 마음은 없었는데. 감정이 너무 격양되다 보니까. 난 너한테 기회가 여러 번 있었다고 생각했어. 나한테 말해 줄 기회가. 그런 사정이 있어서 숨기고 싶었다고 해도 내가 민 대리, 너랑 서 대리 사이 오해할 때, 그리고 내가 진 대리한테… 마음이 있다고 고백했을 때 최소한 날 붙잡고 제대로 얘긴 해 줬어야지. 정신 차리라고. 네 입에서가 아니라 다른 사람한테 그 얘기 들었을 때 내 마음은 어땠을 것 같아? 네가 날 기만한다는 생각이 안 들었을까? 날 조롱한다는 생각은? 내가 얼마나 우스웠을까? 한순간이나마 그런 생각 안 할 것 같아? 넌 변명이고 뭐고 아무 얘기도 안 하고, 내 기분이 뭐가 됐을 것 같니?"

"그러게 미리 말할 수 있었으면 얼마나 좋았을까? 그럼 너도 나도 덜 상처받았을 텐데."

"이런 말 잔인하게 들릴 수 있겠지만 너무 과거의 상처에 연연해하지는 마. 이런 말 할 자격이 되는진 모르겠지만 지금의 네 인연들이나 앞으로 만날 그 인연들을 앞서 밀어내거나 끊어 버릴 수 있잖아. 네가 날 조금만 더 믿었더라면 어땠을까, 그런 생각이 들었었거든."

이제야 유주의 입가에 미소가 고였다. 다소 씁쓸해 보이는 미소였지만 역시 후회는 없어 보이는 모습이었다.

"그렇게 말해 줘서 고마워. 어쩌면 다시는 못 만날 좋은 사람들이었는데 스스로 망친 것 같아서 너무 후회된다."

하린은 생기가 사라진 유주의 얼굴을 바라보다 이내 시선을 돌렸다. 늘 밝고 당당하던 사람 얼굴에서 저리 생기가 사라지다니 얼마나 큰 상처가 됐었는지 조금이나마 가늠이 되기도 했다. 아마도 민유주의 가장 큰 약점이 이것인 모양이었다. 실제로 마주하니 더 짙게 느껴졌다.

트라우마였다면, 그 상처가 지속적으로 반복이 된 거라면, 자신이 과연 그 마음을 얼마나 헤아릴 수 있을지 감히 상상도 안 되었다. 하지만 속상한 마음이 드는 건 어쩔 수 없었다.

"뭐야? 왜 끝난 것처럼 얘기해?"

하린의 불퉁한 목소리에 유주가 고개를 돌려 그녀를 마주 보았다.

"하나만 대답해 봐. 나야? 진 대리야?"

"뭐?"

피식 웃은 하린이 유주의 팔을 턱 하니 잡았다.

"가자! 다음 코스로."

씩씩하게 걸음을 옮기는 하린을 보며 유주는 느릿하게 입가를 올렸다. 새침하게 미소를 지으며 먼저 말을 걸었던 그녀를 처음 봤던 때가 떠올랐다.

퇴근 이후, 서원은 유주의 집 앞에서 한참 동안이나 그녀를 기다렸다. 하지만 한 시간이 지나고, 또 두 시간이 지나도록 그녀가 오지 않자, 그의 얼굴엔 걱정이 스민 어둔 빛이 짙어졌다. 이리저리 서성거리며 도무지 불안을 감추지 못하던 서원은 유주에게 전화를 걸었지만 전화를 받을 수 없다는 메시지만 들려올 뿐이었다.

결국 12시가 넘었고, 서원의 얼굴이 하얗게 질려 가기 시작했다. 어딘가로 급하게 걸음을 옮기려던 서원은 저만치에서 비틀비틀 걸어오는 두 사람을 발견하곤 잠시 걸음을 멈추었다. 자세히 살펴보니 한 사람은 유주가 맞았다. 서원은 황급히 달려가 잔뜩 취한 유주를 건네받았고, 마찬가지로 취해 보이는 하린이 서원을 향해 아는 척을 했다.

"어? 우리 민 대리 남친이다."

"차 과장님? 괜찮아요?"

"괜찮죠, 괜찮죠. 괜찮죱니다."

전혀 괜찮아 보이지 않는 모습으로 걱정 말라는 듯 손짓하는 하린을 불안하게 바라보던 서원은 자꾸만 미끄러져 내려가는 유주를 다치지 않도록 붙잡으며 자신 쪽으로 끌어안았다.

"그럼 우리 민 대리 잘 부탁드립니다."

꾸벅 인사를 한 하린이 두세 걸음 비틀비틀 걷다 다시 한번 빙글 돌아 서원에게 공손하게 고개를 숙였다.

"예쁜 연애 하세요."

자꾸만 늘어지는 유주로 인해 나서지는 못했지만 하린이 택시를 잡는 것까지 지켜본 서원은 추욱 늘어지는 유주를 둘러메고 집으로 향했다. 유주를 침대에 눕힌 채 다친 곳은 없는지 살펴본 서원은 안도의 숨을 내쉬곤 그녀의 얼굴을 가만히 들여다보았다. 자세한 사정은 알 수 없었지만 어찌 됐건 잘 해결된 것 같아 다행이었다.

혹시 몰라 타월과 물티슈, 찬물과 꿀물 등을 침대 맡에 준비해 놓은 서원은 차마 떨어지지 않는 걸음을 떼어 유주를 걱정스럽게 돌아보다 그녀의 집을 나섰다.

유주의 집 앞에서 검은 봉투를 쥔 채 고개를 푹 숙이고 있던 서원은 누군가가 머리통을 손날로 툭 내려치자, 작게 악 소리를 내며 두 손으로 머리를 감쌌다.

"이력서어? 이지익? 아주 잘하는 짓이다."

서하가 매섭게 노려보고 있자, 서원은 아무 소리도 못 한 채 시선을 피했다.

"부탁할게."

"너나 잘해."

"그리고 이거."

서하는 서원이 내미는 검은 봉투를 받아 들곤 아직 화가 덜 풀린 듯 작게 씩씩대었다.

몇 시간 후, 속이 불편한 탓에 잠에서 깬 유주는 거의 기다시피 침대에서 내려가 화장실로 향했다. 쓰게 느껴지는 입을 따스한 물로 헹군 유주가 타월로 입가를 닦으며 다시금 침대로 향하려다 움찔거리며 움직임을 멈췄다.
"언니."
바닥에서 대자로 뻗어 자던 서하가 유주의 목소리에 부스스하게 일어나 어깨를 긁적였다.
"유주 일어났구나."
"언니가 왜 여기 있어?"
"서원이가 부탁해서. 너 걱정된다고 같이 있어 달라고. 아! 서원이는 회사 갔어. 일이 많나 봐."
유주는 걱정스러운 듯 입을 꾹 다물다 이내 미안한 얼굴을 했다. 취한 와중에 서원을 본 것도 같았다. 혹시 일을 하지도 못하고 걱정되는 마음에 집 앞에서 기다리고 있던 건가? 얼마나? 얼마나 오랫동안? 유주는 어지러운 머리를 감싸며 지그시 눈을 감았다.
"아직 출근하려면 멀었지? 죽 먹을래?"
"죽?"
"서원이가 죽하고 숙취음료 사다 놓고 갔어. 먹고 출근해."

그리하여 두 사람은 식탁에 마주 앉아 아침 식사로 죽을 떠먹었다.

"유주야."

유주는 시선을 들어 부스스한 몰골의 서하를 바라보았다. 여기저기 뻗친 머리카락이 귀엽게 느껴져 유주가 옅게 입가를 올렸다. 서하는 덤덤하게 말을 꺼냈다

"서원이 말이야. 어렸을 때부터 너라면 껌벅 죽었어. 너로 인해서 자기 기분이 바뀔 만큼. 서원이 기분이 좋은 날이 어떤 날이었는지 알아? 너 기분 좋은 날. 너 많이 웃은 날, 네가 행복한 날. 반대로 네가 기분이 안 좋은 날은 서원이도 기분이 안 좋았고. 그래서 나 사고 쳤을 땐 서원이 기분 파악하려고 아줌마한테 전화도 걸고 그랬다니까. 오늘 유주 기분 어떠냐고."

서하의 말에 유주는 피식 웃음을 흘렸다. 덩달아 피식 웃은 서하가 어느 때보다도 진지하고 따스한 목소리로 말했다.

"널 정말 많이 좋아했어. 지금도 마찬가지고."

"……."

"이직 생각했던 건 아마도 그랬기 때문일 거야. 유주, 널 참 많이 좋아하니까 네가 상처 입거나 힘들어하는 게 싫었겠지. 나름 거기에 대한 해결책을 생각했을 거고. 참 어리석은 해결책이지만 또 생각해 보면 할 수 있는 별다른 방법도 없잖니. 네 세계에서 사라질 순 없으니 네가 있는 회사에서라도

자기가 빠지는 게 낫다고 생각하지 않았을까? 자기가 할 수 있는 게 그것뿐이니까. 갈등은 늘 둘이 같이 있던 자리에서 시작이 됐으니까. 그런데 우습게도 신은 두 사람을 늘 같은 장소에 머물게 만들었고. 그래서 서원이는 억지로라도 그걸 바꾸려고 했던 것 같아."

유주는 시선을 내린 채 입을 다물었다. 어쩐지 유주의 눈에 물기가 스민 것 같아 서하는 환하게 웃어 보였다.

"그럼 출근 준비해. 난 가 봐야겠다."

서하는 대충 모자를 쓰고 현관으로 향했다. 현관 앞까지 따라나선 유주가 미안한 얼굴을 했다.

"언니, 고마워요."

"뭘 또 고마워. 너 어렸을 때 기억 안 나? 내가 원래 남자 부하만 받아 주는데 너는 여자인데도 유일하게 내 부하로 받아 줬잖아. 이 정도는 해야지."

유주는 그 시절 예쁘장한 얼굴로 매번 대장부 역할을 했던 서하를 떠올렸다. 부스스한 몰골로 모자를 푹 눌러쓰고 있지만 화사하고 예쁜 외모인 건 그때나 지금이나 변함없었다. 환하게 웃는 서하의 웃음에 덩달아 기분이 나아지는 것 같았다.

새벽부터 일찌감치 출근을 한 진영이 초조한 얼굴로 안절부절못하며 사무실 안을 서성거렸다. 출근 시간에 다다르자,

다른 팀원들이 하나둘씩 출근을 했지만 유주의 책상은 아직 텅 비어 있었다. 얼마 있지 않아 하린이 어두운 얼굴로 비틀비틀 출근을 하자, 진영은 잽싸게 그녀에게 물었다.

"민 대리는요?"

하린은 심드렁한 얼굴로 진영을 돌아보았다.

"그걸 왜 나한테 물어요?"

하린을 곱지 않게 쳐다보던 진영은 또다시 안절부절못하며 유주의 책상 앞을 서성거렸다. 하린은 별꼴이라는 눈빛으로 진영을 바라보다 그대로 책상에 엎드렸다.

한참 후에 유주가 출근을 했고, 진영은 서둘러 그녀에게 다가갔다. 화악 끼쳐 오는 술 냄새에 진영은 주춤거렸지만 한껏 걱정스러움을 담아 유주에게 물었다.

"민 대리, 괜찮아요?"

"네."

유주는 거의 죽어 가는 목소리로 대꾸했다. 긴장이 풀린 건지 서하가 돌아간 후 두어 차례 더 속을 게워 냈다. 죽하고 약이 소용없을 정도로 어제 과음을 한 모양이었다.

"민 대리 임자 따로 있거든요."

저만치에서 들려오는 하린의 목소리에 진영은 불퉁한 목소리로 그녀에게 대꾸했다.

"나도 알거든요."

이내 진영과 하린은 서로를 노려보았고, 박 팀장은 골치가 아프다는 듯 이마를 짚었다.
'이젠 너희 둘이냐?'

17장. 함께였던 사이

 유주는 찬물로 입 안을 헹궈 낸 후 화장실 거울을 힘없이 들여다보았다. 아직까지 쓴맛이 남아 있는 듯했다. 대체 어제 술을 얼마나 마신 거야? 유주는 두통이 밀려오는 듯 이마를 짚으며 어제 일을 조용히 떠올렸다.

 처음엔 제법 분위기도 차분했고, 정상적으로 이야기가 이어졌다. 하지만 술이 한두 잔 들어가자, 점차 분위기가 격양되어 갔다.

'진 대리야, 나야? 내가 더 좋지?'
'내가 너 좋아하지.'
'그치? 그럴 줄 알았어. 다시는 그러지 마.'

'다시는 안 그러지.'

'꺄, 신난다. 이모! 여기 한 병 더 주세요오.'

유주는 힘없이 세면대를 짚으며 지그시 눈을 감았다. 얼굴이 화끈거렸다. 그러는 사이, 화장실로 들어온 하린이 그런 유주를 발견하곤 주춤거리며 얼굴을 긁적였다. 이내 두 사람이 대면했고 어제의 호쾌했던 모습들과는 달리 어색한 모습이었다.

"어제 너무 많이 마셨나?"

"그런 거 같지?"

하린은 작게 헛기침을 한 후, 유주에게 쭈뼛쭈뼛 무언가를 내밀었다. 꿀물 음료였다. 마치 내외를 하는 조선 시대의 남녀처럼 부끄러운 듯한 모습으로 음료를 받아 들다 동시에 웃음을 터뜨렸다.

"속은 괜찮아?"

"괜찮아지고 있는 것 같아. 어제 얼마나 마셨지?"

유주는 테이블 위에 놓여 있던 빈병들을 떠올렸다. 수두룩한 병들을 세어 보던 유주가 포기하며 질린다는 듯 고개를 저었다.

"엄청 마신 것 같아."

"당분간은 술병 쳐다보기도 싫을 것 같아."

두 사람은 고개를 젓다 서로를 마주 보며 싱겁게 웃음을 터뜨렸다.

 화기애애한 모습으로 사무실로 돌아온 유주와 하린은 무언가를 발견하곤 잠시 멈칫거렸다. 자신의 책상 위에 가득한 숙취해소 음료들을 본 유주가 눈을 둥그렇게 떴다. 괜히 딴청을 부리는 팀원들이 수상쩍었지만 어쩐지 입가에 미소가 스몄다.

 유주의 시선이 스르르 내려가 아래로 향했다. 어쩌면 과거의 어둠 속에 갇혀 주위 사람들을 제대로 보지 못한 건 아닐까. 팀워크가 좋았던 건 단순히 서로의 의견을 잘 수용하고 맞춰 줬던 게 다가 아니라 그들이 좋은 사람들이었기 때문임을 미처 알지 못했다.

 유주는 자신의 짧았던 생각을 탓하며 팀원들에게 따스하게 눈길을 주었다. 그사이, 자신의 자리로 돌아간 하린이 책상 위를 바라보다 눈을 가늘게 떴다.

 "양이 왜 이렇게 차이가 나?"

 자리를 꽉 채운 유주의 책상과는 달리 하린의 책상은 군데군데 비어 다소 허전해 보였다. 머릿속에 무언가가 번뜩 떠오르자, 하린은 고개를 돌려 진영을 바라보았다. 모른 척 딴청을 부리며 모니터를 보고 있던 진영이 매섭게 쏘아보는 하린을 발견하곤 지지 않고 가자미눈을 했다. 그렇게 눈싸움을 벌이던 두 사람은 이내 홱 소리를 내며 고개를 돌리곤 업무를 이어 갔다.

그날, 퇴근을 하고 집으로 향하던 유주는 집이 가까워질수록 의아한 얼굴을 했다. 오늘 종일 서원에게선 어떠한 연락도 없었을뿐더러 얼굴 한번 보질 못했다. 누나인 서하까지 호출할 만큼 일이 바쁘다는 건 익히 알고 있었으나 어쩐지 전과는 다른 행동에 의아한 감정이 들었다.

전화를 하기 위해 휴대폰을 들던 유주는 괜히 일을 방해하지는 않을까, 다시 휴대폰을 내렸다. 심란하고 쓸쓸한 기분에 유주는 작게 숨을 내쉬었다.

비밀번호를 누르고 집으로 들어간 유주가 가방을 내려놓지도 못하고 움찔거리며 자리에 그대로 멈춰 섰다.

'저게 뭐야?'

서원이 침대 위에서 무릎을 꿇은 채 아주 비장한 모습으로 앉아 있었다. 유주가 멀뚱하게 눈을 깜박거렸다.

'무릎은 좀 오바인 것 같은데, 왜 침대에서 저러고 있어?'

유주가 뚱하게 바라보자 멋쩍음 반, 미안한 표정 반으로 눈치를 살피던 그가 어렵게 입을 뗐다.

"말도 없이 이력서 쓰고 이직 생각했던 거 미안해. 말할 타이밍을 놓쳐서. 설명을 해야 하는데 엄두도 안 나고. 그게 널 더 힘들게 할 줄은 미처 생각 못 했어. 미안해."

"……."

그저 빤히 바라보기만 하던 유주가 작게 숨을 내쉬었다. 어쩐지 모든 감정이 뒤섞이는 듯했다. 고작 하루가 지났지만 아주 오랜 시간이 흐른 것만 같았다. 속상했다. 자신으로 인해 그가 피해를 본다는 게.

모든 일이 잘 해결됐다. 아니, 해결이 됐다기보다 따스하고 다정하게 보듬어진 기분이었다. 괜찮다고, 이제 그 무거운 짐들을 내려놔도 된다고 마치 허락을 받은 듯한 느낌이었다.

그녀의 기분이 상했을까 봐, 혹 이번에도 마음을 힘들게 했다는 생각에 벌을 받는 것처럼 한껏 경직된 모습으로 있었지만 그 덕분이었다. 손을 잡아 준 그가 있으므로, 전과는 달랐다.

서원을 마주 보고 있으려니 문득 어제의 일이 떠올랐다.

'무슨 사이냐고?'
'이런 사이예요. 됐습니까?'

사람들 틈에서 아무런 망설임도 없이 입을 맞췄던 그가. 또 혼자 남겨진 것 같았던 그 순간, 살며시 닿았던 그 온기가 온몸으로 번져 걱정하지 말라는 듯 다정히 감싸는 것 같은 느낌이었다. 워낙 정신이 없어 그 생각을 오래 하지는 못했지만 강력하게 남은 기억일 수밖에 없었다. 진한 스킨십이니만큼 잠시나마 회사 내에서의 여파는 크겠지만, 이제 더 이상 불안하지만은 않았다.

하지만 유주는 짐짓 화가 안 풀린 듯한 얼굴을 하며 서원에게 뚱하게 말했다.

"이직은? 이직하려고? 어디로 하려고?"

"……."

"할 거야? 말 거야? 한 번 더 이직 소리 꺼내기만 해 봐."

"안 해. 안 할게."

서원은 필사적으로 손을 저으며 그녀의 뜻에 따르겠다는 의사를 강하게 밝혔다. 하지만 이내 불안한 눈빛으로 그녀에게 조심스럽게 물었다.

"너는?"

"나도 안 해."

그제야 서원의 얼굴이 한결 밝아졌다.

"잘 해결된 거야? 어제 차 과장님도 잠깐 봤었는데."

"응. 좋은 사람들인데, 내가 지레 겁먹고 벽 됐던 거지 뭐. 좋은 사람들이라는 거 알면서도 상처받을까 봐 겉으로만 가까운 척. 내가 젤 나빴어."

가만히 듣고 있던 서원이 몸에 힘이 풀리는 듯 풀썩 엎드리며 침대에 얼굴을 묻었다.

"다행이다. 잘 해결돼서."

서원은 정말 다행이라는 듯 안도의 숨을 길게 내뱉었다. 유주는 조용히 서원에게 시선을 주었고, 서원은 고개를 들어 유주를 마주 본 채 옅게 입가를 올렸다.

유주는 그의 얼굴을 물끄러미 들여다보았다. 그러고 보니 잠을 못 잔 듯 피로하고 퀭한 모습이었다. 늘 단정하던 머리카락까지 부스스한 게 몰골이 말이 아니었다.

"일은? 바쁜 거 아니었어?"

"말도 마. 아주 오늘 열정, 내일 열정 다 쏟고 왔으니까. 오늘 안에 끝내려고."

"잠은 좀 잤어?"

서원은 입을 꾹 다문 채 고개만 획획 저었다. 귀엽게 느껴지는 그 모습에 유주가 짧게 웃음을 터뜨렸다. 그제야 그의 입가에도 옅게 미소가 고였다.

유주가 가방을 내려놓으며 주방으로 향하려 하자, 그가 그제야 무릎 꿇었던 자세를 일으키며 침대에서 벗어났다.

"왜?"

"물 마시려고."

"내가 따라 줄게."

무릎을 꿇고 앉아 있느라 다리가 저린 건지 처음엔 휘청거렸으나 서원은 잽싸게 주방으로 달려가 컵에 물을 가득 담아 유주에게 내밀었다. 얼떨떨하게 컵을 받아 든 유주가 물을 한 잔 마시고 거실 쪽으로 걸음을 옮기려 하자, 서원이 다시 앞을 가로막고 섰다.

"왜? 뭐 하게?"

"창문 좀 열려고. 환기시켜야 해서."

"내가 할게."

서원은 또 잽싸게 달려가 거실 쪽의 창문을 모조리 열었다. 걷은 커튼까지 예쁘게 묶어 놓으며. 유주는 뒷머리를 긁적이며 서원을 멀뚱하게 바라보았다. 반성의 뜻인가?

그 뒤로도 서원은 유주를 졸졸 따라다니고 있었다. 유주가 벗는 봄 재킷을 받아 옷걸이에 걸던 서원은 그녀가 다시 걸음을 옮기려고 하자, 옷을 잽싸게 걸곤 다시 그녀의 뒤를 따랐다.

"뭐 하게?"

"화장실 가려고."

"내가……."

"왜? 네가 대신 들어가서 해결하게?"

"그건 아니고."

두 손을 얌전하게 모은 서원은 풀이 죽은 듯 씁쓸하게 입맛을 다시며 고개를 푹 숙였다. 작게 헛웃음을 흘린 유주가 이내 화장실로 들어가 문을 닫자, 굳게 닫힌 문을 아쉽게 바라보던 서원은 화장실이 가장 잘 보이는 의자에 앉아 얌전히 그녀를 기다렸다.

화장실에서 나오던 유주가 격하게 반기는 서원의 모습에 팔짱을 끼며 삐딱하게 자세를 취했다. 마치 주인을 기다리다 긴 꼬리를 붕붕 돌리는 커다랗고 순한 대형견 같은 모습에 유주는 애매한 표정을 지었다.

"진서원."

"네."

유주의 강한 부름에 저도 모르게 존대를 한 서원은 작게 딸꾹질을 하면서도 그녀에게서 눈길을 거두지 않았다.

"저기."

유주가 홱 손을 뻗어 어딘가를 가리켰다. 손가락이 가리키는 곳으로 스윽 고개를 돌려 눈길을 주는 서원에게 유주가 단호하게 말했다.

"소파에 앉아 있어. 일어나지 마. 엉덩이 제대로 붙이고 있어."

끼잉, 거리는 듯한 초롱초롱한 눈망울과 표정에 잠시 흔들리는 듯했으나 유주는 굴하지 않고 단호하게 대처했다.

"앉아!"

서원은 하기 싫은 듯 시무룩한 표정을 하면서도 얌전하게 소파에 엉덩이를 붙였다. 작게 한숨을 쉬며 그 모습을 지켜보던 유주가 주방으로 들어가 꿀 병과 컵을 꺼내 꿀물을 진하게 탔다. 컵을 들고 주방으로 향하자, 서원이 다시금 꼬리를 붕붕 흔드는 것만 같은 눈망울로 유주를 바라보고 있었다.

결국 웃음을 터뜨린 유주가 그에게 다가가 컵을 건네었다.

"이거 마시고 푹 자. 너 꼴이 말이 아니야."

서원은 감동한 얼굴로 유주를 바라보다 그녀의 손을 잡아끌어 자신의 옆에 앉게 했다.

"고마워."

유주는 서원의 까칠한 뺨을 다정하게 어루만졌다.

"나야말로 고마워."

잠시 후, 유주는 자신의 곁에서 잠이 든 서원을 지그시 눈에 담았다. 씻자마자 곧장 잠이 들어서인지 서원의 머리카락이 젖은 상태였다. 아직 젖어 있는 그의 머리카락을 매만지던 유주가 그의 이마, 눈가, 뺨, 턱을 차례대로 매만지다 붉은 입술에 손가락을 살며시 대었다.

몹시도 피곤한 듯 무력하고 무방비하게 잠이 든 모습이었지만 입술만큼은 여전히 붉고 생기가 돌았다. 그런 모습까지도 매력적인 듯 유주는 그의 옆에 누운 채 시선을 떼지 못했다. 살며시 입가를 올리던 그녀가 가까이 다가가 그의 입술에 쪽, 하고 입을 맞추었다.

그의 얼굴을 물끄러미 바라보던 유주는 느릿하게 올라와 뒷머리를 감싸 끌어당기는 손길에 그에게로 다시금 다가갔다. 이윽고 두 사람의 입술이 겹쳐졌고, 그의 눈은 여전히 감겨 있었다. 커다랗게 떠져 있던 유주의 눈 역시도 더욱더 달콤해지는 키스로 인해 스르르 감겼다.

며칠 후, 하린과 함께 편의점에 다녀오던 유주는 저만치서 수군거리는 두어 명의 회사 사람들을 발견하곤 덤덤한 듯하지만 씁쓸하게 시선을 주었다. 마찬가지로 눈길을 주던 하린이 유주를 발견하곤 그 사람들을 향해 거침없이 외쳤다.

"네! 맞아요. 그때 저희 둘. 제가 그때 오해를 해서. 소란 피워서 죄송합니다."

당당하게 인사를 한 하린은 유주의 어깨에 손을 올리곤 가던 길로 그녀를 이끌었다.

"아직도 좀 불편해?"

"그러게. 좀 위축이 되네."

"신경 쓸 거 없어. 원래 할 거 없는 사람들이 다른 사람들 일에 더 신경 쓰는 법이야. 뭐, 내가 할 말은 아니지만."

하린은 민망한 듯 코끝을 문질렀다. 마케팅팀 내에서 회사 안의 모든 일을 알고 있는 사람은 차 과장, 이라는 말이 있을 만큼 하린은 소문에 민감했고 또 밝았다. 하지만 유주와의 사건 이후로는 말을 조심하는 눈치였다. 유주와 함께 엘리베이터를 기다리던 하린은 로비를 지나쳐 가는 인사팀의 배 대리를 발견하곤 곱지 않은 눈빛을 하며 팔짱을 꼈다.

"근데 생각해 보면 괘씸하단 말이야."

"뭐가? 배 대리?"

"그래. 꼭 뭔가 노리고 그런 것 같단 말이지. 그 소문 맞냐고 생글생글 웃으면서 얘기하는데, 생각해 보면 꼭 사람 속을 긁는 것마냥 네가 막 뭘 크게 잘못했다는 듯이, 내가 속았다는 듯이 말하는 것 같았어. 그래서 더 막 화가 났던 것도 같고, 고작 거기에 낚인 거 같아서 내가 더 한심하고."

떨떠름하게 눈을 깜박이던 하린이 머리카락을 마구 헝클였다.

"모르겠다. 그래도 내가 잘못한 거야. 그치?"

유주는 피식 웃음을 터뜨리며 아까 그녀가 그랬던 것처럼 거침없이 어깨동무를 했다.

"일하러 가자."

"근데 말이야. 분명 진 대리가 그랬었거든. 어렸을 때부터 널 오랫동안 짝사랑했다고, 근데 너도 그랬잖아. 오래전부터 진 대리를 짝사랑했다고. 그럼 둘이 서로 짝사랑한 거야?"

"뭐, 응."

"와, 어떻게 그래? 그냥 확 말을 하면 되지. 보아하니 너는 알고 있던 거 같고, 진 대리는 아는 거야? 서로 짝사랑한 거?"

유주는 대답 대신 어색하게 웃어 보였다. 하린은 입을 떡하니 벌리며 묘한 눈빛을 했다.

"그럼 진 대리는 모르는 거야? 너도 자기 좋아한 거?"

유주가 싱겁게 웃자, 하린은 그녀의 팔을 팔꿈치로 꾸욱 찔렀다.

"이걸 대단하다고 해야 할지, 미련하다고 해야 할지. 언젠가는 말해 줘야 하지 않아? 진 대리는 쭉 친구로 지낼 수 있었는데 자기 욕심에 너한테 고백한 거라고 하던데."

유주는 생각이 많아진 듯 시선을 내리며 입을 꾹 다물었다.
"그나저나 두 사람 참 대단하다. 오랜 시간 그렇게 마음을 숨기고 친구로만 지내? 나 같음 답답해서라도 질렸어."
"그게 그럴 것 같지? 막상 닥치면 그게 안 된다. 나 때문에 다 어그러져 버릴까 봐. 친구 사이조차도 깨져 버릴까 봐. 그냥 곁에만 있어도 괜찮다고 주문을 거는 거지. 다음 날 보는 얼굴, 웃는 모습, 생각하는 모습, 또 익숙하고도 새로운 모습들을 곁에서 보는 게 너무 좋으니까."
"내 마음은 비할 바가 아니었구나. 뭐, 난 그 상황이 안 되어 봐서 모르겠다만, 진짜 대단들 하다. 진 대리는 더 대단하고."

하린이 엄지손가락을 치켜들자, 유주는 민망한 듯 어색하게 입가를 올렸다.

그렇게 유주와 함께 걸음을 옮기던 하린은 무언가가 생각난 듯 그녀를 돌아보았다.

"아, 맞다! 나 의무실에 잠깐 들러야 돼. 먼저 사무실 가 있어."

"그래."

홀로 엘리베이터에 탄 유주는 생각이 많아진 듯 벽에 기대며 멍하게 시선을 내렸다.

'배 대리가?'

인사팀 팀원들과 마주쳤을 때 짧게 인사를 한 적은 있었지만 배 대리와 단둘이 마주친 적은 없었다. 하린이 오해를 한 건 아니었을까? 하린의 느낌을 믿지 못하는 건 아니었지만 오해를 받았던 입장이니만큼 조심스러운 게 당연했다.

생각을 하던 유주는 엘리베이터가 열리는 소리에 움찔거리며 앞을 바라보았다. 인사팀의 박 대리가 엘리베이터에 오르다 유주를 발견하곤 꾸벅 고개를 숙였다. 인사팀 내에서 서원과 가장 가까이 지내는 팀원이라는 걸 유주도 익히 알고 있었다. 반가운 마음이 들었지만 사건이 있은 지 얼마 안 되었기에 조심스러운 것도 사실이었다.

엘리베이터가 한 층 더 올라갔고, 문이 열리자 유주는 박 대리에게 짧게 고개를 숙이며 엘리베이터에서 내렸다.

"저기, 민 대리님."

등 뒤에서 들려오는 머뭇거림이 묻었지만 확실히 자신을 부르는 소리에 유주가 그를 돌아보았다. 유주를 보며 머뭇머뭇하던 박 대리가 별안간 주먹을 들어 보이며 수줍게 외쳤다.

"화이팅."

멀뚱하게 바라보던 유주가 뒤늦게 웃음을 터뜨리며 꾸벅 고개를 숙였다.

"감사합니다."

그 후, 사무실로 돌아가던 유주가 피식 웃음을 터뜨렸다. 한 발 한 발 내딛는 걸음이 날듯이 가벼워지는 것만 같았다.

사무실로 돌아간 유주는 팀원들과 대화를 나누며 환하게 입가를 올렸다. 따스한 미소가 그녀의 얼굴에 가득 스며 있었다.

한편, 옥상 위에선 두 남자가 나란히 선 채 앞을 내다보고 있었다. 뭔가를 생각하는 것 같던 서원이 옆에 있던 진영에게 먼저 말을 꺼내었다.
"고마워요."
진영은 생각지도 못했다는 듯 서원을 바라보다 피식 웃음을 흘렸다.
"별말씀을요."
"많이 힘이 됐어요. 민 대리도 알게 모르게 서 대리님 의지했을 테고, 그래서 이번엔 덜 휘청이고, 단단했던 것 같구요. 나도……."
"나도, 뭐요?"
진영은 짓궂은 미소를 지은 채 서원을 뚫어져라 바라보았다. 서원은 헛기침을 한 후, 먼 곳을 응시하며 얼버무리듯 말을 했다.
"뭐, 고맙다구요."
결국 듣고 싶은 말을 들은 진영이 미소를 지으며 옥상 아래 풍경을 내려다보았다. 짐짓 기분이 좋은 얼굴이었다.
"내가 그런 상황에 처했대도 진 대리님이나 민 대리님도 똑같이 도와줬을 거잖아요."

진영은 자신을 돌아보는 서원에게 살짝 시선을 준 채 가만히 입가를 올렸다.

"안 그래요?"

서원은 피식 웃음을 흘리며 작게 고개를 끄덕였다. 아마도, 그랬겠지.

진영은 기지개를 켜며 하늘을 올려다보았다.

"의도치는 않았겠지만 공개 연애가 되어 버렸네요."

"그렇죠."

"아, 부럽다."

진영은 허전한 얼굴로 정말 부럽다는 듯 길게 숨을 내뱉었다. 그런 진영을 가만히 바라보던 서원이 무언가가 떠오른 듯 느릿하게 눈동자를 굴리다 조심스레 말을 꺼냈다.

"서 대리님."

"네?"

"혹시 연상 좋아해요?"

"네?"

매번 장난을 치며 도발하던 진영과 탐탁지 않게 시선을 주던 서원의 상황이 이번엔 정반대가 되었다. 씨익 웃는 서원의 나른한 미소에 진영은 불길한 눈빛을 하며 경계했다.

며칠 후, 휴식을 취하기 위해 하린과 자주 가던 회사 앞의 벤치로 향하던 유주는 중간에 끼어드는 진영으로 인해 당황한 듯 바라보다 이내 웃음을 터뜨렸다. 두 사람 사이에 끼어든 진영을 하린이 죽일 듯이 노려보고 있었다.

"아, 또 왜 끼어요?"

"좀 같이 가면 안 돼요? 민 대리가 차 과장님 거예요?"

"거라니, 거라니? 민 대리가 물건이야?"

"그러니까 왜 차 과장님만 민 대리하고 놀려고 하세요? 같이 놉시다."

"아, 이 사람이 진짜."

유주는 이제는 익숙한 듯 덤덤히 걸음을 옮겼고 티격태격하던 두 사람이 별안간 말을 멈추었다. 유주는 의아한 듯 고개를 들다 맞은편에서 걸어오는 서원을 발견하곤 작게 입가를 올렸다. 그런 유주의 표정과 애써 덤덤한 척하지만 꿀이 뚝뚝 떨어지는 것만 같은 서원의 눈빛을 발견한 하린과 진영은 떨떠름한 얼굴을 하며 뒤로 물러났다.

"갑시다. 진짜 임자가 오네."

"쳇."

유주를 서원에게 넘긴 진영과 하린은 끝까지 티격태격하며 사무실로 돌아갔다. 그 모습을 지켜보던 유주가 작게 웃음을 터뜨리며 서원을 마주 보았다. 자주 웃는 그녀의 모습이 좋은 듯 그저 미소를 짓던 그가 주머니에서 무언가를 꺼내 그녀에게 내밀었다.

"뭐야?"

"사탕."

유주는 피식 웃으며 사탕을 건네받았다.

"고마워."

저도 모르게 그녀의 뺨 쪽으로 손을 뻗던 서원은 회사라는 걸 뒤늦게 인지하고는 한껏 아쉬운 얼굴로 손을 거두었다.

"이따 집으로 갈게."

"알았어."

서원과 헤어진 유주는 사무실로 돌아가려다 쉬지도 못하고 다시 돌아갔던 하린과 진영을 위해 편의점으로 향했다. 혼자만 기를 받은 것 같아 팀원들에게 음료라도 돌릴 생각이었다.

1층 로비를 향하던 유주는 무심코 시선을 돌리다 누군가를 발견하곤 고개를 갸웃거렸다.

'뭐지? 잘못 봤나?'

배 대리의 뒷모습을 물끄러미 바라보던 유주가 생각을 거두고 다시 걸음을 옮겼다.

'방금 노려본 것 같았는데.'

하지만 편의점에서 나와 다시 복도를 걷던 유주는 자신이 잘못 본 게 아님을 확신했다. 분명 악의를 품고 보는 눈빛이었다. 그저 지나치려던 유주가 우뚝 걸음을 멈추었다. 생각이 많아진 듯 입술을 깨물던 유주는 작게 심호흡을 한 후 배 대리가 있는 곳으로 거침없이 다가갔다.

"배 대리님?"

자신을 돌아보는 눈빛이 확실히 곱지 않다는 걸 느낀 유주는 다소 주춤거렸지만 담담히 말을 이었다.

"잠깐 대화 좀 할 수 있을까요?"

잠시 망설이는 것 같던 배 대리가 이내 유주를 따라나섰다. 하린과 자주 가던 벤치 쪽으로 이동한 유주는 말을 끌지 않고 단도직입적으로 물었다.

"어떻게 알았어요?"

"뭘요?"

"진 대리하고 나, 오래전부터 알던 사이라는 거."

배 대리는 유주를 불쾌하다는 듯 쏘아보았지만 부정은 하지 않았다.

"어떻게 알겠어요? 그 사람을 자세히 봤으니까 아는 거겠지."

절로 얼굴이 찌푸려졌지만 유주는 잠자코 배 대리의 말을 들었다.

"무심한 사람이지만 모두에게 그러니까 마음이 가는 사람이 생기면 달라질 거라고 생각했어요. 마음이 갔고, 그래서 시선이 갔어요. 꽤 오래전부터. 두 사람은 비밀이랍시고 숨겼는지 모르겠지만, 보이는 걸 어떡해. 그 사람을 자세히 보다 보니 다른 사람은 못 보는 그 사람 물건도 보였고. 진 대리님 다이어리 속에 있는 사진 봤어요. 교복을 입고 있었으니, 회사에 입사하고 나서 찍은 건 아닐 테고. 그렇다면 분명 그 시절부터 알고 있던 사이라는 건데, 왜 회사에서 남인 척, 모르는 척을 하고 있는 건지 이상하잖아. 다른 사람들 다 속이면서. 곁에 아무도 없는 줄 알았으니까 난 계속 마음을 줬는데, 너무 억울하잖아. 근데 또 두고 보니 나만 억울한 건 아닌 것 같아서. 그러게 진즉에 밝혔으면 좋았잖아요. 왜 사람들을 기만해? 두 사람이 뭐 얼마나 대단한 사람들이라고 그런 걸 감춰?"

배 대리의 말을 묵묵히 듣고 있던 유주가 질끈 눈을 감았다 떴다. 그 마음을 이해 못 하는 건 아니었으나 방법이 틀렸다.

"그렇다고 뒤에서 사람을 저격하는 게 맞는 방법은 아니에요."

"그게 왜 안 돼? 난 사실을 말했을 뿐인데. 난 사실을 얘기했을 뿐이고, 거기에 팀원들이 반응하고 더 수군거린 거야. 이상하다고 생각할 만했으니까 그랬겠지. 안 그래요?"

"사실만 말한 거 확실해요?"

유주는 배 대리가 움찔거리는 걸 지켜보며 낮게 숨을 내뱉었다.

'꼭 뭔가 노리고 그런 것 같단 말이지. 그거 맞냐고 생글생글 웃으면서 다가와서 얘기하는데, 생각해 보면 꼭 사람 속을 긁는 것처럼 네가 막 뭘 크게 잘못했다는 듯이, 내가 속았다는 듯이 말하는 것 같았어. 그래서 더 막 화가 났던 것도 같고.'

하린의 기우가 아니었다. 확실히 배 대리는 하린을 자극했던 게 맞았다. 그것도 뒤에 숨기까지 하면서.
"그렇게 억울하면 진 대리나 나한테 직접 말을 하지 그랬어요? 뒤에 숨어서 소문만 내지 말고."
"당신들도 앞에 나서서 공개 안 했으면서 왜 나는 직접 나서야 하는데요? 당신들도 숨어 있었잖아."
"상황이 다르잖아요."
"대체 뭐가 다르다는 건지 이해를 못 하겠네. 차 과장님하고 풀린 것 같고 소문이 그렇게 무성하게 난 것도 아닌데 대체 나한테 왜 이러는 건데요? 이번엔 내가 역으로 당했으면 좋겠어요? 사람들한테 둘러싸여서?"

유주는 작게 한숨을 내쉬었다. 생각이 달라도 너무 달랐다. 애초에 사과를 바라고 대화를 요청한 건 아니었지만 말이 도무지 통하지가 않았다. 그래, 뭐 이런 사람도 있겠지. 자신과 다른 건지 아니면 배 대리가 틀린 건지 감히 판단을 할 수는 없었다.

하지만 상처받을 걸 뻔히 알면서 상대를 저격하며 진실인지 그들이 만들어 낸 거짓인지 알지도 못한 채 뒤에서 그들끼리 말을 만들어 내는 게 옳다고 말할 수는 없을 것이다.

언젠가는 그녀도 그걸 알길 바라며 유주는 걸음을 옮겼다.

배 대리는 분한 듯 빠득 이를 갈았다. 내가 잘못했다고? 일부 팀원들과는 사이가 좋았으나 이상하게도 남자 팀원들과는 그리 사이가 좋지 않았다. 아마도 진 대리에게 지속적인 관심을 보인 이후부터였던 것 같았다. 하지만 그 말을 언급한 후로 그들에게도 관심을 받았고 호의적으로 대하는 게 느껴지며 더욱 많은 대화를 할 수 있었다. 그래서였던 것 같았다. 더욱 신나게 떠들어 댔고, 어느 날은 말이 더해질 때도 있었다. 그리고 사람들 입을 거치고 거치며 이상하게 변형이 되기도 했지만 굳이 자신이 바로잡을 이유는 없다고 생각했다.

진 대리와 민 대리가 가까운 사이다, 입사 전부터 알고 있던 사이였다, 회사 내에서 모른 척하는 건 사람들에게 밝힐 수 없는 이유가 있다, 불륜 관계나 전에 사연이 있던 관계일 수도 있다, 이를테면 부절적한 관계? 서로 따로 애인이 있다든가, 각자 결혼을 했다든가.

배 대리는 힘없이 벤치에 털썩 앉았다.

'사실만 말한 거 확실해요?'

진 대리의 다이어리 속에 있던 사진이 떠올랐다. 교복을 입은 채 해사하게 웃고 있는 여자와 그 여자를 다정하게 바라보고 있던 남자. 맑고 밝았던 분위기 속의 두 사람.

부적절한 관계?

"그럴 리가."

다소 늦게 집에 도착한 유주는 다리가 삐져나온 채로 침대에 대각선으로 누워 있는 서원을 발견하곤 가까이 다가갔다. 잠깐 졸았던 건지 서원이 눈가를 매만지며 몸을 일으켰다.

어쩐지 뚱하게 보는 듯한 유주의 시선에 서원은 저도 모르게 주섬주섬 일어나 저번처럼 침대 위에서 무릎을 꿇었다. 유주가 여전히 심드렁한 얼굴로 손바닥을 척 내밀자, 물끄러미 보던 서원이 그 위에 제 손을 처억 올렸다. 유주가 매정하게 고개를 저었고, 고민하는 듯하던 서원이 이번엔 유주의 손바닥 위에 제 턱을 턱 하니 올렸다.

기가 막히다는 듯 바라보던 유주가 눈동자를 또르르 굴려 자신을 바라보는 서원의 모습에 저도 모르게 웃음을 터뜨렸다. 이런 모습이 있었던가?

몹시도 귀여운 모습에 애써 웃음을 숨긴 유주가 작게 헛기침을 하곤 그에게 다시 손바닥을 내밀었다.

"사진."

"사진?"

"너 회사 다이어리에 내 사진 넣고 다녔다며? 그것도 어렸을 때."

"어떻게 알았어?"

"우리 그거 때문에 걸린 거거든."

서원의 입이 멍하게 벌어졌다. 회사에선 꺼내지도 않았는데 어떻게? 의문이 가득 담긴 그의 시선에 유주는 진영이 했던 말을 떠올렸다.

"아무도 안 보고 있다고 생각할 수 있지만 생각 외로 눈들이 많고, 난 남을 보지 못하지만 남은 날 볼 수도 있다고, 서 대리님이 말하더라."

서원은 길게 숨을 내쉬며 팔짱을 꼈다.

"왜?"

유주가 뚱하게 묻자, 서원은 생각이 많은 듯한 얼굴을 했다.

"서 대리 있잖아."

"응. 서 대리님이 왜?"

욕을 하려는 건 아니겠지. 유주는 불안한 눈빛으로 서원을 바라보았다.

"탐난단 말이지."

서원의 말에 유주가 작게 입을 벌리며 충격을 받은 듯한 얼굴을 했다.

"너, 혹시 서 대리님하고 나 사이에서 방황할 건 아니지?"

어쩐지 서 대리하고 격하게 아웅다웅한다 싶더라니. 조용히 시선을 옮겨 유주를 빤히 보던 서원이 어느 때보다도 무게 있고 진지하게 대꾸했다.

"그런 걱정은 넣어 둬도 돼."

"그래."

시큰둥하게 있던 유주는 이내 그가 건네준 사진을 물끄러미 바라보았다. 학교에서 찍은 사진이었다. 유난히도 하늘이 맑았던 날, 그 아래에서 해사하게 웃고 있는 그녀와 그런 그녀를 다정하게 바라보고 있던 그.

그녀는 처음 보는 사진이었다. 이런 사진을 언제 찍었더라?

"내 보물이야."

그의 고백에 유주는 그에게 시선을 주었다. 서원이 침대에 걸터앉으며 어깨를 으쓱였다. 옅게 미소를 머금은 서원을 바라보던 유주가 시선을 옮겨 사진 속 그를 바라보았다. 사진 속 자신을 바라보는 그의 눈길이 너무도 다정하고 애틋했다. 누구라도 금세 마음을 눈치채 버릴 만큼.

이만큼이나 오래되었던가? 말로는 들었지만 이렇게 실제 사진으로 마주하니 묘한 기분이 들었다.

서원은 유주의 손을 살며시 감싸 쥔 채 자신에게로 잡아끌었다. 그의 곁에 앉은 유주가 그를 지그시 바라보자, 그녀의 얼굴을 부드럽게 감싼 그가 서서히 다가가 입술을 겹쳤.

그녀를 향한 그의 눈빛이 사진 속의 그 모습보다 더욱 짙고 깊어져 있었다.

18장. 즐거운 사이

창가로 스민 따스하고 포근한 햇살이 침실에 살포시 내려앉았다. 유주는 침대에서 서원의 무릎을 베고 누워 눈을 감은 채로 달콤한 휴식을 제대로 만끽하는 중이었다. 서원은 그녀가 편히 누울 수 있도록 다리를 편 채로 앉아 벽에 기대어 책을 읽고 있었다.

두 사람은 주말을 맞이하여 휴식을 취하는 중이었다. 마음속 깊은 곳에 있던 불안함이 사라져서인지 한결 가볍고 편한 기분이었다.

열어 놓은 창문 틈으로 어린아이들이 뛰어노는 청아한 웃음소리가 들려오자, 저도 모르게 살며시 입가를 올린 서원은 책에서 시선을 거두고 눈을 감고 자고 있는 듯한 유주를 지그시 내려다보았다. 평온하게 눈을 감고는 있었지만 잔잔하게 흐르는 음악 소리에 고개를 까닥이거나 입술을 움직이는 모습을 보자니 자고 있지는 않은 모양이었다.

서원은 책을 내려놓고는 유주의 머리카락을 살며시 어루만졌다. 기분이 좋은 듯 살짝 입가를 올린 유주가 스르르 눈을 떠 그를 올려다보았다. 마침 시선을 주고 있던 그와 눈이 마주치자, 유주의 입가에 환하게 미소가 스몄다.

그러던 중, 밖에서 들려오는 아이들의 목소리에 두 사람은 조용히 귀를 기울였다.

"싸우면 안 돼. 양보해야 돼. 기분도 나쁘고 분위기도 망가지잖아. 자, 이렇게 하자."

당차고 씩씩한 여자아이의 목소리에 이어 금세 들려오는 꺄르르거리는 아이들의 웃음소리에 두 사람은 귀엽다는 듯 소리 내어 웃음을 터뜨렸다. 서원의 나른한 눈동자에 맑고 밝은 기운이 점차 번져 갔다.

'그 사람이 그 순간에도 내 손을 잡고 옆에 있어 준다면 난 그 장난과 짜증을 기꺼이 받아들이겠어요. 사랑만큼 위대한 건 없다고 우리 아빠가… 하여튼 우리 아빠가 그랬어요. 그런 걱정은 할 필요 없어요. 난 사랑 앞에선 강하니까.'

얼마 전 공원에서 만났던 티 없이 당차고 사랑스러웠던 아이가 떠올랐다.

 서원은 소중한 걸 만지듯 그녀의 머리카락을 여전히 조심스럽고 애틋하게 만지작거렸다. 그 부드러운 손길에 잠이 솔솔 오는 듯 유주의 눈이 느릿하게 감기다 떠지기를 반복하고 있었다.

 그 몽롱함을 알아챈 서원은 보다 낮고 조심스러운 목소리로 그녀에게 물었다.

"딸 어때?"

"응?"

"아이 말이야. 너 닮은 딸이면 좋을 것 같아."

"……."

 느릿하게 눈을 뜬 유주가 웬 뚱딴지같은 소리냐는 듯 서원을 뚱하게 바라보았다.

"예쁘고 똑똑하고 바르고 당차고 귀엽고 사랑스럽고……."

 끝없는 칭찬에 스르르 표정이 풀리던 유주는 뒤늦게 정신을 차리듯 작게 헛기침을 하며 새침하게 대꾸했다.

"누가 너랑 결혼한대?"

 이제껏 다리를 베고 누워 있던 유주가 스윽 일어나자, 서원의 시선이 너무하다는 듯 그녀를 따라 움직였다.

"그럼? 나하고 안 하면 누구랑 할 건데?"

"그거야 모르지."

 딴청을 피우는 유주의 모습에 눈을 가느다랗게 뜬 그가 묘하게 눈길을 주다 그녀에게 덥석 달려들었다.

"꺅!"

침대 위로 벌렁 넘어간 유주가 눈을 빠르게 끔벅거리며 당황한 듯 말을 이었다.

"뭐야? 대낮부터?"

"대낮이면 어때서."

그가 서서히 거리를 좁혀 오며 은근슬쩍 유혹적인 눈빛을 보내자, 유주는 저도 모르게 꿀꺽 침을 삼켰다. 나른하던 그의 눈동자에 유혹의 미소와 함께 짙은 빛이 점차 번져 갔다.

며칠 후, 서원은 어리둥절한 얼굴로 운동장을 둘러보았다. 급하게 갈 곳이 있다며 유주가 데려온 곳이었다. 고등학생이던 시절, 3년 내내 줄기차게 봐 왔던 장소인지라 낯설진 않았지만 오랜만에 와서인지 새삼 새롭게 느껴지기도 했다.

서원은 벤치에 기대어 학교 건물과 수돗가, 운동장 주변을 느릿하게 둘러보다 유주에게 시선을 주었다. 마찬가지로 추억들을 떠올리는 듯 주변을 살펴보던 그녀가 천천히 그의 곁으로 다가갔다.

"여기서부터였던 것 같아."

뜬금없는 말에 서원은 의아한 얼굴로 그녀에게 시선을 주었다.

"나는 여기 있었고."

"……."

"저기 있었어, 네가."

유주는 느릿하게 손을 뻗어 어딘가를 가리켰고, 서원은 그녀의 손가락이 가리키는 곳으로 덤덤하게 고개를 돌렸다. 그의 눈동자에 들어온 건 수돗가였다.

날이 저물어 가로등과 달빛에 의지해야 했지만 유주는 눈부시던 그때가 생생히 떠오르는 듯 생기 있는 눈빛으로 말을 이었다.

"여름이었고, 체육시간 후에 네가 저기서 물기가 뚝뚝 떨어지는 얼굴을 하고는 돌아서 나를 향해 웃는데……."

어느새 그의 눈빛이 깊어져 있었다. 이야기에 집중한 채 귀 기울이고 있는 그의 모습을 살짝 눈에 담은 그녀가 그때가 기억이 난 듯 살며시 입가를 올렸다.

"두근거렸어."

그의 눈이 살짝 커진 것 같다고 느껴졌을 즈음, 그의 입이 살며시 벌어졌다. 믿어지지 않는다는 듯한 눈빛에 유주는 쐐기를 박았다.

"만날, 수도 없이 봐 오던 네가 막 반짝거리는 거야. 햇빛에 반사되어서 그런 건가 싶은 마음에 네 옆에 있는 다른 사람을 봤는데, 아니야. 너만 그랬어. 너만 눈부셨어."

유주는 환하게 입가를 올리며 서원을 돌아보았다.

"그때부터였어."

"……."

"내 시선이 줄곧 너를 향한 게."

"……."

"뭐, 진부한 얘기지."

유주는 별거 아니라는 듯 덤덤한 얼굴로 어깨를 으쓱거렸다. 멍하게 입을 벌린 채 그 모든 말을 듣고 있던 서원이 살짝 고개를 기울였지만 유주는 맞다는 듯 흔들림 없이 올곧게 눈빛을 보냈다. 서원은 뒤늦게 놀라며 벤치에 기대고 있었던 몸을 벌떡 일으켰다.

"왜?"

"왜긴 왜야?"

이유가 없었다. 그곳에 네가 있었고, 내 가슴이 두근거렸으니까. 그뿐이었다. 그렇게 시작이 되어 버렸다.

서원은 생각을 하려는 듯 시선을 조용히 내렸다. 이리저리 흔들리는 시선이 당황하고 놀란 마음을 그대로 드러내 주고 있었다.

"그러니까 그때부터?"

서원은 여전히 믿어지지 않는다는 얼굴로 되물었고, 유주는 배시시 미소를 지었다. 어느 때보다도 따스하고 달콤한 미소였다.

서원의 시선이 오롯이 그녀에게 닿았다. 모든 감정이 뒤섞이는 듯한 느낌이었다. 같은 마음이었던가? 오래전부터? 그러니까, 아주 굉장한 말을 들은 것만 같았다.

그동안의 일들이 빠르게 스쳐 지나갔다. 그녀가 웃는 모습, 함께했던 모습, 힘들었던 순간까지도. 그녀의 마음을 전해 들은 지금도 믿기지가 않았다.

이제야, 마음의 짐을 던 것만 같았다. 자신으로 인해 그녀의 순간순간이 힘들었던 건 아니었는지, 자신이 그녀의 세계에서 빠진다면 그녀의 삶이, 일상이 더 평온하지 않았을까 싶었던 마음들이 이제야 위안을 받는 듯했다.

함께하고 싶은 마음에 곁에서나마 지켜보기 위해 그녀의 곁에 머물렀던 게 자신의 욕심인 것만 같아 늘 마음 한구석이 불편했다. 하지만 역시 그녀의 곁에 머무르길 잘했다는 안도감과 커다란 기쁨이 뒤섞여 어느 때보다도 복잡한 기분이 되었다.

헤아릴 수 없는 복잡 미묘한 감정이 더해지자, 울컥거리는 감정이 올라왔다.

흐뭇한 얼굴로 그를 바라보던 유주가 순간, 다소 놀란 얼굴로 그의 곁으로 다가갔다.

"너, 울어?"

"울긴, 누가."

서원은 딴청을 부리며 괜스레 몸을 돌렸다.

"우는 것 같은데."

"아니야."

유주는 당황한 듯하면서도 웃음기가 스민 눈으로 눈가가 붉어진 서원을 좇았다. 서원은 고개를 돌리고, 또 하늘을 올려다보며 애써 시선을 마주치지 않으려 했다. 하지만 유주가 이리저리 달라붙으며 계속해서 그의 얼굴을 확인하려 하자, 서원은 그녀를 끌어당겨 아예 자신의 품에 가두었다.

머리 위로 닿는 입술의 감촉에 버둥거리던 유주가 조용히 그의 품에 기대었다. 길게 닿아 오는 그의 숨결에 유주는 지그시 눈을 감은 채 살며시 입가를 올렸다. 전부는 아니더라도 그의 마음이, 감정이 전해지는 듯했다.

서원 역시도 눈을 감은 채로 따스하게 감싸 안은 그녀를 더욱 깊게 끌어안았다. 감히 형언할 수 없는 감정이었다. 심장이 제멋대로 쿵쾅거리는 느낌에 서원은 길게 숨을 뱉었다 마시기를 반복했다.

그가 진정되었을 즈음, 유주는 서원의 손을 마주 잡은 채 운동장을 천천히 거닐다 이내 교문을 빠져나왔다. 내내 입가를 올린 채 그저 말없이 걷던 그가 문득 궁금한 듯 그녀에게 물었다.

"근데 왜 말 안 했었어? 그때면 꽤 오래전이잖아."

"음, 너랑 같은 이유 아닐까?"

느릿하게 눈을 깜박이던 그는 단박에 이해가 간다는 듯 고개를 끄덕였다. 이내 그의 새까만 눈동자와 부드럽게 호선을 그리고 있던 입술 끝에 해사한 미소가 짙게 맺혔다. 그녀의 마음 역시도 가볍기만 한 게 아니었음을 알았기에.

달빛이 원래 이렇게 밝았던가? 눈앞에 있는 모든 것이 눈부시게 아름답고 사랑스러워 보였다. 그의 눈동자에 스며든 사랑스러운 밤이 느릿하게 흘러가고 있었다.

그로부터 얼마 후, 유주는 분주하게 움직이는 모친을 바라보다 거실에서 초조하게 서성거리는 부친에게 눈길을 주었다.
"엄마, 아빠 너무 긴장한 것 같은데."
"저건 긴장한 게 아니라 업된 거야."
모친은 못 말리겠다는 듯 고개를 절레절레 흔들며 음식 준비에 열중했다. 쏘옥 고개를 내민 유주는 상기된 얼굴로 거실 주위를 빙글빙글 도는 부친을 구경했다.
"흐음."
세 식구인지라 유주가 본가에 와도 늘 식탁에서 식사를 하던 평소와는 다르게 오늘은 거실에 손님용의 커다란 접이식 테이블을 폈고, 그 위엔 다양한 음식이 먹음직스럽게 요리된 채 수북하게 쌓여 있었다.
테이블 위를 발견한 유주가 심란하게 눈을 깜박이다 모친을 향해 말했다.
"엄마, 먹을 게 너무 많은 거 아니야? 배 터지겠다."
"오늘은 특별한 날이잖니."

잔뜩 신난 모습으로 콧노래까지 부르고 있는 모친을 보자니 도무지 말릴 엄두가 나지 않아 유주는 포기하고 자신의 방으로 들어가 휴대폰을 집어 들었다. 액정을 확인하니 서원에게서 메시지가 와 있었다.

[어때?]

상황을 묻는 건지 기분을 묻는 건지 분간하기 어려운 애매한 물음에 유주는 피식 웃으며 액정을 톡톡 두드렸다. 어지간히 긴장한 모양이었다.

[그럭저럭. 넌?]

[떨려.]

후들후들 떨고 있는 이모티콘이 귀여워 웃음을 터뜨리고 있는 사이, 현관문이 열리는 소리와 함께 환영 인사가 더해졌다. 유주는 냉큼 방에서 나와 거실로 향했다.

"어? 서원이구나."

"안녕하셨어요?"

말끔하게 차려입은 서원을 멀찍이서 지켜보며 유주가 배시시 미소를 지으려는데 상기된 표정의 부친이 서원을 소파에 앉히며 들뜬 목소리로 설명을 시작했다.

"이야, 못 본 사이에 더 듬직하고 근사해졌네. 잘 왔어."

그녀의 부친이 보여 준 환대에 딱딱하게 굳은 듯 보였던 서원의 얼굴이 한결 밝아졌다.

"네."

"서원이 너도 소식 듣고 왔구나. 우리 유주 남자 친구라니. 딸 남자 친구를 소개받는 자리는 처음이라. 어떤 놈인지 같이 보자꾸나."

"예?"

정중하게 두 손을 모으고 있던 서원은 당황스러운 듯 그녀의 부친을 바라보았고, 그 상황을 지켜보던 유주는 배를 붙잡고는 뒤로 넘어갈 듯 소리 없이 웃기 시작했다. 일부러 그런 건지 실수인 건지 모친이 부친에게 미처 말을 하지 않은 것 같았다.

단단히 벼르는 것 같으면서도 들뜨게도 보이는 예비 장인 어른의 모습에 서원은 이러지도 저러지도 못한 채 눈만 깜박였다.

그 와중에도 예의를 차리고 있는 서원을 요리를 내오던 그녀의 모친이 발견하곤 한달음에 달려왔다.

"어머! 서원이 벌써 왔구나. 물소리 때문에 못 들었네. 어서 와, 우리 사위."

유주의 모친이 서원을 가볍게 안으며 등을 두드렸고, 멀뚱하게 서 있던 부친은 뒤늦게 말뜻을 깨닫고는 서원과 자신의 아내를 번갈아 보며 더욱 눈을 커다랗게 떴다.

"서원이 네가……."

"응. 우리 사위."

너무 놀라 삿대질까지 하는 그의 손가락을 잡은 유주의 모친이 인자하게 웃으며 서원의 손을 다정하게 톡톡 두드렸다.

예비 장모님의 따스함과 예비 장인어른의 한껏 당혹스런 환영 인사에 조금이나마 긴장이 풀린 듯 서원의 입가에 미소가 스몄다.

"아저, 아니 아버님, 잘 부탁드립니다."

서원은 여전히 손을 모은 채 공손하게 고개를 숙였고, 유주의 부친은 아직도 어안이 벙벙한 얼굴로 멍하니 입을 벌린 채 빠르게 눈을 깜박였다. 남자 친구를 초대했다는 유주의 말에 복잡 미묘한 심정으로 기다렸건만, 그게 서원일지는 생각도 못 한 모양이었다.

멀찍이서 지켜보기만 하던 유주가 서원의 곁으로 다가가 가까이 팔짱을 끼며 부친을 향해 환하게 웃어 보였다.

"아빠, 내 남자 친구, 잘생겼지?"

그녀의 대담한 스킨십에 모친은 손으로 입가를 가리며 흐뭇하게 웃어 보였고, 부친은 상당히 충격을 받은 듯한 얼굴을 하며 유주와 서원을 번갈아 바라보았다.

이후 예비 장인어른의 맞은편에 앉게 된 서원은 이리저리 시선을 주다 영 어색한지 바싹 마른 입술을 안으로 말아 넣었다. 아까와는 미묘하게 달라진 것 같은 그녀의 부친의 태도에 다시금 긴장이 되었다.

아까의 친근함은 사라지고 다소 근엄하게 보고 있는 그의 시선에 유주의 모친이 팔을 톡 치며 눈치를 주었지만 그는 몇 분째 서원을 뚫어져라 보고 있는 중이었다. 분위기를 풀어 보고자 서원이 눈을 마주치며 살짝 입가를 올렸지만 탐색하는 듯한 그의 눈은 더욱 가늘어졌을 뿐이었다.

그러는 사이, 초대되었던 손님들이 속속 방문을 하고 있었다. 유주의 모친은 손님들을 반갑게 맞이하며 거실로 안내했다. 내내 따가운 눈길을 받고 있던 서원이 익숙한 얼굴들을 발견하곤 자리에서 일어섰다.

"어? 엄마……. 아빠까지. 왜 부모님이……."

"내가 초대했어."

유주의 모친은 들뜬 얼굴로 서원의 부친과 모친에게 자리를 안내하며 말을 이었다.

"예비 사돈하고 돈독하게 정도 나눌 겸, 같이 식사도 할 겸."

어느새 벌떡 일어난 유주도 그의 부친과 모친에게 공손하게 인사를 했다.

"안녕하세요."

"어머, 유주 오랜만이다. 변한 게 없네. 서원이하고 여전히 사이도 좋고. 환하고 생기 있고 예쁜 것도 여전하고."

"초대해 주셔서 감사해요. 고맙다, 유주야."

어쩐지 전과는 다르게 딱딱하게 경직된 것 같은 유주의 모습에 서원은 몰래 웃음을 터뜨리며 그녀의 등을 따스하게 토닥여 주었다. 작은 것도 놓칠 수 없다는 듯 순간 유주의 부친 눈동자가 짧게 번뜩거렸다. 턱을 매만진 그는 수려한 서원의 얼굴을 바라보다 이내 그의 부친, 모친과 정답게 인사를 나누었다.

하지만 서원이 유주를 챙길 때마다, 또는 그가 그녀를 향해 웃어 줄 때마다 예비 장인어른의 시선이 꼭 따라붙었다.

식사 도중 유주가 오렌지를 더 꺼내러 가자, 벌떡 일어난 서원이 그녀의 뒤를 졸졸 따랐다. 그와 같은 상황이 몇 번 반복되었고, 그의 모친은 그 모습을 보며 해맑게 꺄르르, 웃음을 터뜨렸다.

"서원이 쟤 봐. 유주 다칠까 깨질까 아주 안달이 났네. 그렇게 예뻐? 어머, 어머! 쟤 웃는 것 봐. 당신 나랑 연애할 때랑 똑같아."

평소 무심하기만 했던 서원의 다른 면모가 재밌는 듯 그의 모친은 신기하면서도 즐거운 얼굴을 했고, 유주의 모친은 흐뭇하게 입가를 올렸다. 복잡 미묘한 얼굴로 바라보고 있는 유주의 부친을 발견한 서원의 부친이 조용히 미소를 지었다.

"유주 너무 예쁘지요? 아직도 어린 그대로 같고."

"이이가 딸 바보라서 그래요."

대신 대꾸하는 유주 모친의 답변에 서원의 모친이 합세했다.

"딸 바보라면 여기도 만만치 않아요. 서하라면 얼마나 껌벅 죽는지. 이 사람은 서하가 남자 친구 데려오면 울지도 몰라요. 유주 아버님은 잘하고 계신 거예요."

"그렇지요?"

 어쩐지 눈가가 촉촉해진 듯한 그가 귀엽게 묻자, 가족들은 일제히 웃음을 터뜨렸다.

"여기 딸 바보 추가요. 딸 데리고 가는 아기 아빠만 보면 시선을 못 떼. 아빠를 능가할 것 같아."

 유주가 번쩍 손을 들어 서원을 가리키자, 가족들은 환하게 웃으며 환대를 했다.

"어머! 손녀? 좋지."

"벌써부터 2세 계획까지 세운 거야?"

 유주 모친의 말에 거의 울먹거리다시피 하는 유주 부친의 등을 서원의 부친이 이해한다는 표정으로 두드려 주었고, 가족들은 다시 웃음이 터졌다.

 식사를 마친 유주와 서원은 후식을 즐기는 가족들을 뒤로하고 그녀의 방으로 향했다. 본가 그녀의 방에는 오랜만에 들르게 된 참이라 서원은 이리저리 살펴보며 침대에 살짝 걸터앉았다. 마찬가지로 어색한 듯 방을 둘러보던 그녀가 책장에 꽂혀 있는 사진첩을 꺼내며 그의 곁으로 다가갔다.

"사진 볼래? 아까 보다 말았는데 되게 새롭더라."

 서원은 호기심이 가득한 얼굴로 그녀의 곁에 더욱 가까이 붙어 앉았다. 유주는 사진들을 구경하며 사진첩을 한 장씩 넘겼고, 서원도 마찬가지로 옅게 미소를 띤 채 사진을 따스한 눈길로 바라보았다.

"이거 기억나? 네 생일이었나, 내 생일이었나?"

"네 생일."

"오! 기억력 좋은데. 우리 둘 다 케이크 뒤집어썼었잖아. 머리를 감아도 머리카락에서 단 냄새가, 아휴."

유주는 고개를 절레절레 저었고, 그때의 앳됨이, 추억이, 웃음이 떠오른 듯 서원의 입가엔 더 짙게 미소가 스며 있었다. 그녀의 사진첩엔 두 사람의 추억이 고스란히 담겨 있었다. 시선을 떼지 못하던 그가 무언가를 발견하곤 눈을 둥그렇게 떴다.

"어? 이게 뭐야?"

"아니야, 아무것도."

유주가 숨기려 했지만 이미 그의 손에 사진첩이 들려 있었다. 사진첩을 덮으려는 그녀와 제지하려는 그가 잠시 동안 투덕거렸고, 결국 서원의 커다란 손에 두 손이 묶인 유주가 뚱한 얼굴을 했다. 서원은 한 손으로 그녀의 손목을 잡은 채로 조금 전 보지 못했던 사진들을 자세히 들여다보았다.

"……."

모두 서원이 웃고 있는 사진들이었다. 교복을 입고 있는 그, 앳되어 보이는 모습의 사진도 있었고 마치 입대를 하기 전이나 막 제대를 한 사람처럼 짧은 머리의 그도 있었다. 카메라를 정면으로 바라보는 모습부터 다른 곳에 시선을 주고 있는 사진, 그리고 가만히 서 있는 뒷모습의 사진도 눈에 띄었다. 그렇게 사진첩의 한 면이 모두 그의 사진으로 채워져 있었다.

서원은 설명을 구하는 눈빛으로 유주를 돌아보았고, 그녀는 시치미를 떼듯 괜스레 허공에 뚫어져라 시선을 주었다. 이내 서원의 눈동자에 수많은 감정이 담겼다.

"진짜였구나. 그때 한 말."

유주는 그를 물끄러미 바라보다 살며시 눈을 찡그렸다. 어떤 말에 대해서 얘기하고 있는지 금세 알아챌 수 있었다.

"뭐야? 거짓말인 줄 알았어?"

"그건 아니고. 아직도 믿기지 않아서."

"다행이네. 증거가 이렇게 남아 있어서."

유주는 뚱하게 대꾸하며 그 사진들을 눈에 담았다. 몇 해 전, 줄 게 있다며 서원에게 그의 사진을 전해 줬었다. 주로 기념일이나 행사, 놀러 가서 찍은 사진들이었는데 앨범을 정리하다 그의 사진을 발견했다며 그동안 간직하던 사진들을 그에게 뒤늦게 건넸었다. 그는 별 의심 없이 받아 들였지만 혹시나 그에게 마음을 들킬까 조마조마했던 기억이 있었다.

하지만 그러면서도 차마 돌려주지 못했던 사진들이 있었다. 친구로 남겠다고 다짐을 했음에도 미련이 남는 건지 차마 전부는 주지 못하고 추억들 속에 고이고이 덮어 숨겨 둔 것들이었다. 들키지 않겠다고 다짐을 하고 또 다짐을 했건만 이렇게 허무하게 보이다니.

유주는 새침하게 입매를 늘이다 사진 한 장을 가리키며 그에게 덤덤하게 말했다.

"난 이게 젤 좋아."

유주가 가리킨 사진은 서원이 카메라를 정면으로 바라보며 활짝 미소 짓고 있는 사진이었다. 나른한 눈동자에도 해사한 미소가 가득 스며들어 있었고, 앳된 모습과 거기에 성숙미가 가미된 모습으로 그의 어린 시절과 성인인 지금의 모습이 마치 반반씩 섞여 있는 듯한 그가 그 안에 있었다.

서원은 신기한 듯 사진 속의 자신을 바라보다 미소가 스민 목소리로 그녀에게 물었다.

"이 사진 네가 찍었지?"

"왜?"

"뻔하잖아. 내가 이렇게 웃는 게."

자신이 봐도 신기한 모습이었다. 자신이 이렇게 환하게 웃는 사람이었던가? 자신마저도 익숙지 않은 모습이라면 뻔했다. 그녀에게 향하는 미소, 표정이었다. 묘한 느낌에 서원은 그녀를 바라보았고, 그의 고백에 유주도 그를 마주 보았다.

절로 나오는 미소에 두 사람은 마주 보며 입가를 올렸고, 따스한 눈빛이 얽히며 달콤한 공기가 방 안을 가득 채웠다.

그 순간 유주의 방문이 벌컥 열렸고, 두 사람은 움찔거렸다. 당연하게도 유주의 부친이었고, 서원은 어느 정도 예상했다는 듯 그를 바라보며 더욱 짙게 미소를 지었다.

"이이가 정말."

구세주처럼 나타난 유주의 모친은 과일이 담긴 접시를 책상 위에 놓아둔 뒤, 부친을 끌고 나간 후 방문을 꼬옥 닫아주기까지 했다. 방문이 닫힐 때까지도 눈을 똑바로 쳐다보는 예비 장인어른으로 인해 서원은 멋쩍은 듯 이마를 긁적였지만 웃음을 터뜨린 유주는 그가 귀여운 듯 미소를 짓다 그의 입술에 쪼옥, 하고 입을 맞추었다.

"결혼식 때까진 무사하고 싶어."

서원의 진지하고 낮은 음성에 유주는 다시 한번 환하게 웃음을 터뜨렸고, 그 사랑스러움에 이번엔 그가 고개를 숙여 그녀의 입술에 짧게 키스했다. 두 사람의 눈동자에 달콤함이 가득 스며 있었다.

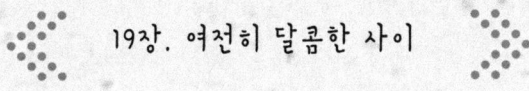

19장. 여전히 달콤한 사이

　유주는 여느 때처럼 팀원들과 점심 식사를 하기 위해 사무실을 나섰다. 정답게 이야기를 나누며 복도를 지나쳐 가려는데 앞줄에서 잠시 소란스러움이 일었다.

　하린과 또 그런 하린과 티격태격하는 진영과 장난을 치던 유주가 의아한 얼굴로 앞을 바라보았다. 어쩐지 전보다 더 멀끔해지고 훤해진 것 같은 서원이 맞은편에서 인사팀의 박 대리와 대화를 나누며 걸어오고 있었다.

　훤칠하고 수려한 서원을 보며 박 팀장을 비롯한 마케팅팀 팀원들의 얼굴에 장난기가 가득해졌다. 어떻게 장난을 칠까 궁리하는 팀원들을 보며 유주는 가볍게 어깨를 으쓱였다.

　'또 시작이네.'

마케팅팀과 마주친 서원은 옅게 입가를 올리며 반갑게 인사했다.

"식사하러 가세요?"

"진 대리, 얼굴이 갈수록 훤해지네. 누구 영향이려나?"

"마케팅팀한테 뭐 좀 쏴야 하는 거 아냐?"

팀원들은 유주의 곁에 달라붙어 있는 하린과 진영을 떼어 내곤 저마다 유주에게 친한 척을 했다. 하린과 진영은 떨떠름한 얼굴을 했지만 서원이 환하게 입가를 올렸다. 서글서글하게 웃는 모습과 평소의 나른한 눈매가 휘어지며 눈웃음을 만들어 내자, 팀원들의 입이 멍하게 벌어졌다.

"맙소사. 너무 훤하네."

"무슨 배우 같아."

"완전 화보네."

"부럽다, 민 대리."

"이제껏 진 대리가 부러웠는데, 민 대리도 부럽네. 저 얼굴을 만날 보는 거야?"

팀원들의 주책에 유주는 손으로 이마를 짚었고, 서원은 멋쩍은 얼굴을 하며 살짝 입가를 올렸다.

"그럼 식사 맛있게 하세요."

서원은 밝게 인사하며 따로 유주에게 눈인사를 했다. 금세 따스하고 달콤한 감정이 스미는 눈동자를 발견한 팀원들은 괜스레 배배 몸을 꼬며 덩달아 행복한 미소를 지었다. 서원이 스쳐 지나가자, 팀원들은 하나같이 유주를 돌아보며 부럽다는 눈빛을 했다.

그 눈빛들을 고스란히 받은 유주는 팔을 어정쩡하게 벌리며 우쭐한 듯 거만한 태도를 취했다. 그 모습에 팀원들은 크게 웃음을 터뜨렸고 유쾌한 분위기가 이어졌다. 그 기분 좋은 웃음에 유주도 덩달아 환하게 입가를 올렸다. 그동안 상처받았던 과거들이 지금의 사람들로 인해 모두 보상받는 기분이었다.

유주는 따스하고 포근한 세상으로 한 걸음 더 내디뎠다.

"프러포즈?"

유주는 아이스크림을 우물거리며 하린을 돌아보았다. 이제 회사 내에서 유주와 서원은 공공연하게 공개 연애, 사내 커플, 공개 커플을 넘어 예비 새신랑, 임자 있는 사람 등으로 불리고 있었다.

하린의 말에 유주는 생각을 하는 듯 시선을 내리다 대수롭지 않게 하린을 다시 바라보았다.

"그전에 부모님들끼리 상견례 비슷하게 자리도 가졌고. 이제 와서 프러포즈가 무슨 의미가 있나 싶다."

"그래도. 뭐, 요즘엔 상견례 후에 프러포즈 받기도 하니까. 안 서운해?"

"글쎄."

그다지 대수롭지 않게 여기는 유주의 모습에 하린도 고개를 끄덕거렸다. 각자의 취향이 있는 법이니까.

 하지만 하린의 말이 신경이 쓰였는지 유주는 퇴근 후, 같이 커피숍에 와 있는 서원을 흘낏흘낏 엿보고 있었다. 커피를 마시며 책을 보던 서원은 시선이 느껴졌는지 고개를 들어 유주와 눈을 마주쳤다. 느릿하게 올라가는 그의 입꼬리가 어느새 시선을 잡아끌었고 주위에 머물고 있는 공기를 달콤하고 따스하게 만들었다.

 저도 모르게 멍하게 시선을 주던 유주가 뒤늦게 정신을 차리며 마저 보라는 듯 책에 손짓을 했다. 싱겁다는 듯 피식 웃음을 터뜨린 서원은 다시금 책을 내려다보았다. 유주는 턱을 괸 채 그런 서원을 물끄러미 감상했다. 진서원이 프러포즈를 하면 어떤 모습일까? 유주는 그에게 지그시 시선을 준 채 생각을 하듯 느릿하게 눈을 깜박였다.

 며칠 후, 본가에 간 유주는 은근슬쩍 던지는 모친의 질문에 눈을 휘둥그레 뜨며 정색을 했다.

"겨울 어때?"

"뭐가?"

"결혼식 말이야."

"올해 겨울?"

"응."

"너무 이르잖아."

유주가 손사래를 치자, 모친은 아쉬움이 한가득 담긴 얼굴을 했다. 요즘 부쩍 본가에서 부르는 일이 잦아지고 있었다.

"이르긴 뭐가 일러. 서원이도 너도 결혼 적령기잖니."

"요새는 더 늦어지는 추세야. 그리고 연애한 지 아직 반년도 안 됐어."

"너희 알고 지낸 지는 10년이 넘었거든. 1년 정도 연애하면서 어떤 사람인지 겪고 알아보려고? 서원이하고 연애하면서 뭐 다른 점이나 단점이라도 발견했어?"

유주는 할 말이 없는지 괜스레 볼을 긁적였다. 나른한 눈빛에서 야한 모습과 섹시미만 더해진 것 빼곤 서원은 그대로였다. 무심한 척해도 늘 다정하고 자상하게 챙겨 주는 것도, 매너 있게 그녀를 먼저 배려해 주는 것도, 언제 어디서나 든든하게 곁을 지켜 주는 것까지.

"결혼하고 연애하듯이 사는 것도 좋아. 이미 서로들 집에 제집 다니듯이 드나들면서 뭘."

"그건 친구였을 때부터 그랬으니까."

"그때도 겉으로만 친구였잖아."

유주는 당황한 듯 모친을 바라보았다.

"모를 줄 알았어? 쟤네가 언제쯤 마음을 털어놓을까, 안타까웠지."

무슨 드라마 속 주인공 이야기를 하듯 말을 꺼내는 모친의 모습에 유주는 입을 뚱하니 내밀었다.

"결혼하려면 이것저것 준비도 많이 해야 한다잖아. 그래서 준비하면서 싸우는 커플들도 많고."

"준비를 오래 한다고 해서 완벽한 결혼식이 되는 건 아니야. 뭐, 준비 과정이 중요하기도 하지만 너나 서원이 보면 그렇게 싸울 것 같지도 않은데. 특히 서원이는 더."

"그건 그렇지."

고개를 주억거리던 유주가 이상한 듯 시선을 위로 올렸다. 왜 대화하다 보니 다 수긍하고 있는 거지?

'이상한데.'

유주가 의심스럽게 모친을 돌아보았지만 모친은 기분이 좋은 듯 콧노래를 흥얼거리며 하고 있던 꽃꽂이에 열중했다.

결혼. 부부.

결혼을 하게 된다면 그가 옆에 있을 거라고 생각은 했었지만 그건 막연한 미래일 거라고만 여겼었다. 어쩐지 기분이 묘해져 유주는 팔짱을 끼고 이마를 긁적이며 계속해서 자세를 바꾸었다.

모친이 포장해 준 반찬이며 짐을 가득 든 채 본가에서 나오던 유주는 저만치에서 걸어오는 서원을 발견하곤 살짝 손을 들어 올렸다.

"너도 호출?"

"응. 요새 자주 부르시네."

유주는 알 만하다는 듯 작게 흐음, 소리를 냈다. 서원은 유주가 들고 있던 짐을 자연스레 옮겨 들며 그녀를 따라 걸음을 옮겼다. 아주 가까운 거리는 아니었지만 두 사람의 집이 본가에서 그리 먼 거리는 아니었기에 산책을 할 겸 나란히 걷기 시작했다.

 서원은 유주에게 할 말이 있는 듯 무언가를 말하려다 머뭇거리기를 반복하고 있었다. 유주가 의아하게 바라보자, 그는 그저 싱겁게 웃으며 발끝을 내려다보았다.

 "휴가는 언제쯤으로 잡을 거야?"
 "글쎄. 여름으로 하지 않을까? 올해 엄청 덥대."
 간단하게 대화를 마친 서원은 심란하게 하늘을 올려다보았다. 하고 싶은 이야기가 무척이나 많은 얼굴이었다.
 "이번 주 주말에 어디 놀러 갈래?"
 "어디?"
 "음, 안 가 봤던 곳으로?"
 유주가 멀뚱하게 바라보자, 마치 긴장하는 것처럼 침을 꿀꺽 삼킨 서원은 그녀가 배시시 웃으며 고개를 끄덕이는 모습에 비로소 옅게 미소를 지었다.

 요 며칠 굉장히 생각이 많아 보이는 유주의 모습에 하린은 걱정스러운 얼굴을 했고, 결국 유주는 복잡한 생각을 털어놓기에 이르렀다.

"여행?"

"응. 뭐, 종종 놀러 다니기야 했는데 뭔가 비장하게 말하니까 뭐가 있나 싶기도 하고."

"뭐?"

"음, 거기서 청혼을 한다든가."

"오! 근데 아니면 어떡하려고? 괜히 기대하다가 아니면 실망하고 짜증만 더 난다니까. 내가 몸소 겪어 봐서 알잖아."

자책하듯 말하는 하린의 모습에 유주는 어쩔 줄 모르는 얼굴을 하다 등을 툭툭 두드려 주었다.

"그리고 요새는 남자만 프러포즈하라는 법 없잖아. 네가 해 버려. 먼저 낚아채는 거지, 진 대리를."

"낚아채……."

괴상한 표현력에 유주는 떨떠름하게 중얼거렸다. 하지만 그것도 나쁘지 않은 생각 같았다.

✦

"뭐 해?"

-어? 대청소… 대청소하고 있었어. 오랜만에.

"아, 바쁘네."

-뭐, 좀. 왜? 무슨 일 있어?

"아니. 그런 건 아니고. 그럼 대청소 잘해."

-어, 그래.

평소와는 다르게 어색한 통화가 끝나자, 유주는 재빠르게 인터넷을 검색하며 이것저것 알아보기 시작했다. 대부분 그와 함께 시간을 보내기에 이런 때야말로 준비를 할 최적의 기회였다. 유주는 분주하게, 하지만 차근차근히 검색창을 들여다보며 생각을 이어 갔다.

시간은 느린 듯 빠르게, 혹은 빠른 듯 느리게 흘러갔고 금요일 밤, 야근을 계획했던 유주는 일정보다는 이르게 집으로 향했다. 일을 빠르게 처리하는 것도 중요했지만 주말을 포함한 그녀의 일상 역시도 소중했다.

'일단은 좀 쉬어 두고.'

터벅터벅 엘리베이터에서 내려 집으로 향하던 유주가 비밀번호를 누르려다 잠시 멈칫했다. 문 앞을 요리조리 확인한 그녀는 곧 이상하다는 듯 고개를 갸웃거렸다.

'이상하다.'

왜 택배가 안 왔지? 안 되는데.

여전히 고개를 갸웃거리며 문을 열던 그녀가 다시 한번 멈칫거렸다. 집 안이 이상했다. 그러니까 전과는 다른 분위기와 느낌에 유주는 살며시 입을 벌린 채 집 안을 바라보았다.

"이게……."

다 뭐야?

코끝을 간지럽히는 달달한 향은 그렇다 치고 전등을 켜지 않았는데도 여기저기 놓여 있는 크고 작은 캔들이 집 안 곳곳을 밝히고 있었다. 현관에 둥근 모양으로 떨어져 있는 붉은 꽃잎들과 쭉 길을 만들고 있는 꽃잎들이 인상적이었다.

유주는 멍한 표정으로 천천히 걸음을 내디뎠다.

식탁 위엔 마치 꽃잎들이 쌓여 있는 듯한 붉은 케이크가 와인, 간단한 요리와 함께 놓여 있었고 유독 반짝거리는 캔들이 시선을 잡아끌었다. 어쩐지 묘한 기분에 가슴은 이미 크게 두근거리고 있었다. 느릿하게 숨을 뱉어 낸 유주는 그 광경을 한참 동안이나 눈에 담았다. 하지만 이내 고개를 기울였다.

'근데 왜 아무도 없지?'

감동을 하고 있는 순간에 왜 혼자인 건데? 혹시 숨어 있나?

이리저리 살펴보던 유주는 급기야 화장실 안까지 샅샅이 뒤졌다. 하지만 아무도 보이지 않자, 그녀는 영 이상하다는 얼굴을 했다.

그제야 가방을 내려놓은 유주가 문 앞에 쌓여 있는 택배 상자들을 발견하곤 애매한 표정을 지었다.

'저게 안에 있었네. 서원이가 들여다 놨나? 안을 보지는 않았겠지?'

복잡하게 생각을 하던 유주는 다시금 주위를 둘러보고는 슬며시 미소를 지었다. 이내 그녀의 눈동자가 반짝반짝 빛이 났다. 요 며칠 왜 그리 바쁜 척을 하나 싶더니 이걸 준비하고 있었던 모양이다.

'진서원의 프러포즈라.'

어쩐지 심장이 크게 쿵쾅거리는 것 같았다.

행복한 상상을 하듯 몽롱한 눈빛을 하고 있으려니 비밀번호를 누르는 소리와 함께 문이 열리는 소리가 들려왔다.

유주는 느릿하게 고개를 돌렸고, 허겁지겁 집으로 들어오던 서원이 꽤나 당황한 얼굴을 하곤 그 자리에 굳은 듯 그녀를 멍하게 바라보았다.

"왜… 여기 있어?"

"퇴근했으니까 여기 있지. 그리고 여기 우리 집이거든."

서원은 다소 정신이 없는 모습이었고, 그러는 사이 유주는 그의 손에 들린 꽃다발을 발견했다. 붉은 듯 혹은 하얀 듯 꽃송이들이 매력적으로 섞여 있는 꽃다발에 유주는 단번에 시선을 빼앗겼다.

작게 헛기침을 한 서원은 긴장이 되는 듯 손을 바지에 문지르다 그녀에게 한 걸음 한 걸음 다가왔다.

"다 봤겠네."

"봤지."

"계획이 이게 아니었는데."

서원은 애매하게 입가를 올리다 길게 숨을 내쉬곤 유주를 마주 보았다.

"꽃다발을 깜박해서."

올곧게 마주 닿는 더할 나위 없는 그의 진지한 눈빛에 유주는 입을 꽉 다물었다. 미친 듯이 뛰어 대는 심장 소리가 입 밖으로 새어 나갈 것 같았다. 긴장 때문에 입술을 살짝 깨무는 서원으로 인해 유주의 시선이 붉은 꽃송이에서 매혹적인 그의 붉은 입술로 옮겨 갔다.

이 순간에도 시선을 끄는 매력적인 그로 인해 숨을 쉬고 있는 건지 멈추고 있는 건지도 분간이 가지 않았다. 분명 아까 감동적인 기분을 다 맛보았다 생각했었는데 착각인 모양이었다. 지금의 이 순간이 훨씬 더 떨렸다.

서원은 유주에게 꽃다발을 내밀며 잠시 내렸던 시선을 들어 그녀를 마주 보았다. 꽃을 들고 있는 그의 손이 살며시 떨리고 있는 것 같았다.

"민유주."

"……."

"나하고… 결혼을… 결혼하……."

분명 준비해 온 말이 있는 것 같은데 혀가 꼬이는 건지 머릿속이 꼬이는 건지 서원은 온전하게 말을 내뱉지 못하고 있었다. 모든 것에 우월하고 완벽하던, 고백하는 순간마저 거침없이 다가왔던 진서원이 저런 모습을 보이니 어쩐지 귀여운 느낌이 들었다.

그러는 사이, 고개를 저으며 생각을 정리한 서원이 짧게 숨을 내쉬며 올곧고 단단하게 말을 했다.

"결혼하자. 나 지금 청혼하는 거야."

순간을 압도하는 감미롭고 낮은 음성에 옅게 입가를 올리고 있던 유주의 얼굴에서 이내 미소가 사라졌다. 가슴이 너무 두근거려서, 다리가 풀려 금방이라도 쓰러질 것 같아 섣불리 움직일 수가 없었다. 그녀에게서 아무런 답이 없자, 수려하던 그의 얼굴에 초조함과 긴장이 한 차례 스쳐 지나갔다. 하지만 늘 그렇듯 서원은 묵묵히 기다렸고, 그를 온전하게 들여다보던 유주가 살짝 입가를 올리며 고개를 끄덕였다. 그녀의 눈동자가 사랑스럽게 반짝이고 있었다.

삶에 이런 순간이 간직되다니, 평생 잊지 못할 순간으로 남을 것 같았다.

"응."

유주는 조심스럽게 꽃다발을 받아 들었고, 서원은 떨리고 기쁜 감정을 주체하지 못하고 덥석 그녀를 끌어안았다. 허리를 감싸 안아 가까이 고개를 묻는 그로 인해 멍하게 서 있는 유주가 급하게 외쳤다.

"꽃! 꽃 망가져."

거리를 벌려 떨어진 서원은 꽃다발을 소파 위에 내려놓고는 다시금 그녀를 끌어안았다. 따스한 체온이 기분 좋게 닿아 왔고, 이내 가까이 맞붙은 살결로 그의 두근거림이 온전히 전해져 왔다. 절로 가슴이 따스해지는 기분이었다. 유주는 서원을 마주 안으며 그의 품에 깊숙이 기대었다.

얼마 후, 서원은 유주에게 무언가를 내밀었다.

"그리고 이거."

"뭐야?"

"결혼반지나 다른 액세서리는 상의해야 할 것 같아서. 우선은 내가 준비한 거."

유주는 서원이 내민 네모난 상자를 받고는 조심스레 열어 보았다. 안을 확인한 유주가 살며시 입을 벌렸다. 아쿠아마린, 유주가 태어난 3월의 탄생석인 아쿠아마린 다섯 알이 팔찌 중간중간에 박혀 있었고, 부드럽고 산뜻하게 빛을 발하고 있었다.

놀란 듯한 유주를 보며 흐뭇하게 미소 지은 서원은 팔찌를 꺼내 직접 그녀의 손목에 채워 주었다.

"잘 어울린다."

하얀 살결과 그녀의 분위기에 깔끔하게 어우러지는 팔찌는 그녀가 평소 입는 복장들과도 잘 어울릴 것 같았다. 서원은 뿌듯하게 입가를 올렸고, 팔찌가 채워진 자신의 팔을 멍하게 내려다보던 유주가 느릿하게 그를 바라보며 작게 중얼거렸다.

"뭐지? 천생연분인가?"

"응?"

주위를 두리번거리던 유주가 벌떡 일어나 책장 쪽으로 향했다. 서원은 조용히 시선을 주었고, 책장에서 무언가를 꺼낸 유주가 다소 비장한 표정으로 그를 돌아보았다. 가만히 바라보던 서원은 뭐냐는 듯 다정하고 올곧게 눈길을 주었다.

유주는 작게 헛기침을 하곤 작은 상자를 등 뒤로 감추며 그에게 천천히 다가갔다. 그의 앞에 다다르자, 유주는 상자를 불쑥 내밀며 조금은 들뜬 목소리로 작게 외쳤다.

"짠."

상자를 받아 든 서원은 옅게 미소를 지으며 안을 열어 보았다. 이내 생각지도 못했다는 감정이 그의 표정에 고스란히 드러났다.

그가 태어난 4월의 탄생석인 다이아몬드가 박힌 깔끔한 팔찌가 가지런히 진열되어 있었다.

서원은 놀란 듯 살며시 흔들리는 눈으로 유주를 바라보았다. 유주는 그가 그랬던 것처럼 팔찌를 꺼내 그의 손목에 채워 주었다. 그녀가 차고 있는 팔찌처럼 화사하거나 청초한 느낌은 없었지만 얇은 밴드 중앙에 동그랗게 박힌 다이아몬드와 멀끔한 느낌의 팔찌는 그의 깔끔하고 고급스러운 분위기를 더욱 돋보이게 해 주고 있었다.

그에게 딱 어울리는 모습에 유주의 입가가 활짝 올라갔다. 자신의 손목을 만지작거리던 서원이 당황스럽지만 즐겁다는 듯 유주를 마주 보았다.

"고마워."

"나도 고마워. 너무 마음에 들어. 그리고 이건 언제 다 준비한 거야?"

"틈틈이."

 작게 웃은 서원은 유주의 손목을 잡아끌어 자신의 무릎에 앉힌 후, 그녀를 지그시 마주 보았다. 화사하고 밝은 분위기 속에서 달콤하게 미소 짓던 두 사람은 이내 부드럽게 입을 맞추었다.

 붉게 상기된 그녀의 뺨을 감싸 쥔 그가 고개를 기울여 더욱 깊게 입을 맞추었고, 점차 짙어지는 입맞춤에 그녀를 소파 위로 눕히며 야릇한 키스를 이어 갔다. 오랫동안 이어지는 키스는 끝이 날 기미가 보이지 않았다.

 제일 작았던 캔들이 파스스 꺼지며 밝혔던 한 공간에 잔잔한 어둠을 선사하는 사이, 그들이 입고 있던 옷들이 스르륵, 소리를 내며 하나하나 바닥에 떨어지고 있었다. 달콤한 공간에 걸맞게 공기, 숨결, 모든 게 점차 달콤하게 채워져 가고 있었다.

◆

 주말에 맞춰 여행을 온 두 사람은 숙소를 둘러보며 창밖의 전경을 구경했다. 바다가 바로 보이는 숙소 안엔 수영장, 스파 욕조 등은 물론 없는 게 없었다.

만족스러운 얼굴을 하던 유주가 챙겨 왔던 가방을 들고는 소파에 앉아 있던 그의 위로 덥석 달려들었다. 벌렁 뒤로 넘어갔던 그가 짧게 웃음을 터뜨리며 제 위에서 무언가를 들고 있는 그녀를 물끄러미 바라보았다.

"그게 뭐야?"

"우리가 말이야. 항상 같이 있긴 했지만 뭘 같이 하진 않았잖아."

"응?"

"짠. 커플 티, 이건 커플 모자고 이건 커플 슬리퍼야. 커플 칫솔하고 커플 선글라스. 커플 속옷도 있어."

유주가 꺼내는 것들을 정신없이 바라보던 서원은 마지막에선 나지막하게 속삭이는 유주의 모습에 못 말리겠다는 듯 웃음을 터뜨렸다.

"와."

하지만 박수를 치는 모습이 어쩐지 기계적이게 느껴지자 유주가 시큰둥하게 물었다.

"싫어?"

"그럴 리가."

서원은 그녀가 내려 두었던 커플 모자를 머리에 쓰며 씨익 웃어 보였다. 모자를 써도 가려지지 않는 그의 수려한 외모에 유주가 참지 못하고 와락 달려들었다.

그로부터 반년 후, 두 사람은 많은 사람들의 축복과 축하 속에서 그들의 세상을 향해 한 걸음 한 걸음 내디뎠다. 비로소 달콤한 사이가 되어 더욱 달콤해질 세상 속으로.

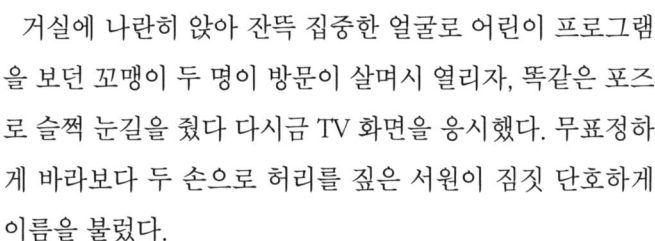

에필로그

  거실에 나란히 앉아 잔뜩 집중한 얼굴로 어린이 프로그램을 보던 꼬맹이 두 명이 방문이 살며시 열리자, 똑같은 포즈로 슬쩍 눈길을 줬다 다시금 TV 화면을 응시했다. 무표정하게 바라보다 두 손으로 허리를 짚은 서원이 짐짓 단호하게 이름을 불렀다.

"진서은, 진유은."

"네."

"에."

  대충 대답하는 쌍둥이 두 딸로 인해 서원은 힘없이 머리를 짚었다.

"TV 그만 보세요. 활동 시간이에요."

서원의 단호한 어조에 느릿느릿 일어난 서은과 유은은 흘 낏흘낏 모니터를 바라보며 아빠를 향해 일렬로 섰다. 서원은 거실 바닥에 놓여 있는 리모컨을 들어 TV를 끈 후 두 딸 앞으로 다가갔다.

"양치질했어요?"

"네."

"에."

"서은이 대답 제대로 안 할래?"

"네."

"네."

"유은이 네가 왜 대답을 해?"

"네."

"네."

서원은 못 말리겠다는 듯 고개를 젓다 피식 웃음을 흘렸다. 어깨까지 내려오는 얇고 부드러운 머리카락이 부스스하게 뻗쳐 있었다. 저 보드라운 머리카락의 감촉은 유주가 유난히 좋아하는 것들 중 하나였다.

서원은 입가에 스민 미소를 지우지 못한 채 두 딸에게 시범을 보였다.

"자, 오늘 수업할 건 어제 미리 공지했죠? 오늘 배울 건 앞 구르기예요."

서원은 두껍고 넓게 깔린 매트 앞에 반듯하게 선 채 두 팔을 착 벌려 기합을 넣은 후 정확한 자세로 날렵하게 굴렀다. 입이 커다랗게 벌어진 서은과 유은이 앞구르기를 한 후 벌떡 일어나 마지막 동작까지 완벽하게 취한 서원을 보며 짝짝 박수를 치기 시작했다.

개중 장난기가 많은 유은은 한쪽 다리와 팔을 앞으로 내민 채 팔을 이마에 붙이며 존경한다는 제스처까지 취했다.

'대체 저런 건 어디서 배워 온 거야.'

유주에게 들었을 땐 설마 했는데 진짜였을 줄이야. 직접 눈으로 확인하니 웃음밖에 나오지 않아 서원은 이마를 짚으며 작게 웃었다.

서원은 곧 두 딸을 매트 앞에 세우고는 짧고 굵게 박수를 한 번 쳤다.

"자, 시작!"

아직 어린 두 딸은 머리를 매트에 댈 생각도 못 하고는 비장하게 자세를 잡은 후 박수 소리에 맞춰 매트 위로 벌렁 누워 버렸다. 누가 쌍둥이 아니랄까 봐 틀린 동작까지도 착착 맞춰 결국 서원은 웃음이 터져 버렸다. 배까지 붙잡고 웃는 서원을 뚱하게 바라보던 유은과 서은이 슬금슬금 기어 매트 위를 벗어나려 했다.

그 모습을 발견한 서원이 웃음을 멈추며 단호하게 말했다.

"안 돼. 엄마 피곤하시대. 조금만 더 자게 놔두자. 그동안 우리는 엄마한테 보여 줄 앞구르기 연습할까?"

엄마를 몹시도 사랑하는 딸들은 엄마에게 보여 주기 위해 뒤로 벌렁 눕는 앞구르기 연습을 계속했다.

 한 시간 후, 딸들의 앞구르기를 본 유주가 서원이 그랬던 것처럼 웃음을 터뜨리며 서은과 유은을 따스하게 안아 주었다. 꺄르르거리는 높고 맑은 웃음소리가 끊이지 않았고, 부러운 눈빛으로 지켜보던 서원도 어느새 그들의 틈에 낀 채 얼굴을 비비며 포근한 느낌을 맘껏 맛보았다.

 잠시 후, 네 식구는 오순도순 앉아 영양가가 고루 섞인 식단으로 식사를 시작했다. 포크로 방울토마토를 찍어 먹던 서은이 입을 오물거리며 유은을 초롱초롱한 눈빛으로 바라보자, 유은이 서은의 접시에 있던 양배추를 포크로 푹 찍어 입 안에 넣은 뒤 빵빵해진 볼을 한 채 우물우물거렸.

 못 본 체하고 있던 서원과 유주가 유은의 포크가 다시금 서은의 접시로 향하자, 안 된다는 듯한 단호한 눈빛을 했다.

"골고루 먹어야 아빠만큼 큰다고 했지?"

"아빤 너무 거인이에요."

"아빤 서은이 유은이 침대에 못 누워요."

 할 말이 있다는 듯 종알종알거리는 두 딸로 인해 서원은 유주를 향해 어깨를 으쓱이며 서러운 듯한 얼굴을 했다. 유주는 서원을 달래는 듯 토닥토닥거리며 딸들에게 엄하게 말했다.

"그럼 계속 그 키로 있을 거야? 옆집 도준이도 사촌 동생 채나도 다 이만큼 클 건데."

"그건 싫어요."

"나도요."

"그러니까 골고루 먹어야지."

"자, 그런 의미로 서로 양배추 먹여 주기 하자."

서원의 말이 끝나기가 무섭게 유은과 서은이 양배추를 포크로 찍어 서로의 입가로 가져갔다. 아삭아삭 씹는 소리가 너무도 예쁘고 경쾌하게 들려 서원과 유주의 입꼬리가 절로 환하게 올라갔다.

보고만 있을 수 없다는 듯 서원은 포크로 딸기를 찍어 유주에게 내밀었고, 살짝 웃은 유주가 맛있게 받아먹었다. 초롱초롱한 눈빛으로 지켜보던 서은이 대뜸 두 사람에게 말했다.

"아빠는 엄마를 너무 좋아해요."

"당연하지. 엄마는 아빠 아내니까."

뚱하게 입술을 내미는 서은을 보며 서원은 유주의 어깨를 끌어안고 뺨에 쪼옥, 하고 작게 입을 맞추었다. 기가 막히다는 표정을 한 채 두 사람을 지켜보며 우물거리는 유은과 거의 울상을 하고 있는 서은의 모습에 두 사람은 다시금 웃음을 터뜨렸다.

행복하고 화사한 웃음이 끊이지 않은 집 안엔 달콤함이 배가 되어 있었다.

마침

작가 후기

더 좋은 책이 나올 수 있도록 애써 주신 마야마루 출판사 관계자님들, 감사드려요. 과장님, 이번에도 고생하셨습니다.

아빠, 엄마, 아버님, 어머님, 희형이, 그리고 남편, 꼬비, 가족들도 너무 고맙고 사랑합니다.

친구들과 언니들에게도 고맙다는 말 전하며 묵묵히 기다려 주신 분들께도 감사하다는 말씀 남겨요.

마지막으로 책을 읽어 주신 독자님들, 감사합니다.

달콤한 하루하루 보내시길 바라며, 더 따스하고 좋은 글로 찾아뵙겠습니다.

2019년 6월, 양희윤 드림